华夏英才基金学术文库

Performance and Linkage Mechanism of
Supporting Chinese Agriculture in the New Period

新时期我国"以工补农"
绩效与联动补农机制构建研究

王 钊 李 强◎著

全国百佳出版社
中央编译出版社
Central Compilation & Translation Press

目　录

导　论

一、研究背景与问题界定

1. "三农"问题的严峻现实

中国"三农"问题由来已久，日趋严峻，引世人瞩目，致各方忧心。"农民真苦，农村真穷，农业真危险"的问题，已到了非解决不可的地步。农民收入长期增长缓慢，城乡居民收入差距不断扩大，社会不和谐因素日渐累积，严重制约了实现全面小康的战略目标。资料显示，改革开放以来，1978—1985 年间城乡收入差别有所缩小，但从 1986 年开始，总体上一直呈扩大趋势。1978 年城乡居民人均收入比为 2.57∶1，到 1985 年缩小为 1.86∶1，1986 年又上升为 2.12∶1，此后不断上升，1994 年达到历史的高点 2.86∶1，尤其是从 1997 年开始更是不断扩大，进入 21 世纪以来，这一比例一直在 3∶1 以上。近几年是我国农民收入增长最快的几年，但城乡居民收入差距扩大的趋势仍有增无减。2007 年，农村居民人均纯收入实际增长 9.5%，为 1985 年以来增幅最高的一年，但城乡居民收入比却扩大到 3.33∶1，绝对差距达到 9 646 元（农村居民收入 4 140 元，城市居民收入 13 786 元），也是改革开放以来差距最大的一年。

城乡居民收入差距的不断扩大，实际上表明了一个基本事实，那就是广大农民参与分享改革开放成果的份额不断下降，其消费份额自然降得更低。这样，在近年教育费用飞涨，以及农村"看病难"、"看病贵"

等方面沉重负担的制约下，农民的消费总水平总是提不起来。结果是占全国总人口约70%的乡村两级消费占全社会商品零售总额的比重长期维持在27%左右。农村消费需求严重不足的这一现实的直接后果是，我国经济增长只能长期过分依赖投资和出口拉动，形成经济局部过热和消费需求不足并存的局面，其后果的严重性不言而喻，已经不仅是影响"三农"局部的问题而是严重影响到国民经济社会发展全局的问题了。

与此相联系，农业农村发展问题也面临诸多矛盾，负面问题日益突出。长期以来农业比较利益低下，农业经营得不到平均利润的问题，使农民种粮积极性大大下降，粮食安全和农业稳定问题已经成为国民经济社会健康持续发展的一大瓶颈。近10年来，伴随农产品供求形势的变化，主要农产品价格呈现周期性变化，1996年农产品价格达到最高水平后开始下降，2000—2002年跌至谷底，谷贱伤农使农民不安心从事农业生产。2003年开始部分农产品价格恢复性上涨，但农民也并没有从中得到多少好处。目前，虽然我国农产品供求仍保持总量基本平衡、丰年有余，但结构性矛盾尤为突出，农业稳定发展还面临许多不确定因素。与此同时，伴随农村劳动力转移的加快，农村劳动力资源大大流失，出现了严重的"空心村"和留守老人、留守儿童的问题，以至于人们普遍担心将来靠谁来发展现代农业，现代产业空心的农村将来如何发展，怎样能够富裕农民。多年来农村公共品供给不足的问题交汇着"人去房空"的部分农村现实，呈现出生产性基础设施老化，生活设施破败，道路泥泞不畅，垃圾污垢随处可见的凋零景象，人们不禁要问：新农村建设靠谁来建，为谁而建，如何促进农村繁荣小康？显然，如果不能有效解决这些问题，就不能有效促进城乡和谐社会建设，就不能有效促进城乡一体化发展，就会延误建设全面小康社会的战略目标。

2. 从"惠农"到"补农"：政策目标尚有距离

面对日益严峻的"三农"问题，20世纪90年代中央政府出台了一系列旨在减轻农民负担，增加农民收入的方针政策。尤其是进入21世纪以来，又出台了诸如免除农业税、发展现代农业、建设新农村等试图彻底改变"三农"状况的一系列政策。2001年1月，中央农村工作会议把"多予，少取，放活"定为新时期增加农民收入的总的指导思想。"多予，就是要增加对农业和农村的投入，加快农村基础设施建设，扩大退耕还林规模，直接增加农民收入。少取，就是要推进农村税费改革，切实减轻农民负担，让农民休养生息。放活，就是要认真落实党在农村的各项政策，把农民群众的积极性、主动性、创造性充分发挥出来，进一步活跃农村经济，拓宽农民增收渠道"。2004 年 9 月，胡锦涛总书记在十六届四中全会讲话中提出了关于工农关系"两个倾向"的论断：在工业化初始阶段，农业支持工业、为工业提供积累是带有普遍性的倾向；但在工业化达到相当程度后，工业反哺农业、城市支持农村，实现工业与农业、城市与农村协调发展，也是带有普遍性的倾向。在 2004 年 12 月召开的中央经济工作会议上，胡锦涛总书记又明确指出：中国现在总体上已到了以工促农、以城带乡的发展阶段。2006 年，中央"一号文件"《中共中央国务院关于推进社会主义新农村建设的若干意见》，再次强调了我国总体上已进入以工促农、以城带乡的发展阶段，初步具备了加大力度扶持"三农"的能力和条件，并将"实行工业反哺农业、城市支持农村"和"多予少取放活"明确作为新农村建设的基本方针。毫无疑问，中央一系列"惠农"、支农政策的贯彻落实已经产生了很好的效果。但是，我国"三农"问题并没有得到真正的缓解，有些方面甚至更为突出。政策目标与化解"三农"的实际需要还存在相当大的差距，农业可持续发展和农产品有效供给的不稳定因素仍未根本消除，农村基础设施建设和公共品供给缺口的历史欠账仍未有效弥补，城乡居民收入差距却在继续拉大。人们思考的问题是：为什么在多年扶农惠农政策之下，我国的城乡居民收入差距却仍在扩大，"三农"问题还如此突出？这是不是意味着新时期解决"三农"问题的战略思路需要有较大的转变？

3. 研究问题的界定

面对复杂严峻的"三农"问题，人们取得的高度共识是，我国"三农"问题已经到了非解决不可的时候了。"以工补农"作为新时期解决"三农"问题的基本战略，实践时间短，现实问题复杂，相关认识还有待深化。"以工补农"的内涵、"补农"主体、渠道和方式等基本问题还存在较多模糊的地方。"三农"问题作为一个长期困扰国民经济发展的复杂而又庞大的问题,"以工补农"该如何切入?近年"以工补农"的实践效果如何,还存在哪些问题?除了支农补农的力度需继续加强外,还存在哪些不足,尤其是在"以工补农"过程中是否形成了政府与那些潜在补农实施主体的市场主体良性联动?新时期怎样促进政府与这些市场主体的良性联动,使"以工补农"能更加有效地进行?这些重大问题事关新时期"以工补农"战略的顺利实施。基于"三农"问题无法由市场自动解决,政府是"以工补农"的责任主体,但又不能完全抛开市场这一事实,本项目拟研究的问题是:新时期怎样协调"以工补农"各主体的行为,促进政府与各市场主体良性联动,实现全社会各种补农力量的整合,以取得更好的"补农"效果。具体回答以下几个问题:

一是"以工补农"的概念和相关基本问题。"以工补农"是工农关系发展到一定阶段的必然现象,是农业农村农民发展的规律性要求?还是针对过去政策修补的"还账论"?其依据何在?尽管学术界在 20 世纪 80 年代就提出了"以工补农"这一概念,但"以工补农"作为一个重大实践问题,对其研究还有待深化,学界对其中的一些基本问题的认识还很不一致。比如什么是"以工补农",为什么要"以工补农",怎样"以工补农"。尤其是怎样"以工补农",包括了"以工补农"的手段、渠道、政府与市场主体的联动方式等基本问题,必须作出科学的回答。

二是现有"以工补农"的运行效果,以及政府与市场主体的联动状况对其的制约问题。20 世纪 90 年代开始尤其是进入 21 世纪以来,政府陆续出台了一系列旨在减轻农民负担,增加农民收入的政策,作为"以工补农"的伟大实践,这些政策的实施效果并不是尽如人意,为什么效果不是很理想?存在哪些问题?受哪些因素影响又如何影响?尤其是政府与各市场主体是否良性联动,各主体的联动整合状况对"补农"效果有多大的实际影响?正确回答这些问题,有助于今后找准政策的主攻方向和主要着力点。

三是新时期"以工补农"过程中政府与各市场主体联动与力量整合

的问题。"补农"效果的制约因素很多，"补农"效果的提升还存在多方面复杂工作，本研究关注的是从政府与各市场主体联动整合的角度来提升"补农"的效果。"补农"的力度对"补农"的效果有直接的影响，但"补农"涉及全社会的力量，如果不能很好地整合各方力量，各种"补农"力度将可能被抵消。整合各方力量，实现政府与各市场主体良性联动，才可以保证有限资源产生最大的效果。本研究的中心就是在分析现有"补农"效果，以及主体整合状况对其制约的基础上，研究如何协调各"补农"主体关系，实现政府与各市场主体良性联动，以整合全社会"补农"力量。

二、研究目的与主要内容

1. 研究目的与意义

本项目基于政府和市场主体联动"补农"的视角，通过分析新时期各主要渠道方式"补农"的效果及影响因素，探究政府和各市场主体联动缺失的原因和影响机制，旨在探索如何促进政府与补农市场主体有机联动，并实现与"三农"受体良性互动，以提高"以工补农"的实际效果的问题，为进一步探索如何实现"以工补农"各主体力量和资源有机整合的模式和路径奠定基础。

"以城带乡、以工促农"是统筹城乡发展、构建和谐社会的重要环节，是政府和学界共同关注的重大战略课题。对"以工补农"的内涵及其相关基本问题进行理论探讨，一方面有助于澄清相关问题的认识误区，另一方面可促进该领域科学研究的深化。从实践意义来看，现阶段我国"以工补农"政策实践的时间不长，政策还有待完善，对提升"以工补农"效果的基本路径进行研究，将为政府制定和调整相关政策提供科学的决策依据和理论支持，有利于提高实践的理性和效果。

2. 研究内容

根据问题界定和研究目的，本课题主要研究以下三个方面的内容。

（1）对"以工补农"的基本内涵及其相关基本问题进行理论分析。根据中央政策精神和"三农"问题的现实状况，结合现有研究和相关理论，对"以工补农"的内涵进行规范，并进一步从什么是"以工补农"，为什么"以工补农"，怎样"以工补农"的角度，对"以工补农"的依据、主体、方法、渠道和主体联动等基本范畴进行理论探讨。

（2）分析和评价"以工补农"的实践情况和运行效果，并从政府与市场主体联动的角度探讨运行效果不佳的原因。主要从具体渠道、实施主体、实施方式和具体措施等方面分别分析了政府财政直接支农和政府引导市场主体支农的实践情况，并评价其运行效果。在此基础上，探讨政府与各实施主体联动状况对"补农"效果的制约，解析现阶段联动状况存在的具体问题和产生这些问题的原因。

（3）研究和设计新时期"以工补农"过程中政府与市场主体联动的基本形式及其制度和体制保障。根据新时期以及"三农"问题的特点，在进一步界定新时期"以工补农"的基本思路和应当坚持的基本原则的前提下，对政府与各实施主体联动的基本方式进行研究和设计，并根据所设计的基本形式，提出整合各方面力量、实现有效联动的制度和体制保障。

三、研究思路与主要方法

根据研究目的和研究内容，首先，在综述现有研究和借鉴相关理论的基础上，对"以工补农"的概念及其相关基本问题进行规范，从而确立分析和研究的理论基础；然后，根据对"三农"问题实质及其严峻形势的剖析，确定"以工补农"的基本目标和主要任务，从而为考察"以工补农"效果和设计"以工补农"过程中政府与市场主体联动形式明确方向；再次，根据"以工补农"的运行特点和"补农"主体的相互关系，将"以工补农"的渠道划分为政府主导财政直接支农和政府引导市场主体支农，并分别考察其实施效果，以此作为探讨"补农"过程中政府与各市场主体联动状况存在的问题和设计"补农"主体联动形式的基础；对现行"以工补农"的效果进行分析时运用定性和定量相结合的方法。具体地讲，在财政直接支农政策的评价中主要运用DEA评价法分析财政支出对农业产出的效果，运用回归方法分析财政支出与农民收入关系；在金融支农和企业支农政策的评价中主要运用制度分析法分析了金融机构和企业支农的机理。最后，根据现阶段政府与市场主体联动存在的问题及其制约因素，结合"以工补农"的基本目标和主要任务，借鉴发达国家农业支持政策的经验，设计和研究新时期政府与市场主体联动的基本形式及其制度和体制保障，以完成本课题研究的核心任务。

第一章 文献评述与概念规范

一、"以工补农"的文献评述

学术界对"以工补农"问题的研究主要集中在四个方面，主要回答什么是"以工补农"，为什么要"以工补农"，什么时候可以"以工补农"，怎样进行"以工补农"，即"以工补农"的概念、缘由、时机和方式问题。

（一）关于"以工补农"的概念

1. "以工补农"概念

冯海发在《试论工业化过程中的工农关系》（1989）一文中较早明确地使用了"以工补农"的提法。① 文章根据工业化过程中农业与工业相互关系的演化过程，把工业化划分为三个阶段：初始阶段、中级阶段和高级阶段。文章认为工业化高级阶段工农业关系的基本特征是："工业支援农业，农业受到保护，发展政策以保护农业为特征。体现在资源

---

① 此前也有一些文章提出了工业化资金积累的问题，甚至也涉及了工农关系的问题，比如陈加骥在《对我国工农业协调发展的研究》（载《农业经济问题》，1988 年第 10 期）一文中指出："从各国的经验来看，在工业化资金积累上大体经历了三个阶段：工业化初期主要依靠农业积累；工业化中期是工、农业的积累用于各自的发展，工业化后期主要依靠工业积累"。但研究没有进一步深入，也没有明确提出"以工补农"。

流向上，即工业剩余回归农业，使对农业的资本注入大于农业的资本抽取"。

进入 21 世纪后，随着"三农"问题日益突出以及中央一系列政策的贯彻实施，人们对"以工补农"问题的研究日益广泛而深入，对"以工补农"概念等认识渐趋清晰。邓大才在阐述"以工补农"的内涵时，列举了一些关于"以工补农"的认识误区，诸如"以工补农"是工商企业对历史还账；"以工补农"就是工商企业直接向农业、农民贴钱贴物；"以工补农"只是工商企业和农业、农民之间的事情，只是涉及相关农工商企业的责任，要用强制手段等等。由此提出了理解"以工补农"概念的两个视角：一是从狭义看，"以工补农"就是工业对农业进行直接的支持和帮助，如直接向农民给钱、给物、给技术；二是从广义看，"以工补农"就是工商业对农业的一切帮助和支持，包括以工建农、以工支农、以工助农、以工补农、以工养农、以工护农、以工带农，等等。（邓大才，2003）周立群对"以工补农"同样持狭义和广义两种观点。认为狭义的工业反哺农业就是对农业和农民收入进行直接补贴。广义是指非农产业和城市对农业和农村的反哺，是充分利用城市经济带动农村经济的发展，拓宽农民的收入渠道，变农民为城市（镇）居民，并在农民绝对数量不断减少的情况下，实现农业生产的规模化和现代化。（周立群，2006）

马晓河认为，工业化进程中的工农业关系只宜划分为"以农补工"和"以工补农"两大阶段，工业反哺农业始于工业化中期，并向工业化后期延续，并指出这里的"工业"和"农业"都是广义的，前者包括非农业部门和城市，后者则包含农业和农村。（马晓河，2005）看得出，马晓河基本上是采取广义的"以工补农"概念。

安同良认为，工业反哺农业是在发展中国家二元经济存在的前提下，工业化进入中期后，以工业及工业企业的发展哺育、带动及外溢农业、农村的产业发展与升级，实现农民收入持续增加，同时在国家与地区层面获得工业与农业的协调联动发展。（安同良，2007）

2. 其他近似提法

"农业保护"。蔡昉"从国内农产品与国际农产品的价格关系"视角认为，是在国际竞争中通过特殊政策保护本国农业产业的生存发展。（蔡昉，1993）冯海发"从一国内农产品实际交易价格与市场均衡价格间的关系"的视角认为，农业保护就是要使农产品实际交易价格高于市场均衡价格。（冯海发，1993）牛若峰将农业保护政策作为农业向市场经济过渡的一个政策方向，认为中国正处在向市场经济过渡和经济快速成长时期，在这个时期，农业的份额和相对重要性逐渐下降，农业生产的优势和比较利益也逐渐下降甚至丧失，农业资源大量外流，面临生存与发展危机。（牛若峰，1993）农业保护的实质是在产业间保持资源配置平衡和经济成长效益分配合理，以维护农业生机，谋求持续发展。

"农业支持"。1993年底《乌拉圭回合农业协议》（简称《农业协议》）的签订及"绿箱政策"的设置促使各国农业政策由以价格保护为主的直接保护逐步向以"绿箱政策"为主的间接支持转变，由此有了"农业支持"一说。但早期基本上没有把"农业保护"和"农业支持"区别开来。中央有关文件也多次提到过"要建立健全国家对农业的支持保护体系"，"加强农业立法和执法。支持和保护农业"。张哲则认为农业保护和农业支持是有区别的，农业保护是政府利用行政的或法律的强制力量，使农民在实现其农产品价值时能够得到高于由市场均衡价格所决定的收入的一种政府行为。（张哲，2002）其基本特征是政府对农民收入的直接增加，实质是依靠增加农民收入来刺激粮食产量的增加，保证粮食安全。农业支持则是政府从改善农业生产的基本条件入手，通过对农业科技、教育、水利、环保、基础设施等公共产品的财政投资，为农业的发展夯实基础，增加后劲。其基本特征是通过对农业生产条件的改善来增加农民的收入，实质是走农业可持续发展的道路。

邓大才又将"以工补农"解析为"以工哺农"、"以工带农"等多种形式，并具体对这些形式进行了界定。（邓大才，2003）（1）以工哺农。就是工商企业直接补贴农业，向农业支持资金、物质、技术。这种方式虽然可以直接给贫穷的农民和地区带来直接的哺农效果，但是这些效果是一次性的。（2）以工带农。就是通过工商企业的发展带动农业、农村的发展。这是"以工补农"诸种方式中较为理想的形式，具有普遍推广和应用价值，也符合市场经济规律，可以实现工农联动、工农双赢。（3）以工养农。就是通过工商企业的发展来涵养农业、哺育农业。以工养农与以工带农的区别就在于以工养农是从侧面帮助农业、支持农民，其方式不是直接的。（4）以工建农。就是工商企业帮助农村建设、促进农业的发展，主要是指涉农工商企业，特别是工农一体化经营的企业，为了获得稳定、质量可靠又符合加工要求的农产品，往往会拿出一部分资金来建设农村，包括硬件建设和软件建设。（5）以工护农。主要是工商业保护农业，帮助农民抵御和规避农业生产经营风险。利益关系就成了工商企业护农的重要动因。工商企业特别是涉农工商企业与农业的较大的相关性。农业的波动会影响工商企业的发展。（6）以工助农、支农。工商企业通过国家中介来支持、帮助农民称之为支农和助农。

综上可见，人们对"以工补农"的界定尽管大致相同，但在一些具体的问题上还是存在分歧。比如关于"补农"的对象有些强调农业，有些强调农民，也有些强调"三农"；关于"补农"的主体，有些强调政府，有些强调工商企业，有些强调非农产业和城市，反映出学术界对"以工补农"的认识还不尽统一。

（二）关于"以工补农"的原因和时机

为什么要"以工补农"，以及在什么情况下应该"以工补农"是两个重要而紧密关联的问题。为什么要"以工补农"往往暗含了"农业保护"的实际需要。"以工补农"和"农业保护"尽管在字面上不同，但从提出的背景和涉及的内容上看，实质上是一个问题，只不过是"农业保护"问题有时会更多地关注农业。

1. "以工补农"的原因

刘怡较早阐述了"以工补农"的理由。他在分析通过发展乡镇企业进行"以工补农"时提出了四个方面的理由。第一，农业的重要性：无农不稳，无粮则乱。第二，乡镇企业本身也有赖于农业和农村的发展。

第三，农村各业之间存在比较利益的差别，需要调节。第四，乡镇企业有了较好的发展，具备"以工补农"的物质基础。（刘怡，1988）

概括地讲，国内研究者关于"以工补农"的理由，主要从以下几个角度进行分析。

——从农业的特点和重要性的角度。张仁春从三个方面分析了保护农业的理由。第一，是由农业生产的特点所决定的，农业同其他产业部门相比具有以下一些明显的特点或弱点：农业生产受自然条件强烈制约；农业生产周期长，资金周转速度慢、效率低；农业具有强烈的季节性，固定资产利用效率低；农业存在报酬递减规律；农产品消费弹性小。第二，是由农业的基础地位所决定的，农业生产是人类生存活动的最基本条件，是决定整个国民经济发展规模和速度的基础产业部门，也是关系国家安全和社会政治安定的特殊经济部门。第三，是由我国农业发展现状的迫切要求所决定的。（张仁春，1993）我国农业的现状，决定了我国农业劳动生产率水平的提高受到了限制，既缺乏抵御自然灾害的能力，更难于承受市场风险，无力同技术水平高、规模大、劳动力组织比较合理的其他产业部门竞争，并明确指出政府对农业实行特殊保护政策，是市场经济条件下农业和国民经济高速度发展的客观要求，而且市场经济越发达，经济发展水平越高，越是要加强对农业的保护。牛若峰提出必须保护农业的两个理由之一是，在经济快速成长时期，农业仍然是维护经济发展的基础。国家的经济繁荣靠二、三产业，而社会的生存安全却仍然要靠农业。（牛若峰，1993）

——从市场竞争并结合我国农业发展现状的角度。郭书田指出我国经济正在发生两个重大的变化，一是由计划经济向社会主义市场经济转轨，二是国内与国际两个市场接轨，从而我国农产品面临来自两个方面的挑战：一是农产品走向市场化以后，由于粮棉等大宗农产品属生物性产业，生长周期长，受自然灾害的影响大。与其他产业相比，经济效益低，农民的生产积极性不高；二是在国内国际两个市场接轨以后，国内市场势将受到国际市场的冲击，在生产基础脆弱、后劲不足、经营规模小而科学技术水平低的情况下，国内农产品势将处于十分不利的境地。

（郭书田，1994）农业的特点是自然再生产与经济再生产交织在一起的生物性产业，是社会效益大而经济效益低的准公益产业。在我国，农业又是基础脆弱，后劲不足，人均占有量很低的弱质产业。因此，除了从多方面提高农业自身的竞争能力外，还必须由政府采取必要的保护政策。程国强则从国际市场竞争的角度指出，我国即将重返关贸总协定，国内农产品市场向世界全面开放已不可避免。（程国强，1993）中国农业怎样在国际竞争环境中继续支撑国民经济的健康运行，亦有赖于我们如何按国际惯例给农业以既符合多边纪律规则，又富有效率的支持与保护。

——从国外经验和一般规律的角度。张仁春指出：当今发达国家对农业的保护越来越加强，对农业的补贴日甚一日，充分证明了对农业实行特殊保护政策的必要性。（张仁春，1993）郭书田指出：从全球农业的发展历史看，农业的保护主义与农业的发展是伴随而生的。在20世纪30年代经济危机之后，为保证关系国计民生的粮食的供应，世界各国也纷纷采取对粮食的保护政策。二次大战以后，由于新型工业的发展和农业现代化的推进，在农产品过剩的情况下，欧美发达国家对农业的保护除了关税与非关税壁垒以外，还采取价格补贴和价格支持的政策，增加农产品的出口。（郭书田，1994）吴晓华指出：现在世界上几乎所有实行市场经济的国家或地区都对农业实行了形式不尽相同的保护政策；理论和现实也都表明，以市场经济作为改革取向的我国农业同样需要实行保护政策。（吴晓华，1995）冯海发指出：反哺农业是一个基本的经济发展现象，这个现象首先出现在发达国家的经济发展过程中。随着经济水平的不断提高，一些发展中国家和地区在其经济发展达到一定水平之后，也相继对农业采取反哺政策。（冯海发，1996）洪磊则进一步阐释了工业反哺农业是工农业关系变化规律和我国经济发展的客观要求。第一，它是我国工业化发展到中期的客观要求。第二，它是我国农业发展新阶段的客观要求。第三，反哺农业是 WTO 框架下保护我国农业和农民利益的客观要求。第四，工业反哺农业是由农业天生的弱质性特点所决定的。（洪磊，2006）

2. "以工补农"的时机

什么时机有条件或者能够进行"以工补农"？冯海发分析说明了"以工补农"的时机就是工业化发展的高级阶段：工业化高级阶段工农业关系的基本特征是工业支援农业，农业受到保护，发展政策以保护农业为特征，体现在资源流向上，即工业剩余回归农业，使对农业的资本注入大于农业的资本抽取。根据美国、日本和中国台湾地区反哺农业的经验，冯海发概括了工业反哺农业的经济发展阶段有四个基本标志并预测了我国"以工补农"的阶段大致是 20 世纪末 21 世纪初：第一，农业在国民经济中的相对份额大大下降，在国内生产总值结构中农业份额降低到15%以下；在工农业增加值结构中，工业份额与农业份额的比例大约为75%：25%，即工业份额已经是农业份额的 3 倍以上。第二，农业部门的就业人数在社会总就业人数中所占的份额已下降到30%左右。第三，城市人口在总人口中所占的份额已上升到50%以上。第四，人均GNP 按 1980 年计算达到 1 500 美元以上。（冯海发，1995）

20 世纪 90 年代中期也有学者基于当时的农业困境，认为应当停止或纠正"以农补工"或"工业倾斜政策"，并认为工农关系演变过程没有"工农自养"这一阶段，可以直接进入"以工补农"或"反哺农业"。1994 年陈吉元在接受《中国改革》杂志社记者采访时，认为经过几十年的发展，在工业发展壮大的情况下，我们应该考虑中国的经济发展是否要转入以工业支持农业这样一个新的阶段。第一，工农业产值结构发生了根本变化。第二，城乡居民收入差距在拉大。第三，我们现在正处在由计划经济体制向市场经济体制全面转轨的阶段，农业作为一种弱质产业，它的弱质矛盾越来越显著。

当前我国是不是就已经到了"以工补农"的阶段或时机呢？专家们却有不同的认识。林毅夫认为现阶段我国不能也不应该增加对农业的补贴。其理由有四：第一，我国目前的财政收入无法支持这样大的补贴。第二，如果我们对农业进行补贴会导致农产品过剩，产生一系列棘手的问题。第三，如果我们对农业开始进行补贴，就很难取消掉，因为取消补贴往往会引发政治问题。第四，对农产品进行补贴，在执行上非常困难。(林毅夫，2003) 但是，林教授却提出了中央政府财政支持农村的五种可行方式，包括取消农业税和农业特产税、以中央财政来支付农村中、小学教师工资、加大对农业科研的支持力度、建立全国统一的农产品市场、创造有利于农村劳动力向非农产业转移的条件。可见，尽管林毅夫认为我国还没达到工业反哺农业的阶段，但从具体分析来看，林教授是把工业反哺农业主要理解为财政对农业的直接补贴，其中又主要是会引起市场价格扭曲的"黄箱"政策。

(三) 关于"以工补农"的主体和方式

1. "以工补农"的主体

马晓河等在探讨了工业反哺农业的国际经验及我国的政策调整思路时，强调了各级政府在工业反哺农业中的相关职责：通过税收、财政调整国民收入分配，加强财政反哺；改革户籍管理制度、深化农村金融体制改革、完善土地征收制度及社会保障制度等。(马晓河等，2005) 从政府在"以工补农"中的职责来看，这里也就强调了政府应该是"以工补农"的实施主体。

卢昆的"主体观"更为明晰。他指出，工业反哺农业是国家宏观经济层面上产业部门之间的对应关系，具体指工业部门的产出剩余流向农业部门。(卢昆，2006) 这就注定了在具体操作的过程中，担负起反哺主体角色的是国民经济管理者——从中央到地方的各级政府部门。因为，只有作为国民经济管理者的各级政府及其各职能部门，才能通过合法的公共管理权，通过国民收入的再分配，对农业部门进行积极的财政转移支付，从而保障经济体粮食安全和宏观经济的协调发展。

安同良则提出了"双主体论"。他将反哺主体概括为现代工业企业和政府两大主体。认为企业作为工业反哺农业的主体，是指企业通过市场途径在农村地区或农业进行投资吸收农村剩余劳动力生产经营实现利润，实现工农联动"双赢"的反哺；政府角色更多地体现为政策的引导性以及资源利用的导向性。(安同良，2007)

简新华等更进一步提出"三主体论"。他认为，由于工业反哺农业具有战略性、全局性和综合性，其实施主体不可能是单一的，而应当由企业、政府和社会组织共同组成。（简新华等，2007）当然，不同主体在工业反哺农业中发挥的作用也不完全相同。第一，企业作为工业反哺农业的主体，是指企业遵循市场规律，通过市场途径，在农村地区或农业领域进行投资、生产、经营，为农村、农业带来资金、技术、先进的营销与管理手段等现代生产要素。农业龙头企业就是其典型形式。第二，政府在工业反哺农业的过程中起着主导和推动作用，是最重要的主体，可以有效弥补市场机制的缺陷。第三，社会组织通过与"三农"相关的各种社会非政府组织筹集各种资源，利用自身联系广泛、拥有专业知识等优势来促进农业和农村的发展。它在工业反哺农业过程中，起着重要的辅助作用。

2. "以工补农"的方式

牛若峰从农业保护的角度把农业政策分为"间接保护"和"直接保护"两类。间接保护政策包括国家和地方财政支持农业基础设施、市场体系和市场风险防范体系建设，支持涉农公共部门和公益性服务事业发展，利用专项储备、农业发展调节基金、农业保险体系和金融服务来加强对市场的宏观调控，让农民基本上无偿地或低偿地分享这些公共设施和公益性服务。直接保护政策包括对粮食等实行收购保护价和对农用生产资料实行优惠供应及计划外最高限价，对农民收入与非农居民收入的差别设定较为公平的比例，当农民收入低于这个比例时，则应通过价格、补贴及其他利农措施加以调适。（牛若峰，1993）

程国强基于国际多边贸易体制框架具体提出了三项农业支持保护政策：第一，调整农产品市场价格政策，逐步转变歧视农业的政策倾向。第二，加强农业收入支持措施，包括直接收入支持与间接收入支持。第三，调整农业长期发展政策及宏观经济政策。（程国强，1993）

冯海发根据国外的经验总结了四种方式：第一，市场价格支持，如价格补贴、关税或差价税、出口补贴等。第二，直接收入支持，如灾害补偿、缩减生产补偿、贮存补偿、差额补偿等。第三，间接收入支持，如通过对农业投入物（化肥、机械、种子、农药、农膜等）的价格优惠、贷款利率优惠等以减少农业生产者成本支出的那些措施。第四，其他支持，包括国家用于改善农业环境和基础设施方面的投资和在科研、推广、培训、交通运输等方面为农业生产者提供优惠服务。（冯海发，1996）

张哲专门区别了"农业保护"和"农业支持"。从方式来看，农业保护由两大部分组成：一是农产品边境政策措施，包括关税壁垒和非关税壁垒；二是"国内支持"措施，包括粮食最低收购价、农业生产要素投入品价格补贴和农产品营销贷款等。农业支持也由两大部分组成：一是改善农业基础条件的投入；二是用于改善和提高农业生产要素质量的投入，如优良品种的引进和使用补贴、农业科技教育和农民培训费用等。（张哲，2002）

邓宏图把工业反哺农业具体方式分为"直接反哺"和"间接反哺"。直接反哺是指工业部门的剩余回流于农业，即工业部门把自身的部分剩余无偿地转移到农业部门，对农业发展实施补贴。反哺农业是政府行为，首先把工业部门的剩余集中于政府的财政收入，政府再通过发展政策，把工业剩余注入农业。间接反哺分两种，包括以"中心—外围"机制为中介的"间接反哺"和以农业产业化为中介的"间接反哺"，其目的是为了实现工农统筹，城乡联动。（邓宏图，2005）

周立群在分析认为学界对"以工补农"方式的认识不断深化，已从反哺次序、反哺主体、反哺手段、反哺机制等方面进行了多视角研究的基础上，提出了工业反哺农业要分三步走的观点：一是政策反哺和制度反哺；二是技术反哺和产业反哺；三是收入反哺。（周立群，2006）由此关于工业反哺农业手段或方式，可以概括为政策反哺、技术反哺、资金反哺、人才反哺和体制反哺等五种形式。

安同良则将工业反哺农业的方式分为"自然反哺"和"强制性反哺"两种实现路径。自然反哺是通过吸引外来投资的企业雇用剩余劳动力，支付高于传统农业的工资，实现工资收入的反哺，因为剩余劳动力的转移以及工资收入的增加是一个基于企业与农民双重自主选择的市场机制调节的结果。强制性反哺是政府将获得的税收收入反哺于当地农业、农村发展,因为这一过程实现必须借助于政府的力量,凸显"强制性",并认为这种分类对工业反哺农业的路径进行了有效的精炼概括,其归结点是农村、农民收入的增加,也就是工业反哺农业、农村有效性的最终体现,因为城乡收入差距是中国工业化进程中的基本事实,而平抑这种收入差距是中国目前农村工作的关键所在。(安同良,2007)

二、"以工补农"的理论基础

(一) 经济发展阶段理论

最有影响的经济发展阶段理论主要有配第—克拉克的产业演进理论、罗斯托的经济成长阶段论、钱纳里和霍夫曼的工业化阶段理论、刘易斯、费景汉和拉尼斯的二元经济发展理论等,这些理论在研究经济发展阶段的演进及划分中,都不同程度地涉及工农关系问题。

1. 配第—克拉克的产业演进理论

威廉·配第在 1691 年根据英国当时实际情况分析认为,工业往往比农业、商业往往比工业的利润多得多,因此劳动力必然由农转工,而后再由工转商。后来英国经济学家科林·克拉克于 1940 年通过计量分析和比较了不同收入水平下就业人口在三次产业中分布和结构变动趋势后,印证了配第的观点,故后人称之为配第—克拉克定理。该定理把人类全部经济活动分为第一产业(农业)、第二产业(制造业、建筑业)和第三产业(广义的服务业)并认为,随着人均国民收入水平的提高,劳动力首先从第一产业向第二产业转移,当人均国民收入水平进一步提高时,劳动力便向第三产业转移。这一理论表明:经济发展过程中农业和非农产业之间劳动力及其他生产要素配置的动态关系,总体是从农业流向非农产业。

2. 罗斯托的经济成长阶段论

美国经济学家罗斯托在《经济成长的阶段》(1960)中提出了"经

济成长阶段论"，将一个国家的经济发展过程分为 5 个阶段，后来在《政治和成长阶段》（1971）中改增为 6 个阶段：传统社会阶段、准备起飞阶段、起飞阶段、走向成熟阶段、大众消费阶段和超越大众消费阶段。罗斯托认为，经济起飞必须具备 4 个条件：生产性投资率提高，占国民收入的比例提高到 10% 以上；经济中出现一个或几个具有很高成长率的领先部门；发明和革新十分活跃，生产过程吸收了科学技术所蕴藏的力量；适宜的政治、社会以及文化风俗环境。在起飞阶段，随着农业劳动生产率的提高，大量的劳动力从第一产业转移到制造业，外国投资明显增加，以一些快速成长的产业为基础，国家出现了若干区域性的增长极。起飞阶段完成的标志是国家在国际贸易中的比较优势从农业出口转向了劳动密集型产品的出口。而走向成熟阶段，投资的重点从劳动密集型产业转向了资本密集型产业等。罗斯托的经济成长阶段论所反映的工农关系趋势基本上与配第—克拉克的发现相一致，农业资源配置和产出份额要受到影响。

3. 钱纳里等的工业化阶段理论

美国经济学家钱纳里调查研究了 101 个发达国家和发展中国家或地区的经济结构问题，提出了工业化阶段理论。他认为经济发展就是经济结构的成功转变。经济结构成功转变的基本内容就是传统农业主导的经济结构，转变为现代工业主导的经济结构。经济结构转变的整个过程，经历逐步推进的三个阶段。在经济结构迅速转变的第二阶段，由于工业制成品市场需要的激励，资金、劳力等生产要素资源从生产率较低的传统农业部门和其他部门，迅速流向生产率较高的现代工业部门和其他部门，现代生产技术也在现代工业部门和其他部门迅速发展起来。现代工业部门和其他部门不仅获得了资源重新配置的直接增长效应，而且获得了资源在整体经济中重新配置的总体再配置增长效应。在经济结构转变完成的第三阶段，传统农村农业实现了现代化的改造和发展，现代农业部门从生产率低速增长部门转变为生产率增长速度较高部门，缩小了同现代工业部门和其他部门的生产率差距，农业和非农业实现协调发展。最后，二元经济结构转变为一元经济结构，经济不发达状态转变为经济发达状态。

4. 刘易斯、费景汉和拉尼斯的二元经济发展理论

刘易斯在《劳动无限供给下的经济发展》中提出了著名的二元经济结构下无限剩余劳动供给理论。他认为，发展中国家的传统农业部门存在着无限的劳动供给。（刘易斯，1954）在传统农业部门与现代城市工业部门的劳动生产率存在很大差别的情况下，城市工业部门只要提供略高于农业部门的工资便可得到源源不断的劳动力供给，即农业剩余劳动力会不断向工业部门转移。这样不断发展下去的结果，就会出现一个传统农业部门的剩余劳动力全部转移完毕的转折点。此后，农业部门工资上升，两大部门的经济差别得以消除，城乡间的劳动力皆可实现充分就业。费景汉和拉尼斯继承发展了刘易斯的思想。费—拉模型采用刘易斯模型中的现代部门等同于工业部门，将传统部门等同于农业部门的假定，并假定农业中存在着不变的维持生计工资。他们认为，二元经济结构的转换应包括三个阶段：第一阶段类似于刘易斯模型认为农业部门剩余劳动力转移的机会成本很小或者接近于零，因此可以向工业部门无限供给剩余劳动；第二阶段中，农业部门逐渐出现生产剩余，这些生产剩余可以满足非农部门的消费，从而有助于劳动力向工业部门的转移；第三阶段，农业中全部剩余劳动力都被吸收到工业部门就业，但要实现这一目标，就要在工业部门扩张的同时，推动农业生产率的提高，使农业发展与工业发展同步进行。费–拉模型的认识观点的重要意义在于，它揭示了这样一个命题：经济发展过程中正确处理好工农两大产业之间的关系，促进农业和工业协调发展应该是促进二元经济转换的基本条件。

理论家们在分析经济发展各阶段工农关系的时候，也有从农业的地位和重要性的视角论及了支持保护和促进农业发展的。早在 20 世纪 40 年代，张培刚就在其《农业与工业化》中专门论述农业在工业化进程中的贡献问题。库兹涅茨在《经济增长与农业的贡献》（1961）一文中对农业的基础性作用进行了重新概括，并作了定量分析。贾塔克和英格森特在《农业与经济发展》（1984）一书中，首次清楚地将农业的基础性地位概括为四大贡献：即产品贡献、要素贡献、市场贡献和外汇贡献，

并认为随着工业化进程的推进，农业的贡献在不断发生变化。但不管怎么变化，特别是到了工业化中后期阶段，农业的产品贡献不仅不能替代，而且越来越强化。在工业化的高级阶段，工业部门已经发展壮大，并具备了自我积累的能力；农业部门的相对规模越来越小，而且农业剩余劳动力也不复存在了。在这种情况下，农业对工业发展的要素贡献和外汇贡献会进一步削弱，而农业的市场贡献也在逐步减小；然而随着工业规模日益增大、城市人口越来越多，农业部门对工业发展的产品贡献将再次突出显现出来。此时，农业不仅要满足城市居民的食物需求，而且还要为工业提供足够的原材料。随着工业部门对农业剩余产品的需求压力不断增强，随着农业人口的不断减少，改进农业生产技术、提高人均农业产量将是一个非常现实的问题。为了更有效地发挥农业的基础性作用，政府还有必要对农业采取一定的支持和保护政策，同时还有必要使工业化对生态环境的破坏降到最低的限度。

（二）政府职能定位理论

1. 政府干预与市场失灵相关理论

现代农业作为国民经济基础产业，必须通过走向市场完成其整个再生产循环，其中主要是"看不见的手"起作用，政府这只"看得见的手"发挥作用进行"以工补农"的理论依据何在？其实，最早主张国家干预的经济学派是重商主义。在重商主义者看来，国家干预经济活动，是保障财富增长的重要手段，也是国家致富的可靠保证。重商主义的特点是，力图通过调节商品的运动，达到积累货币财富的目的，因此，它被称作"贸易差额论"或"贸易平衡论"。这是因为，在市场经济发展的早期阶段，市场机制尚不完善，市场尚不具有自我调节的力量，即使在市场力量发生作用的那些领域，市场运行结果与经济目标的差距也难以令人满意，于是政府便开始大规模地干预直至参与社会的经济活动。

18世纪中叶，上升时期的资本主义经济已经日渐成熟，市场机制也已趋于完善。随着市场经济日渐成熟，重商主义政策已不符合经济发展的需要，国家主义经济不仅不利于市场经济的进一步发展，而且日益成为当时社会经济发展的体制障碍。以亚当·斯密为代表的一代经济学家竭力主张"自由放任"的经济政策，要求政府为了商业和贸易的自由而尽可能地缩小其经济权限。然而，1929—1933 年资本主义世界发生了历史上最深刻、最持久、最广泛的经济危机，生产缩减和失业加剧达到前所未有的程度。英国著名经济学家凯恩斯 1936 年发表了《就业、利息和货币通论》一书，对传统经济理论和政策提出了全面的挑战和批判，指出自由放任政策下的资本主义经济必然会因为有效需求不足而发生经济危机，提出政策干预经济以保证充分就业、避免危机的一整套政策措施。可见，市场失灵是强调政府干预的基本依据。萨缪尔森和诺德豪斯认为：即使市场本身是有效的，它也可能导致令人"难以接受的收入和财富的不平等"，而且还会产生"商业周期（高通货膨胀和失业）"和"低经济增长"等"宏观经济问题"。（萨缪尔森、诺德豪斯，2004）可以说，政府进行"以工补农"的基本理论依据，就是由于农业特殊性及其他一些制度和技术性等原因，农业在通过市场和工业等非农产业交换中不能有效避免"难以接受的收入和财富的不平等"的问题，即市场失灵问题。

当然，政府也同样存在失灵问题。政府失灵指政府在为弥补市场失灵而对经济、社会生活进行干预的过程中，由于政府行为自身的局限性和其他客观因素的制约而产生的新的缺陷，进而无法使社会资源配置效率达到最佳的情景。政府失灵的存在也是强调自由市场的依据。但是否定政府干预是很危险的。现实而合理的政府与市场的关系应是在保证市场对资源配置起基础性作用的前提下，以政府的干预之长弥补市场调节之短，同时又以市场调节之长来克服政府干预之短，从而实现市场调节和政府干预二元机制最优组合，即经济学家所推崇的"凸性组合"。

2. 发展中国家政府职能定位理论

由于发展中国家具有"后发展症候群"，决定了政府在国家经济成长过程中必须起主导作用。戈登·怀特指出：那种以自由资产阶级为基础的原发型的渐进式发展，在一个为主要资本主义列强所支配的世界经济秩序中，已经是不可能的。（怀特，1992）无论是就外部而言，要取得政治、经济灵活运作的自由，还是就内部而言，要改变制度、重新组织阶级力量、动员剩余物资、重建经济和维持社会政治稳定，国家政权的作用，都是决定性的。从有效的经济运行角度看，发展中国家应该以市场机制作为实现经济发展的主要工具。但是，政府的作用是非常重要的。这是因为，如果没有有效的政府，经济的、社会的和可持续的发展是不可能实现的。有效的政府是经济和社会发展的关键。只不过政府在经济和社会发展中的中心地位，不是作为增长的直接提供者，而是作为合作者、催化剂和促进者而体现出来的。

相关理论表明，关于政府作用的最重要的问题，既不是公共部门的规模应有多大，也不是政府应在多大程度上干预经济，而是政府应该在哪些领域进行干预。一般认为，应该从重视有关计划和控制的政策转向那些通过市场发挥作用的政策。在那些可以发挥市场功能的领域，或者是通过一些办法能够促使市场运行的地方，政府应该尽量减少干预。同时，在那些不能依靠市场的领域，政府应当发挥更大的作用。换句话来说，对发展中国家来说，它们不能坐等市场机制自动地运行，而必须建立起一个制度框架以促进市场最有效地运转。市场的质量取决于这种制度框架，而由于这种制度框架在很大程度上是由政府决定的，所以事实上市场的质量也是由政府决定的。为此，政府应该建立那些支持市场而不是反对市场的制度。

显然，政府进行"以工补农"究竟该怎么做，怎样来承担职能作用，上述理论观点提供了很好的借鉴。

三、"以工补农"的概念界定

(一)"以工补农"的认识误区

迄今人们对"以工补农"概念的认识还不尽一致，而且有些方面还存在一定的认识误区。

第一，对"以工补农"的对象定位，较普遍的倾向是锁定在单纯"补"农业的层面。但实际上，从中央"以工补农"政策产生的背景来看，其背景是"三农"问题，而不单纯是农业问题。中央一系列"以工补农"政策的内容，比如，从免除农业税和"多予、少取、放活"政策，以及后来的一系列增加农民收入的措施来看，其目标并不仅仅是农业，而更多地关注的是农民问题。中央使用的如"工业反哺农业，城市带动农村"，"以工促农，以城带乡"等等提法，很清楚地表明了"以工补农"不单纯针对农业。

第二，对"以工补农"的主体认识，仍有部分观点还停留在"工商企业"的主体定位上。尽管目前很多人已经认识到了政府和社会力量的重要性，但是"以工补农"的"工"往往让人们局限于工商企业反哺农业，或者说非农产业"补农"的范围内思考问题；过去所谓"还账论"等观点，几乎就是把"以工补农"看成是工商企业应当承担的一种社会责任，政府似乎只是一个"促进"或"引导"的主体而非"以工补农"的主体。其实，"以工补农"问题的提出，是因为农业的特殊性和重要性以及历史等原因引发的多重矛盾性。稳定农业，发展"三农"从而促进科学发展，构建和谐社会，实现城乡统筹等等构成不可分割的整体战略，工商企业有责任，政府更有责任，社会也有责任。"以工补农"主体应该是一个"三位一体"的概念。

第三，"以工补农"或"以农补工"都是依据工业化不同发展阶段而推行的政策选择。问题是，工业化初始阶段存在"以农补工"可能是一种事实，但未必就是政府积极推行的"剥夺农业，支持工业"的政策手段。在较早完成工业化的国家，如英国、法国、德国、美国等国，在其工业化初始阶段正是处于自由竞争资本主义时期，这时的政府奉行不干预主义，积极主动的"以农补工"政策很难与之联系起来。后来一些后起工业化国家在其工业化初始阶段之所以采取"以农补工"政策，并不单纯与工业化发展阶段相关，而是与国际竞争环境有关。面对日益激烈的国际竞争，这些国家迫切需要通过发展工业来提高国际竞争力，其政府制定了明确的工业化目标和规划，千方百计推进工业化进程，才会有明确的"以农补工"政策。而之所以采用"以农补工"政策，这与在工业化初始阶段国民经济结构直接相关。这时候农业的份额占绝大比重，国家的财政来源也主要是农业。

工业化国家进入工业化高级阶段后实行"以工补农"政策，也不一定就是与工业化发展阶段必然联系的产物，其背景较为复杂。甚至有研究表明，各国实施这些政策的实践与其工业化发展阶段，以及所谓进入"以工补农"阶段的标志并不完全一致。马晓河在研究发达国家和地区工业反哺农业的经验时，把反哺时期分为转折期和大规模反哺期，并发现美国、英国、德国、法国、日本、韩国和中国台湾在政策上进入大规模反哺期的几个指标跨度其实很大：人均 GDP 从中国台湾的 3 645 美元到美国的 6 907 美元（1990 年美元）；农业 GDP 的份额从英国的 6% 到韩国的 14.5%；工农 GDP 比例从美国的 74：26 到英国的 88：12；农业就业比例从英国的 5.7% 到韩国的 34%；城市化率从韩国的 57.3% 到英国的 77.9%。（马晓河，2005）这说明，一定要到工业化高级阶段才具备"以工补农"条件，才必须推行"以工补农"政策的观点，是值得商榷的。

（二）"以工补农"的概念界定

我们认为，"以工补农"是基于农业的特殊性，以及在工业化进程中工农关系、城乡关系的特殊矛盾和"三农"问题日益严峻的背景，政府通过必要的干预手段和再分配手段，调整各相关集团的利益关系，直接对"三农"或调动工商企业和社会各方力量对"三农"进行支持和帮助，以促进"三农"健康发展，并借以促进国民经济各部门协调发展的战略举措。这一界定包含了以下几个方面的内涵：

第一，"以工补农"实质上就是政府通过调整国民收入分配格局，调动社会各方力量对"三农"进行支持和帮助，纠正"重工轻农"、"重城轻乡"的历史偏差，克服市场失灵对"三农"的不利影响，构筑工农协调发展，城乡和谐共进的新机制，以促进科学发展，实现城乡统筹与社会和谐的战略过程。这一过程从背景上看，是"三农"问题日益严峻，已经影响到全面小康建设目标的顺利实现。从对象上看，是对"三农"整体的支持和帮助。从具体的政策措施所体现的精神来看，其政策目标在于"三农"的整体发展，在于"三农"问题的最终破解，采用的政策措施也是全方位的。

第二，"以工补农"的第一责任主体是政府，因为单纯市场机制无法解决"三农"问题。前面已经讲过，促进"三农"整体发展，工商企业有责任，政府更有责任，社会也有责任。尽管在具体的"以工补农"操作中离不开商业性金融机构和工商企业等市场主体，但是不可否认，任何市场主体都不会主动和自动地进行"补农"。市场主体本质上是趋利的，希望其主动地"补农"是不现实的。而且，由于农业的特殊性以及在工业化进程中"三农"本身处于弱势地位，在市场自由竞争中，"三农"的合法权益很容易流失，所以单纯市场机制无法解决"三农"问题。这既是"以工补农"的深刻原因，也是政府具有不可推卸责任的原因，政府必须走到"以工补农"的前台。这样说，并不是认为"以工补农"中市场主体不重要，而是认为在市场经济条件下，关键是政府如何来规范和引导各市场主体真正和有效地"补农"。对"三农"的支持和帮助的经济源泉最终来自于各种非农主体，政府仅作为市场交易关系外的第三方调节干预交易过程，或通过政策手段调节国民收入初次分配和再分配，促进利益的重新安排以实现双赢。所以说"以工补农"各个主体都是不可或缺的必须互补的重要力量。

第三，"以工补农"最重要的内容是着眼于工农协调发展，城乡和谐共进的新机制。"以工补农"、"以城带乡"，关键不是"补"和"带"的本身，而是要通过"补"和"带"的方式提高"三农"发展的能力，资金支持只是手段，关键是造就某种机制使各相关主体把自觉地支持和帮助"三农"发展，在互动发展中实现双赢或多赢。要彻底改变传统单纯输血式的"补农"方式，通过一系列制度创新，让农业再生产循环能够顺利进行，健全农业正常积累和投入机制，实现农业可持续发展；要让农业经营者能够有效参与利润平均化过程，获取正常的农业经营收入并实现稳定就业和持续增收；要在一系列政策机制的引导下，增加农村公共产品的供给，促进农村综合发展，实现城乡统筹发展。

第四，"以工补农"基本目的是在促进"三农"整体发展基础上实现工农关系和城乡关系的动态和协调发展。针对历史上"重工轻农"、"重城轻乡"造成的"三农"问题的严峻现实和不良影响，人们注意到，再不认真解决"三农"问题，将会导致工农关系和城乡关系的严重不协调，"三农"问题再继续下去，必将影响我国现代化建设和全面小康建设的整体进程。一个发达的现代化强国，除了要有强大的工业，还应该有发达的现代农业，富裕的现代农民和繁荣的新农村；城乡必须统筹发展，工农必须协调共进，才符合现代化建设的整体战略。"以工补农"的现实任务，就是要突破"三农"发展的瓶颈，实现"三农"持续健康发展。但是从根本上讲，"以工补农"看上去是针对"三农"的问题，实际上是关系到我国城乡经济社会整体发展的问题。通过"以工补农"的一系列政策措施，构建工农、城乡协调发展的新机制，促进科学发展，实现城乡经济社会整体进步，正是"以工补农"的题中之义。

第五，"以工补农"的效果取决于各个主体互动关系是否顺畅。"以工补农"的主体是推动和参与"以工补农"的各种机构、组织和个人的总称，从大的方面讲主要包括政府、企业和社会。由于"以工补农"是一个长期、复杂和巨大的经济社会工程，尽管政府是"以工补农"的主导者和第一责任人，但"以工补农"本身是需要全社会的广泛参与。"以工补农"主体的广泛性和多样性，决定了政府与各主体之间必须具有良好的协调关系和力量整合。至少政府能否真正调动起各方面力量参与"以工补农"，各主体力量能否良好互动，直接影响其行为方式，更将对"以工补农"效果产生重要影响。

第二章 主要工业化国家农业支持与借鉴

对农业进行支持是发达国家政策的普遍倾向，研究和介绍发达国家农业支持政策也是国内学者研究"以工补农"问题的重要内容之一。发达国家工业化的发展背景与我国的背景有相同之处，也有不同之处，对其农业支持政策经验的学习和借鉴，有赖于对其背景及其政策本身的深入分析。

一、主要工业化国家农业政策的演变

英国是最早进行工业化和完成工业化的国家，其农业政策具有先驱意义；美国是农业最发达和占世界份额最大的国家，其农业政策具有先进经验意义；日本是人多地少的典型国家，其农业政策更具有学习意义。

（一）英国农业政策的演变

根据英国农业政策的性质，其演变大致可以分为以下三个阶段。

1. 资本原始积累时期：圈地运动（农业革命）和贸易保护政策（17 世纪中叶—1846）

在英国从传统社会向近代社会转型的过程中，圈地运动将传统的小农生产转换为现代的资本主义大农业，实现了农业生产方式的革命，成为英国社会转型的先导。在 12 世纪中叶，英国就有人将分散在各片大田的条形地通过交换而合并起来。都铎王朝与早期斯图亚特王朝考虑到兵源、财政和社会治安诸因素，基本上采取反圈地政策。从 17 世纪末到 18 世纪初，英国通过资产阶级革命，逐步确立了有利于资本主义发展的君主立宪政体、党制和内阁制。与资本有联系的土地贵族和资产阶级掌握政权后，圈地运动快速合法地发展，国会批准的圈地法案日渐增多，程序日益简便，规模不断扩大，以至于 19 世纪后期，全国土地被圈殆尽。圈地运动通过将原来开放地上的分散条地联成整块加以围圈，大地产吞并小地产，大地主侵占公地而排斥农民的权利。经过 18—19 世纪的圈地运动，英国农村的敞田制和公地制基本被消灭，封建土地所有制完全转化为资本主义大土地所有制，并最终形成了土地所有者、租地农场主和农业雇佣工人的近代农业阶级结构及资本主义的剥削关系。圈地运动所形成资本主义大土地所有制，比在分散小块的土地上经营农业有优越得多，而且这种大农场经营有利于使用各种机器进行生产和进行各种技术改造和革新，使资本在农业中得到自由的利用，这就推动了英国农业生产的发展。

这一时期的农业贸易保护政策是总体贸易保护政策的一个方面。英国是实行严格的贸易保护政策的典型。它为保护其最重要的纺织工业，禁止纺织品进口。英国在 1660—1689 年间，通过若干法令限制谷物的进口，产生了《谷物法》，它是英国粮食进出口管制条例的总称。谷物法用提高粮食进口税的办法抵制外来竞争。1815 年拿破仑战争结束之后，针对外国粮食纷纷运入，英国又重新制定了《谷物法》，限制谷物进口，规定只有当小麦每夸脱价格涨到 80 先令时才准进口，继续保持粮食高价。这项法案在英国国内引起了工业资产阶级和广大工人的强烈反对。政府在多次下调谷物进口关税仍不能使民众满意的情况下，在 1846 年 6 月 25 日，英国上下两院通过了当时英国首相皮尔的废除《谷物法》的提案。至此，历史悠久而影响深远的《谷物法》被正式废除了。（王小芽，2006）

在《谷物法》的保护之下，英国农业生产力有了极大的提高，新技术、新工具得以应用和普及，致使粮食产量增加从而价格回落。1835 年底因粮食丰收，小麦价格大幅下跌，从 1830 年的每夸脱 62 先令 4.5 便士的年平均价降到 1835 年的 38 先令 1.5 便士，其他农产品的价格也在下跌，在人口快速增长的同时，谷物的价格还能保持这样低的水平，表明了英国的粮食生产能力已经达到一个很高的水平。1846 年《谷物法》废除后，英国粮食的进口也没有大幅度地增加。同时，《谷物法》事实上也减少了英国工业化的成本。英国工业革命以来，随着圈地运动的进行，大量的自耕农和小农场主失去土地而成为雇佣工，但是英国工业的发展尚不足以吸纳如此多的就业，劳动力的过度供给导致的工资下降和大量失业，常常引发工人骚乱，经济萧条时期这种状况更为严重。《谷物法》通过对农业的保护，延缓了小农场主破产和被兼并的过程，在一定程度上缓解了这种压力。到 1851 年，英国持有土地在 100 亩以下的小农场主尚有 142 358 个，他们所拥有的土地约占全国耕地面积的 1/4，这和 1831 年相比，变化并不大。（黄少安、郭艳茹，2006）

2. 自由竞争资本主义时期：自由放任与自由贸易政策（1846—1932）

17 世纪资产阶级革命以后直到 19 世纪 30 年代，英国的国家机构很不健全，近代形式的中央政府和地方政府都没有很好地完成机构设置，因此国家不能很好地管理国内外事务，也不能很好地体现资产阶级的利益。从 1688 年政变到 19 世纪 30 年代中期，英国的地方行政保持着相对的独立性，每个教区独立地负责管理贫民救济、维修公路以及维持乡村治安等工作。整个 18 世纪和 19 世纪初地方自治权很大，无政府倾向非常严重。直到 1888 年和 1894 年颁布两项地方政府法，才彻底改善地方行政机构的混乱状况。英国的中央政府到 19 世纪 30 年代仍然极不健全。从 19 世纪初起，英国议会和政府首先在贫民救济、公共健康、铁路和工厂制度、囚犯管理、教育、矿山和移民等方面成立了 16 个中央级的委员会，协助政府调查了解各方面的社会问题。根据这些委员会的调查报告，政府加强了对社会各方面的管理，以后才逐步建立了相应的中央各部。（王觉非，1997）同时，在英国农业发展到 1870 年时，长达近一个世纪之久的繁荣时代已进入尾声。农业在国民经济中的重要性逐渐减弱，农业在国民收入中所占的比重逐渐下降。1867—1874 年，农业在国民净收入中所占的比重是 15.7%，1875—1884 年，占 11.9%，1885—

1894 年，占 8.7%，1895—1904 年，占 6.8%，1925—1934 年，占 3.9%。而在同时期，制造业、采矿、造船、贸易、海外运输、海外收入、服务业等行业增长较快。（刘杰，1999）就是在这样一个现代行政管理体制还处在逐渐建立和完善的过程中，加上自由放任思想的影响，以及农业地位和贡献的下降，系统的农业政策是难以想象的。

　　1815 年议会制定的《谷物法》规定，当国内谷物价格低于每夸脱 80 先令时，禁止国外廉价谷物进口，以保持国内市场谷物高价为目的的谷物法严重损害了新兴的工业资产阶级的利益。所以，新兴的工业资产阶级便以争取自由贸易、废除谷物法为口号，掀起了一场运动，旨在改变政府的经济政策。"自由放任"口号是 19 世纪以前在法国提出的。它在英国提出则稍迟一些，最早在英国提出自由主义经济政策的则是亚当·斯密和大卫·李嘉图。李嘉图在《政治经济学和赋税原理》（1817）出版两年后当选为议员进入英国议会下院，自由放任理论则得到英国新兴工商业资产阶级的拥护。工业资产阶级争取实现自由放任经济政策的各种组织也随之出现了。1846 年废除《谷物法》，被看做是工业利益集团战胜农业利益集团、"黑色英国"战胜"绿色英国"的标志。

　　1873 年，资本主义世界爆发了一次空前严重的世界性经济危机，它标志着自由资本主义发展到顶点并开始向垄断资本主义过渡，从而使 19 世纪 70 年代成为资本主义发展史上具有转折意义的关键时期。英国这个在资本主义世界一直处于中心地位的国家，在这次危机中未能幸免，不仅爆发了工业危机，而且爆发了旷日持久的农业危机。19 世纪 70 年代的农业危机并不是英国一国的现象，对欧洲大陆各国都有影响，但是在英国表现得最尖锐，受到的打击最严重，时间也最长，它始于 1873 年终于 1896 年，长达 20 年之久，农业大萧条的外部原因是受外国廉价农产品竞争的影响，内部原因是连年不断的自然灾害，以及不适当的国内税收政策等。从 19 世纪 60 年代到第二次世界大战结束前的将近一个世纪中，英国农业除了两次世界大战曾经带来暂时的"景气"以外，大多数年份都处于萧条状态之中，农业生产发展缓慢甚至倒退。（于维霈，1981）

3. 1929—1932 年世界性经济危机后的国家垄断资本主义时期：积极干预和贸易保护政策（1932—至今）

1929 年在美国和其他一些资本主义国家爆发了一场世界性的经济危机，1930 年第一季度蔓延到了英国。在经济危机爆发的最初几个月里，外国农产品以倾销价格大量涌入英国市场。英国农场主由于得不到国家的任何支持，因此在同外国农产品生产者竞争中处于极为不利的地位。鉴于国际收支逆差日益恶化，迫使英国政府放弃了农产品进口的自由贸易政策。1931 年开始限制农产品进口，1932 年渥太华会议后，除从帝国自治领和殖民地进口的粮食给予"特惠"外，对其他国家农产品进口一律征收关税并规定进口限额，同时也加强了国内市场的管理。1931 年后，一部分农产品（如马铃薯、猪、腊肉、火腿、牛奶等）先后分别建立了农场主协会和市场管理委员会，结合进口限额规定各类农产品的生产量和销售价格。同时，政府为了保证地主和农场主获得高额收入，还广泛采用发给农业补助的办法。到 1939 年年中，英国政府对奶类、肉类、小麦、燕麦、糖用甜菜等主要农产品都规定了不同的保证价格。国家补贴的金额占农产品商品价值的 8% 左右。第二次世界大战再度引起英国农业的"景气"。在战争爆发时的 1939 年 9 月，英国食品储备很少。战争爆发后，德国占领了一向供应英国粮食的许多国家，并且封锁了大部分海上通道，使粮食进口迅即缩减一半以上，国内发生了严重的粮食危机。英国政府于是又采取了干预农业生产的措施。各地区建立了农业管理委员会对农业进行监督，同时提高农产品价格，供给农村农业机械，并对开垦草地的农户发给奖金。（于维霈，1981）

第二次世界大战结束以后，政府继续坚持对农业的干预。战后英国的农业发展大致可分为四个阶段，各阶段所要解决问题的重点不同，政策措施也有明显差异。

第一阶段（1947—1954），以解决国内农产品短缺为目标，致力于提高农产品自给率。1947 年农业法的制定和颁布标志着这一阶段的开始。这部农业法的基本精神是继续实行战争时期采用过的政府直接从农场主那里购买农产品，同时直接分配农业生产资料的政策。当时除果品外，几乎所有农产品都在法律中被列为"保护产品"由政府直接购买。凡被列为保护的产品农业部每年下达政府直接购买的数量、最低保证价格以及向农场主供应的农业生产资料。政府还鼓励各农场采取新的生产手段加速生产发展，包括增施化肥、采用良种、建立排灌设施、采用各种农机具。政府对购置上述生产资料的农场主给予直接发放补贴或提供贷款等优惠待遇。

第二阶段（1955—1962），在国内市场上部分食品的供应开始出现剩余的情况下，如何使农业生产继续发展。该阶段政策的目标是减少政府对农业的直接控制，通过市场竞争，促使农场在提高效益的基础上求得生存和发展。主要措施有：一是政府只直接控制牛奶和面包，允许其余产品进入市场自由交易。二是政府改变干预办法。首先，实行农产品的保证价格制度，对列入范围的农产品实行最低保证价格。其次，对农业有重点地增加生产补助。再次，1960年以后，减少某些农产品的进口数量，以保护国内农产品生产。从1963年起又陆续对市场上的某些过剩农产品规定生产限额，凡超过生产限额的部分不再享受保证价格和生产补贴。

第三阶段（1962—1973），农业生产持续增长，市场剩余产品迅速扩大。政府政策的核心是进行结构调整，其重点可概括为三个方面：一是调整生产结构，目标是争取易腐农牧产品逐步实现完全自给，非易腐农牧产品仍从国外进口。二是调整农场规模结构，鼓励扩大经营规模。三是实行农产品进口限额制度。

第四阶段，以英国1973年加入欧洲经济共同体为起点至今。在这一阶段，其进入执行"共同农业政策"的过程。（詹武、张留征，1987）

（二）美国农业政策的演变

美国农业政策大致分为四个阶段：

1. 第一阶段是1776—1870年的建国初期，农业政策是土地的分配与领土的拓展

美国在立国的最初60年间，政府所面临的主要问题是领土的扩张与土地的开发。通过美国与其他各国政府间的土地购买、转让或与土著印第安人签订的各类条约。美国的领土迅速扩张，此时。政策的主要重点在迅速填补土地上的空间，以移民的方式拓荒，发展农垦，引进相关产业。在1790年，美国的人口只不过400万人，其中90%的劳动人口在农业部门。当时的公共政策就是农业政策，国民经济也是以农业为主。早期的联邦土地政策是以高价大量出售国有土地，此举一方面可以给政府提供财政收入，另一方面则是将土地转移到私人手中。可是由于新的移民的资金限制，高地价政策使得土地的销售速度缓慢，而且对于欠缺资产与现金的小农，也无法通过抵押取得贷款资金，购买高价土地。因此，在1790—1800年，联邦政府通过立法程序，逐渐降低每英亩土地的最低卖价，也放宽了土地信贷条件。联邦政府在1820—1854年之间，持续调整土地价格与土地规章，让非法占有公有土地的农民，逐渐成为合法的土地拥有者。这一土地政策的思路，导致了1862年的《宅地法案》，政府免费将国有土地提供给愿意定居及耕种的居民。法案中规定凡从事农用土地满5年的小农，都有权利拥有160英亩的农地。至此，美国终于确定耕者有其田的政策指导原则，也确立了支持家庭农场制的政策，为美国日后长达一个世纪的农业补贴政策奠定了基础。

2. 第二阶段在1830—1914年，政策的重点在支持农业的科研、教育与推广，提高农业生产力

由于第一阶段的土地政策支持独立经营的家庭式农场，美国农场的数量从1860年的200万户迅速增长到1900年的574万户。虽然在同一时期内，农村劳动力占总就业人口的比率由58%降低到38%，但农场数量增多以后，政府发现各个独立农场的生产率彼此之间有相当大的差异，如何提高农业生产率与农民的生活品质，成为公共政策的讨论议题。农业教育、推广与科研成了当时的农业政策重点。联邦政府对农业教育与科研的支持主要有下列四大成就：成立农业部，成立国家级的公立农学院并赠予土地，拨款支持州级农业试验站，为农民组建成人教育体系和建立政府农业技术推广办公室。

3. 第三个阶段是 1870—1933 年，政府开始加强市场功能与约束，改善基础设施，为农民提供经济信息，开拓市场竞争

西方的工业革命带动了机器与制造业的发展。以城市为依托的制造业，快速凝聚了大量的财富。相对城市的蓬勃发展，农村显现出了贫穷及落后。自 1870—1890 年，农产品供需基本上是一个过剩的局面，产品价格相对偏低。中西部大平原与西岸部分地区遭遇到干旱与虫害，使得该地区新兴的农场受到巨大的负面影响。此外，美国的总体经济也出现衰退，农村信贷困难，农工部门间的矛盾现象开始扩大。一方面，农民收入持续往下滑，另一方面，铁路、制造业及金融服务业的利润却上升。联邦财政收入采取高关税政策以充国库，对制造业采取产业保护，同时，允许工业部门的区域垄断行为。这些政策措施都对工业部门的发展创造了有利条件，农业则处于被牺牲的地位，东北部的工业发达地区控制了全国的经济发展与金融货币流通。值得特别注意的是，在此一阶段，美国市场运作机制逐渐成熟。现货与期货市场的交易规则、农产品的标准规格与分级、疫病检验与防治、政府的监督与公权的执行等都是日后资本主义发展的市场基础。

4. 第四个阶段始于 1924 年，政策重点是政府的直接干预与保障农业经营者的收益

第一次世界大战结束后，欧洲国家开始恢复生产，国际市场的需求量减少，美国的农产品价格开始下跌。在 20 世纪 20 年代，农民通过国会立法，要求强制手段生产，开拓外销，减少库存，提高农产品价格，但是白宫多次以总统的行政力量否决国会的提案。联邦政府虽然在农业融资与市场调控上有过干预，但杯水车薪，对提升农民的收入或支持农产品价格都没有什么真正的帮助。美国 20 世纪 20 年代末期到 30 年代初期经济大萧条，1933 年罗斯福总统的实行"新政"，在这种背景下，作为"新政"的一部分，1938 年美国国会通过了《农业调整法》。加上 1948 年的《商品信贷公司特权法》和 1949 年的《农业法案》，这三个法律构成了美国永久性的支持农产品价格和支持农民收入的法律框架。之后的美国农业政策都是在这三个法律的基础上加以修改一般每隔四五年制定一个农业法来调整农业政策。《农业调整法》的主要内容有价格支持和收入支持。

（三）日本农业政策的演变

日本农业政策大致可以划分为四个阶段。

1. 第一阶段：1868—1920 年

从 1868 年明治维新开始，日本开始了工业化的第一发展阶段。这一阶段日本工业化的发展主要是通过农业支持来实现的，表现为征收高额农业税汲取农业剩余扶持工业发展。一战后，日本经济快速成长，工业产出首次超过农业。从明治维新到 1920 年，日本开始从农业国向工业国转变。经过近 30 年的工业发展，人口逐渐向城市集中，城市人口从 1889 年占总人口的 10% 上升到 1920 年的 18%，农村人口占 82%。1920—1930 年，大约有半数的工人在第二和第三产业工作，1/4 的日本人居住在城市。为支持工业化的快速发展，日本政府通过制定多种政策措施促进农业变革，主要体现在以下三个方面：第一，废除德川幕府时期所颁布的一系列禁令，改革旧的领主土地所有制关系，为农业发展创造良好的环境。第二，制定和大力推广"劝农政策"，推进农业技术改良，兴修农田水利，促进农业生产的发展。第三，重视农业经营，推广农业教育。

2. 第二阶段：1920—1950 年

从 1920 年开始日本工业化进入了第二发展阶段。工业化的发展进一步带动了城市化的发展，表现为工业劳动力向城市的大量集中。1937年后劳动力加速向重工业城市集中，逐渐形成了著名的四大工业带——京滨、中京、阪神和北九州工业带。1940 年人口城市化率已达 37.9%，但由于受战争影响，日本城市化率一直到 50 年代依旧停留在 38%。这一阶段，工业化、城市化对农地制度的影响进一步扩大，特别是地主土地所有制和土地租佃制为主的封建制度，已经成为工业化、城市化发展的障碍，大大影响了农业的发展，引起社会的不稳定。为此，日本政府进行了自下而上的改革，其中包括：第一，减轻农业税，为农业发展减轻负担。第二，农地改革，特别是战后，日本进行了大规模的农地改革，政府收买地主的土地并将这些土地卖给农民。废除了封建的农地制度，创设自耕农，改善租佃关系。第三，提供农业信贷资金。第四，促进农业协同组合的发展。

3. 第三阶段：1950—1977 年

从 50 年代始日本进入了工业化发展的第三阶段，工业化基本完成。特别是 1950 年朝鲜战争爆发以后，日本进入战后经济高速增长和快速城市化阶段，城市化率从 1950 年的 37% 上升到 1977 年的 76%，年均增长 1.5 个百分点。1956—1973 年是日本工业发展的黄金时期，18 年间工业生产增长 8.6 倍，平均每年增长 13.6%。并且，以此形成了三大城市圈，使日本成为城市和郊区人口占多数的国家。1955 年城市人口比例升至 56.1%，农业人口下降至 41%，在 1963—1973 年的十年间，农村平均每年向农外部门提供 80 万个劳动力，将近 60% 的劳动力在第二和第三产业工作。1960—1970 年间的城市化水平以年均 2.51% 的速度增长，是整个国家增长速度的两倍多。到 1970 年，72.1% 的日本人口居住在城市中。

在这一时期，城市化进入快速发展阶段，对农地制度提出了新的要求。一方面，城市化快速发展需要大量的耕地以满足城市经济的发展要求，但由于日本的人均土地面积极少，还要满足其农业生产的要求，因此为缓解用地紧张局面，日本通过山区技术改造和开发以及围海造田等途径来增加耕地和工业用地。主要措施是颁布《农业基本法》，力图把农民生活标准提高到非农业工人水平，为解决农业问题提供突破点，并以《农业基本法》的制定为标志开始实施工业化第三发展阶段的农业保护措施，如价格保护、提供补贴、限制进口、调整农产品结构等。

4. 第四阶段：1977 年至今

20 世纪 70 年代，日本的经济增长速度放慢，进入后工业化时代，第二产业的产值在国民生产总值中的比重逐年下降，而第三产业逐渐成为国民经济的重要组成部分。从 70 年代开始，服务于第三产业的工人数量大幅增加，农村人口从 4 819 万人减少到 2005 年的 1 750 万人，仅

1990—2005 年的 15 年中就减少了 1 046 万人。到 2004 年第三产业的产值占总产值的 71.8%，吸纳的劳动力占总就业人数的 66.9%。这一阶段是进入后工业化时代和城市化饱和阶段，日本政府通过制定大量政策、法规以及采取有关措施来促进农业的发展，实现耕地的规模化经营。

二、工业化国家农业支持基本目标与主体联动

当前学界在研究国外经验时，所认可的农业支持主要是指，1929—1933 年世界性经济危机，主要的资本主义国家进入国家垄断资本主义后，国家对经济全面干预中的农业政策，尽管部分学者可能并没有注意到其研究的农业支持政策是国家垄断资本主义的一种表现，但从研究内容上讲，的确如此。国外学者在研究这一时期的农业政策时，把农业政策和农业支持政策视为一个问题，或者说，他们所指的农业政策，实际上就是农业支持政策[①]。学界的这一定位有两个原因：第一，资本主义国家只有在进入国家垄断资本主义阶段后，国家才开始了全面的干预经济，从而才有系统的农业政策。在原始积累时期，国家的经济职能还不健全，而自由竞争时期，国家主要是充当守夜人的角色，只有在国家垄断资本主义时期，国家才开始有系统的经济职能。第二，主要的资本主义国家在进入国家垄断资本主义时期后，工业化趋于成熟、农业的份额普遍较低，其农业政策在整体上具有支持性质。

为了更好地认识工业化国家的农业支持政策，这里我们先分析这些国家在制定农业政策时，所希望达到的目标，然后具体分析为达到这些目标，工业化国家主要采取了哪些政策。

---

① 这一问题可以参阅 A. J. 雷纳、D. 科尔曼编：《农业经济学前沿问题》，中国税务出版社 2000 年版中的《工业化国家农业政策的政治经济学》和《美国与欧共体的农业政策改革》两篇文章。

（一）农业支持的基本目标

表2-1是部分经合组织国家公布的农业政策目标。

表2-1　部分经合组织国家公布的农业政策目标①

	欧共体	日本	加拿大	澳大利亚	奥地利	新西兰	美国	瑞士	芬兰	冰岛	挪威	瑞典
1. 农民满意且平等的生活标准	×	×	×		×		×	×			×	×
2. 收入稳定化			×	○			×	×	×			
3. 稳定国内农产品价格	×	○										
4. 对外来干扰的灵活调节	I	○	×	×		I	I					
5. 维持健康的农村社会	○	×	○		×	I	×	×	×			
6. 地区发展	○				×						×	×
7. 对家庭农场的保护和鼓励	×		×	I	○	○						
8. 环境保护	○		I	I	×		○				×	×
9. 安全、可靠、稳定、充足的食品供给	×	×	×		×		×	×	×	×	×	
10. 公平的消费者价格	×	○					×		×			×
11. 农业效率与竞争率	×	×	×	×	×	×	×	×		×	×	×

注：×表示此目标在相关国家报告的目标部分被清楚地提及。

　　○表示此目标在相关国家报告的其他部分被提及。

　　I表示此目标可以从直接相关的法律公文中找到，正如在有关国家报告中被提及一样；空白表示没有关于该目标的材料。

对这些目标我们可以做一下分类。

1. 根据政策的直接目标可以分为，农业政策、农民政策和农村政策

尽管这些政策存在相互交叉的情况，但从直接目标的角度讲，还是

① 资料来源：A. J. 雷纳、D. 科尔曼：《农业经济学前沿问题》，中国税务出版社2000年版，第16页。

可以在一定程度上进行分类。直接作用于农业的政策包括：稳定国内农产品价格；对外来干扰的灵活调节；安全、可靠、稳定、充足的食品供给；农业效率与竞争力。直接作用于农民的政策包括：农民满意且平等的生活标准；收入稳定化；对家庭农场的保护和鼓励。直接作用于农村的政策包括：维持健康的农村社会；地区发展；环境保护。

2. 根据政策的最终目的可以分为，解决产业供给和竞争力的政策、解决居民收入的政策和解决社会问题的政策

政策的最终目的往往不可能直接实现，需要通过多环节手段，这就产生了政策的直接目标和最终目的的区别。直接目标只能算是手段，最终目的才是真正目的，直接目标具有可替代性，而最终目的是无法改变，至少在短期是无法改变的。尽管最终目的也具有相对性，即最终目的也可能在更大的范畴里属于手段，但这不影响在特定范围内区别手段和目的，或直接目标和最终目的。在界定政策的最终目的时至少要满足这样的标准：两个最终目的之间不能是目的和手段的关系。政府国内政策一般可以分为经济政策和社会政策，而经济政策一般又可以分为旨在促进产业发展的政策和旨在提高居民收入的政策。这一政策分类方法可以帮助我们确立有效的政策体系，通过识别最终目的和直接目标之间的关系，明确政策的最终指向，选择有效的手段体系。按照这一分类，农业政策分为旨在促进农业产业发展的政策、旨在提高某一特殊群体收入的政策和旨在解决某一类社会问题的政策。

第一，旨在促进农业产业发展的政策。如下目标都最终指向农业产业的发展：农民满意且平等的生活标准；收入稳定化；稳定国内农产品价格；对外来干扰的灵活调节；对家庭农场的保护和鼓励；安全、可靠、稳定、充足的食品供给；农业效率与竞争力。按照直接目标分，这里包括了增加和稳定农民收入的目标、保护农业经营形式的目标和促进农业生产发展与稳定的目标，但这些目标最终都指向农业产业的发展。与农业生产挂钩的增加和稳定农民收入政策，以及保护农业经营形式，其最终目的都在于保证农业生产的发展和稳定。

第二，旨在提高某一特殊群体收入的政策。在经合组织国家公布的农业政策目标中没有最终指向提高某一特殊群体收入的目标。

第三，旨在解决某一类社会问题的政策。如下目标指向解决社会问题。维持健康的农村社会，地区发展，环境保护。

（二）农业支持中政府与市场主体的联动

由于经济社会背景不同，发达国家并不显著存在我国的"三农"问题，主要是农业问题，进一步讲主要是农产品稳定供给问题。但在解决这一问题时，即在进行农业支持时，仍突出地体现了政府与各类支持主体的联动。这些联动主要表现在以下三个方面。

1. 政府具有明确的角色定位

发达国家政府尽管对农业进行支持，但在具体的支持活动中，政府严格遵守公共管理者的角色，主要承担公共服务和环境创造的职能，即使在提供收入支持时，也采用公平的无选择支持方式。

（1）公共服务面向所有农户

美国联邦政府通过各地建立起来的农业院校、农业试验站和农业技术推广站三级机构推动农业生产水平和生产率的持续提高。此外，农户还可以通过农业技术推广站获得有关市场、管理、气象、病虫害和技术方面的信息和指导。在科技信息支持方面，政府允许农户使用GPS，即全球卫星定位系统辅助生产。全球卫星定位系统，是通过地面接收装置，接收卫星信号，来确定地面方位的设备。农户将其应用于农业生产中，农户可以依据定位系统测得的有关土壤的技术数据对耕地"对症下药"，有针对性地施肥、浇水，大大提高了整片土地的生产率。在农业信息管理与服务方面，政府更是大力协助。农业部下设"经济研究所"、"农业合作局"、"食品安全和技术服务局"、"食品和农产品出口检验局"、"农产品贸易和销售信息中心"等部门，为农户提供有关市场信息、农产品政策、出口对象国贸易政策、环境、运输、检疫、卫生标准等多方面的信息，以帮助扩大生产与出口。此外，农业部下属的"美国促进出口办公室"还负责向出口的农户提供关于农产品出口促进计划安排、国外农产品市场的信息和资料，进行出口咨询和世界各国市场准入状况的分析，同时负责为农户出口牵线搭桥，使之与国外买主直接建立联系。

（2）创造环境使所有农户受益

主要包括发展农业地区基础设施建设。美国联邦政府向农业地区提供或资助发展交通运输、供电和通讯事业。20世纪30—60年代，政府累计农业投资88亿美元，使680万农户受益。另外，在生态环境保护方面，利用各种媒体向农户讲述改进土地使用方法，聘请水土保护工作人员为农民讲解新技术。此外政府还提供免费技术服务及改进土壤、改善环境的资金。例如，目前美国农业中广泛使用的农业生物技术，具有降低自然灾害发生率的功效，美国目前还具有耐除草剂、抗虫剂、杀虫剂等基因改性农作物。它们已占到全部农作物的67%。这些作物的开发极大地降低和取代了除草剂、抗虫剂、杀虫剂等化学品的使用，直接改善了生态环境。

（3）无选择进行收入支持体现公平

在收入支持上通过税收优惠、价格支持、生产要素补贴和信贷支持等方式进行无选择支持。美国农业支持中，税收优惠方面，农户可以在收益多的年份提前支付开支，收益少的年份提前出售农产品，以少缴所得税。此外，农户还享有资产的"加速折旧"优惠。为防止农产品价格大幅度下跌，政府成立了农产品信贷公司，实施农业价格支持计划。

2. 充分尊重和利用市场机制

发达国家在农业支持中充分尊重和利用市场机制，这主要体现在政府重点采用信贷和保险的方式对农户进行支持。一方面政府对信贷和保险机构进行支持，甚至直接由政府组织相关机构，但这些机构与农户是按照市场原则办事。

美国农业信贷系统可以从政府获得低息贷款转而提供给农户。农产品信贷公司则为参加价格支持计划的农场主提供短期优惠贷款。农户信贷管理局的贷款则带有很大的补助性质，它向受灾地区提供利率很低的紧急贷款。1981年《农业法》把这种紧急贷款作为援助遭受自然灾害农户的主要方法，取代了70年代的直接补助。政府还为保险费用提供多至30%的补贴。

为防止农产品价格大幅度下跌，美国政府成立了农产品信贷公司实施农业价格支持计划。支持计划主要包括"直接收购"和"无追索权贷款"两项。直接收购是指农产品信贷公司为了支持某些农产品价格，随时准备以最低保证价格（即支持价格）从市场上收购任何数量的剩余农产品。无追索权贷款是指农户以农产品为担保从农产品信贷公司获得贷款。在贷款期限内（多为一年之内），如果农产品的市场价格高于贷款，农户可以还本付息，重新得到他的农产品以投放市场；反之，在贷款到期时，则可以用担保的农产品来抵偿，而不必归还本息。政府通过价格支持政策，总可以让农户获得高于市场的售清价格（即长期均衡价格），获取利益。

由于农业生产向现代化发展，农户已不可能完全依靠自身的资本来发展生产，加之农业生产风险大、利润低，私人金融机构一般不愿向农户提供贷款，因此，政府承担起农业信贷支持这一重任。目前美国农业资本投入中约有40%依靠信贷来解决，70%以上的农场每年需要借款来维持与扩大生产。政府成立了规模庞大的农业信贷体系，它包括12家联邦土地银行及地方联邦土地银行会（向农场提供不动产抵押贷款）、12家联邦中间信贷银行（向农场提供中、短期贷款）、12家生产信贷公司以及由他们组成的地方生产协会（向农场提供生产贷款）以及13家合作社银行（向合作社提供贷款）。此外，政府还推出出口信贷担保，即由"农产品信贷公司"负责实施各类出口信贷担保项目，使美国农业出口商和银行避免出口销售货款未能按期支付的风险。出口信贷担保，即在进口商未能付款的情况下，按美国出口货值的一定比例予以担保；设施和设备担保，即向进口商提供为销售农产品而设立的仓储、分拨、加工设施和设备等项目的信贷担保。

3. 政府和私人部门深入合作

在美国农业研究和推广中，政府和私人部门的协作充分体现了美国农业支持中非常注重政府和私人部门的合作，充分调动私人部门的积极性。

在 20 世纪 80 年代，美国出台了一系列鼓励公共研究与私人研究互相协作的政策，以促进技术创新的产业化进程。这些政策包括《贝赫－多尔专利政策法》（1980）、《史蒂文森－怀勒技术创新法》（1980）和《联邦技术转移法》（1986）。《专利政策法》允许科研人员为由联邦资助的研究项目所开发出来的技术申报专利和排他性许可，《联邦技术转移法》则为政府研究机构与私人研究机构的直接合作创造了一种制度机制——合作研发协议（CRADA），美国农业部特别热衷于使用合作研发协议来鼓励研究机构与私人厂商开展合作研发。《联邦技术转移法》建立了所谓的"合作研发协议"机制，就是允许联邦研究实验室与大学、私人公司、非联邦机构等签订合作研发协议，这样公共研究部门与私人研究部门的研究人员就可以合作起来。目的是使联邦公共研究机构的基础研究和应用基础研究的能力与私人企业的商业研究和营销的经验技巧紧密地结合。美国农业部的合作研发协议活动在 1987 年后发展十分迅速，1987—1995 年，美国农业部与私人企业的合作研究项目超过 500 项，1994 年美国农业部与私人公司合作研究的总金额达 6 130 万美元，1995 年合作研究项目为 227 项。

在西方发达国家，随着公共部门与私人部门在农业研发中的地位发生变化，公共部门和私人部门在农业研发领域的分工也越来越显著。私人部门由于利益的驱动，倾向于应用科学和提高农业生产力方面的研究。公共部门的研究越来越倾向于基础科学研究和食品安全、环境、动物福利、水质量等，这些通常被认为是纯公共物品。公共部门更着眼于促进农业领域社会与环境的平衡发展，食品安全与环境保护，相当数量的研究集中于解决由于农业生产给环境和人类生活带来的负面影响，以及研究如何最佳利用水资源、如何为促进资源的可持续利用提供激励等相关政策。所以，纯公共物品研究方面获得政府资助的力度超过对于提高农业生产力方面的资助。

三、工业化国家农业支持正确认识与借鉴

工业化国家的农业支持由于其对农业及其农产品国际贸易的广泛深入影响，受到学界的广泛关注，但对其态度存在某些分歧。尽管这些国家的农业支持在具体运作上尽可能遵循市场机制，但相对于其他部门和国际贸易来讲，这些支持在某种程度上是对市场机制的干预，因此受到了某些主张自由市场的经济学家的非议。这些非议是我们在借鉴国外支持政策时需要注意的地方。

（一）工业化国家农业支持的争议

在国内学者将工业化国家的农业支持政策作为成功经验进行介绍时，这些政策在工业化国家内部却一直是一个备受非议的对象。法国农业科学院院士、著名农业经济学家约瑟夫·克拉兹曼教授的《法国农业政策——错误的思想观点和幻想》（1982）一书对资本主义工业化国家，其中又主要是法国的农业政策进行了系统的批判。在该书的前言中克拉兹曼教授指出："几乎所有国家的农业政策在很大程度上似乎建立在对事实和经济机制作出错误的判断以及自相矛盾和幻想的基础之上。"英国经济学家 A. J. 雷纳（A. J. Rayner）和 D. 科尔曼（David Colman）编辑的《农业经济学前沿问题》（2000）所收录的三篇研究工业化国家农业政策的文章：L. 阿兰·温特斯的《工业化国家农业政策的政治经济学》、蒂姆·乔斯灵的《美国与欧共体的农业政策改革》与 A. J. 雷纳、K. A. 因格尔森特和 R. C. 海恩的《关贸总协定与农产品贸易》都从不同角度对工业化国家农业政策进行了激烈批判。L. 阿兰·温特斯的《工业化国家农业政策的政治经济学》开篇指出："几乎所有工业化国家的农业政策都是提高价格，累退地向社会的一小部分重新分配收入，并将经济代价加诸国内外"。蒂姆·乔斯灵在《美国与欧共体的农业政策改革》的引言中指出："发达国家的农业政策主要是'中产阶级权利计

划'。不管源自何处，它们的主要结果是支持一组小产业的收入流，这些小产业常为家庭所有，为2%—5%的劳动力提供生计。这些计划由税收和市场价格支持（暗食品税）联合资助，受资助者既不是特别贫穷，也不是贫困救济对象"。A. J. 雷纳、K. A. 因格尔森特和 R. C. 海恩在《关贸总协定与农产品贸易》引言中也指出："几十年来，农产品贸易一直是国际贸易中出现争端最多的领域。许多国家对农业部门强有力的保护性干预已经扭曲了农业生产的布局、农产品贸易的模式和规模，并降低了全世界的消费者能够从贸易中获得的、因各国农产品生产成本的不同而产生的利益。……政策失败的表现是大量的国家预算开支和堆积如山的农产品库存剩余。给予试图在有限的国际农产品市场上倾销剩余产品的出口商以竞争补贴这一措施，使得国际市场农产品价格不断下降，并使农产品的贸易形势趋于紧张"。具体讲来，这些经济学家主要从政策目标和政策方式两个角度对工业化国家的农业支持政策进行了批判。

1. 对农业支持政策的目标定位的批判

L. 阿兰·温特斯在《工业化国家农业政策的政治经济学》一文中对工业化国家农业政策的目标进行了系统分析和批判。温特斯根据部分经合组织国家的农业政策报告归纳了这些国家的农业政策目标，一共有11个，包括：农民满意且平等的生活标准；收入稳定化；稳定国内农产品价格；对外来干扰的灵活调节；维持健康的农村社会；地区发展；对家庭农场的保护和鼓励；环境保护；安全、可靠、稳定、充足的食品供给；公平的消费者价格；农业效率与竞争力。在具体评价这些目标时，温特斯分析了因为这些目标而使农业政策得到公众支持的四个原因。

第一，如果农民在福利上明显面临实际下降，如果从某种意义上讲，这并非他们的过错所致，比如，由于政府方面的政策变化、外生性冲击（如气候或疾病）或外来因素（如来自国外）等。在这种情况下，特别是如果被农民自身的强大抗议所驱使的话，工业社会倾向于愿意赞助这种强大的政府性农业支持。这种现象认为，政府应尽力去阻止（当然从不去开展）那些大幅度降低社会上任何特别群体福利的活动。在迎合了社会公平感的同时，保守的社会福利函数同样受到政策制定者的青睐，因为它可能促进社会的和谐与政治的稳定。对保护主义的一般研究表明，与创造盈利相比，阻止收入的下降是多么容易获得公众和官员的支持。

第二，考虑到供给的安全性，粮食（也就是农业）满足了人们最基本的需求，也勾起了人们最基本的情感。第二次世界大战中食品的缺乏仍令人记忆犹新。在日本和欧洲，怎样夸大这种情感的影响力都是不过分的，海德休斯认为规范的经济政策讨论都事先假设诸如生存等更基本的问题不再受到威胁。他引用官方对石油危机的反应和对粮食短缺的恐惧来阐明安全的重要性是在经济效率之上的。

第三，要重视所列目标的不确定性和不稳定性。想知道自己命运的愿望——也就是避免不确定性的想法——以及在长时间内维持稳定消费流的愿望，这两者在私营经济部门至关重要，但它们常常成为政策性经济干预的正当理由。

第四，是对农村生活方式和家庭农场的鼓吹。小农场主在经营土地和利用要素中形成的美德是欧美文化的重要组成部分。……因此，决策者又提出了一个比单纯经济效率更为权威的因素来使农业政策合理化。

然后，温特斯对这些理由进行了批判。

针对"公平收入"目标，作者指出："一个人可以识别由于技术进步而被迫破产的养猪农民，但如果允许养猪业收缩的话，就无法识别将在服务行业中找到工作的那两个原来养猪的工人"，以此反证，通过维持农业规模实现支持收入的农业政策目标是不正确的。

针对"安全供给"目标，作者指出："生存和效率的正确顺序是显而易见的，但用这个来判断工业化国家现行的农业政策既愚蠢又诡诈。工业化国家从来不需要担心纯粹因为经济现象而引起的食品匮乏，即使在世界粮食收成最糟糕的年份也很难想象他们购买不到足够的食品。因此，经济安全问题仅仅围绕成本而产生。很清楚，比起每年为保证当地产出的高水平而付出相对较高的价格，每 5 年支付一次稀缺价格更划算。""更让人动感情的是'战略性安全'——在严重政治危机时养活本国人口的能力。但它必须是一种非常严重的危机，以至于从任何途径都得不到食品。但在一种极端的危机中，对欧洲和日本而言，为保持现有的高产出水平所需的投入是无从获取的。石油、化肥和农药的缺乏将恶化现有的产出水平，在现行政策鼓励过度开发土地的情况下尤其如此。如果安全性确实很重要的话，工业化国家肯定将通过战略储备政策，而不是高产出政策来实现它，考虑到核武器提供了发动长期战争的可能性前景时更是如此。这种'安全性'是一种借口（很大程度上是一种很有效的借口），目的是为了支持工业化国家的农业"。

针对"规避不确定性和不稳定性"目标，作者指出："人们需要认识到市场失灵，这种失灵使渴望确定性和稳定性的人们无法通过私人手段有效地实现它（有效并不意味着不要钱）。例如，私人保险对许多风险是可行的，但世界银行指出，为了提高价格稳定性而增加的公共储备，在很大程度上被私人储备的减少所抵消。而且，如果由于诸如逆向选择和道德危机这样的市场失灵导致私人保险无效，那么，人们必须认识到这也将影响公共保险及其替代政策，其结果经常是灾难性的"。

针对"支持和鼓励农村生活方式和家庭农场"目标，作者指出："假设政策倾向有利于大农场而不是家庭农场，人们就会认为那是无能或诡诈的表现。而且这种计谋又一次奏效，因为这种情感被深深扎根并且广为传播"。

关于"公平收入"目标，克拉兹曼也认为是一个错误的目标。他指出："没有任何根据可以证明农业自立人口的平均收入要与其他经济部门的自立人口相等。工业部门和第三类部门包括技术上和报酬上极不相同的行业，把报酬最低的粗工工资同享有国际声誉的外科大夫的收入混在一起，求得一个平均数又有何意义呢？农业部门也一样，从体力日益衰竭的农业工人直至最大的农场主，技术上的熟练程度是悬殊的；处在这两头之间的还有：技术十分熟练的农业工人、技术高超并善于管理农场的小农场主、非现代化企业的传统小农场主，等等。人们凭借什么理由认定内部收入悬殊的整个农业劳动者的平均收入应与内部收入悬殊更大的整个非农业劳动者的平均收入相等呢？"（克拉兹曼，1982）

2. 对农业支持政策方式的批判

（1）对价格支持的批判

在评价农业支持政策中最主要的方式之一——价格支持时，克拉兹曼作了全面的分析。他认为：第一，"价格扶持对总的供应影响不明显"。"如果提高小麦价格而不提高大麦价格，那么，农民会多种小麦而减少大麦的生产；如果同时提高这两种产品的价格，那么这对其生产体制的政策不会起到刺激作用。农民可能这样认为，为努力增加收益，他宁愿多用一些化肥。反过来说，假如小麦和大麦价格都下跌，而上面那个农民由于某种原因不愿改种别样作物，他要想生存，只有继续生产。他盘算的结果可能是这样的：因产品价格比先前低了，大量使用化肥会不合算。因此不得不削减生产。然而，有人仍可有相反的推论，认为价格下降会推动改进技术，农民可努力通过增加产量来使其收入恢复到先前的水平。因此，农产品的总供应似乎对整个价格水平不太敏感，只有在物价出现大幅度下跌的情况下，才可能产生巨大的影响，促使越来越多的农民脱离农业"。第二，"价格扶持帮了富人的忙"。"由于农业部的预算肯定有限，因此，用于价格政策的钱就要挖别人的墙角，例如对社会资助或生产性投资采取行动。那么究竟谁是价格扶持的主要受益者呢？显然，很大一部分资助是进入了富裕农民的腰包，而这些人却最不需要这种帮助。对于主要受益者之间在资助分配方面所作的估算十分粗糙，也不可信。但从总体上看，价格扶持的不奏效和不公平倒是确实存在的。对大农场主来说，他们的生产成本低，但提供了大量的产品，他们所获利润中的很大一部分是属于国家提供的资助，相反的，对小农场主来说，价格扶持根本不足以保证他们有适当的收入"。第三，"目标价格政策的矛盾"。"为了有效地执行这一政策，必须先要确定生产目标特别是价格的某种变动对供应将要产生的影响要能作出预测。在实践中走弯路是不可避免的。不论怎样，这一政策是不能解决根本问题的，即农产品总的供求平衡问题。总的供应对价格的变动似乎不太敏感；再说，要对每种产品研究出一种指导价格也是不可能的"。第四，"试图找到公平分配资助的方法是困难的"。"与其帮助产品，不如帮助人，即给贫穷的农民直接提供补贴,这种想法已付诸实践。然而必须承认在普遍执行这一政策时将会遇到的困难。因为法国的农业情况复杂多变,如何确定哪些人最需要物质帮助呢?例如有的家庭,老人已在享受养老金,有的家庭有子女在工厂挣钱……诸如此类的家庭是否应该帮助呢?"(克拉兹曼,1982)

(2)对帮助农业技术进步的批判

在评价帮助农业技术进步时,克拉兹曼指出:"从实践上来讲,技术的进步总是引起每一劳动者使用资本的增加。如果每一劳动者使用的资本量不缩小,那么所使用的生产要素总量就会增加。因此,追求生产率的提高必然表现为生产的大幅度增长。因物价下降的速度比生产增长快,收入就会减少,而支出则比过去大幅度增加。这丝毫不是理论上的论述,有多少农民在他们大力推进现代化以后,痛感他们的处境比先前还要困难啊!"而在帮助技术进步过程中存在以下几个问题。第一,难以确定设备的标准,导致设备浪费。"由于现代农业实现了机械化和自动化,以及最成功的农民拥有主要的设备,因此,添置设备和采取某种农业技术便成为理所当然的事情,而拥有最先进设备的农民自然会超过其他人。正因为这样,人们往往把德国的农业(每10公顷耕地使用一台拖拉机)同十分落后的法国农业(因为大约每25公顷耕地使用一台拖拉机)对立起来看。……不论如何吹牛,一台拖拉机耕种10公顷土地可能正是德国农业遇到困难的主要根源之一。这是因为德国的农场规模很小,而每人都想有自己的拖拉机。因此,尽管德国的平均技术水平很高,并且人为地抬高产品价格,但它的生产费用要比法国高,而按劳动者平均的新增产值却比法国低"。第二,"对技术进步的帮助:某些措施引起未料想到的后果"。"经验证明,人们往往不能事先预见到某一政策所产生的各种影响。1956年10月以后,葡萄牙政府采取了两项重要的决定。从表面上看这两项决定互不相关:独立手工业者不再受歧视,他们可以毫无顾忌地发展生产;一些工厂被指定生产廉价塑料餐具,以便使每个葡萄牙人拥有足够的餐具。可是政府未料想到竟会发生这样的事情:手工业者买了大量的塑料餐具后把它捣碎,并用它做原料制造塑料玩具，然后在自由市场上高价出售。还有老太婆们把她们用廉价买来的羊毛短统袜拆开，然后用羊毛织成毛衣，再以很高的价格售出"。"法国对畜牧业部门的住房建筑所实行的补贴政策是属于另一种情况。无疑地，由于这种补贴，一些原来无力考虑修建新畜棚的人现在也能考虑修建了。假如手工业者和建筑工程承包人拥有闲置的生产能力，假如存在着失业工人，那么，劳动力的供应会毫不困难地适应需求的扩大。但如果建筑企业的生产能力已得到充分利用，如果它们已签订了大量的承包合同，那么又是另一种情况了。需求的压力必然会促成价格的上涨。要想确切地知道谁从这样的价格上涨中得到好处，以及得到多大的好处，这是很困难的。因为，虽然建筑工程承包人肯定会得到更多的好处，但他们需要招募新劳动力，因此不得不付出更多的工资。唯一能肯定的是至少有一部分补贴不会给农民落得好处，而是转移到农业以外的部门中去了"。（克拉兹曼，1982）

（3）对贸易保护政策的批判

在评价贸易保护政策时，克拉兹曼指出："既想少进口同时又要多出口是办不到的"。"大家同时都想多出口少进口也是办不到的事。这种政策就是要求别人同意增加其商品购买量。地区之间的交易也是如此。十多年前，我们曾看到东部某省的农业负责人在仔细研究该省在当年的不同时期从外省所购进的食品情况，其目的是想确定必须鼓励生产的产品以削减从外地的购买；与此同时，还制定向法国其他地区出售产品的计划。但在其他地区，人们所关心的又何尝不是削减来自东部上述省份所出售的产品呢？某天，我们曾听到法国农业专业机构的一位国家代表在鼓吹德国保护农业的政策，说这种政策不仅对农民有好处，而且通过扩大国内生产。还能'节约外汇'。抱着这种想法的人似乎没有看到，德国农业正是通过在自然条件一般的地区大力增加生产而挖了法国的市场墙角"。（克拉兹曼，1982）

（4）农业支持政策的代价问题

A. J. 雷纳、K. A. 因格尔森特和 R. C. 海恩在《关贸总协定与农产品贸易》中综合分析了农业支持政策的代价问题。第一，"国内成本"。

"农业保护主义转移的国内净经济成本，由消费者和纳税人负担。……对农民的支持是以牺牲本国消费者和纳税人的利益为代价的，其实际费用已经超过了收益。在调查年份，消费者和纳税人每向生产者转移1美元，总共竟然损失掉大约1.5美元"。第二，"贸易流向的扭曲和世界农产品价格的疲软"。"农业保护主义鼓励国内生产，而且一般都抑制国内对农产品的消费，以减少进口，促进出口。结果是，自由贸易下可能会有的贸易流向模式被扭曲，贸易量变化很大，甚至可能会导致贸易的逆转。例如，有人估计共同农业政策对欧共体农业生产者的保护，使得欧共体成为净出口国，而在20世纪80年代早期欧共体内许多国家还是净进口国。鼓励国内自给自足的农业保护政策使其余仅存的国际自由市场的农产品价格下降，使未受保护的生产者受损"。"对于那些没有补贴的农业出口者来说，由于只以较低的价格出口较少的数量，在其他情况保持不变的情况下，所需支付的保护费用会大幅下降。泰尔斯和安得逊估计凯恩斯集团的食品生产者，每年会由于工业化国家的保护而损失大约150亿美元"。"工业化国家的保护主义与发展中国家较低的食品价格，引起地区性的资源在全球农业分配中的误导，被称为世界农业的无序状态。非关税壁垒的快速增长是全球农业难以迅速调整以改变生产和贸易条件的另一原因"。第三，"国际市场波动的增加"。"一个和多个国家国内市场的隔离增加了国际市场的不稳定性，也给这些国家本身的经济发展带来了风险和压力，而这些国家并不能真正摆脱世界市场动荡的影响。隔离的结果，是使世界市场变得越来越狭小和更加残缺"。第四，"贸易摩擦和政策的相互依赖"。"农业价格支持政策保护高成本的生产和替代进口，在某些情况下，会破坏出口市场的秩序；一系列的手段被分别用于限制进口、援助不太具有竞争力的出口。这些价格支持措施制造国际贸易摩擦，使进口市场缩小，残存的出口市场竞争加剧。数十年来，大量的美欧和美日贸易政策的争端都涉及农产品。可见，这一政策具有很高的机会成本的政治资本，一旦被紧紧卷入这些争端，而且在看似不太重要的农业问题上产生贸易摩擦，就有可能损害各国在其他方面的合作，甚至会产生外交问题"。"虽然，农业干预政策是一国范围内的事，但贸易的依存使不同国家的政策相互关联，因而造成了政策的相互依赖性。一方面，这种相互依赖涉及政策上的相互抵消，即保护主义倾向于降低国际农产品价格，因此某一国家实施的部分农产品价格支持政策可能被用于抵消其他国家进行支持的影响。例如，罗宁根和迪克西特提出，在1986—1987年度，美国对本国农民超过40%的支持，仅能抵消其他工业化国家的支持政策给其造成的损失"。（雷纳、科尔曼，2000）

（二）正确认识工业化国家农业支持

1. 农业支持政策是一类特殊的农业政策

农业政策是影响农业发展以及相关经济主体利益的制度、政府措施和政府行为，而农业支持政策显然是农业政策中的某一类政策，从支持的本意来讲，应该是直接有利于农业发展，或增加相关经济主体利益的那一类制度、政府措施和政府行为。农业支持政策作为一类特殊的农业政策，可能是某一时期的某些政策具有支持性质，也可能是某一时期的整体政策都具有支持性质。现阶段学界所研究的支持政策主要是指后一种情况，即1929—1933年世界性经济危机后，国家对经济全面干预中的农业政策。整体政策都具有支持性质的情况，一般是农业政策演变的一个阶段。

2. 工业化国家农业政策的演变与资本主义的发展阶段有关

资本主义的发展经历了原始积累阶段、自由竞争资本主义阶段和垄断资本主义阶段，同时也是市场经济从产生到成熟的过程。在每一个发展阶段，国家对经济的干预方式和干预强度不一样。

资本主义原始积累时期，资本短缺是经济发展的严重障碍。此时，市场经济处在早期阶段，市场机制尚不完善，市场尚不具有自我调节的力量，即使在市场力量发生作用的那些领域，市场运行结果与经济目标的差距也难以令人满意，于是政府便开始大规模地干预直至参与社会的经济活动。主要体现在：首先，政府对国内经济发展实行政治管制。一是制定发展产业的产业结构政策。二是实行垄断政策。封建国家政府以法律形式赋予大商业资本以建立垄断公司的权利，这些公司在国内外经济生活中享有许多排他性特权。其次，在国际贸易政策方面实行贸易保护主义和严格的外汇管制，通过关税、限额、补贴和税收等办法限制外国商品，以实现贸易顺差，获取和积累金银货币，使国家富裕和强盛起来。此时的农业政策也表现为国家的强力干预和管制。

自由竞争的资本主义阶段，资本短缺现象已基本消除；私有产权制度已牢固树立，并受到法律保护；市场竞争规则健全，整个社会经济活动也已高度商业化；市场机制的自我调节力量已经基本形成，价格机制和竞争机制已在实际的经济生活中发挥着十分重要的作用。在这一时期中，商品、劳动力和资本等要素都通过市场在各部门自由流动，自由竞争的市场机制成为实现资源配置和调节私人经济活动的基本手段。国家和政府扮演的是"守夜人"的角色，人们所推崇的是管得最少的政府是最好的政府的信条。此时的农业政策也表现为主要由市场调节，政府主要在制度健全、公平品提供方面发挥作用。

垄断资本主义阶段，垄断的出现使资本主义国家的生产具有空前巨大、迅速增长的膨胀力。而有支付能力的需求以及由此决定的市场容量却日益相对缩小，从而使得以生产相对过剩为特征的经济危机更为频繁地爆发。在私人垄断资本的基础上产生了垄断与国家政权相结合的国家垄断资本主义，使得垄断资本越来越需要同国家政权紧密结合。而国家垄断资本主义的一个重要特征就是国家对经济进行全面干预。此时的农业政策也进入政府全面干预阶段。

3. 工业化国家农业政策的演变与经济思想的发展有关

在资本主义发展过程中，关于政府与市场关系的经济学思想经历了重商主义思想、斯密的经济自由主义思想和凯恩斯的政府全面干预思想三个阶段，资本主义政府职能和农业政策也直接受到了重要的影响。

"重金"和"贸易出超"是重商主义经济理论的两大支柱。在重商主义者看来，国家干预经济活动，是保障财富增长的重要手段，也是国家致富的可靠保证。为了使外国货币大最流入国内，必须由国家来控制国民经济的活动，采取各种方法手段和行政措施，制定保护工商业的政策，以保证整个国民经济活动符合扩大出口和货币输入的要求。在资本原始积累时期，重商主义成为各国的官方经济学。各国的政府经济职能有所加强，对内建立资本主义市场经济新秩序，对外保护本国的商业利益，积极推行"贸易出超"政策，增加金银的输入和国内资本供给。

随着市场经济日渐成熟，重商主义政策已不符合经济发展的需要，国家主义经济不仅不利于市场经济的进一步发展，而且日益成为当时社会经济发展的体制障碍。以亚当·斯密为代表的一代经济学家竭力主张"自由放任"的经济政策，要求政府为了商业和贸易的自由而尽可能地缩小其经济权限。他认为国家的职能应有三项：保护国家安全，使其不受外来的侵犯；保护社会的个人安全，使其不受他人的侵害和压迫；建设和维护某些私人无力办或不愿办的公共事业和公共设施。发展中的资产阶级接受了斯密为代表的自由主义经济学家的思想，开始构建一个以自由企业为基础，以价格和竞争为机制，以经济主体追求各自利益为动力源泉，以增加国民财富为目标的自由市场经济体制，变行政管理制为对政府干预经济的严格限制。

自由市场经济以其较高的经济效率急剧地增加了西方国家的国民财富，并使这些国家率先走上了工业化的发展道路。但是，自由市场经济体制并不是完美无缺的。社会财富分配不公、市场垄断、失业、公共产品等问题的不断涌现，都使资本主义内部的矛盾日益激化，经济危机接二连三地爆发。1929—1933 年资本主义世界发生了历史上最深刻、最持久、最广泛的经济危机，生产缩减和失业加剧达到前所未有的程度。在这种经济环境和背景下，资产阶级经济学家关于政府经济职能的学说发生了重大的转变。英国著名经济学家凯恩斯 1936 年发表了《就业、利息和货币通论》一书，在书中，凯恩斯对传统经济理论和政策提出了全面的挑战和批判，指出自由放任政策下的资本主义经济必然会因为有效需求不足而发生经济危机，提出政策干预经济以保证充分就业、避免危机的一整套政策措施。政府应由"守夜人"转变为"干预者"的角色。急于摆脱经济危机的西方国家接受了凯恩斯这一革命性的经济理论。资本主义国家的政府职能进入了不断扩张的阶段，市场经济的基本观念也由企业、市场的两极结构转化为企业、市场、政府的三角结构。

4. 工业化国家农业政策的演变与工业化的发展阶段有关

随着工业化的发展，会产生两种与农业相关的显著现象，而这会直接影响到政府的农业政策。第一，农业在国民经济的份额和对经济的贡献会发生显著的变化：工业化初期，农业在国民经济中的份额非常高，贡献大，社会经济对农业的依赖也较高；而随着工业化的发展，所占份额会显著下降，贡献缩小，依赖程度也大大降低。第二，农业就业人口的数量会发生显著变化：工业化初期，劳动力主要在农业中就业；而随着工业化的发展，农业就业人口会显著下降。从而就农业政策来讲，当社会经济还主要依赖于农业时，政策一方面会重视农业生产的发展，但同时基于工业化的要求，工业的发展会吸取较多的农业剩余。当社会经济不再主要依赖于农业时，而主要依赖工业时，政策可能会推动工业剩余流向农业，以保护农业的发展。

5. 工业化国家农业支持政策并非总是科学和正确的

关于国外经验，研究者们是以肯定的语气进行介绍的，潜意识是认为这些支持政策是科学的和正确的，是需要我们直接学习的。但通过我们上面的分析，这些支持政策在工业化国家的内部都没有取得一致的意见，尤其是被一些经济学家所批判。尽管这些批判主要来自于主张自由市场竞争的经济学家，但这些支持政策所带来的巨额财政问题和国内国际市场的扭曲的现实，以及这些政策本身也在不断地变革，至少也需要我们进行反思。

6. 工业化国家农业支持政策是国内多方利益集团博弈的结果

当我们准备把工业化国家的农业支持政策作为成功经验来学习时，我们需要注意的是，这些农业支持政策并不是我们所想象的都是在一个公正、客观和无私的民主机制下产生的，而很大程度上是国内多方利益集团博弈的结果，从而其客观性、公正性和科学性是值得我们深思的。美国农业经济学家罗纳德·纽特逊在《美国农业与食品政策》（1992）中分析利益集团在美国农业政策中的作用时指出："利益集团是制定政策的推动力。他们发现问题并提出解决问题的建议。他们组织起来控制选举结果，改变候选人的态度，并对关键职位的任命、对关系其集团成员利益的最后表决或决策施加影响。食品和农业政策利益集团包括那些试图以某种方式影响国会或行政部门作出食品和农业政策决策的各种组织、协会或企业。利益集团一般都雇用院外说客在政治过程中直接代表他们，并为他们出谋献策。利益集团活跃于政府决策的所有层次。在行政系统，利益集团可能试图影响中层管理职位上的工作人员作出决定，这些人员拟定政策或计划草案提交农业部长，最后上达给总统；利益集团也可能直接与农业部高级官员、农业部长或总统接触。在国会，利益集团积极寻求对国会工作人员、国会研究报告和资料的代办机构施加影响，最后达到影响参议员和众议员的目的。利益集团影响政策的实效存在着很大的差别。一个利益集团在影响某一政策问题时可能比另一利益集团更为有效。"

英国农业经济学家温特斯更是透彻分析了工业化国家农业支持政策出台的利益集团背景。他指出："在经济学所有的分支领域里，单纯的技术分析不能回答围绕农业政策的规范问题"。"当他们（以对他们自己有利的方式）寻求解决经济环境产生的问题时，最终结果将依赖于农业院外活动集团、官僚和政客的相互作用。虽然在这种相互作用的结果中可以观察到许多规律性，但最终来看这些相互作用无法在农业政策上形成一个稳态均衡。而且，对参与这种无休止和不确定博弈的各方而言，每一方都赢了几轮又输掉几轮，但都参与下一轮，并且各方都受到同一外来冲击的干扰。很难预测最终的妥协。考虑到各种干预的长久性，农业政策最终表现出的不是一种单一的、精致而有效的结构，而是近似于一种不同的、有时甚至是相互冲突的措施之间的磨合"。"很多利益集团要求保护，但是农业利益集团被广泛地认为是在西方经济中组织得最好而且影响最大的利益集团。例如，在英国，超过的农场主属于全国农民联合会。全国农民联合会在地方和全国层次上拥有一支熟练的工作队伍，并在英国政策讨论中有特殊的地位"。"很多公共决策可以看做不同利益集团的游说与反游说的结果"。（温特斯，2000）

（7）工业化国家农业支持政策的目标主要是农业，而我国是"三农"问题，并且核心问题是农民问题

工业化国家农业支持政策的目标主要针对农业，或者说主要是保障农产品的长期稳定供给。这些先行工业化国家由于工业化全过程都是运行在市场经济体制上的，因而没有"三农"被捆绑而形成的"三农"问题，也没有单纯的农民问题（收入差距主要表现为不同类型要素所有者之间的差距），从而由农业需求的基础性和农业供给的波动性产生的农业问题成为政府关注的重大社会经济问题，自然主要针对农业的支持政策就成了这些先行工业化国家的重要政策。但就我国的国情来讲，尽管农业问题也是一个重要问题，但一方面农业问题并非仅仅源于农业需求的基础性和农业供给的波动性，农民问题是农业问题的重要制约，另一方面农业问题的解决仅仅从农业生产和供给的角度入手，根本无法解决问题，而需要同时解决农民问题，才可能使农业问题得到有效解决。

（三）经验借鉴的主要方向

尽管工业化国家农业支持政策的主要目标是农业，而且其具体方式也备受批判，但其政策思路中仍有很多值得我们在"以工补农"中学习和借鉴。

1. 国家对农业支持是保障农业稳定健康发展的必要条件

农产品需求的基础性和供给的波动性使得农业在大多数国家都受到政策高度重视，先行工业化国家，不论是在工业化的初期，还是中期和终后期都没有放弃过对农业的支持，区别仅仅在于具体的方式。根据前面的分析，先行的工业化国家，如英国、美国、法国等国家，工业对农业的剥夺实际上是不存在的，而依靠剥夺农业推动工业化主要是后发的工业化国家，源于国际环境的压力所致。农业的发展始终与政府的支持息息相关，这一点在英国和美国的农业史上体现得非常明显。而那些凡是对农业采取剥夺政策的国家，农业发展都受到了相应的挫折，国民经济发展的协调性也大打折扣。就我国情况来讲，尽管农业问题只是"三农"问题中的一个局部问题，但"三农"问题本身与农业的不发达紧密相关，而且"三农"问题的最终破解也有赖于农业的大发展。所以单就农业本身的发展，工业化国家的农业支持政策是有值得我们借鉴的地方。

另外，从市场机制的角度讲，这些工业化国家之所以要执行农业支持政策，主要是因为农业的健康稳定发展完全依赖市场机制是无法实现的。同样这一思路，我国当前的农民和农村的发展，完全依赖市场机制也是无法实现的，随着市场化推进，"三农"问题的凸现就是一个明证，所以在市场经济条件下对农民和农村实施支持政策也是我们从工业化国家农业支持政策中学到的重要经验。

2. 对农业的支持应重视保障农业经营者的利益

农业支持政策是一个广泛的概念，凡一切有利于农业发展的政策都可归在其中，同时，促进农业发展的政策也可以有很多种，根据工业化国家农业支持政策的实践来看，主要包括两类政策，一是从资源和技术角度，通过改善农业生产条件来促进农业发展的支持政策，一类是从保障和提高农业经营者利益角度，通过提高农业经营者经营农业的积极性来促进农业发展的支持政策。这两类政策尽管都以促进农业发展为目标，但其具体的机理不同，从而其效果往往也不一样。在实践中应当两类政策配合使用，而且首先应当重视后一种政策的使用。在我国自古以来都有重视和支持农业的政策传统，但传统政策主要是通过改善农业生产条件的角度入手，同时辅之以限制农业经营者向其他行业转移。在计划经济时期，国家同样非常重视农业，但也主要是通过国土整治、兴修农田水利和农业机械化等措施改善农业生产条件，试图促进农业的发展。改善农业生产条件对于农业发展是非常重要的，但如果农业的发展本身并不能带来农业生产者或经营者的经济利益的稳定和提高，农业的发展就难以可持续。这些工业化国家由于运行平台是市场经济，不可能通过限制人们职业的选择来保障农业生产的稳定，因此非常重视通过保障经营者利益来保障农业生产的稳定和发展。而这一点在我们的传统政策刚好被忽略了。新时期，我国市场经济体制日趋完善，农业生产的稳定和发展，不仅需要大力改善农业生产条件，更需要重视对农业经营者经济利益的保障。

3. 提升本国农业国际竞争力是农业支持的重要目标

随着经济全球化的不断推进，各国农业也不断融入世界市场，而先行工业化国家，其农业更早地融入了国际竞争，不仅包括在国内市场与国外农产品的竞争，也包括在国际市场与国外农产品的竞争，从而提升农业国际竞争力是其农业支持政策的重要目标，其方式包括国内市场保护和国际市场支持。尽管这些方式越来越受到国际规则的限制，但提升农业国际竞争力的目标并没有改变，其具体支持方式，一方面通过国际谈判积极争取有利条件，另一方面对支持方式也在不断改变以更好的适应国际竞争。我国经济融入国际市场的时间不长，而农业参与国际竞争的历史则更短，由于农业整体上处于对城市和工业作贡献的地位，因此在国际竞争中对农业进行支持是难以想象的。新时期，我国农业将进一步融入国际市场中，本来农业就相对落后，在国外农业普遍得到政府支持的同时，如果我国农业不能得到政府的支持，将使得农业的国际竞争地位更为不利。当然，其支持的方式也需要根据国际规则的要求而进行调整。

第三章 "以工补农"的主要依据与基本任务

一、"三农"问题严峻形势与"以工补农"的迫切性

（一）"三农"问题的实质及其基本问题

1. "三农"问题的主要表现与实质

"三农"问题作为一个整体问题是 20 世纪 90 年代末才被提了出来的。（武力、郑有贵，2004）1996 年，"三农"问题专家温铁军教授在《战略与管理》第 3 期上，发表《制约"三农"问题的两个基本矛盾》一文，我们今天耳熟能详的"三农"问题，第一次作为一个专有名词，正式出现在公开出版物上，自此渐渐被媒体和政府广泛引用。

从字面上讲，"三农"问题就是农业、农民和农村问题，但既然"三农"问题是一个整体，我们显然不能把"三农"问题理解为农业问题、农民问题和农村问题的简单加总。"以工补农"是针对日益严峻的"三农"问题而提出来的，"三农"问题的严峻形势不是针对三个独立问题的严峻形势而言。从"三农"问题是一个整体问题角度来讲，"三农"问题一方面表现为大量单一问题，另一方面又表现为这些单一问题交织在一起所形成的难以解决的综合问题。要认识"三农"问题的实质，就必须一方面对其中的重要的单一问题进行分析，另一方面要对这些单一问题是如何交织在一起使"三农"问题成为一个难以破解的整体问题进

行分析。

（1）"三农"问题表现出来的各种单一问题

"三农"问题首先表现出来的"三农"发展中的各种单一问题，这些问题大致可以归为以下三类问题。

第一，主要涉及农业生产效率方面的问题。①主要农产品供给仍处在不稳定状态。目前，虽然我国农产品供求仍保持总量基本平衡、丰年有余，但结构性矛盾尤为突出。粮食稳定发展还面临许多不确定因素。从总量看仍然有一定的产需缺口。另外生猪生产也出现波动，主要原因是前期生猪价格持续下跌，饲料成本上涨，比较效益下降，局部地区疫病影响，散养户数量下降，发展规模养殖面临一定困难，主销区生猪生产萎缩，城乡消费需求增加。②农业经营比较效益仍较低。农业经营比较效益的高低是决定农业经营稳定性的基本因素，如果农业经营者从农业经营中获得的收益始终低于能够从其他经营中获得收益，那么当农业经营者能够自由地向其他经营转移时，农业经营者将放弃农业经营，如果这种情况大规模地发生，这将导致农业经营的不稳定。由于我国当前农业土地流转存在制度和市场障碍，尽管根据单位土地的效益并不低，但单个农户经营的土地规模较小，难以从农业经营中获得同其他经营相当的比较效益。③农业现代化水平仍处在较低水平。从物质条件和技术的层面上讲，尽管在部分地区和部分农业经营，特别是部分经济较发达的地区，存在较先进的农业生产条件和技术，同时每年也都有大量的农业科技成果被研究和开发，但农业生产条件的总体情况是相当落后的，这也主要与农业生产规模较小，以及农业科技成果转化为现实生产力存在较多的障碍有关。从农业管理的角度讲，由于我国当前的农业经营是以小规模的农户经营为主，基本上还谈不上现代化的管理。

第二，主要涉及农民收入和权益方面的问题。①农民收入增长缓慢，导致城乡居民收入差距难以缩小。尽管近几年来农民收入增长的速度较快，2004 年、2005 年、2006 年农民人均纯收入分别比上年增长6.8%、6.2%和7.4%，农民收入增幅连续三年超过6%，是1985 年以来的首次，但仍然低于城镇居民收入的增长速度，城乡居民收入增长的相对差距和绝对差距仍在扩大。2004 年，2005 年和 2006 年城乡居民收入比分别为 3.21:1，3.22:1 和 3.28:1，绝对额的收入差距 2006 年达到 8 172.5 元。展望未来一个时期，城乡居民收入关系将如何发展，差距发展到何种程度才会稳定乃至开始缩小，仍然不明朗。②农民的现代化水平仍处在较低水平。农民的现代化应当包括农民素质的现代化、农民职业的现代化和农民生活方式的现代化。从总体上来讲，我国的农民现代化水平还处在较低水平。据有关资料显示，在我国农村人口中，文盲占 20%，小学占 40%，初中占 29.5%，高中占 10%，大专以上占 0.4%。目前我国农村劳动力中，接受过短期职业培训的占 20%，接受过初级职业技术培训或教育的占 3.4%，接受过中等职业技术培训的占 0.13%，没有接受过技术培训的高达 76.4%。另外，城乡分隔的户籍制度曾经是造成我国城乡差别的主要体制性因素，目前这一制度的分隔作用虽然已经开始减弱，但这种作用还没有完全被消除，农民向城市流动和转移还存在着巨大的体制性障碍、经济性障碍和文化性障碍。③农民的平等权利得不到有效保障。由于事实上缺乏强有力的利益代表者，农民在发展过程中不能完全享有与城市居民同等的权利。在农村，普遍缺乏必要的社会保障，不能享受公共卫生、医疗和教育。即使进入城市，实际上成为城市建设者和财富创造者，但不能享有与城市居民同等的城市公共福利，更没有平等参与社会事务的政治权力。

第三，主要涉及农村区域发展方面的问题。①农村基础设施仍很落后，难以满足农村经济的发展；农村的现代化程度与城市的差距难以缩小。其一，生产性基础设施支撑力脆弱。自国家实施"八七"扶贫攻坚计划以来，农村生产性基础设施条件得到了很大的改善。但同农村经济发展的要求相比，仍然存在较大差距：由于农田水利改建扩建、生态环境治理、农业综合开发等项目难以有效展开，大部分生产性基础设施普遍存在着设施老化，新建和更新改造投资严重不足。其二，服务性基础设施执行力减弱。自国家实行积极的财政政策以来，我国加大了农村教育、卫生、广播电视等公共服务设施建设力度，消除了一批中小学危房，改善了农村医疗卫生条件。但由于科教文卫等公共服务设施基础

63

差、范围广、规模大，投入仍明显不足，校舍、师资等教育资源超负荷运行，失学率依然较高。饮水困难、安全卫生饮水问题也较为突出。农业科研机构、技术推广体系不健全、经费短缺的现象非常普遍。其三，流通性基础设施承载力屡弱。以农产品综合市场和茶叶、生猪、山羊、药材等农产品专业市场建设为重点的农产品流通服务体系及设施建设落后；很多农村交通设施落后，虽然基本实现了村村通公路，但通村公路质量较差；村内街道虽经过多次规划、整修，但路面质量不高、街道狭窄、垃圾成堆、排水设施不健全的现象普遍存在。这种滞后状况严重制约了农村各项事业的发展以及农民生活水平的提高，直接制约着农村流通体系的建设。②农村可持续发展存在显著障碍。突出表现在我国农村生态环境的形势严峻。其一，水土流失加剧。水土流失面积已从建国初期的约153万平方公里扩大到367万平方公里，每年仍以1万平方公里的速度扩展。水土流失的耕地约占全国耕地总面积的1/3。水土流失面积、侵蚀强度、危害程度在局部地区仍呈加剧趋势。其二，土地污染严重。乡镇企业"三废"的排放，给已经很脆弱的农村生态环境雪上加霜，在一些地方造成植物大面积死亡，粮食绝收，已形成局部的生态"死区"。大量施用化肥和农药，使土地板结，理化性能变劣，降低了食品安全。全国每年大量地膜废弃在农田里，形成对耕地的白色污染。土壤遭受病菌污染的程度也逐年加剧。其三，野生动植物资源减少。由于生态环境遭到破坏，使珍稀植物失去了再生的基本条件，珍稀动物失却了繁衍的基本条件，一些珍稀动植物已经灭绝，严重影响到生态平衡。我国有5%—20%的动植物种类受到恶劣生态环境的威胁，在《濒危野生动植物种国际贸易公约》中所列的640个物种中，中国占了156个。其四，土地资源受到严重蚕食。由于工业化进程加快，城镇急剧扩大，非法设立开发区等，使本来就人均占有量很少的耕地改变了用途。

（2）"三农"问题表现出来的综合问题

"三农"问题的严峻性和复杂性更主要是体现在"三农"问题的整体性和综合性，正是这种整体性和综合性使"三农"问题的破解困难重重。这种整体性和综合性主要表现在以下两个方面。

第一，"三农"整体水平与城市、城市居民和非农产业之间存在显著的差距。我们能够观察到的"三农"问题首先表现为各种各样的具体问题，但这些问题之所以被连在一起称为"三农"问题，主要还是因为"三农"在每一个方面从而在整体上相对于非农来讲都存在显著的差距。从而，"三农"与非农的差距就不再是表现在某一个方面，或某几个方面，或者说单纯从一个方面或几个方面来认识"三农"与非农的差距就无法正确认识"三农"问题。"三农"问题的整体性和综合性首先体现在农业的现代化程度与非农产业之间存在显著差距的同时，农业的经营者——农民和农业的承载区域——农村的现代化程度与相对应的城市居民和城市之间也存在显著差距。而这种整体的全面的差距，从理论上来讲并不具有必然性。理论上的非必然性和现实中存在的客观事实之间的矛盾，正是我们探寻"三农"问题作为一个整体问题其形成原因及其实质的突破点。

第二，"三农"问题中的各种单一问题相互制约难以单一突破。"三农"问题的整体性和综合性不仅表现为"三农"在每一个方面从而在整体上相对于非农来讲都存在显著的差距，更进一步表现为这些内在的各种单一问题相互制约从而导致"三农"问题难以通过各个击破的办法来实现整体突破。这种相互制约，不仅表现为农业、农民和农村问题的相互制约，也表现为农业、农民和农村问题内部的各种单一问题的相互制约。"三农"问题中的各种单一问题相互制约一方面使"三农"问题作为一个整体问题凸现，同时也使破解"三农"问题成为一个巨大工程，困难重重。在不解决其他问题的同时，试图解决其中的某一个问题，不仅可能这一问题本身解决不了，导致无功而返，而且有可能使其他问题变得更加严重。在农民收入稳定增长机制没有建立起来之前，单纯通过引入工商企业来发展现代农业，不仅可能现代农业发展不起来，另一方面会导致农民收入增长更加困难；在没有解决农产品供给保障问题之前，盲目地将农民转移到非农产业试图增加农民收入，将非农产业大量引入农村试图繁荣农村经济，不仅农民收入难以持续增长，农村经济难以持续繁荣，农产品安全供给问题只会越加严重。这种难以从单一问题进行突破的现实,决定了"三农"问题的破解是一个系统工程,必须通过系统的方法进行多角度、多层次、多点面地进行整体突破。

(3)"三农"问题的实质

要搞清楚"三农"问题的实质,不仅要观察"三农"问题的现行表现,还需要从这些表现中探寻"三农"问题的形成原因。"三农"问题作为一个整体问题,从另外一个角度讲,就是整个社会经济发展的二元结构:"三农"作为一个整体是一块,非农是另外一块。而我国经济社会的二元结构的最初原因就是城乡分治的户籍制度。1958年1月,《户口登记条例》出台,取消了《宪法》规定的公民居住和迁移的自由权,是从户籍制度上实现"城乡分治,一国两策"构想的起点。此后,这种构想和制度在国家工业化进程中不断强化、系统化,形成了完整的城乡分割二元政策和二元体制。这些二元政策和二元体制从外部制约了"三农"的发展,而"三农"内部的各种问题又相互制约,从而不断强化社会经济发展的二元态势,使得"三农"问题作为一个整体问题逐步形成和凸现。因此,我们认为"三农"问题的实质是,在国家二元政策和体制下,逐步形成和凸现的"三农"整体与非农之间存在的巨大差距,以及由于"三农"内部各种问题相互制约而形成的"三农"发展困境。进一步讲,"三农"问题一方面表现为"三农"整体与非农之间存在的巨大差距,另一方面表现为"三农"发展困境,或者说发展中存在的恶性循环问题。

2. "三农"问题的基本问题及其内在关联

尽管"三农"问题首先表现为大量复杂的单一问题,但从"三农"问题的形成及其各种问题内在关联的角度讲,"三农"问题中存在几个基本问题,这些问题制约着"三农"问题的解决,也是解决"三农"问题的着力点所在,同时这些基本问题也体现了"三农"问题的内在关联性。

(1)"三农"问题中三大基本问题

"三农"问题中的基本问题体现了问题的基本性和重要性,基本性表现为对"三农"问题中其他问题的直接制约和影响,重要性表现为对整个社会经济的重要影响。

第一，粮食等重要农产品的供给保障问题。粮食等重要农产品供给如果处在不稳定状态，这将制约国民经济持续稳定发展。农业为社会提供粮食等重要农产品，使得农业成为国民经济的基础。保障粮食等重要农产品的稳定供给是社会对农业的最重要要求。从而，粮食等重要农产品供给的不稳定是一个社会的重大问题，这一问题足以使"三农"问题成为社会关注的焦点。因此，粮食等重要农产品供给的不稳定是"三农"问题中的一大基本问题。农业问题的其他表现，诸如农业劳动效率低、农业现代化水平不高，农业经营效益低这些问题都是这一问题的派生问题，试想，如果农产品对全社会来讲并不重要，农业的效率、现代化水平和经营效益还会得到社会的普遍关注吗？

第二，农民收入增长缓慢，城乡居民收入差距日益扩大问题。农业、农民和农村之所以成为问题，而且成为国民经济发展中的重大问题，要么是发展状况与社会需求存在较大的差距，如农业问题，即粮食等重要农产品的稳定供给与社会的需求还存在较大的差距；要么是社会同类现象的较大差距，如农民问题和农村问题。同为国家的居民，农民与城市居民收入存在较大的差距，这就是农民问题。农民收入增长缓慢，从而城乡居民收入差距日益扩大之所以成为一个社会的重大问题，一方面因为与农业和农村关联的这样一个占社会绝对多数的庞大社会群体普遍存在增收困难问题，值得我们深思；另一方面一个社会基于收入问题被分割成两大社会群体，本身也是构成社会的不稳定因素。同时关于农民的其他问题，都是由此而派生出来的问题，因此，农民收入问题是一个基本问题。

第三，农村基础设施落后，农村的现代化程度与城市的差距日益扩大。就"三农"中的农村而言，最基本最主要的问题还是农村基础设施落后所造成的农村的现代化程度与城市的差距日益扩大。一方面农村基础设施落后是其他农村问题的最主要直接原因，基础设施落后将直接影响社会生产、流通和生活的进行，从而制约经济社会的发展；另一方面也是农村和城市巨大差距的集中表现。因此，农村基础社会落后是"三农"问题中的基本问题之一。

（2）三大基本问题的内在关联和相互制约

"三农"问题之所以是一个整体问题，不仅体现在一般问题的内在关联和制约，更主要是体现在三大基本问题的内在关联和相互制约，这也是从"三农"问题中寻找基本问题的重要考虑。或者可以进一步讲，"三农"问题的硬核和症结就在于三大基本问题相互关联和相互制约形成的"三农"发展困境。

第一，粮食等重要农产品供给保障问题对农民收入增长和农村基础设施改善的制约。从"三农"问题的形成过程来看，粮食问题应当是"三农"问题形成的最初原因。新中国成立后，粮食供给保障问题成为整个国民经济稳定发展的关键问题之一，要保障粮食供给，一方面需要保障粮食生产的稳定，一方面需要压缩粮食需求的过快增长。为此国家确立了城乡分治的户籍制度，限制农民向城市转移。从而使农民被牵制与农业和农村"捆绑"，在农业和农村本身不发达的情况下，农民难以获得更多的收入。城乡分治的户籍制度，逐渐促成了城乡二元结构。从具体的制约机理来看，最初是由于粮食问题没有解决，农民和农村被迫与农业"捆绑"，而农业的经营效益受到人均资源的约束，要远逊于非农产业，从而制约了农民收入增长，而农村基础设施的发展依赖于其所承载产业的剩余和居民的收入。进入 20 世纪末，尽管粮食供给已经出现供求基本平衡，且丰年有余的状况。但依赖于农业现代化发展的重要农产品稳定供给的长效机制并没有建立起来，粮食等重要农产品供给保障问题并没有彻底解决。与此相关联，户籍制度和农村资源综合开发利用仍然没有大的突破，从而使得农民收入增长问题和农村基础设施投入问题并没有大的改善。

第二，农民收入增长问题对粮食等重要农产品供给保障和农村基础设施改善的制约。作为农业的主要经营者，农民收入增长缓慢显著的阻碍了农业的投入和农业技术的进步，从而制约了农业现代化的发展，进一步制约了粮食等重要农产品供给保障问题的解决。同时，作为农村最主要的居民，农民收入增长缓慢也显著地阻碍了农村基础设施的投入，从而使得城市和农村的差距愈来愈大。

第三，农村基础设施落后对农民收入增长和粮食等重要农产品供给保障的制约。作为农民生产和生活的主要区域，农村基础设施落后，制约农村经济的繁荣，从而进一步制约农民收入的增长。同时，农村基础设施落后也严重制约了农业现代化的发展，从而制约了粮食等重要农产品供给保障的长效机制的建立。

"三农"问题中三大基本问题的内在关联和制约关系大致可以用图3－1来表示：

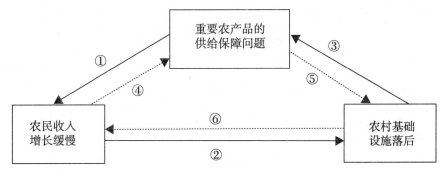

图3－1　三大基本问题的内在关联与制约关系

注：①为保障农产品供给所作的相关限制措施导致农民收入增长缓慢；

②农民收入增长缓慢通过生产和生活外溢效应制约农村基础设施的改善；

③农村基础设施落后制约重要农产品稳定供给；

④农民收入增长缓慢制约农业投入和技术进步，从而制约重要农产品稳定供给；

⑤重要农产品供给保障问题制约农村资源综合开发利用，从而制约农村基础设施投入；

⑥农村基础社会落后制约农村经济繁荣，从而制约农民收入增长。

（二）"三农"问题与"以工补农"的迫切性

"三农"问题之所以受到整个社会的广泛关注，其解决之所以具有迫切性，在于"三农"问题不仅仅影响"三农"本身，更重要的是影响整个社会经济的长期稳定发展。

1. 农业根基不稳，制约国民经济的稳定发展

传统观念认为农业是国民经济的基础主要是因为以下六个方面的原因：①农业是人类的衣食之源、生存之本；②农业是工业特别是轻工业原料的主要来源；③农业为工业的发展提供广阔的市场；④农业是国家建设资金积累的重要来源；⑤农业能为国民经济其他部门提供劳动力；⑥农业也是出口物资的重要来源。而在市场经济背景下，随着农业在国民经济中份额的下降，尽管农业对国民经济的贡献方式发生了重大改变，但其基础地位并没有改变。单就农业生产本身来讲，其在国民经济中的基础性主要表现在两个方面：

首先，是重要农产品安全供给，尤其是粮食等食物的安全供给是整个社会稳定的基础。这主要是由于当前人们的食物仍然主要来自于农业，近几年全球粮食危机就是一个典型的例子。我国的自立能力相当程度上取决于粮食等食物的安全供给。如果粮食等食物不能保持自给，过多依赖进口，必将受制于人。一旦国际政局变化，势必陷入被动，甚至危及国家安全。因此，农业的基础地位是否牢固，关系到人民的切身利益、社会的安定和整个国民经济的发展，也是关系到我国在国际竞争中能否坚持独立自主地位的大问题。当今世界农业特别是粮食生产的状况表明，尽管和平与发展已成为当今世界的两大主题，但粮食的紧缺及其不安全仍然是影响制约这两大主题顺利展开的主要制约因素。

其次，农产品价格在整个价格体系中处于基础地位，农产品价格波动会带来连续反映，从而影响市场稳定。这主要是由于农产品需求的广泛性、普遍性和基础性。2007 年生猪价格飙升，成为后来的持续通胀的导火线，对城镇低收入家庭的生活造成巨大影响。

重要农产品安全供给难以保障和农产品价格周期性剧烈波动是农业根基不稳的主要表现。尽管经过农业几十年的发展，我国目前农产品已达到了总量供求基本平衡，丰年有余的状况，但由于农业生产组织化程度，技术落后，农业稳定发展机制并没有建立起来，农产品供给还处在相对较脆弱的保障状态，并且部分大宗农产品价格周期性波动问题并没有实质性的解决。因此，从总体上来讲，农业根基还不稳，国民经济稳定发展的农业基础还较脆弱。

2. 城乡收入差距过大，制约社会和谐稳定发展

改革开放以来，我国的城乡收入差距总体上经历了一个"由缩小到扩大"的变化过程（表3－1、图3－2、图3－3）。1978—1985年经历了短暂的缩小时期，从1986年开始，就一直呈现扩大的趋势。虽然在1994—1996年这种差距有小幅缩小，但1997年开始，城乡差距以更快的速度在不断扩大。1978年，城乡居民人均收入比为2.57∶1，到1985年缩小为1.86∶1，1986年又上升为2.12∶1，此后不断上升，1994年达到历史的高点2.86∶1，1995到1997年略微缩小为2.71∶1、2.51∶1和2.47∶1，之后又迅速攀升，进入21世纪以来，这一比例一直在3∶1以上。2007农村居民人均纯收入增幅达到9.5%，是1985年以来的最高值，而2004—2007年连续四年6%以上的增幅，更是1985年以来的第一次。但同时，我国城镇居民人均可支配收入增幅分别为7.7%、9.6%、10.4%和12.2%，比农村居民收入的增幅分别高出0.9、2.6、3和2.7个百分点，结果使得城乡居民收入比由2004年的3.21∶1进一步攀升到2007年的3.33∶1，绝对差距达到9 646元，为改革开放以来城乡收入差距的最大值。

表3－1　1978—2008年城乡居民收入差距演变　　单位：元

年份	城镇居民家庭人均可支配收入（1）	农村居民家庭人均纯收入（2）	城乡收入绝对差（1）－（2）	城乡收入比（1）÷（2）
1978	343.4	133.6	209.8	2.57
1980	477.6	191.3	286.3	2.50
1985	739.1	397.6	341.5	1.86
1986	899.6	423.8	475.8	2.12
1990	1 510.2	686.3	823.9	2.2
1991	1 700.6	708.6	992	2.4
1992	2 026.6	784.0	1 242.6	2.58
1993	2 577.4	921.6	1 655.8	2.8
1994	3 496.2	1 221.0	2 275.2	2.86

（续表）

年份	城镇居民家庭人均可支配收入（1）	农村居民家庭人均纯收入（2）	城乡收入绝对差（1）−（2）	城乡收入比（1）÷（2）
1995	4 283.0	1 577.7	2 705.3	2.71
1996	4 838.9	1 926.1	2 912.8	2.51
1997	5 160.3	2 090.1	3 070.2	2.47
1998	5 425.1	2 162.0	3 263.1	2.51
1999	5 854.0	2 210.3	3 643.7	2.65
2000	6 280.0	2 253.4	4 026.6	2.79
2001	6 859.6	2 366.4	4 493.2	2.9
2002	7 702.8	2 475.6	5 227.2	3.11
2003	8 472.2	2 622.2	5 850	3.23
2004	9 421.6	2 936.4	6 485.2	3.21
2005	10 493.0	3 254.9	7 238.1	3.22
2006	11 759.5	3 587.0	8 172.5	3.28
2007	13 786.0	4 140.0	9 646	3.32
2008	15 780.8	4 760.6	11 020	3.31

数据来源：《中国统计年鉴（2009）》。

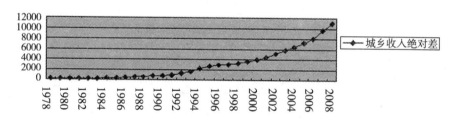

图 3 - 2　1978—2008 年城乡收入绝对差

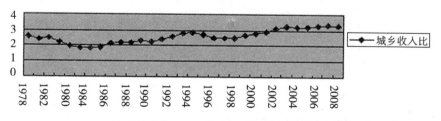

图 3 - 3　1978—2008 年城乡收入比

据李实 2004 年提供的资料表明，用城乡居民可支配收入和农村居民纯收入定义城乡收入，存在一定程度的低估问题。我国的城乡之间收入差距如此之大，在世界上很难找到第二个类似的国家。即使按照货币收入比较，城乡收入差距比中国更大的国家只有南非和津巴布韦两个国家（Knight and Song, 1999），但是，如果把实物性收入和补贴都算入个人收入部分，那么中国的城乡收入差距也许可居世界第一。即如果考虑了城镇居民实物收入和实物补贴的变动情况（目前我国在这方面的统计为空白，因此无法按国际标准的可支配收入测量），再加上城镇居民的医疗补贴、教育补贴等，城乡收入差距会大得惊人。

党的十六大提出，在新世纪的头 20 年里集中力量建设"全面小康"社会发展的目标，并提出的"以人为本"的发展观，接着又提出了构建社会主义和谐社会，与此前提出的以人为本的科学发展观一脉相承的思想。其中直接体现了党和国家对于现在中国社会虽然达到较低水平的"总体"小康，但并不是"全面"的小康，地区、城乡之间差距十分巨大的这种现状的反思与觉醒。然而，不断扩大的城乡收入差距的迹象表明我们正在两极分化的快车道上奔跑，这一方向与以人为本，构建和谐经济社会的目标背道而驰。占中国七成的农村人口收入提不上去，全面小康就无法实现。如果整个社会平均收入水平实现了小康，而事实情况又是，城乡收入差距巨大，占人口少数的城市平均水平达到富裕，而占人口多数的农村却没有达到小康要求，可想而知，这样的社会结构将是多么的不和谐，稳定的可持续发展便成了空中楼阁。

3. 农民消费水平过低，制约国民经济健康发展

我国经济一直是保持高投资拉动型，根据《中国统计年鉴》及各省市统计年鉴数据，近年来一直保持在 25% 以上水平。投资率长期偏高，2003 年和 2004 年达到了登峰造极的地步。这两年全社会固定资产投资增长了 27.7% 和 25.8%，大大超过了消费增长速度。投资率也上升到 47.39% 和 51.33%。2004 年投资率比三年"大跃进"的最后一年 1960 年还要高出 15.59 个百分点，比经济过热的 1993 年也要高出 13.59 个百分点。2005 年仍然很高，达 25.7%，其中城镇固定资产增长 27.2%；

农村增长 18.0%。投资率过高的另一面就是消费率过低。这必然会形成局部经济过热与部分消费不足并存局面。当前我国大部分消费品供求是平衡的，但也有相当一部分是供过于求。若听任上述局面的发展，也会酿成严重的相对生产过剩的经济危机。因此，要下大力气逐步降低投资率，提高消费率。

我国生产能力过剩只是相对过剩，归根结底，都是由于占人口多数的农村居民没有消费能力所造成的。消费是收入的函数，由于我国城乡居民在收入上的距大差距，其在消费方面也存在很大的差距，主要表现在消费水平与消费结构的差距。

城乡消费水平差距。表 3－2 反映了城乡之间消费绝对额与相对比值的差距水平。

表 3－2　城乡居民家庭平均每人全年消费性支出　　单位：元

年份	城镇	农村	绝对差	相对差
1985	673.20	317.42	355.78	2.12
1990	1 278.89	584.63	694.26	2.19
1995	3 537.57	1 310.36	2 227.21	2.70
1997	4 185.64	1 617.15	2 568.49	2.59
1998	4 331.61	1 590.33	2 741.28	2.72
1999	4 615.91	1 577.42	3 038.49	2.93
2000	4 998.00	1 670.13	3 327.87	2.99
2001	5 309.01	1 741.09	3 567.92	3.05
2002	6 029.88	1 834.31	4 195.57	3.29
2003	6 510.94	1 943.30	4 567.64	3.35
2004	7 182.10	2 184.65	4 997.45	3.29
2005	7 942.88	2 555.40	5 387.48	3.11
2006	8 696.55	2 829.02	5 867.53	3.07
2007	9 997.47	3 223.85	6 773.62	3.10
2008	11 242.85	3 660.68	7 582.17	3.07

资料来源：《中国统计年鉴》（历年）。

城乡消费结构差距。表 3－3 显示了城乡居民恩格尔系数的差距。

表3-4显示了城乡居民家庭平均每人生活消费支出的差距。另外,图3-4、图3-5分别显示了城镇居民和农村居民消费支出结构上的差距。

表3-3 城乡居民恩格尔系数

年份	农村居民家庭	城镇居民家庭	城乡居民恩格尔系数差
1985	57.8	53.3	4.5
1990	58.8	54.2	4.6
1995	58.6	50.1	8.5
1996	56.3	48.8	7.5
1997	55.1	46.6	8.5
1998	53.4	44.7	8.7
1999	52.6	42.1	10.5
2000	49.1	39.4	9.7
2001	47.7	38.2	9.5
2002	46.2	37.7	8.5
2003	45.6	37.1	8.5
2004	47.2	37.7	9.5
2005	45.5	36.7	8.8
2006	43.0	35.8	7.2
2007	43.1	36.3	7.8
2008	43.7	37.9	5.8

资料来源:《中国统计年鉴(2009)》。

表3-4 城乡居民家庭平均每人生活消费支出(2007年) 单位:元

地区	生活消费支出合计	食品	衣着	居住	家庭设备及服务	医疗保健	交通和通讯	文教、娱乐用品及服务	其他商品及服务
农村居民	3 223.85	1 388.99	193.45	573.8	149.13	328.4	305.66	210.24	74.19
城镇居民	9 997.47	3 628.03	1 042.0	982.28	601.80	699.09	1 357.41	1 329.16	357.70

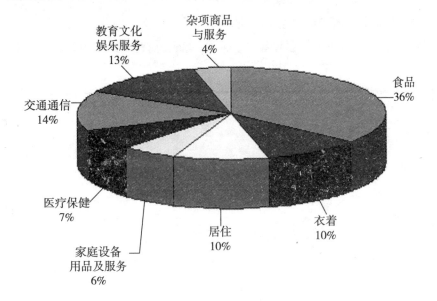

图 3 - 4　城镇居民消费支出结构

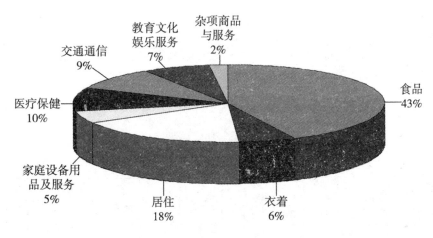

图 3 - 5　农村居民消费支出结构

　　从消费结构上，生活消费支出中无论在哪个方面的消费，农村居民消费水平都远低于城镇居民的消费水平。而农村居民食品消费占总消费支出（恩格尔数）高于城镇居民 10 个百分点，而在住房这一生活必须支出上高于城镇居民 5 个百分点，其他生活开支，如衣着、交通、医疗、文化娱乐等全面低于城市居民。综上所述,农村居民无论在消费水平上还是考虑了消费支出的结构上,都严重低于城镇居民的消费水平与能力。

据林毅夫在 2006 年的统计,我国商品零售价格指数从 1997 年底开始,年年负增长,经济出现了通货紧缩的势头。我国政府根据相关决策的原则,从 1998 年开始采用了积极的财政政策,至 2003 年共发行了 6 600 亿长期建设国债,扩大内需,使国民经济取得了年均增长 7.6% 的成绩。我国通货紧缩背后原因是生产能力过剩,生产能力是存量的生产能力我们没有消费掉,解决生产能力全面过剩的最好办法是启动存量需求。

从内源最终消费需求的角度而言,增加农民收入,提高其消费能力与水平,是建立国民经济持续增长长效机制的根本的途径。城乡居民收入差距过大,已经妨碍了经济健康、持续地增长。对于我们这样一个人口众多的发展中大国来说,推动经济增长的最主要力量是国内需求。国内市场广阔,是我国最大的优势。面对国际市场日趋激烈的竞争和世界经济的复杂变化,立足国内需求,可以使我国经济有较大的回旋余地,增强抵御经济风险的能力。扩大内需是在当前严峻的国际经济形势下,实现经济较快增长的根本之策。

4. 农村发展滞后,制约国民经济的协调发展

增长极理论认为一个国家要实现平衡发展只是一种理想,在现实中是不可能的,经济增长通常是从一个或数个"增长中心"逐渐向其他部门或地区传导。因此,应选择特定的地理空间作为增长极,以带动经济发展。增长极理论提出以来,被许多国家用来解决不同的区域发展和规划问题。然而,增长极理论也有其明显的缺陷。循环累积因果论认为,由于积累性因果循环的作用,增长极的出现对周围地区会产生两方面的影响:一是回波效应。即出现发达地区越来越发达,不发达地区越来越落后,经济不平衡状态越来越突出,甚至形成一个国家内地理上的二元经济局面。二是扩散效应。即通过建立增长极带动周边落后地区经济迅速发展,从而逐步缩小与先进地区的差距。如果增长极的扩散效应大于

回波效应，就会带动周边地区经济共同发展。然而由于积累性因果循环的关系，回波效应往往大于扩散效应，导致增长极地区越来越发达，周边地区越来越落后，形成地理空间上的二元经济，使地区经济差距扩大，甚至形成独立于周边地区的"飞地"。

增长极的负效应具体表现在以下几个方面：第一，增长极的发展导致外围地区资本筹集困难。增长极具有良好的投资环境和优厚的投资利润以及需求日益扩大的市场，这些因素吸引银行及其他金融机构将经济落后地区的储蓄转化为经济发达地区的投资；而外围地区由于落后的经济基础和投资收益率低，资本外流，致使资本积累逐渐减少，资本日趋短缺和枯竭，任何现代化的产业都难于起步。第二，增长极的经济发展使外围地区人才缺乏，经济发展受到极大制约。增长极在就业机会、工资待遇、工作环境、个人多样化需求的满足程度、子女上学就业等方面具有很大优势，这些优势吸引着落后的外围地区的劳动者和各类专业人才通过各种途径纷纷流向那里，结果在增强增长极发展能力的同时，却对外围地区造成了十分不利的影响。第三，增长极的发展导致外围地区贸易状况恶化。由于地域邻近，增长极与外围地区势必发生区域贸易活动，前者以输出工业品、资本品为主，并从后者输入初级产品；而后者以初级产品的生产和输出为主。初级产品的价格低而不稳，且缺乏需求弹性，因而竞争形势和交易条件有利于前者而不利于后者。增长极的极化效应往往是以牺牲外围地区的发展为代价的。

我国农村地区由于基础设施长期得不到有效的改善，发展滞后，积累性因果循环作用越来越明显，城市作为增长极，回波效应显著，对周边农村地区的扩散效应相当有限。城市通常对人口具有强大的集聚作用，而人口的快速集聚也成为各大城市发展的重要动因之一。在人口快速集聚的过程中，一旦城市建设和管理跟不上迅速增长的需求，导致各类城市基础设施的供给滞后于城市人口的增长，就会引发一系列的矛盾，出现环境污染、就业困难、治安恶化等城市病。农村发展滞后，一方面农村无法承接城市的扩散效应，另一方面导致城市过于拥挤而产生各种城市病，从而制约国民经济的协调发展。

二、新时期经济发展阶段与"以工补农"的可行性

(一)新时期我国经济发展阶段及其特征

学界对经济发展阶段的分析，习惯上是根据现实数据比照经济学家提出的"标准值"来作出判断。实际上由于各个时期和各个国家的具体情况往往很难有可比性，使得这种判断失去科学性，比如根据横向比较人均 GDP 来判断工业化的阶段，实际没有太多意义，因为一个具体的人均 GDP 到底代表多少财富，能购买到多少东西，在不同时期和不同的国家是完全不同的，几乎没有可比性。但是根据某些重要指标的发展趋势，同时结合到已有理论对演变趋势的研究来判断经济发展阶段及其阶段特征，对实践就具有重要的指导意义了。产业结构和就业结构反映了经济发展的趋势，同时也使经济发展呈现明显的阶段性特征，也具有较强的横向可比性。表 3-5 是我国 GDP 产业结构和就业结构的演变。图 3-6 至 3-10 更为直观地反映了产业结构和就业结构的偏差，以及产业结构和就业结构的演变趋势。

表 3-5　1978—2008 年我国产业结构和就业结构的演变

年份	第一产业		第二产业		第三产业	
	产值份额（%）	就业份额（%）	产值份额（%）	就业份额（%）	产值份额（%）	就业份额（%）
1978	28.2	70.5	47.9	17.3	23.9	12.2
1980	30.2	68.7	48.2	18.2	21.6	13.1
1985	28.4	62.4	42.9	20.8	28.7	16.8
1990	27.1	60.1	41.3	21.4	31.6	18.5
1995	19.9	52.2	47.2	23.0	32.9	24.8
1996	19.7	50.5	47.5	23.5	32.8	26.0
1997	18.3	49.9	47.5	23.7	34.2	26.4
1998	17.6	49.8	46.2	23.5	36.2	26.7

（续表）

年份	第一产业		第二产业		第三产业	
	产值份额（%）	就业份额（%）	产值份额（%）	就业份额（%）	产值份额（%）	就业份额（%）
1999	16.5	50.1	45.8	23.0	37.7	26.9
2000	15.1	50.0	45.9	22.5	39.0	27.5
2001	14.4	50.0	45.1	22.3	40.5	27.7
2002	13.7	50.0	44.8	21.4	41.5	28.6
2003	12.8	49.1	46.0	21.6	41.2	29.3
2004	13.4	46.9	46.2	22.5	40.4	30.6
2005	12.5	44.8	47.5	23.8	40.0	31.4
2006	11.7	42.6	48.9	25.2	39.4	32.2
2007	11.1	40.8	48.5	26.8	40.4	32.4
2008	11.3	39.6	48.6	27.2	40.1	33.2

资料来源：《中国统计年鉴（2009）》。

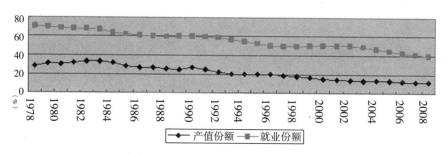

图 3-6 1978—2008 年第一产业的产值份额和就业份额的演变

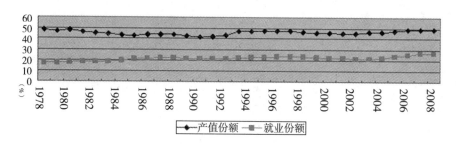

图 3-7 1978—2008 年第二产业的产值份额和就业份额的演变

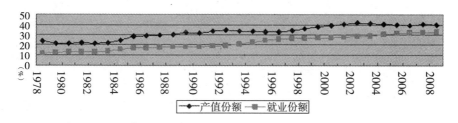

图 3 - 8 1978—2008 年第三产业的产值份额和就业份额的演变

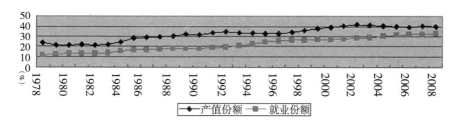

图 3 - 9 1978—2008 年我国产业结构的演变

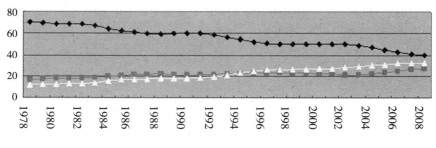

图 3 - 10 1978—2008 年我国就业结构的演变

根据这些数据，结合已有的理论成果，我们可以对我国经济发展阶段作出如下判断。

1. 依据产业结构水平，我国正处于工业化的中、后期阶段

对照赛尔昆和钱纳里结构模式（表 1 - 1），结合中国产业结构变化的趋势（表 3 - 5、图 3 - 6），我国正处于工业化的中、后期阶段：一是1978—2008 年，第二产业一直占最大比重，并在 45.4% 附近上下波动。二是第一产业比重从 1978 年的 28.2% 下降到 2008 年的 11.3%，并处在不断下降的趋势。三是第三产业比重从 1978 的年 23.9% 上升到 2008 年的40.1%。对照产业结构标准模式，新时期我国的工业化大致相当于赛尔昆和钱纳里产业结构模式的第四与第五阶段，即人均GDP在2 000—4 000美元时的结构状况。

2. 依据就业结构，我国处于工业化的初级与中级过渡阶段

就业结构的变化与三次产业结构变化一样，反映着在工业化中劳动力从第一产业向第二、三产业转移，由劳动密集型产业向资本、技术密集型产业转移的过程。对照就业结构标准模式（表1-2），结合中国就业结构的变化（表3-5、图3-10），可以看出，中国工业化正处于初级阶段：一是第一产业就业比重不断下降。1978年以来，第一产业的就业比重由70.5%下降为2008年的39.6%。二是第二、第三产业就业比重不断提高，到2008年第二产业就业比重由1978年的17.3%上升到27.2%，到2006年第三产业就业比重由1978年的12.2%上升到33.2%。三是大量农业劳动力开始向第三产业转移。20世纪90年代以来，第二产业就业比重变化不大，但第一产业劳动力比重持续下降，第三产业劳动力比重则持续上升。2008年第一产业就业仍高达39.6%，而第二、三产业就业比重分别只有27.2%和33.2%。这种就业结构所反映的水平，大致处于赛尔昆和钱纳里就业结构模式的第三、第四阶段和克拉克就业结构模式的第三阶段，即人均GDP在500—1 000美元或1 529美元时的结构状况。所以，当前中国就业结构水平下的工业化相当于一般模式中初级阶段与中级阶段之间，它与我国农业剩余劳动力转移不畅、第三产业不发达有很大关系。

3. 依据配第一克拉克理论，我国已进入大规模的农业剩余劳动力的转移时期

配第与克拉克认为：工业往往比农业、商业往往比工业的利润多得多，并指出，随着人均国民收入水平的提高，劳动力首先从第一产业向第二产业转移，当人均国民收入水平进一步提高时，劳动力便向第三产业转移。根据，我国第一产业的产值份额和就业份额差的演变，（表3-6）我们可以判断，农业的利润要远远低于第二、三产业的利润，这将要求农业剩余劳动力大规模的向第二、三产业转移。

表 3 - 6：1978—2008 年第一产业产值就业份额差与城乡收入比　　单位：元、%

年份	产值份额	就业份额	产值与就业份额差	产值与就业份额比	城镇居民家庭人均可支配收入	农村居民家庭人均纯收入	城乡收入比（Ⅰ）	城乡收入比（Ⅱ）
1978	28.2	70.5	42.3	0.4	343.4	133.6	2.57	0.39
1980	30.2	68.7	38.5	0.44	477.6	191.3	2.50	0.4
1985	28.4	62.4	34	0.46	739.1	397.6	1.86	0.54
1990	27.1	60.1	33	0.45	1 510.2	686.3	2.2	0.45
1995	19.9	52.2	32.3	0.38	4 283.0	1 577.7	2.71	0.37
1996	19.7	50.5	30.8	0.39	4 838.9	1 926.1	2.51	0.4
1997	18.3	49.9	31.6	0.37	5 160.3	2 090.1	2.47	0.4
1998	17.6	49.8	32.2	0.35	5 425.1	2 162.0	2.51	0.4
1999	16.5	50.1	33.6	0.33	5 854.0	2 210.3	2.65	0.38
2000	15.1	50.0	34.9	0.3	6 280.0	2 253.4	2.79	0.36
2001	14.4	50.0	35.6	0.29	6 859.6	2 366.4	2.9	0.34
2002	13.7	50.0	36.3	0.27	7 702.8	2 475.6	3.11	0.32
2003	12.8	49.1	36.3	0.26	8 472.2	2 622.2	3.23	0.31
2004	13.4	46.9	33.5	0.29	9 421.6	2 936.4	3.21	0.31
2005	12.5	44.8	32.3	0.28	10 493.0	3 254.9	3.22	0.31
2006	11.7	42.6	30.9	0.27	11 759.5	3 587.0	3.28	0.30
2007	11.1	40.8	29.7	0.27	13 785.8	4 140.4	3.32	0.30
2008	11.3	39.6	28.3	0.29	15 780.8	4 760.6	3.31	0.30

注：1. 数据来源：《中国统计年鉴（2009）》。

2. 产值就业份额差＝就业份额－产值份额；产值就业份额比＝产值份额/就业份额。

3. 城乡收入比（Ⅰ）＝城镇居民家庭人均可支配收入/农村居民家庭人均纯收入。

城乡收入比（Ⅱ）＝农村居民家庭人均纯收入/城镇居民家庭人均可支配收入。

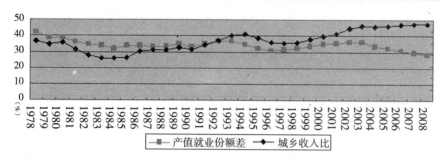

图3-11　1978—2008年第一产业产值就业份额差与城乡收入比（Ⅰ）

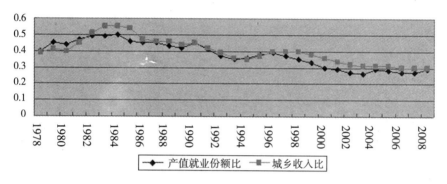

图3-12　1978—2006年第一产业产值就业份额比与城乡收入比（Ⅱ）

　　产值份额和就业份额的差距大致反映了不同产业的收益差距。1978年，我国第一产业的产值与就业份额绝对差为42.3%，也就是70.5%的人创造和分享了28.2%的产值，2008年，这一绝对差为28.3%，也就是39.6%的人创造和分享了11.3%的产值。尽管绝对差缩小了，但由于基数在不断变化，更能准确地反映这种差距的是产值与就业份额比，其含义为该产业人均创造或享受的产值是社会平均值的比重。1978年第一产业的产值与就业份额比为0.4，即第一产业就业人员所创造或享受的产值相当于社会平均水平的40%，但这一水平在逐年下降，2008年第一产业的产值与就业份额比为0.29，即第一产业就业人员所创造或享受的产值相当于社会平均水平的29%。而这一趋势与直接反映城乡收入差距的城乡收入比的趋势基本吻合。

　　第一，产值与就业份额绝对差的短期趋势性质与城乡收入比的短期趋势性质基本吻合（表3－6、图3－11）。1978—1984年，1993—1996年两个时期，产值与就业份额绝对差处在下降趋势，而同一时期城乡收入比（Ⅰ）也在下降（差距缩小）。1985—1992年，1997—2002年两个时期，产值与就业份额绝对差处在上升趋势，而同一时期城乡收入比（Ⅰ）也在上升（差距扩大）。

第二，产值与就业份额比的总体趋势与城乡收入比的总体趋势性质基本吻合（表3－6、图3－12）。1978—1984年，产值与就业份额比的总体趋势为上升趋势，同一时期，城乡收入比（Ⅱ）也在上升（差距缩小）。1985—2008年产值与就业份额比的总体趋势为下降趋势，即第一产业就业人员所创造或享受的产值与社会平均水平进行比较，是不断下降的，而同一时期城乡收入比（Ⅱ）的总体趋势也在下降（差距扩大）。

（二）新时期"以工补农"具备的条件

1. 理论导向与社会共识

随着"三农"问题的凸现，以及对社会经济产生的重大影响日渐明显，"以工补农"在理论界和整个社会都逐渐成为共识，"以工补农"的政策思路也逐渐清晰，这一切都为全面实施"以工补农"奠定思想认识基础。

（1）共识之一："三农"问题日趋严重以及解决的重要性

20世纪80年代中后期，在经历几年快速发展后，农业发展出现了后劲不足的困境。自此，理论界展开了关于农业困境的研究，一方面探索农业困境的深刻原因，另一方面试图寻求破解农业困难的战略途径。进入90年代，农业问题逐渐缓解，而更为复杂的农民收入问题，在负担加重和缺乏增收手段的双重约束下，日渐凸现。而随着农民收入问题日益严重，农产品供给也出现了频繁的波动。到90年代末21世纪初，与城市经济快速增长相伴的是农民收入问题日趋严重。以农民收入问题为核心的"三农"问题成了理论界研究的热点问题，同时也成为整个社会关注的焦点问题。理论界对"三农"问题的广泛而深入的研究，引导了全社会对"三农"问题的关注，"三农"问题日趋严重为全社会所共知，同时也使全社会认识到了解决"三农"问题不仅对"三农"本身重要，而对整个社会经济的发展更为重要。

（2）共识之二："三农"问题的凸现与过去政策倾向直接相关

在"三农"问题的研究中，探索"三农"问题的原因是其重要内容，同时也是解决"三农"问题的认识基础。而几乎所有的"三农"问题研究都将其原因归结为过去向工业和城市倾斜政策，这引导了人们对过去政策倾向的反思。对过去政策的反思，可能导致两种结果，第一，停止过去的政策倾向，以缓解或解决"三农"问题；第二，改变过去的政策倾向，实施向农业和农村倾斜政策，以解决"三农"问题。而不论是哪一种认识，都将有利于未来政策的战略转变。

（3）"以工补农"的政策思路日渐清晰

在"三农"问题日渐凸现的背景下，近几年来，中央连续出台多个支持和保护农业的惠农政策，农业增效、农民增收、农村繁荣初见成效。随着2003年在全国范围内开展农村税费改革试点工作，2004年十六届四中全会明确提出"工业反哺农业、城市支持农村"，我国也进入了由二元经济向一元经济转换的新阶段。党中央、国务院高度重视农业，贯彻"多予、少取、放活"的方针，连续下发五个"一号文件"，作出扎实推进社会主义新农村建设的部署。在"多予"上，我国调整了国民收入分配结构，加大了对"三农"的扶持力度。粮食直补、农资综合直补、良种补贴、农机具购置补贴等制度，开创了直接补贴农民的先河；农村义务教育"两免一补"的推行，实现了真正意义上的免费义务教育；新型农村合作医疗制度的建立与推广，减轻了农民看病就医的负担；农村水电路气等基础设施建设，更改善农民的生产生活条件。在"少取"上，全面取消了农业税、牧业税、农业特产税、屠宰税。在"放活"上，农村综合改革步伐加快，"山定主，树定根，人定心"的林权改革进展顺利，搞活农产品流通，促进了生产要素在城乡间的自由流动；粮食购销市场和价格进一步放开，迈出了农业市场化改革的关键一步；农村最低生活保障制度出台，构筑了农民基本生活的一道保障线；农民工权益保护和服务工作加强，推动了城乡平等就业的进程；各地积极扶持农村非公有制经济发展；引导农民进入小城镇就业和定居，不断改善农民进城就业创业环境，引导农村劳动力合理有序流动。这些政策既是"以工补农"取得社会共识的结果，同时这些政策的出台也必将进一步促进社会对"以工补农"形成统一的认识，从而有利于"以工补农"的实施。

2. 经济基础

自 1978—2006 年，我国国内生产总值年均增长 9.67%，远高于同期世界经济 3.3% 左右的年均增长速度。经过多年的发展，我国的综合国力大大增强，截至 2006 年底，中国 GDP 达到了约 20 万亿元，经济总量为世界第四，占世界的比重 5.5%，外汇储备居世界第一，并成为世界第三大贸易国。人民生活显著改善，国家财力空前提升。城镇居民人均可支配收入由 1978 年的 343 元提高到 2006 年的 11 759 元，农民人均纯收入由 134 元提高到 3 587 元；1978 年全国财政收入只有 1 132.26 亿元，2006 年达到 3.93 万亿元。

（1）2006 年人均 GDP 已超过 2 000 美元

按官方汇率计算，2006 年我国国内生产总值达到 210 871 亿元人民币，约合 2.70 万亿美元，人均 GDP 达到 16 084 元人民币，约合 2 060 美元，一些东部沿海省市超过了 5 000 美元。按照国际货币基金组织的购买力平价方法计算，2002 年我国人均 GDP 就已达到 4 390 美元。

（2）非农产业在国民经济中已占绝对主导地位

20 世纪 90 年代以来，农业在 GDP 中的份额呈加速下降趋势（见图 3 - 13、3 - 14、3 - 15 和 3 - 16）。1990—2006 年，16 年间农业在 GDP 中的份额从 27.1% 下降到 11.7%，共下降了 15 个百分点，而 1978—1990 年，12 年间农业在 GDP 中的份额从 28.2% 下降到 27.1，只下降了 1 个百分点。2006 年，我国非农产业（第二、第三产业之和）产值比重达到 88.3%，农业在 GDP 中的比重只有 11.7%。这表明我国非农产业在国民经济中已占绝对主导地位。

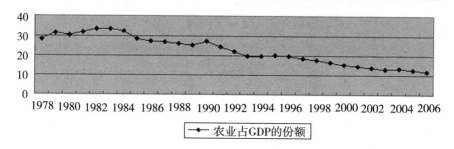

图 3 – 13　1978—2006 农业占 GDP 份额的演变

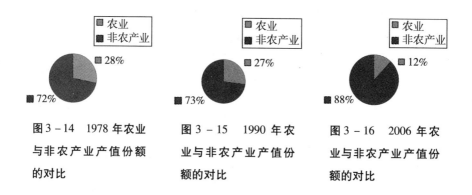

图 3 – 14　1978 年农业
与非农产业产值份额
的对比

图 3 – 15　1990 年农
业与非农产业产值份
额的对比

图 3 – 16　2006 年农
业与非农产业产值份
额的对比

（3）非农产业劳动力比重超过农业

1978—2006 年，农业劳动力比重从 70.5% 下降到 42.6%，相应非农产业劳动力比重从 29.5% 上升到 57.4%。1997 年，我国农业劳动力占全社会总就业的比重首次下降到 50% 以下。必须指出的是，农业劳动力中有相当部分兼业从事非农活动。这表明我国就业结构发生了转折性变化，非农产业劳动力取代农业劳动力成为就业的主体。

（4）工业部门已建立了相对完整的体系，工业竞争力显著上升

经过建国后半个多世纪的快速发展，我国工业已经建立了包括能源、冶金、机械、化工、电子、航天、航空、航海、国防及各类轻工业在内的较完整的工业体系，已具备了自我积累和自我发展的内在能力。1978—2006 年，工业制成品出口比重由 49.9% 提高到 94.5%，而初级产品出口比重则由 50.1% 下降到 5.5%，这表明我国工业竞争力不断增强。

（5）人口的城市化已进入加速发展阶段

1978—1997 年，我国城镇人口比重从 17.9% 提高到 31.9%，年均提高 0.7 个百分点；1998—2006 年，城镇人口比重从 33.35% 提高到 43.9%，年均提高 1.2 个百分点，增长幅度将近是前者的 1 倍。这说明我国城市化已经进入快速发展阶段，符合其他国家城市化率达 30%—70%，即为城市化加速阶段的规律。

（6）城市居民的人均收入和福利远超过农村

虽然这两年农民收入增长较快，但仍低于城镇居民收入增长速度，城乡居民收入的相对差距和绝对差距都还在扩大。2006 年城乡居民收入比达到 3.28:1，绝对额相差 8 172 元。占总人口将近 60% 的农村居民只购买不到 1/3 的消费品。目前城乡居民的消费水平总体上至少相差 10 年以上。城市形成了相对完备的福利保障体系，农村的福利保障还刚刚起步。从上可知，除了非农产业劳动力比重这一指标尚未达到工业化国家或地区的水平外，其余指标基本达到或超过。我国非农产业劳动力比重之所以严重滞后，是因为我国长期以来实行城乡分割制度的缘故。

总之，我国非农产业已形成了较好的基础，已具备自我发展的能力，城市化和城市处于快速发展之中，大力支持"三农"发展的条件已基本成熟。

3. 体制环境

（1）农户市场主体地位基本确立，为农户充分承接"以工补农"提供可能

新时期"以工补农"是以市场经济运作机制为基础，"三农"通过获得政府的支持，并在此基础上进一步融入市场活动中，以获得可持续的自我发展能力，因此农户的市场主体地位将为"以工补农"的顺利实施提供基础。改革开放以来，农村经济体制改革跨出了大的步伐：普遍推行了以家庭承包经营为基础、统分结合的双层经营体制，废除了"人民公社"制度；取消了农业生产指令性计划，实行合同定购制；放开了绝大部分农产品的价格，国家对关系国计民生的粮、棉等主要农产品实行保护价；鼓励农村各种所有制经济和非农业的发展，乡镇企业异军突

起、发展迅速；推进了贸、工、农一体化和产、供、销"一条龙"建设，农业产业化方兴未艾，因地制宜、适度规模和集约化经营也有一定发展，小城镇迅速崛起。可以说，经过改革，农村作为传统经济中自然经济色彩最浓、经济发展水平最薄弱的环节，其运行机制基本上已进入了市场经济的轨道。

（2）农业与农村市场体系初步形成，为开发式"以工补农"提供基础

国家为建立农产品市场体系采取了三个具有决定意义的步骤：第一，取消了主要农产品统购统销制度，即计划调拨、统一定价、定量供应制度，对绝大多数农产品放开市场、放开价格，放开经营。第二，允许并鼓励大中城市建立综合性的批发市场，农产品产地建立专业性的批发市场。一些全国性的批发市场，已成为农产品集散中心、价格形成中心，信息发布中心，有的还成为我国农产品走向世界的桥梁。许多专业性批发市场，依托商品生产基地又带动商品生产基地的发展，使周围农产品在国内的市场竞争中站稳了脚跟，逐步取得优势。第三，打破国企商业独家经营的格局，允许多种所有制经济组织进入流通领域。目前，我国已经初步形成了以全国性批发市场为中心，以地区性和专业性批发市场为骨干，以遍布全国城乡的集贸市场为基础，以直销配送和超市经营为补充的农产品市场体系。市场体系的初步形成和不断完善，使得"三农"要素能够充分地融入市场活动中，而通过广泛的市场交易，"三农"要素能够获得更多的要素报酬，从而实现"三农"的可持续发展。

（3）政府市场调控职能逐渐完善，为制度化的"以工补农"提供支撑

改革开放以来，我国政府管理体制经过多次改革，取得了很大成绩，突出的标志就是政府职能转变取得了积极进展。政府对微观经济的干预减少，以间接管理手段为主的宏观调控体系框架初步形成，市场体系基本建立，政府充分发挥对市场的培育、规范和监管功能，越来越重视履行社会管理和公共服务职能。政府管理经济的方式有了较大改变，

依靠行政审批进行管理的模式正在转变，行政审批事项大幅度裁减，涉外经济管理向国际惯例靠拢。政府决策民主化科学化程度有了很大提高。政府按照科学发展观的要求，驾驭经济和社会全面协调可持续发展的能力得到明显提升。宏观调节由主要依靠计划指令和信贷规模控制等直接手段，转向综合运用发展规划、货币政策和财政政策等间接手段。宏观调节重点由干预微观经济转向调节市场供求总量变动，由追求速度、数量扩张转向提高质量、效益和优化结构，注重实现经济和社会协调发展。适应发展市场经济和加入世贸组织的要求，我国加强相关法制建设，陆续颁布了规范市场经济秩序的一系列重要法律。这些为新时期进行规范的制度化"以工补农"提供基础。

三、"以工补农"的基本目标与基本任务

（一）"以工补农"的基本目标

1. 保障粮食安全以及其他重要农产品的稳定供给

保障粮食供给安全对我国经济社会持续稳定发展的意义主要体现在三方面。其一，粮食是国民经济基础的基础。新中国成立以来几十年间，国民经济几次大的波动与调整都与粮食生产徘徊有关。从一般规律来看，粮食供给平衡或持续增长时期，比如20世纪80年代中期和90年代初期，都推动了国民经济持续稳定增长。反之，粮食生产和供给出现波动徘徊，必然导致国民经济失速停滞。强化农业的粮食供给能力是确保国民经济协调发展的需要。其二，粮食是当今世界上重要的战略性资源。我国既是粮食生产大国，也是粮食消费大国。从供给能力看，未来我国粮食供需将长期处于紧平衡状态，而从国际资源看，全球粮食贸易量仅为我国粮食消费总量的一半左右。换言之，我国粮食进出口增减1个百分点，将会影响全球粮食贸易量2个百分点。其三，一定的粮食自给能力具有的安全保障和战略功能，具有公共产品特征。仅就满足供给

而言,一个时期一定数量的粮食进口可能是廉价的替代方式,但较高的自给率对粮食安全的影响是不能替代的。保持较高的自给率,增强了危机状态下粮食的可获得性。我国国情决定了我们只能立足国内资源解决粮食问题。

其他重要农产品是指,除粮食以外的重要食物类农产品和重要工业原料类农产品。重要食物类农产品主要包括油料、糖料、肉类、蛋类、奶类、蔬菜、水产类农产品;重要工业原料类农产品主要包括棉花、毛皮类和橡胶。随着人们生活水平的提高,肉类,蛋类,奶类,蔬菜等食物已成为人们食物结构中基本的组成部分,这些农产品的稳定安全供给已成为社会经济稳定发展的重要影响因素。同时,重要工业原料类农产品的稳定供给也是国民经济发展的重要基础。由于产业间广泛存在的后向联系和前向联系,长期以来,农业提供的原料性产品不仅支撑了国内工业的发展,而且为国家外汇获取作出了巨大贡献。特别是我国加入WTO后,以农产品加工品为原料的纺织品出口,已成为我国出口产品和外贸顺差的重要贡献因素。2001—2004年,纺织原料及纺织制品出口额由498.29亿美元增长到887.67亿美元,平均每年递增21.2%。但是,我们也注意到相对于国内工业对农产品原料生产的巨大需求,特别是相对于国内强大的农产品加工能力,我国农业的原料贡献能力明显不足,需要大量进口来弥补,从而反证了农业原料供给的重要性。比如我国最大宗进口农产品,第一位的大豆进口量,2002—2004年分别为1 132万吨、2 074万吨和2 023万吨,三年增加量翻了一番。农产品原料进口,一是数量大。大豆进口量相当于国内需求量的60%,棉花大量进口导致国内棉花价格和种植面积大幅波动,年际间面积增减1 000万亩左右,价格年际间波动幅度超过40%。二是增长迅速。由于大量的农产品,特别是作为原料的农产品进口增长迅速,致使我国农产品贸易由多年的净出口变为净进口,2004年农产品贸易逆差高达46.4亿美元。因此,确保农业的产品供给,不仅要确保食品和粮食供给,而且要确保农产品原料供给,这是国民经济持续发展对农业的基本要求。

2. 增加农民收入，缩小并消除城乡居民收入差距

农民问题是新时期"三农"问题的核心，而农民问题的核心就是农民的收入问题，因此，增加农民的收入是农民支持政策的首要目标。增加农民收入作为农民支持政策的首要目标，是农民作为市场经济主体之一的直接体现，也是将农民问题和农业、农村问题分开来思考的直接结果：农民作为一类市场经济主体，就是一个收入问题。从具体情况来案，占我国人口绝大多数的农民生活水平是否提高，将直接关系到国家的长治久安。农民富天下富，农民安天下安。因此，要稳定大局，就要让农民增加收入富裕起来。另外，从国民经济内在关系来看，增加农民收入也是促进经济健康持续发展的重要途径。增加农民收入——农民的购买力增强——国民经济就发展——就业机会增多——农民转移加快——增加农民的收入，其结果是城乡良性互动，共同稳定发展。

3. 改善农村经济社会面貌，实现城乡经济社会一体化

城乡二元结构集中体现在农村经济社会面貌与城市的巨大差异。农村落后的经济社会面貌无法有效地吸引优秀经营者和工商资本进入农业和农村，这不仅阻碍了农民收入的增加，也阻碍了现代农业产业的发展。"以工补农"应通过改善农村经济社会面貌，消除资源城乡互动优化配置障碍，实现城乡经济社会一体化发展。

(二)"以工补农"的基本任务

依据"以工补农"的基本目标，"以工补农"作为新时期破解"三农"问题的重要战略，必须围绕下面三大基本任务三管齐下，一方面破除"三农"问题的恶性循环，另一方面为"三农"健康、持续和稳定发展构建长效机制。

1. 提升农业现代化水平，保障粮食等重要农产品的稳定供给

1998 年 12 月 30 日在京闭幕的中央农村工作会议，在分析了我国农业和农村工作面临的新形势的情况下，指出："经过 20 年的改革和发展，我国农业和农村经济正在发生着新的阶段性变化。主要农产品供给已由长期短缺变成总量大体平衡、丰年有余。"这说明，自此以后，我国的粮食等重要农产品的供给问题不再是长期短缺问题，而是短缺与过剩交替，即供给的波动，也就是要实现供给的稳定性问题。要保障重要农产品的稳定供给一方面要保障粮食等重要农产品的经营者的比较利益，另一方要提升农业的现代化水平。而这两者本身也密切相关。农业经营有了较高的比较利益，农业投入的积极性才能提高，从而农业的现代化水平才能逐步提升。同时，只有在不断提升的农业现代化基础上，农业经营者才能获得较高的比较利益。从而，农业现代化是保障粮食等重要农产品稳定供给的长效机制。

根据市场机制的原理，如果一项经营能够获得平均利润率，其经营就能够稳定地进行；如果一项经营可以获得超过平均利润率的利润率，就会有更多的经营者参与进来；如果一项经营只能获得低于平均利润率的利润率，就会有经营者退出这项经营。也就是说，在纯市场机制下，某项经营的市场供给规模主要是由其经营的利润率决定，如果利润率波动幅度大，就可能造成供给不稳定。由于需求弹性相对较小，粮食等重要农产品的市场价格主要受供给影响，而其供给受到自然因素的极大影响，且生产周期长，导致粮食等重要农产品的利润率极不稳定，从而在纯市场机制下，由利润率引致的供给极不稳定。这就要求政府从干预收益或成本的角度通过保障粮食等重要农产品经营者利润来稳定这些产品的供应。因此，在市场经济条件下，为了保障粮食等重要农产品的供给稳定，需要政府进行干预，从国家财政收入和支出的角度讲，也就是"以工补农"。这也是早期市场经济条件下农业保护理论的基本观点。

2. 构建农民收入持续增长长效机制，来缩小城乡居民收入差距

缩小城乡居民的收入差距的基本方面就是增加农民的收入，由于农民收入存在多种来源，因此，增加农民收入的基本方法包括增加农民收入来源和增加每一种收入来源的收入数量。农民收入来源大致可以分为农业收入和非农业收入。农业收入主要取决于所占有的农业要素量和单位要素的报酬，在单位要素报酬基本不变的情况下，主要取决于所占有的农业要素量，而农业要素中的资本又受到收入本身的制约，属于内生变量，土地的数量取决于土地的总量和农民的数量，在土地总量基本不变的情况下，主要取决于农民的数量。非农业收入是一个开放式的收入来源，影响因素较多，变动幅度较大。综合起来，增加农民收入，一方面要减少农民的数量，从而增加农民的农业收入，另一方面增加农民的非农业收入。

在市场经济条件下，某一类市场主体的收入主要取决于所占有的生产要素及其报酬率，报酬率又取决于生产要素的流动性，如果生产要素是可以自由流动，则其总会从报酬率低得向报酬率高的配置中流动。但如果生产要素的流动性受到制约，其报酬率就会受到影响，而影响生产要素的流动性主要是政府政策的影响。根据实际情况来看，农民所占有的生产要素中不论是土地还是劳动力本身的流动性都受到了相当的制约，另外，农民的农业经营才能也受到这些要素流动性的制约而无法充分地发挥。前面所分析的缩小城乡差距路径，减少农民的数量以增加农业经营者的经营规模，以及增加农民的非农业收入都有赖于现有农民生产要素的自由流动。而这种流动性又依赖于国家制度和政策的调整。原有制度和政策架构是基于对工业和城市的倾斜，而对这些制度和政策价格的调整就是要改变对工业和城市的倾斜，而对农业和农民进行倾斜，即"以工补农"。

3. 改善农村基础设施状况，缩小农村和城市发展差距

城乡发展的严重不平衡，其直接原因是农村基础设施的相对水平与城市存在巨大的差距。农村与城市差距主要是两者的基础设施水平的差距，这种差距不是绝对量的差距，而是相对量的差距，即与人口和产业相匹配的基础设施。这种差距导致农村和城市在完全不同的两条轨道上运行。增加农村基础设施投入是缩小这种差距的基本路径。农村基础设施的投入者包括农村居民、非农村居民的市场主体和政府。但不管这种投入是来自于市场主体还是政府，都要求这些投入被高效的利用（对于市场主体来讲，高效的利用，意味着高回报；对政府来讲，高效的利用，是公共资源合理配置的基本要求）。但是，主要的基础设施都具有公共品性质。在纯市场机制下，公共品的供给严重不足，或者说公共品不能由单纯的市场机制来解决，这是经济学界的共识。从而，要解决农

村基础设施的供给问题，需要政府的干预，要么直接由政府投入，要么由政府引导，通过调整公共品的成本或收益，由市场主体提供。也就是说，解决农村基础设施问题，需要"以工补农"。

第四章 相关行为主体关联方式与 "以工补农" 主要渠道

政府是 "以工补农" 的责任主体, 但并不是唯一的主体。在市场经济环境下, 政府应当在积极承担应尽的责任的前提下, 充分利用市场机制和引导市场主体来促进 "三农" 的发展。

一、相关行为主体及其关联方式

(一) 相关行为主体及其行为

在市场经济环境下与 "三农" 发展相关的行为主体, 主要包括政府、金融机构、非金融类企业和农户。

1. 政府职能及其特征

现代市场经济国家界定政府职能的主要依据是市场失灵。由此, 政府的主要职能可归纳为以下五个方面: 第一, 建立并维护社会和市场秩序。一个规范的竞争的市场并不是自然产生的, 建立法律法规, 形成一个运行规范的市场机制, 是保证市场运行和竞争的前提条件, 因此建立并维护社会和市场秩序是市场经济国家政府的基本职能。它主要包括: 制定法律、法规, 规范市场主体的行为, 保证市场竞争的公正和效率, 反对不正当竞争和垄断等。第二, 提供公共物品及基础服务。由于公共物品所具有的共享性和非排他性等特性, 私人部门不愿意生产, 会导致社会供应不足, 因此这些物品只能由政府提供。基础服务是指社会生产和社会生活的共同条件包括法律法规、制度、政策安排等，这些也应当由政府提供。第三，调控宏观经济并保持稳定。现代市场经济国家无疑是以市场经济为基础，但市场经济并不是万能的，而是有缺陷的，有失灵的，如社会总需求和总供给的均衡，国家经济发展战略、货币政策、物价调控，产业结构等，都需要政府的干预和调节，因此调控宏观经济并保持其稳定发展是政府的又一重要职能。它主要包括：进行国家财政预算，制定国民经济长期发展战略，控制经济周期波动和通货膨胀。第四，进行收入和财产的再分配。市场可以提高效率，但不能完全解决公平的问题，市场经济并不能解决社会收入分配方面的公平和协调问题，因此，必须有政府进行社会收入的分配和协调，以实现社会公平的目标。进行收入和财产的再分配主要包括：建立税收制度，制定社会福利政策和计划，建立社会保障体系。第五，保护自然资源和环境。如果没有一个有效的措施保护人类共有的资源和环境，那么等待人类的将是巨大的悲剧。而这些市场是难以办到的，只有通过政府实行控制、管理等措施加以保护，包括：制定相关法律，实行收费，控制使用等。

2. 企业行为及其特征

企业是从事商品服务生产和经营的经济组织，是实行自主经营、自负盈亏，依法独立享有民事权利和承担民事责任的经济实体和市场主体。企业是现代经济的细胞，是市场经济条件下重要的微观经济主体，企业的经济运行是整个市场经济运行的主要微观基础。企业最基本的行为特征是追求企业经济利润最大化。具体表现为：一是在决定生产什么和生产多少时，完全取决于什么产品有市场，有销路，并能够带来最大的利润；二是在决定采用什么样的生产要素时，也完全取决于使用什么样的要素最有利于实现利润最大化；三是在决定产品的销售价格时，会完全根据市场竞争状况，制定一个实现利润最大的价格。企业追求利润最大化，一方面是由企业组织结构决定的，一方面也是市场竞争的要求。

3. 金融机构行为及其特征

直接为社会提供融资服务的金融机构主要包括银行和保险公司。金融机构的主要业务（行为）就是资金的融通，包括筹集资金和提供资金。只是银行和保险公司的资金融通机制不同而已。银行通过承诺返本付息向存款人筹集资金，同时通过要求到期还本付息向贷款人提供集资；保险公司通过承诺保险事故发生时提供资金而向保险人筹集资金，当保险事故发生时向保险人提供资金。由于资金是流动性最强的生产要素，是组织生产和经营的核心要素，从而提供资金融通的金融机构在现代市场经济中处于核心地位。根据金融机构与政府关系的不同，可划分为政策性金融机构和商业性金融机构。政策性金融机构的资金主要由政府提供，同时主要服务于政府政策；商业性金融机构的资金主要根据商业原则从市场中获得，其运营也完全遵循商业原则。政策性金融机构与其他市场主体的交往中，也基本遵循商业原则。

4. 农户行为及其特征

从在市场经济中扮演的角色来看，由于农户拥有农村土地共同所有权和单独承包经营权，以及经营才能和劳动能力，农户在市场经济中可扮演的角色包括市场中所有的角色：消费者，厂商（包括农业经营者和其他企业经营者）和要素供给者（包括劳动供给者、土地供给者和资本供给者）。不过从具体情况来看，由于所拥有资源和生产要素的局限性，农民实际上扮演的角色除消费者外，主要是农业经营者、劳动供给者和土地供给者，并且由于现行制度的约束，其作为农业经营者，劳动供给者和土地供给者的市场地位并不充分：农业经营缺乏规模，劳动供给的范围受到限制，土地供给缺乏自主。农民的具体行为由其行为理性和环境决定，而行为理性时期内在决定因素。农民行为的理性与非理性一直是经济学家争议的领域。实际上，在关于农民理性问题的争论中，关键不是农民有没有理性的问题，而是理性形式和理性发展的问题。

（二）各行为主体关联方式及其特征

上述四类行为主体在市场经济的实际运行中主要存在两大类关联方式，这些关联方式就是"以工补农"所要利用的载体。对这些载体的利用，既尊重了市场机制，又起到对"三农"的支持性作用。

1. 农户与金融机构、企业之间的市场交易与合作

农民、金融机构、企业都是市场行为主体，相互之间的关联主要通过平等主体之间的交易与合作来进行。

（1）商品交易关系

商品交易关系是指商品生产者与商品需求者在交易过程中形成的经济利益关系。这种关系具有以下几个方面的特征。

商品交易关系是等价交易关系。商品生产者提供商品的使用价值，得到商品的货币形态的交换价值，商品需求者支付货币，得到商品的使用价值。由于是等价交易关系，所以不存在谁补贴谁的问题。

商品交易关系是互利关系。尽管商品交易关系是等价交易关系，从价值的角度讲，谁也没有占谁的便宜，谁也没有补贴谁，但是通过商品交易，一方获得使用价值，一方获得货币形态的交换价值，从满足需求的角度讲，通过交易各自获得了自己所需要的东西，从而是互利的。单纯从交易双方来讲，这种互利活动是有利于商品交易双方的生存和发展。

商品交易关系是平等的关系。商品交易双方的权利义务关系仅仅发生在交易环节，并且在交易过程中交易双方也没有权利强制要求对方接受自己的要求，交易的结果是双方平等的讨价还价的结果。

商品交易关系是独立自主的关系。商品交易双方的权利义务关系仅仅发生在交易环节，在交易之前，交易的任意一方无权对对方进行干预，尤其是商品需求者一方面不会参与商品生产，也不能干预商品生产。

从具体的行为主体关系来看，与"三农"相关的商品交易关系主要存在于农民和企业之间农产品交易关系和非农产品交易关系：农民为企业提供农产品作为非农产业的原料，企业为农民提供非农产品性质的生活资料和生产资料。

（2）要素交易关系 这里的要素主要是指劳动力、土地和资本等生产要素，尽管生产要素的交易和商品的交易都是一种市场交易，但存在本质的区别：商品交易一般是所有权交易，而生产要素交易更多是使用权交易。要素交易关系具有以下特征：

要素交易关系是等价交易关系。尽管要素交易是使用权的交易，但这并不影响要素交易是等价交易，只不过要素供给者提供的是一段时间内要素的使用价值，得到的是要素使用权的报酬，要素需求者交出货币，得到要素在某一时间段内的使用价值。由于是等价交易关系，所以不存在谁补贴谁的问题。

要素交易关系是互利关系。尽管要素交易关系也是等价交易关系，从价值的角度讲，谁也没有占谁的便宜，谁也没有补贴谁，但是通过要素交易，一方获得使用价值，一方获得货币形态的交换价值，从满足需求的角度讲，通过交易，各自获得了自己所需要的东西，从而是互利的。单纯从交易双方来讲，这种互利活动是有利于要素交易双方的生存和发展。

要素交易关系在交易环节是平等的关系。要素交易双方在交易过程中交易双方谁也没有权利强制要求对方接受自己的要求，交易的结果是双方平等的讨价还价的结果。

要素交易关系在交易之后存在较为复杂的关系。尽管要素交易双方在交易环节是平等的，也是独立自主的，但交易之后关系就变得复杂了。商品交易关系是所有权的转移，一手交钱一手交货，交易过程结束，双方关系也就此结束。而要素交易是使用权的交易，交易过程结束，生产要素进入生产过程，双方的权利和义务关系才真正开始。尽管在交易过程中关于交易条件、交易结果和交易价格已有说明，但由于要素的使用时间和在使用过程中会发生什么样的情况，尤其是使用条件和交易价格往往并不明确，从而要素交易双方存在复杂的关系，从实际的情况看来，要素交易双方在交易环节是自主平等的，但交易过程结束后，双方由于在生产过程中的作用和权利不一致，会导致双方地位的不平等，从而导致双方的利益实现程度不一致，一般来讲，要素的购买者居于主导地位，而要素的供给者居于从属地位，根据新制度经济学的理论，这往往取决于具体要素的资产专用性程度和退出障碍。

从具体的微观经济主体来看，与"三农"相关的要素交易关系主要包括：企业作为经营者，农民作为劳动力要素和土地要素的供给者；农民和金融机构之间的资金交易关系。

（3）合作关系

合作关系是指两个或两个以上的微观经济主体在再生产过程中约定共同履行义务，共同享有权利而形成的经济利益关系。合作关系既没有商品所有权的转移，也没有要素使用权的转移，或者说不存在物权关系的变更，仅仅要求参与的微观经济主体利用自己所拥有的资源产生或形成某种行为，对于行为的结果各方根据约定公平的享有。合作关系具有以下特征。

合作关系不存在物权关系的转移。这一特征与商品交易关系和要素交易关系不同。

合作关系是平等互利的关系。合作关系的各方共同履行义务，共同享有权利，每一方根据自己所拥有的资源或优势履行自己的义务，然后对合作的结果按照履行义务的质量和数量公平地分配，从而是互利的。从合作的过程来看，合作各方地位是平等的，平等的约定各方的权利和义务，任意一方无权对其他各方强制要求接受自己的条件。

合作关系是相互约束的关系。合作关系的形成，是合作的真正开始，合作的义务和权利才逐渐体现。因此，合作本身是否能够产生互利的效果，不是从有合作关系开始的，而在于合作的义务全部履行，只有合作各方履行了自己的义务，才有合作利益的产生和分配。从而，合作关系一旦形成，就要求合作各方根据约定履行自己的义务，这样合作各方就不再像合作之前的独立自主了，而是相互约束。没有相互约束，就不可能产生最终的合作利益。

从具体的微观经济主体来看，与"三农"相关的合作关系主要存在于企业与农民之间的合作关系，合作的内容包括生产过程的合作（共同提供生产要素，共同分配生产结果），也包括流通过程的合作，以及两个过程的共同合作。

（4）补贴关系

补贴关系是指在微观经济主体在经济交往过程中的不对称获利关

系。不对称获利关系，也就是关系的部分微观经济主体得到了比根据市场原则应该得到的利益更多的利益，另外一部分微观经济主体得到了比根据市场原则应该得到的利益更少的利益，即后者事实上补贴了前者。补贴可能是被动的，也可能是主动的。这种不对称获利关系在商品交易、要素交易和合作过程中都可能存在。补贴关系主要存在以下几种情况。

在商品交易中的不等价交换。商品购买者支付了比等价交换的价格更高或更低的价格，即要么商品购买者补贴生产者，要么生产者补贴购买者。是否存在补贴，关键是要搞清楚等价交换的价格和最终交易的价格。在实践中要绝对确定等价交换的价格是非常困难的，但一般认为，在没有外力干预的情况下，完全竞争市场的交易双方经过讨价还价所形成的双方都接受的价格，就是等价交换的价格。而一旦存在外力的干预（价格不由交易双方决定），或者存在市场垄断（买方垄断定价或卖方垄断定价），交易价格就会背离等价交换价格，就形成了事实上的补贴关系。

在要素交易中的不等价交换。要素使用权购买者支付了比等价交换的价格更高或更低的价格，即要么要素使用权购买者补贴要素所有者，要么所有者补贴使用者。是否存在补贴，其情况同商品交易。

合作关系中的义务和利益失衡。合作关系的部分合作方获得了比与义务相当的利益更多或更少的利益，即部分合作者补贴另一部分合作者。是否存在补贴，关键是要搞清楚与义务相当的利益到底是多少。在实践中要绝对确定与义务相当的利益是非常困难，但一般认为，在没有外力干预的情况下，完全自由选择的合作各方经过讨价还价所形成的义务和利益分配方案，其利益就是与义务相当的利益。而一旦存在外力的干预（义务和利益的分配方案不由合作各方决定），或者存在合作垄断（部分合作方确定义务和利益的分配方案），义务和利益就会失衡，就形成了事实上的补贴关系。

从具体的微观经济主体来看，与"三农"相关的补贴关系主要存在于，农民和企业在发生商品交易关系、要素交易关系和合作关系时，农民对企业的补贴，这种补贴是被动的。主要原因在于这些关系中企业事实上处在垄断地位，农民缺乏讨价还价的能力。而企业对农民进行补贴，几乎是不可能的，根据谈判地位，除非企业主动地补贴农民，但这不符合企业作为营利性组织的本质。

2. 政府与农民、金融机构、企业之间的再分配关系

上面所分析的四种关系都是微观经济主体之间直接的经济利益关系，各微观经济主体从中获得的利益完全取决于各方直接的讨价还价，这些关系中的利益分配，我们称之为初次分配。与初次分配相对应的是再分配，再分配是国家通过法律和行政的手段对初次分配进行直接干预，或者对初次分配结果在微观经济主体之间进行的重新分配，由此形成的分配关系，即再分配关系。微观经济主体之间的再分配关系具有以下几个方面的特点。

再分配关系是政府主导形成的，具有强制性。政府和微观经济主体之间不具有平等性，再分配关系的微观经济主体之间不存在讨价还价的问题，对于政府所作出的分配关系，微观经济主体只能被动接受。

再分配关系是非互利关系。再分配关系是通过政府干预所形成的微观经济主体之间的经济利益关系，这种关系的微观经济主体之间不存在互利的问题，微观经济主体从关系中一方获得利益，另一方失去利益，而不会同时都获得利益（这是从具体分配中的直接效应角度讲）。

再分配关系是政府主导的补贴关系。由于再分配关系直接导致一方获得利益，另一方失去利益，也就是一方补贴另一方，因此再分配关系是一种政府主导的补贴关系，这种补贴不是由于垄断造成的。

具体的补贴途径包括三种：一是政府直接确定交易双方的交易价格，从而形成一方补贴另一方；二是政府直接确定合作双方义务分割和利益分配方案，从而形成部分合作者补贴另一部分合作者；三是政府首先从微观经济主体的初次分配结果中获得部分利益，然后再将这些利益转移给另外一些微观经济主体。

在实践中，政府到底要形成什么样的再分配关系，取决于政府对社会经济发展状况的判断，以及政府的追求目标。

二、支持性机制的构建路径

"以工补农"是政府通过适当的运作机制实现对"三农"的支持，在具体的运作机制上，要求其具有支持性，从而才能产生"补农"的效果。支持性运作机制的关键点在于支持性，而支持性本身是一个复杂的概念，传统的支持性概念重点放在资金和物质方面的给予，实际上，对支持的判断应该放在结果上，而不应该放在过程上，因为我们的目的在于结果，而不在于过程，只要能够起到促进"三农"发展的作用，任何手段和方法都应归为支持性运作机制，关键问题在于选择最优的运作机制。由于我们今天的大背景是社会主义市场经济，因此支持性机制也必须依赖市场机制。

（一）市场机制的基本特征

市场机制是一种建立在产权清晰、经济自由、契约有效、个人负责的基础上的经济制度，是一种社会经济发展中的资源要素配置主要由市场决定和调节的经济体制或发展机制。市场经济运行和发展的动力来源于经济当事人对自身利益最大化的追求，这种追求推动着经济当事人进行相互交易、进行成本—收益核算、选择成本最低和风险最小的消费决策和生产决策。从根本上来讲，市场机制是营利性和竞争性的经济体制，这决定了市场化运作机制具有以下几个方面的特征。

1. 市场机制具有互利性

市场经济是一种追求盈利的经济形式，而盈利属于价值范畴，它要以使用价值为其物质承担者。因此，生产者要取得更多的盈利，就必须为社会生产出更多的物美价廉的使用价值。否则，盈利就不能实现，市场经济就无法正常运行下去。也即在市场经济条件下，各市场主体在市场上所发生的各种交易活动都是互利互惠的。正是这种互利性，才推动了社会分工和协作的发展，从而推动了社会生产力的发展。

2. 市场机制遵循自身利益最大化原则

在市场经济中，商品生产者追求的不是商品的使用价值，而是商品的价值，同时也不是追求商品价值的质（因为价值作为无差别的一般人类劳动的凝结在质上并没有什么差别）而是追求商品价值的量。而价值在量上的差别是一个无穷的数列，因而各商品生产者和经营者在现实经营活动中必然遵循盈利最大化原则。

3. 市场机制具有开放性

在自然经济和计划经济条件下，生产活动是封闭和半封闭性质的，而市场经济则不同，由于生产者是为市场生产，为所有需要其产品的市场主体生产。而且商品生产者强烈地追求更多盈利的动机和愿望，必然要求冲破一切自然的和人为的障碍，打破企业之间、部门之间、地区之间以及国与国之间的封锁状态，使商品不受限制地在国内外市场上流通。这就决定了市场经济是一种开放性经济。市场经济的开放性使各国之间的经济联系日益加强，一国经济逐步地走向世界经济。

4. 市场机制具有盲目性和自发性

各市场主体在市场上追求盈利，主要受市场价格信号的调节。而市场价格信号只能反映短期供求关系的变化，而不能提供长期供求关系的变化情况，而且市场价格只能向市场提供某些商品短缺还是过剩的大致情况，而不能提供某些商品究竟短缺多少还是过剩多少的确切信息，因而易导致各市场主体盲目地自发地增加或减少某些商品的生产经营。

5. 存在外部不经济

市场经济的盈利性决定了各市场主体在生产经营活动中，一般要遵循利大大干，利小小干，无利不干的原则，这样一来，就易导致外部不经济，使生态环境遭到破坏，并使一些无利可图的部门发展滞后。

6. 市场机制具有分化性

优胜劣汰，适者生存，是市场经济铁的规律和原则。因而各市场主体在市场竞争中，不仅要遵循共同的行为准则，而且要遵循优胜劣汰的规则。由于各市场主体的竞争能力各不相同，竞争能力强的就会在竞争中获胜，竞争能力弱的就会被淘汰出局，这就决定了市场经济具有分化性，在一定条件下，甚至会引起社会的两极分化。

（二）在市场机制基础上构建支持性机制的路径

我国市场经济体制越趋完善，社会资源的配置越来越市场化。但同时"三农"发展的现实有要求国家对"三农"进行大力的支持。市场化要求自由竞争，而支持性政策要求对部分群体、部分区域和部分产业产生支持性效果，也就是要比国家不干预的情况下要好，这似乎是一种矛盾。实际上，支持性机制和市场机制并不总是矛盾。在市场机制基础上构建支持性机制就是一方面遵循市场机制的基本法则，另一方面要产生支持性效果。根据支持性机制的基本要求和市场机制的基本特征，在市场机制基础上构建支持性机制主要是通过以下四种路径实现。

1. 在市场机制还没有建立的情况下，构建市场机制会对"三农"产生支持性效果

微观经济主体在市场机制的作用下，相互通过商品交易，要素交易和合作，形成各种各样的经济利益关系，根据前面的分析，这些关系本身是互利的。通过这些互利关系，"三农"本身能够得到比不参与这些关系得到更好的发展，从而国家可以通过构建"三农"的市场化运作机制，以实现对"三农"的支持。比如，通过构建农产品流通市场，提高农产品的市场化率，可以提高农民的收入，提升农产品的质量，促进农村经济的发展。农业剩余劳动力的转移是劳动力市场化的重要内容，剩余劳动劳动力的转移，一方面劳动力资源配置的市场化，有利于增加农民的收入，另一方面也有利于农业劳动力的优化配置，从而提高农业的效率。

2. 在市场机制本身不完善的情况下，对市场机制的完善会对三农产生支持性效果

市场机制不完善，就意味着市场的竞争性机制在商品交易、要素交易和合作中不能很好地发挥作用，也就意味着在这些关系中存在不正常的外力干预，或者市场垄断，其交易价格或利益分配是非自愿的。由于

"三农"本身的弱势地位，这种非自愿价格或利益分配很可能会导致"三农"利益的损失。而完善市场机制，也就是避免不正常的外力干预和市场垄断，或者对这些外力干预和市场垄断进行反干预，将减少或避免"三农"利益的损失，从而形成对"三农"的支持。比如，在农产品收购市场上，由于农民的分散，供方具有完全竞争性，而需方具有一定的垄断性，从而导致交易价格不利于农民，形成农民对企业的补贴；在农业生产资料的供应市场上，供方的谈判能力要强于需方，从而导致交易价格不利于农民。农民通过农产品市场的底价和农资市场的高价，对企业形成事实上的补贴，这就是市场经济环境下非政府主导的剪刀差问题：形式上的自由交易掩盖了实质上的利益转移。这一问题的解决，就是要通过提高农民的谈判能力，消除涉农市场的垄断现象，完善涉农市场机制，从而形成对"三农"的支持。另外，农民在要素交易市场上，也处于弱势地位，对涉农要素市场，诸如：劳动力市场、农地流转市场等进行完善，也将形成对"三农"的支持。

3. 在市场机制无法自动发挥作用的情况下，可以通过构建市场发挥作用的条件，以发挥市场机制的作用，从而对"三农"产生支持性效果

市场机制主要是对具有盈利性的行为起调节作用，对于不能产生盈利，或者对盈利不能很好地在相关微观经济主体之间进行划分和明确的行为，也就是微观经济学所说的公共产品和外部性问题，往往市场机制就不能很好地发挥作用。对于公共产品和外部性问题，可以通过构建条件，使市场机制能够发挥作用。比如，某些重要农产品（如粮食）、农村生态环境和农村人力资源的开发就具有较强的外部经济性，农村的大型基础设施属于公共产品，对于这些问题的解决，主要是通过构建相关的条件，使市场经济发挥作用，从而形成对"三农"的支持。

4. 在市场机制存在缺陷的情况下，可以通过国家的干预，以对"三农"产生支持性效果

市场机制并不能很完美地解决所有问题，完全自由的市场竞争甚至会产生社会问题，比如两极分化问题。对于这类问题，无法通过市场本身解决，就只能依靠国家通过再分配手段进行调节，如建立社会保障制度。

三、现阶段"以工补农"的主要渠道

根据上面对支持性机制的分析，我们将现阶段"以工补农"分为政府主导的财政直接支农和政府引导的市场主体支农。前者的作用对象直接是"三农"，在"以工补农"过程中一般只涉及政府和"三农"两者之间的关系；后者的直接作用对象往往不是"三农"，而是通过引导其他市场主体，而间接地对"三农"产生支持作用，在"以工补农"过程中一般涉及政府、"三农"和"三农"以外的市场主体三者之间的关系。政府主导财政直接支农具有效果直接、见效快、政策过程容易控制等优点，但同时也存在财政负担过重，容易造成市场扭曲等缺点。政府引导的市场主体支农具有财政负担轻、充分利用市场机制、效果持久等优点，但同时也存在效果间接、见效慢、政策过程不易控制等缺点。

支农之所以需要两种运作机理的政策，这主要是由市场机制的特定决定的。第一，市场交易本身能够产生双赢效果，市场交易越发达，市场交易主体所得到的利益越多，也越有效率，所以凡是市场机制能够发挥作用的领域，都可以充分地利用市场机制支农的作用，也就是政府引导市场主体支农。第二，由于市场机制本身的缺陷，某些领域市场机制不能很好地发挥作用，这个时候就需要政府进行财政直接支农。"以工补农"运作机制总体框架可以大致由图4-1来表示。

（一）政府主导财政直接支农及其运作机制

1. 财政政策及其基本工具

（1）财政政策的含义

财政政策有广义和狭义之分，狭义的财政政策是指国家根据稳定经济的需要，通过财政收入与财政支出来调节社会总需求，广义的财政政策是泛指一切政府主导的社会再分配政策，当然其方式也是通过财政收入和财政支出。狭义的财政政策偏重于宏观经济总量问题，着眼于社会

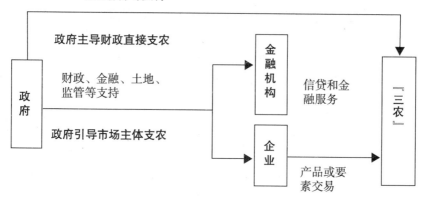

图4-1 "以工补农"运作机制总体框架

总需求，对收入和支出规模的考虑主要限于社会总需求。广义的财政政策不仅考虑总量问题，还包括结构问题。按照西方经济学对经济政策的划分，狭义的财政政策属于宏观经济范畴，广义的财政政策不仅有宏观层面的政策，也有微观的分配政策，还包括产业层面的政策。狭义的财政政策主要针对成熟的市场经济国家，而对于市场经济还处在不断完善过程中的发展中国家，财政政策还必然包括大量的旨在调整微观分配结构和产业发展结构的结构财政政策，而且这些财政政策比宏观总量财政政策显得更为重要。尽管财政政策分为总量型财政政策和结构型财政政策，但其具体的政策工具是相同的，只是其政策目标和着眼点不一样。比如，同是减少税收，如果是总量型财政政策，一般是普遍的税收下降；但如果是结构型财政政策，一般会针对部分产业或者部分经济主体。又比如同时扩大政府公共投资，如果是总量型财政政策，一般不会特别考虑投资的方向和对象；但如果是结构型财政政策，就会对投资的方向和对象进行专门研究。当然两类财政政策并不是绝对分开的，结构型财政政策会产生总量的效果，总量型财政政策也会产生结构的效果，只不过某种效果更为显著而已。本研究所指是广义的财政政策。

（2）财政政策的基本工具

财政政策工具有收入政策工具和支出政策工具。收入政策工具主要是税收。支出政策工具分为购买性支出政策和转移性支出政策，其中，购买性支出政策又有公共工程支出政策和消费性支出政策之别。

税收。税收政策是通过增税和减税两个方面来发挥对经济的调节作用的。税收直接影响人们的可支配收入，并因此而影响人们的相关经济行为。

公共工程支出。政府扩大公共工程支出，更多地承担民间不愿意投资的工程，可以扩大总需求，同时也形成若干公共投资项目，可供居民长时期消费，具有积累性质。

政府消耗性支付。主要是政府直接购买劳务和消费品并用于当期，如增加政府雇员，提高雇员工资，扩大办公设备的购买，等等。

转移支付。主要是通过政府为企业、个人或下级政府提供无偿资金援助，以调节社会分配和生产的政策。如对居民的补助，对企业的投资补助、限价补助、进出口补助等，都会直接促进企业生产发展或保证企业利润的提高。

公债。主要是政府按照商业信用原则，以债务人身份来取得收入，或以债权人身份来安排支出。

2. 财政直接支农的机理及其主要方式

（1）财政直接支农的机理

财政直接支农是政府通过再分配手段直接改变"三农"所占有资源或财富的状况。由于财政支农政策是市场经济条件下的一种政府职能，其作用主要定位于容易出现市场失败的领域，从这个角度讲，对"三农"所占有的资源和财富状况的改变主要包括以下三种情况方面。

提供与"三农"发展相关的公共物品。在纯市场运作的情况下，公共物品无法自动提供，而公共物品对于"三农"的发展至关重要，财政直接支农将直接通过公共工程支持方式提供"三农"发展的公共品以实现对"三农"的支持。

调节与"三农"发展相关的外部效应。在纯市场运作的情况下，可能产生偏离社会目标的现象。这里的外部效应，可能是非"三农"对"三农"产生的外部负效应，或者没有产生的但是"三农"发展所需要的外部正效应，也可能是"三农"产生的外部负效应，或者没有产生的但是发展所需要的外部正效应。财政直接支农将通过调节"三农"相关行为的成本和收益来实现对外部效应的处理。

"三农"发展中的收入分配问题。主要是指在纯市场运作情况下，所形成的农民与其他经济主体之间的收入两极分化并影响社会经济发展的问题。经典的自由市场理论是假定每一个市场经济主体所面临的约束条件是相同的，从而在一系列近乎完美的假设下，每个理性的经济人之间不会出现收入分配的巨大差距。但实际上，每一个市场经济主体所面临的约束条件都是极不相同的，由于起点、基础以及后续条件差距，并且自由的市场经济会无限放大这种差距（即马太效应），经济主体之间的收入两极分化在所难免，但这种两极分化最终又会影响社会的发展，所以需要纠正。

（2）财政直接支农的主要方式

支持农业农村基础设施建设。主要是大江大河的治理、中小型基本农田水利设施建设、农业科研基础设施建设、大宗农产品商品基地建设、乡村道路建设、农村电网改造、人畜饮水设施改善等，用于这方面的财政支农资金包括农业基本建设投资（含国债投资）、农业综合开发、小型农田水利建设支出、农村小型公益设施建设资金、扶贫资金等。

支持农业科技进步。主要是农业科研、科技成果中试转化、农业科技推广应用和农民科技培训等。用于这方面的财政支农资金包括农业科研支出、科技三项费用、农业科技推广支出、农业科技成果转化资金、农民科技培训资金、财政扶贫资金等。

支持粮食生产和农业结构调整。主要是支持粮食等大宗农作物生产发展、农业结构调整和农村劳动力转移就业等。用于这方面的财政支农资金包括良种补贴、农民就业技能培训资金、支持农民专业合作组织资金、农产品政策补贴资金等。

支持生态建设。主要是支持生态恶化的重点地区改善生态环境，为国民经济和社会可持续发展奠定基础。用于这方面的财政支农资金包括退耕还林资金、天然林保护资金、森林生态效益补偿资金、草原生态治理资金、水土保持资金等。

支持抗灾救灾。主要是支持抗御洪涝灾害、动植物病虫害和其他一些自然灾害，帮助受灾地区和群众恢复生活生产。用于这方面的财政支农资金包括特大防汛抗旱资金、动植物病虫害防治资金、森林草原防火资金、农村救济费、农业税灾歉减免补助资金、蓄滞洪运用补偿资金等。

支持扶贫开发。主要是支持贫困地区改善生产生活条件，促进贫困地区社会经济发展。用于这方面的资金包括财政扶贫资金、国债资金（以工代赈）等。

支持农村社会事业发展。主要是支持发展农村教育、卫生、文化等事业，促进农村社会经济协调发展。财政用于这方面的资金包括教育支出、医疗卫生支出、文化支出等。

（二）政府引导市场主体支农及其运作机制

1. 政府引导市场主体支农的机理

与财政直接支农不同的是，政府引导市场主体支农是充分利用市场机制来达到支农的目的和效果。财政直接支农的机理相对简单，就是通过国家的再分配工具直接改变农民的收入或农业农村发展的条件。但政府引导市场主体支农的机理就相对复杂，主要包括以下两个内容。

（1）政策的作用对象是市场主体，而目标在于支持"三农"

政府为了实现支农的目标，不仅可以直接改变农民的收入和农业农村发展的条件，也可以通过影响或改变其他市场主体的市场行为，然后由这些市场行为来改变农民的收入和农业农村发展的条件。因此，在政府引导市场主体支农的政策中，政策的直接作用对象是按照市场规则行为的市场主体，然后这些市场主体在所受的环境制约下，依据自身目标而行为相应的市场行为，这些市场行为能够最终产生支农的效果。

（2）市场主体与"三农"之间遵循市场交易规则

希望市场主体违背营利目标来进行支农是不现实的，既然是市场主体，其行为自然是追求自身经济利益最大化。当然，市场主体在追求自身利益最大化的同时，并不排除会产生支农的效果。但最终能否产生支农的效果，这主要取决于政府对市场主体的环境制约的设定，这种环境制约的设定就是政府的引导。在政府的引导下，市场主体与"三农"直接发生的关系是完全遵循市场交易规则的，这是由市场主体的性质决定的。

2. 政府引导市场主体支农的主要方式

根据具体支农方式，政府引导市场主体支农又可分为金融支农和普通企业支农。尽管这些市场主体和"三农"之间都是通过市场方式进行交易，但其交易内容存在显著区别。金融支农的交易内容是单纯的资金，而普通企业支农交易内容全面而复杂，更多的是通过深度市场合作来实现"三农"的发展。金融支农又主要包括农业政策性银行支农、商业银行支农和农业保险支农；普通企业支农主要包括农业产业化支农、剩余劳动力转移支农和乡镇企业支农。

（1）农业政策性银行

农业政策性银行属于财政投资的范畴，是财政手段的延伸，但在具体支农过程中又借助市场机制，因此属于政府引导市场主体支农范畴。农业政策性银行作为财政和金融的有机结合，能有效弥补财政支农职能的不足，在贯彻政府意图，增加农业投入，调控资金投向方面具有特殊的职能作用。首先，财政通过向政策性银行提供资本金和贴息，利用金融的财务杠杆原理，以国家信用为后盾，能筹集若干倍于财政资金的信贷资金投入农业，从而有效缓解农业发展资金总量不足的矛盾。其次，以财政补贴为后盾，通过贷款利率、贷款期限、贷款额度等优惠方式，将政策性支农资金投入其他商业金融机构或民间组织不愿投资，而农业和农村经济发展又迫切需要的项目中去，发挥了政府在弥补市场缺陷方面的职能作用。最后，发挥倡导性职能，即通过农业政策性银行资金投放，吸引民间资金从事符合农业政策意图的贷款和投资，从而对政策扶持项目的投资形成一种乘数效应，以推动更多的资金投入农业和农村经济领域。农发行自成立以来，以不到 300 亿元的财政资本金，支撑着 7 000 多亿元的农业信贷资金，在贯彻政府农业政策，引导社会资源配置，弥补财政支农不足，增加农业投入方面发挥了重要的作用。

我国政策性银行是在计划经济向市场经济过渡的过程中产生的。1994 年，作为金融体制改革的一项重大举措，国家决定设立国家开发银行、中国进出口银行和中国农业发展银行。同时将原四大国有银行所负有的政策性职能分离出来，切断基础货币与政策性业务的联系，为加速国有银行的商业化和确立中央银行的独立性创造条件。由此，政策性银行作为一个独立的金融体系在我国正式建立。三大政策性银行自成立以来，在贯彻国家产业政策、支持地区经济发展、促进国民经济持续、稳定发展等方面发挥了重要的作用，对我国金融业的发展和金融体制的改革也起到了积极的作用。国家开发银行成立于 1994 年 3 月 7 日，该行是一家以国家重点建设为主要投融资对象的政策性银行，办理政策性国家重点建设（包括基本建设和技术改造）贷款及贴息业务。除了财政拨付的资本金之外，国家开发银行的资金来源，主要是通过发行财政担保债券和由金融机构认购金融债券筹措，此外还包括部分中国人民建设银行吸收的存款。中国农业发展银行成立于 1994 年 11 月 18 日，承担国家粮棉油储备和农副产品合同收购、农业开发等业务中的政策性贷款、代理财政支农资金的拨付及监督使用。资金来源除财政核拨资金外，主要面向金融机构发行金融债券，并使用农业政策性贷款企业的存款。中国进出口信贷银行成立于 1994 年 7 月 1 日，作为贯彻国家外贸政策的政策性银行，其主要业务是为大型机电设备进出口提供买方信贷和卖方信贷，为成套机电产品出口提供信贷贴息及信用担保。其资金来源除国拨资金外，主要以财政专项资金和金融债券为主，其业务活动由有关部门组成监事会进行监督。我国政策性银行自成立以来，经过十几年的实践和探索，已经形成了具有中国特色的经营机制。在发挥贯彻政府意图、拉动经济增长作用的同时，加强经营管理，努力防范和化解金融风险，经营出现了许多新的情况和特点。

（2）商业银行信贷政策

信贷政策是中央银行引导金融机构信贷总量和投向，实现国家宏观调控和产业政策要求的重要手段，是宏观经济政策的重要组成部分。如汽车贷款、国家助学贷款、扶贫贴息贷款政策等。货币政策主要着眼于调控总量，通过运用利率、汇率、公开市场操作等工具来调节社会的货币供应量和信贷总规模。信贷政策主要着眼于解决经济结构问题，通过引导信贷投向，调整信贷结构，促进产业结构调整和区域经济协调发展。从调控手段看，货币政策调控工具更市场化一些；而信贷政策的有效贯彻实施，不仅要依靠经济手段和法律手段，必要时还须借助行政性手段和调控措施。在我国目前间接融资占绝对比重的融资格局下，信贷资金的结构配置和使用效率，很大程度上决定着全社会的资金配置结构和运行效率。信贷政策的实施效果，极大地影响着货币政策的有效性。信贷政策的有效实施，对于疏通货币政策传导渠道，发展和完善信贷市场，提高货币政策效果发挥着积极的促进作用。1998 年以前，人民银行对各金融机构的信贷总量和信贷结构实施贷款规模管理来实现的，带有明显的行政干预色彩。近年来，随着社会主义市场经济的不断发展，信贷政策正在从过去主要依托行政干预逐步向市场化的调控方式转变。

（3）农业保险政策

农业保险是指专为农业生产者在从事种植业和养殖业生产过程中，对遭受自然灾害和意外事故所造成的经济损失提供保障的一种保险。从世界各国发展的经验来看当一国经济发展到一定阶段，农业支持水平提高以后，农业保险便自然地被提上议事日程。由于农业的弱质性，在市场经济中发展速度会落后于其他产业，但由于农业对整个国民经济的基础地位和农产品对社会公众的重要性，农业的落后会影响整个社会发展的稳定，因此必须保证国民经济各行业均衡发展。所以一般政府都会在国家财力允许的情况下支持农业。农业保险通过对广大农业生产者在种植和养殖过程中由于遭受的自然灾害和意外事故而导致的经济损失提供保障，在一定程度上起到了稳定农业生产活动的作用。因此通常被用来作为国家支持农业的一种重要方式。那么实践也表明农业保险的确在促进农业发展、稳定农业生产、保障农民收入方面具有相当大的作用。因为农业和其他产业相比是一个高风险的行业，频繁的风险不断地威胁着农业的稳定健康发展，造成农业发展的各种曲折，而农业保险的作用就在于通过弥补各种灾害形成的损失熨平农业发展的褶皱，促进农业高速健康发展。鉴于农业保险对农业发展的重要作用，各国都非常注意发展本国的农业保险。我国在建国初期就成立了农业保险，但是到后来由于各种原因农业保险的发展一直不顺利。直到目前，我国的农业保险仍然处于初期的探索阶段，对农业的保障作用还没有体现出来。

（4）农业产业化支持政策

农业产业化是农村改革不断深化的产物，是适应农业和农村经济发展的要求产生，并不断发展和壮大起来的。以家庭承包经营为基础的双层经营体制的实行，极大地解放了农村生产力，为农业和农村经济的持续健康发展奠定了坚实的基础。但随着市场化改革的不断深入和农村经济的快速发展，分散经营的千家万户与大市场的衔接问题、农户经营规模偏小与农业专业化、规模化发展的矛盾逐步暴露出来，成为农业生产力再上新台阶的重要制约因素。在这个背景下，各地从20世纪80年代中期后就开始积极探索解决这一矛盾的办法和途径，不断完善双层经营体制，在农村经济发展较快的东部地区和大城市郊区开始出现了"贸工农一体化"、"产加销一条龙"的新的经营方式，这就是最初的农业产业化雏形。90年代以来，随着农业和农村经济的不断发展，这种经营方式逐步发展起来，并表现出广泛的适应性和强大的生命力。党中央、国务院对农业产业化的发展高度重视，党的十五大报告明确指出，要"积极发展农业产业化经营，形成生产、加工、销售有机结合和相互促进的机制，推进农业向商品化、专业化、现代化转变。"90年代后期，随着农业和农村经济发展进入新阶段，农产品供求关系的历史性转变和市场经济的快速发展，客观上要求农业产业化有一个大的发展，党中央、国务院及时把推进农业产业化作为农业和农村经济发展的重大战略举措。党的十五届三中全会高度评价了农业产业化经营，指出农业产业化经营是实现农业现代化的现实途径之一。进入新世纪，党中央、国务院明确提出了"扶持农业产业化就是扶持农业,扶持龙头企业就是扶持农民"的重要论断,并对如何推进农业产业化作出了具体部署。农业部等八部委制定了《关于扶持农业产业化重点龙头企业的意见》,从财政、税收、信贷、外贸等方面制定了扶持政策,并先后组织认定了372家国家级农业产业化龙头企业,研究出台了扶持重点龙头企业的具体措施。各地党委和政府也都结合当地实际,积极采取措施,推进农业产业化发展。目前,农业产业化已经在全国各地蓬勃发展起来,并且显示出旺盛的生命力。

从各地实践发展来看,农业产业化以市场为导向,以家庭经营为基础,依靠各类龙头企业和组织的带动,将农产品的生产、加工、销售等各环节连成一体,形成有机结合、相互促进的经营机制,是我国农业经营体制进一步适应农业生产力发展要求的重大创新。推进农业产业化,不动摇家庭经营的基础,可以把市场信息、技术服务、销售渠道直接而有效地带给农民,比较好地解决了小农户与大市场的矛盾,有利于推进农业科技进步,扩大农业经营规模,提高农业经济效益和市场化程度,是建设现代农业、提高农业竞争力的现实途径,是推进农业结构调整、繁荣农村经济的重要带动力量,是促进农民增收的重大举措。可以说,推进农业产业化,体现了农业先进生产力发展的要求,符合我国农业发展的实际和现代农业发展的客观规律,是加快农业现代化和农村小康建设的重要推动力量。

(5) 剩余劳动力转移支持政策

剩余劳动力从农业中转移出来,是实现劳动力资源的优化配置,一方面可以提高农业的规模化,另一方面可以增加劳动力的收入。而转移农业劳动力的一个重要路径就是企业对农业劳动力的吸纳。从而支持那些能够大量吸纳农业劳动力的企业的发展,也就成为"以工补农"的重要措施。改革开放以来,我国剩余劳动力转移政策大致经历了四个阶段。第一个阶段,从1978—1983年,国家采取了限制农村剩余劳动力进入城镇就业的异地转移政策,同时又通过倡导农业生产的多样化经营,实行农村剩余劳动力从农业种植业(小农业)逐步转移到农、林、牧、副、渔业（大农业）的农业内部的分流转移政策。第二阶段，从 1984—1991 年，剩余劳动力转移政策的重点放在发展乡镇企业上，实行农村剩余劳动力"离土不离乡"的、农村内部的一二产业之间的转移政策。第三阶段，从 1992—2002 年，国家继续鼓励农村剩余劳动力依托乡镇企业实现就地转移的同时，在一定程度上放松了农村剩余劳动力异地转移的严格限制，党和政府通过加快小城镇建设步伐来促进农村劳动力向小城镇转移。第四阶段，2002 年至今，致力于突破二元社会制度，实现城乡统筹，建立全国统一的劳动力市场，对农村剩余劳动力转移政策作出不同于前几个政策发展阶段的新的、根本性的调整。

（6）乡镇企业发展支持政策

20 世纪 80 年代以来，乡镇企业的异军突起，创造了许多辉煌。乡镇企业所需的主要要素来自农村，这种交换关系使得它的发展与农村经济繁荣融为一体，成为解决"三农"问题不可缺少的支撑点。乡镇企业的发展促进农业剩余劳动力的转移，增加农民收入。乡镇企业的发展可以带动现代农业发展，推进新农村建设。改革开放后，国家明确了社队企业的地位和作用、发展方针、经营范围等，并制定了一系列扶持政策。1984 年中共中央、国务院颁发了《转发农牧渔业部（关于开创社队企业新局面的报告）的通知》，根据农村经济发展的新情况，适时决定把社队企业改名为乡镇企业，改名后的乡镇企业包括原来乡办企业、村办企业和新发展起来的农民合作企业及个体企业。文件提出了开创乡镇企业新局面的历史任务，并对乡镇企业的若干政策问题作出了规定。1996 年 10 月 29 日，在八届全国人大常委会第二十二次会议上，通过了《中华人民共和国乡镇企业法》。《乡镇企业法》充分肯定了乡镇企业的辉煌成就，确立了乡镇企业在国民经济中的法律地位，还提出了国家促进和扶持乡镇企业发展的很多具体措施，对乡镇企业多年来的一些政策措施和成功经验也用法律的形式进行了肯定。1997 年 3 月 11 日，中共中央、国务院下发了《中共中央、国务院关于转发农业部〈关于我国乡镇企业情况和今后改革与发展意见的报告〉的通知》中发［1997］8 号文件。这是一个指导乡镇企业"九五"至 2010 年发展的纲领性文件，这个《通知》认真总结了改革开放以来乡镇企业发展的经验，充分肯定了乡镇企业在中国不可替代的地位和作用，全面分析了乡镇企业面临的问题、困难和机遇、挑战，提出了今后乡镇企业发展的大政方针、目标任务、发展思路和主要措施。

第五章　政府财政直接支农及其效果

一、财政直接支农计算口径与规模演变

（一）财政支农的不同计算口径

1. 政府统计角度的支农口径

由于"三农"本身是一个范围模糊的概念，从而财政支农的范围也存在各种口径，学术界一般根据涵盖范围的不同，把财政支农支出分为宽、中、窄三个口径。

（1）所谓窄口径，则可以从项目支持的角度理解。像林业、水利、气象等部门属于国家机构，其主要职能是规划、管理和服务，其受益对象并不局限于农村和农民（如大中型水利设施不仅服务于农村，也服务于城市），这些机构的人员和办公经费属于社会管理费用性质，不宜简单地列为支农投入。因此，可以从中口径的支出中扣除农林水利等部门的事业费而得出窄口径的支农支出，它主要包括支援农业生产支出、农村基本建设支出、农业科技三项费用和农村救济费等项费用。"九五"期间，支援农业生产支出和农林水利气象部门事业费之比为 1∶1.57[①]，

[①]　数据来源：转引自陈锡文、韩俊、赵阳主编：《中国农村公共财政制度》，中国发展出版社 2005，第 117 页。以下行文中，有关农林水气部门事业费总额的估算，均依据该数据。

按此推算，2007 年小口径支农支出的规模为 1 324 亿元。

（2）所谓宽口径，则进一步包括了国家用于支持农村义务教育、发展农村医疗卫生事业等方面的支出。对于中央、省级政府而言，甚至还包括了以维持基层政权机构运转、推进税费改革等为目的的转移支付支出。这是财政部近年来的口径。按照财政部的口径，2007 年，仅中央财政支农支出的规模就达到了 4 318 亿元[①]。

（3）所谓中口径，就是指《中国统计年鉴》里"国家财政用于农业的支出"，具体包括支援农业生产支出和农林水利气象等部门的事业费、农业基本建设支出、农业科技三项费用、农村救济费等，2007 年的规模为 3404. 70 亿元。

2. 经合组织（OECD）关于支农的统计方法

20 世纪 80 年代中期，受乌拉圭回合农业谈判驱使，OECD 就开始量化农业支持水平。伴随着 OECD 农业政策的改革，政策措施的数量和复杂性显著提高，使得 OECD 对政策措施的分类不断调整。最新的政策分类以及评价指标体系是在 1999 年 OECD 出版的年度报告中提出的，其中最主要的指标包括生产者支持估计值、一般服务支持估计值、总支持水平估计值。

（1）生产者支持估计值（PSE）衡量一国农业政策对农业生产者的支持水平，它由市场价格支持（MPS）与对生产者的预算支持组成。市场价格支持是指，由于实施造成某种农产品国内市场价格与边境价格价差的那些政策措施，所引起的消费者和纳税人向农产品生产者的转移价值总量。对生产者的预算支持主要包括基于产出的转移支付、基于种植面积/牲畜数量的转移支付、对投入品的补贴和对农业总收入的转移支付等。生产者支持估计值与农业总收入的比例（％PSE）也是一个分析指标，它表示由于农业干预政策的实施对农业生产者提供的转移支付占农业总收入的份额。例如，％PSE 为 60％，表示生产者收入中有 60％是

---

① 数据来源：财政部关于 2006 年中央和地方预算执行情况与 2007 年中央和地方预算草案的报告。

来自农业支持政策作用。该指标便于进行国家间的比较。

（2）一般服务支持估计值（GSSE）衡量由于对农业实施一般性服务政策而引起的价值转移。它针对整个农业部门，而不是针对具体生产者或消费者的支持水平。主要包括农业基础设施、农业培训和教育、农产品质量控制和食品安全、农业投入及环境改善、产品营销与促销等的政策支持。

（3）总支持水平估计值（TSE）衡量纳税人和消费者每年提供给农业部门的所有转移支付的总和。由于所有转移支付都包括在国内生产总值（GDP）中，因此％TSE表示的是农业支持占全部GDP的比例。

（二）财政直接支农规模演变

1. 中口径的财政支农支出

表5－1是根据《中国统计年鉴》的数据计算的国家财政支农的情况。支农支出大体可以分为三个周期：

第一个周期，自1951年开始到1970年结束，支农支出占财政总支出的比重平均为10.14％。自1951—1964年，这一比重呈逐步上升态势，尤其是在20世纪60年代初期，由于"大跃进"遭遇失败，又连续发生严重自然灾害，国家不得不投入大量人力、物力和财力来解决严重的饥饿问题。1960—1964年间，支农支出占国家财政支出的比重平均达到15.1％，1964年更是达到17％的高峰水平。此后，随着生产形势逐步好转，支农支出在财政总支出中的比重呈回落态势，到1970年下降到谷底7.61％。

第二个周期，自1971年开始到1985年结束，在1976年达到峰值13.71％。1971—1978年间，支农支出占财政支出的平均比重为11.36％。（张俊伟，2006）改革开放初期，由于国家调整产业政策，采取一系列措施鼓励农业生产（如提高粮食收购价格等），支农支出仍然维持在较高水平上。在国家加大支农支出和联产承包责任制的双重推动下，粮食供求关系迅速好转，甚至出现了阶段性的"生产过剩"。粮食问题紧迫性下降导致支农支出占财政总支出的比重在1985年下降到谷底 7.66%。

第三个周期，自 1986 年开始到目前，支农支出占财政支出的比重平均为 8.78%。支农支出占财政支出的比重，在 1991 年达到峰值 10.26%，此后呈稳步下降趋势，到 2003 年达到谷底 7.12%，2004 年起又逐渐回升。

财政支农支出占 GDP 的比重在不同发展阶段也有所不同。在过渡时期，财政支农支出占 GDP 的比重从 1952 年的 1.33% 稳步上升到 2.83%，平均每年上升约 0.4 个百分点。这表明，随着经济社会逐步趋于稳定，国家得以用更多资金支援农村发展。在计划经济时期，支农支出占 GDP 的比重经历了较大的波动。受严重自然灾害影响，这一比例在 1960 年达到了新中国成立以来的最高峰 6.21%，最低点则是在 1968 年，为 1.93%。整个计划经济时期，支农支出占 GDP 的比重平均为 3.36%，为新中国成立以来最高水平。（张俊伟，2006）改革开放 28 年来，支农支出占 GDP 的比重呈现"先降后升"趋势。从 1978—1995 年，该比重从 4.13% 稳步下降到 0.94%，平均每年下降 0.17 个百分点；而从 1996—2006 年，该比重则从 0.98% 缓慢上升到 1.50%，平均每年上升约 0.047 个百分点。可以说，虽然支农支出的总额在不断加大，但从历史角度考察，当前政府的支农投入力度是明显偏低的。

表 5-1　1978—2007 年国家财政支农的规模

年份	国家财政用于农业的支出（亿元）	国内生产总值（GDP）（亿元）	支出占财政支出的比重（%）	支出占 GDP 的比重（%）
1978	150.66	3 645.2	13.43	4.13
1980	149.95	4 545.6	12.20	3.29
1985	153.62	9 016.0	7.66	1.70
1990	307.84	18 667.8	9.98	1.64
1991	347.57	21 781.5	10.26	1.59
1992	376.02	26 923.5	10.05	1.39
1993	440.45	35 333.9	9.49	1.24

年份	国家财政用于农业的支出（亿元）	国内生产总值（GDP）（亿元）	支出占财政支出的比重（%）	支出占 GDP 的比重（%）
1994	532.98	48 197.9	9.20	1.10
1995	574.93	60 793.7	8.43	0.94
1996	700.43	71 176.6	8.82	0.98
1997	766.39	78 973.0	8.30	0.97
1998	1154.76	84 402.3	10.69	1.36
1999	1085.76	89 677.1	8.23	1.21
2000	1231.54	99 214.6	7.75	1.24
2001	1456.73	109 655.2	7.71	1.32
2002	1580.76	120 332.7	7.17	1.31
2003	1754.45	135 822.8	7.12	1.29
2004	2337.63	159 878.3	9.67	1.46
2005	2450.31	183 867.9	7.22	1.33
2006	3172.97	210 871.0	7.85	1.50
2007	3404.70	249 529.9	6.84	1.36
2008	4544.01	300 670.0	7.25	1.51

数据来源：《中国统计年鉴》（历年）。

2. 窄口径的财政支农支出

窄口径的支农支出，剔除了中口径支农支出所包含的涉农行政、事业单位维持运转（养人、维持机构运转）费用，体现为更加直接的支农项目支出，如小型农田水利和水土保持、支援农村合作生产组织、农技推广和植保补助、农田水利建设、贫困救济、科技推广等。窄口径支农支出和中口径支农支出的变化表现出高度的相关性。总体上看，虽然改革开放以来支农支出的规模在不断增加，但无论是从占财政总支出的比重、还是从占 GDP 的比重角度看，支农支出的相对力度都明显低于计划经济和过渡时期；并且这种支持力度逐步下降的趋势在改革开放以来表现很明显。当前，支农支出的力度在新中国成立以来是最低的。从占财政总支出的比重看，在过渡时期、计划经济时期，窄口径支农支出占财政总支出的平均比重分别为 5.28% 和 8.81%，改革开放 25 年来的平均比重则为 5.39%（明显低于计划经济时期），其中，1979—1994 年间为 5.7%，1995—2008 年间为 4.89%。从占 GDP 的比重看，在过渡时期、计划经济时期，窄口径支农支出占 GDP 的平均比重分别为 1.47% 和 2.56%，改革开放 25 年来的平均比重则为 1.04%，其中，1979—1994 年间为 1.19%，而 1995—2008 年间为 0.80%。考虑到支农支出有一部分来自国债投资，而目前随着宏观经济运行态势的变化，国家已开始削减国债投资的规模，今后要持续提升支农支出的相对力度，困难是比较多的。

3. 宽口径的财政支农支出

宽口径的支农支出考虑我国经济社会结构的变动，把一些支持农业社会发展、平稳推进制度变革的支出纳入到支农支出统计范围之内。这样做，有助于全面把握国家对农村投入情况的变动，毕竟，随着经济社会的持续发展，财政支农的重点也在不断发生变化，反映社会发展成果的义务教育、公共卫生和养老体系逐渐被纳入到政府扶助范围之内，并获得越来越大的重要性，这就使支农支出的范围视野超越了农业生产和农民生活。20 世纪 90 年代末以来，党和政府对农村采取"多予、少取、放活"的方针，逐步推进农村税费改革和对农业生产的奖励扶助政策。到 2006 年，农（牧）业税、除烟叶之外的特产税、三提五统已经全部取消，由此减轻农民负担 1 000 多亿元。取消农村的劳动积累工和义务工，又可减轻农民负担约 1 000 亿元。不仅如此，国家还投入大量资金支持农村社会事业的发展：为了支持农村义务教育的发展，国家先后启动了"中小学危房改造工程"、"国家贫困地区义务教育工程"、"国家西部地区'两基'攻坚计划"、"农村寄宿制学校建设工程"、"农村中小学现代远程教育工程"，此外还对西部地区学生免除课本费和学杂费。2003 年的"非典"疫情，暴露了中国公共卫生体系的弊端，国家又开始以农村为重点加强公共卫生体系建设。在国家的支持下，农村合作医疗试点工作正在迅速铺开。

但是，随着考察视野的扩大，农村与城市在经济、社会、生活等领域的差距也全面显示出来。自 20 世纪 80 年代中期以来，城乡居民收入差距呈持续扩大趋势，从 1985—2007 年，城镇居民人均可支配收入由 739.1 元增加到 9 646 元，共增长 13 倍；农村居民人均纯收入则由 397.6 元增加到 4 140 元，仅增长 10 倍。22 年间，城镇居民收入由农村居民收入的 1.86 倍逐步扩大到 3.33 倍。不仅如此，在二次分配领域，我国一直维持着"以农补工"、"农村支援城市"的分配格局，政府的社会发展政策和公共服务不仅没有缩小城乡差距，反而进一步拉大了城乡差距。据测算，如果考虑城市居民和农村居民在享受公共服务（如义务教育、公共卫生、失业保障、养老保障等）方面的巨大差距，城乡收入之比将进一步上升到 4 倍左右。（联合国开发计划署驻华代表处，2005）

4. 经合组织计算方法的支农规模

1994—2003 年中国农业支持的总水平及构成的评估结果见表 5 - 2。

结果表明，在 1994—1999 年间，中国农业的 TSE 年均为 - 379 亿元，除 1995 年和 1999 年 TSE 是正值之外，其余年份均为负值。该期间%TSE 平均为 - 0.57%，远低于同期 OECD 成员国平均水平 1.48%。进入 21 世纪后，政策对农业的支持显著上升。2000—2003 年%TSE 平均为 2 196 亿元，其中 2003 年支持总水平接近 3 000 亿元。%TSE 平均为 2.12%，超过 OECD 成员国 1.18% 的平均水平。但是，比较%TSE 和第一产业占整个 GDP 比重，我国的%TSE 为 2.12%，而第一产业占全国 GDP 比重目前在 15% 左右；经济发达国家，如美国、日本第一产业占 GDP 比重在 21 世纪分别降至 1.6% 和 1.4%，而%TSE 却为 1% 和 1.3%。（OECD，2004）另外，比较农村居民人均获得的支持水平，我国只有不足 50 美元，而美国和日本高达 12 000 美元左右，是我国的 250 倍。因此，我国农业支持水平相对于经济发达国家还有很大差距。

表 5 - 2　中国农业支持水平及构成　　　　单位：亿元

	PSE			GSSE	TSE	%TSE 总量
	总量	市场价格支持	预算支持			
1994	-1133	-792	-341	472	-636	-1.36
1995	-33	312	-344	526	517	0.88
1996	-1142	-582	-560	727	-387	-0.57
1997	-2557	-1834	-723	877	-1652	-2.22
1998	-1609	-775	-834	1355	-228	-0.29
1999	-1167	-502	-665	1255	109	0.13
2000	-556	108	-663	1700	1164	1.30
2001	827	1312	-486	1769	2600	2.67
2002	367	693	-326	1701	2070	1.98
2003	1087	964	122	1862	2950	2.52

数据来源：转引自宗义湘：《中国农业政策对农业支持水平的评估》。

　　1994—2000 年，中国农业生产者支持估计（PSE）水平一直是负值，说明在 20 世纪 90 年代中后期，中国的农业生产者并没有得到政策的支持。2000 年以后，PSE 由负值变为正值，2001—2003 年平均水平为 760 亿元。初步研究结果表明，加入 WTO 后，中国农业政策已经从过去向农民的征税转向对农民的支持，这与我国近年实施的一些惠农政策也是吻合的。就生产者支持的预算支持部分来说，除 2003 年以外，整个分析期间均是负值（平均为 -482 亿元）。主要原因是国家对农业的预算支出远远小于从农业中征得的税收和向农民收取的"三提五统"费用。一项研究表明，2000 年政府向农民收取的农业税和"三提五统"费用高达 1 085 亿元，如果将其他各种各样的杂费加到一起，农民承担的负担可能在 2 000 亿元左右。从 2000 年开始，中国政府开始进行农村税费改革的试点，实际征税水平在不断降低，这也是为什么 2003 年预算支持变成为正值的主要原因。

　　随着国家彻底取消农业税以及加大对种粮农户直接补贴的力度，今后我国对农业的预算支持水平将会有一个较大的提高。一般服务支持（GSSE）呈上升趋势，尤其是从 1998 年开始，支持水平增加幅度很大，从 1997 年的 877 亿元增加到 1998 年的 1 355 亿元，增幅达 55%。主要原因是，1998 年我国开始实行了积极的财政政策，发行的国债中，有相当大的部分用于农村基础设施建设，而且这项政策一直在使用，2001—2003 年 GSSE 平均为 1777 亿元，占％TSE 的 70%（即％GSSE），远超过 OECD 成员国同期的 17.7%。说明我国农业政策更倾向于增加一般性服务支持，而生产者支持较少。（宗义湘，2006）

二、财政直接支农的支持重点及其支持方式

（一）保障重要农产品供给的支出及其支持方式

1. 物质生产条件保障支出及其支持方式

物质生产条件是农产品供给的最终决定因素，国家的重要农产品供给政策中最重要和最基本的就是农产品物质生产条件的保障政策。而农产品最重要和最基本的物质生产条件就是耕地和相关水利设施，从我国具体的农产品供给政策来看，耕地保护政策和农田水利设施建设政策长期以来一直是最主要的政策之一。而最近几年，重要农产品物质生产条件的保障不仅仍旧包括这些最基本的政策，也加强了其他相关生产条件保障政策，主要包括大型粮棉油糖等生产基地、优质粮食产业工程、大型灌区续建配套节水改造、大型排涝泵站更新改造、病险水库除险加固工程等建设政策，着力改善农业生产条件，促进粮食稳定生产和农业稳定发展。

（1）支持重点

近几年来为保障粮食等重要农产品的供给，在物质生产条件保障方面主要包括四个方面的专项投资支出。

第一，农田水利设施建设。农田水利设施建设主要包括大型灌区续

建配套与节水改造、中部四省大型排涝泵站更新改造建设和病险水库除险加固工程三个方面的内容。

第二，重要农产品基地和产业建设。重要农产品基地建设主要包括大型商品粮基地建设、优质粮食产业工程、长江流域优质油菜带建设和糖料生产基地建设四个方面的内容。大型商品粮基地建设的建设内容包括小型农田水利、良种繁育等基础设施建设，改善项目区粮食生产条件，并适当完善病虫害防治等农技服务设施。优质粮食产业工程的建设内容包括现代农机装备推进项目，兼顾标准粮田、粮食优质专用良种繁育基地、区域技术创新中心、有害生物天敌昆虫繁育基地等项目。长江流域优质油菜带的建设内容主要是在长江流域油菜主产区，以地市为单位，建设良种繁育和统一供种体系、小型农田水利工程，并完善相应的病虫害防治和土肥监测等设施，逐步实现"双低"油菜籽规模化、标准化、优质化生产，提高"双低"油菜生产水平。糖料生产基地项目主要建设内容是在广西、云南、新疆等糖料主产区，集中连片建设糖料生产基地，完善良种繁育、小型农田水利、病虫害防治等基础设施。

第三，良种和生物育种工程建设。良种与生物育种工程建设主要包括种子工程、畜禽水产良种工程和生物育种高技术产业化专项三个方面的建设内容。种子工程主要建设内容为，建设农作物种质资源保存库、资源圃与野生物种原生境保护区等，续建完善国家农作物改良中心和分中心，建设完善国家农作物良种繁育基地，建设种子质量检测分中心，新建国家农作物品种区域试验站等。畜禽水产良种工程主要建设畜禽良种繁育场，畜禽品种资源场，种畜禽质量检测中心（站），水产原种场，水产良种场和水产苗种繁育场。生物育种高技术产业化专项促进主要农作物、畜禽水产、林木新品种的选育及其产业化，培育和推广一大批高产优质多抗高效的突破性新品种，形成我国相应农业生物育种技术平台和新品种产业化基地；推动农业企业技术进步，培育一批具有国际竞争力的龙头企业，加快提升我国农业生物育种创新能力。

第四，植保工程和动物防疫体系建设。按照农业部组织编制的《植物保护工程建设规划（2006—2010年）》，到2010年，主要续建全国农作物有害生物预警与控制中心 1 个、改扩建省级农作物有害生物预警与控制分中心 15 个、建设县级农作物有害生物预警与控制区域站 694 个，建设生态与生物治蝗示范基地、有害生物治理综合示范基地、优势农产品有害生物非疫区、农业安全评价和检验检测中心、分中心和技术支撑项目等。根据《全国动物防疫体系建设规划》，建设中央、省、县、乡四级防疫基础设施项目。

（2）支持方式

根据《国务院关于投资体制改革的决定》（国发〔2004〕20 号）和《中央预算内投资补助和贴息项目管理暂行办法》（国家发展和改革委员会令第 31 号），政府对农业生产条件建设的财政支持主要采用投资补助和贴息的方式进行支持。投资补助是国家发展改革委对符合条件的企业投资项目和地方政府投资项目给予的投资资金补助；贴息是指国家发展改革委对符合条件、使用了中长期银行贷款的投资项目给予的贷款利息补贴。投资补助和贴息资金均为财政无偿投入。

从具体操作上来讲，把由具体实施单位（包括企业和地方政府部门）向相关主管部门提交项目的可行性报告和投资项目计划，政府投资主管部门审批后予以支持。中央预算内资金和国债资金对农业的投资补助和贴息一般按照下列程序进行：首先，省级农业行政主管部门负责项目可行性研究报告的组织编制工作，经省级发展改革部门初审同意并会签后，上报农业部，抄报国家发展改革委。限额以下项目可行性研究报告由农业部审批，报国家发展改革委备案，并抄送有关省发展改革部门；限额以上项目可行性研究报告由农业部初审后，报国家发展改革委审批。然后，根据批复的可行性研究报告，省发展改革部门会同省农业部门向国家发改委和农业部上报年度投资计划申请；农业部根据批复的项目可行性研究报告和地方年度投资计划申请，提出项目年度投资计划建议报国家发展改革委。最后，国家发展改革委会同农业部将项目年度投资计划下达各省发展改革部门和农业行政主管部门。

2. 生产者积极性保障支出及其支持方式

生产者积极性的保障主要从生产的比较收益入手，主要包括生产环节和流通环节的补贴。具体来讲，我国的生产者积极性保障政策主要包括以下几个方面：

（1）农业投入品补贴——对农民直接补贴

农业投入品补贴就是对生产投入品的销价实行限价和在生产者购买某些生产投入品时向他们提供直接购买补贴。

2002年，安徽省率先在其所辖的天长市和来安县进行粮食直接补贴方式改革的试点。

2003年起，13个粮食主产省（区）也开始了直补改革的试点工作。

2004年以来，各地积极贯彻落实国家对农民进行直接补贴的政策，国家从粮食风险基金中拿出百亿资金，用于主产区种粮农民的直接补贴。其他非主产区也逐渐对省内的（区、市）粮食主产县（市）的种粮农民实行直接补贴，全国直接补贴金额为119.91亿元，超过此前国家承诺的对农民直接补贴100亿元的规模，将近6亿农民受益。在此期间中央财政还安排了良种补贴资金28亿元，粮食主产区的大部分农民直接受益；安排农机具购置补贴7 000万元，带动地方各级财政投入补贴资金4.1亿元，共补贴购置各类农机具10万多台，粮食主产区近38万农户受益。

2005年，对农民按种粮面积直接补贴、良种补贴、农机具购置补贴规模继续扩大，总量达178亿元。

2009年中央一号文件指出：要加大良种补贴力度，提高补贴标准，实现水稻、小麦、玉米、棉花全覆盖，扩大油菜和大豆良种补贴范围。大规模增加农机具购置补贴，将先进适用、技术成熟、安全可靠、节能环保、服务到位的农机具纳入补贴目录，补贴范围覆盖全国所有农牧业县（场），带动农机普及应用和农机工业发展。加大农资综合补贴力度，完善补贴动态调整机制，加强农业生产成本收益监测，根据农资价格上涨幅度和农作物实际播种面积，及时增加补贴。按照目标清晰、简便高效、有利于鼓励粮食生产的要求，完善农业补贴办法。根据新增农业补贴的实际情况，逐步加大对专业大户、家庭农场种粮补贴力度。

从2007年7月起，国务院相继出台了八大政策扶持生猪生产，比如对能繁母猪给予保险补贴，还按照每头母猪每年 100 元的标准对母猪饲养户进行补贴，等等。其中，中央财政安排 1.8 亿元财政专项资金，启动生猪良种补贴项目，在全国生猪主产区推广生猪人工授精技术，对 900 万头能繁母猪应用人工授精技术进行补贴。

（2）粮食价格保护

粮食保护价格是指政府事先给实行这种政策措施的粮食品种规定一个政策价格，如果市场价格高于这个政策价格，则政府对市场活动不加直接干预；如果市场价格降低到这个政策价格水平时，则政府按这个政策价格进行收购，而从使得这个政策价格就成为保护价格或支持价格。2004 年国家制定了水稻主产区的最低收购价，确定早籼稻、中籼稻和粳稻的最低收购价分别为每百斤 70 元、72 元和 75 元。同时国家对化肥生产、运输、进出口等环节都给予了一定的优惠政策，对化肥出厂价实行上限控制，并规定化肥从出厂到零售的综合经营差率最高不得超过 7%，以及加大了价格监测力度。2005 年我国粮食价格总体回落，国家对重点粮食品种继续实行最低收购价政策，早籼稻、中籼稻和粳稻的最低收购价分别为每百斤 70 元、72 元和 75 元，并在四个早稻主产区、七个中晚稻主产区全面启动了最低收购价格预案，广西、江苏等一些未列入国家最低收购价格预案的省区也纷纷启动了按最低收购价收购农民粮食的政策措施，政策的执行及时有效地保护了农民的利益。2005 年国家还继续采取了扶持化肥生产、加强农资市场监管等一系列综合措施控制农资价格上涨。

（3）免征农业税和农业特产税

2004 年全国减免农业税 234 亿元，免征农业特产税 68 亿元，共使农民受益 302 亿元。2005 年以来，按照稳定、完善和强化的要求进一步加大了对农业和粮食生产的政策支持，中央财政新增 140 亿元转移支付资金，用于免征 592 个国家扶贫开发重点县农业税在内的农业税减免。2005 年全国有 28 个省宣布免征农业税，2006 年全国取消农业税。

3. 保障重要农产品顺畅流通

中国的粮食问题主要是实现粮食供求的平衡，实现粮食供求平衡的核心问题又是保障重要农产品的稳定供应。而保证农产品的稳定供应除了要保护好农民种粮的积极性外，最重要的就是要组织好粮食流通，也就是选择好粮食流通政策和体制。粮食流通政策是政府为实现一定时期的既定目标，在粮食流通方面制定的行为准则，其任务是以保护广大种粮农民利益为出发点，以确保国家粮食安全为落脚点。为实现这一任务，我国粮食政策以市场化为取向，充分发挥市场机制对粮食资源的配置作用，同时实施必要的宏观调控，弥补市场本身的缺陷，防止市场失灵。我国为保障农产品稳定供应的粮食流通政策主要有：

（1）粮食收购政策

粮食收购是粮食进入流通的初始环节，是粮食生产者和粮食经营者之间商品交换的过程。这一过程能否顺利进行，不仅直接关系到粮食生产者和经营者的利益，同时也对粮食流通的后续环节产生重要的影响。政府制定粮食收购政策，主要目的是通过对有关各方利益的调整，特别是要切实保护粮食生产者的利益，稳定粮食生产，促进粮食流通，保证国家粮食安全。1978 年以后，我国在农村实行了家庭联产承包责任制。这一制度安排，使粮食生产的激励问题得到了有效解决，粮食生产得到了空前的发展。1985 年，国家取消粮食统购制度，实行合同定购，合同以外的粮食可以自由上市，"双轨制"由此形成。为稳定粮食定购任务，从 1990 年秋季开始，将粮食合同定购改为国家定购，以进一步明确定购粮食是国家任务的性质。在 1993 年和 1997 年，根据当时粮食流通体制改革和粮食市场价格的形势，分别对国家定购和专项储备、定购任务以外的议价粮食制定了按保护价收购的政策。1998 年粮改的目标是通过市场化改革，减轻财政负担。改革的重点是"三项政策，一项改革"，即按保护价敞开收购农民余粮、粮食企业实行顺价销售、粮食收购资金封闭运行三项政策，和加快国有粮食企业自身改革。截至 2003 年底，全国已有 18 个省（区、市）放开了粮食购销市场，其余地区也在一定程度上实施了购销市场化改革。2004 年全面放开粮食收购市场和价格。在收购政策上，继续坚持市场机制在粮食价格形成中的基础作用，鼓励多种形式的所有制收购主体参与市场经营，对其入市条件作了一些限制，明确了对短缺的重点粮食品种在粮食主产区实行最低收购价格政策。

（2）粮食信贷政策

我国农村经济的"弱质性"，农村城镇化水平严重滞后，城乡"二元"分割，使得农村地区的盈利性投资变化十分稀缺。以追求资金的盈利性为主要目标的商业银行，不仅按照价值规律把资金投入到更具盈利性投资的工业和城市经济活动中，而且还会从农村地区把原本稀缺的资金吸走。因此，支持农产品变现，增加农民收入，维护农村稳定，客观上也要求政府提供相应的农业政策性金融服务。1994年，国务院决定成立农业政策性金融机构——中国农业发展银行，负责对粮食收购资金的统一管理，支持国有粮食企业积极收购农民余粮。中国农业发展银行自成立以来经历了全方位支农、主要履行粮食收购资金封闭管理和粮食市场全面放开后探索适应市场化改革需要的粮食贷款管理制度三个阶段。主要职能：承担国家规定的农业政策性金融业务，代理财政性支农资金的拨付，也就是从生产、收购、加工、销售等多个环节实施对粮食的支持。1998年3月，为适应以"三项政策、一项改革"为主要内容的粮食流通体制改革，确保粮改的顺利进行，国务院决定将农业发展银行承担的农业综合开发、扶贫等专项贷款业务，以及粮食企业加工和附营业务贷款划出，由有关商业银行运作。农发行主要履行粮油收购资金封闭管理职能，主要业务就是按保护价敞开供应粮食收购资金。2004年粮食购销市场全面放开后，粮食保护价收购及相应的贷款投放已不存在。农发行的粮食收购资金贷款必须从贷款种类的划分、风险控制等方面加以调整，以适应粮食市场化经营和国家实施宏观调控的需要。为此，农发行将粮食收购贷款划分为粮食储备贷款、粮食调控贷款和粮食流转贷款，实施不同的管理办法和风险控制措施。同时，农发行根据粮食流通市场化后粮食经营主体的变化，除国有粮食企业外，还对具备粮食收储资格的粮食产业化龙头企业，以及其他粮食企业，根据企业风险承受能力提供贷款支持。

（3）粮食储备政策

政府粮食储备是国家粮食宏观调控的重要物质基础，粮食储备政策主要起到调节粮食市场价格、救灾备荒、应付突发事件、开展国际粮食贸易等作用，保证了一国粮食安全、政局稳定、社会安定，促进国民经济持续健康发展。调节粮食市场价格对粮食市场和农民种粮起到直接的保障作用，直接保护粮食生产者和消费者的利益。粮食产量的不确定性和粮食需求的相对平稳性，将导致粮食供需在一段时期内失衡，并通过粮食价格的波动表现出来。如果粮食产量增加较多，为防止"谷贱伤农"，政府应发挥粮食储备吞进功能，以略高于粮食生产成本的价格，主动入市收购，以保护农民生产的积极性。在 20 世纪 90 年代初期和中期，有几年我国粮食获得大丰收，出现了农民"卖粮难"。中央政府共入市收购储备粮六七百亿公斤，有效地保护了农民的利益，促进了粮食生产的持续稳定发展。如果出现粮食供应紧张局面，粮价急剧上涨，则通过低价抛售储备粮，以平抑市场粮价。如：1993 年底至 1994 年，国家共动用储备粮 150 多亿公斤。2003 年为加强对大豆市场的调控，国家通过批发市场公开抛售 80 万吨中央储备大豆。这些措施有效地遏制了粮价上涨的势头，维护了消费者的利益。

（二）增加农民收入的支出及其支持方式

增加农民收入的财政支出，除了上面所提到的主要为保障粮食等重要农产品供给而向农民进行的转移支付外，主要包括农民的社会保障支出和提高农民素质的支出。

1. 农民社会保障财政支出

自从 20 世纪 90 年代，我国开始建立社会主义市场经济体制以来，国家就开始对建立与社会主义市场经济体制相适应的新型社会保障制度的有效途径进行探索。涉及农民的社会保障制度主要包括以下几个方面：

（1）农村合作医疗保险制度

农村合作医疗制度是在政府和集体经济的扶持下，农民遵循自愿、互益和适度的原则，通过合作形式，民办公助、互助共济建立起来的满足农民基本医疗保健要求的农村医疗保健制度。2002 年我国开始实行新型农村合作医疗制度，即由政府组织、引导、支持，农民自愿参加，政府、集体、个人多方筹资，以大病统筹为主的农民医疗互助共济制度。中央财政从 2003 年起，通过专项转移支付对中西部地区除市区以外的参加新型合作医疗的农民，按每年人均 10 元安排补助资金。地方财政对参合农民的补助每年不低于人均 10 元。新型农村合作医疗试点工作自 2003 年推行以来得到了各级地方政府和广大农民的积极响应，试点范围不断扩大。2004 年全国有试点 333 个，覆盖农业人口 9 504 万人，参合率为 72.6%。至 2005 年底，全国开展新型农村合作医疗试点县达到了 678 个，覆盖农业人口 2.36 亿，占全国农业人口的 26.7%，参合率达 75.6%。2006 年，新型农村合作医疗试点工作继续扩大，全国 50.7% 的县（市、区）进行了试点，参合农民 4.1 亿人，覆盖人口为 5.08 亿人，占全国农业人口的 46.8%，参合率为 80.7%。截至 2008 年 3 月底，全国已经开展新农合的县（市、区）数达 2 679 个，占应开展（有农业人口）县（市、区）数的 98.17%，占全国总县（市、区）数的 93.57%。参加合作医疗人口 8 亿，参合率为 91.05%。

（2）农村社会养老保险制度

1992 年 1 月，民政部颁布了《县级农村社会养老保险基本方案（试行）》，按照"个人交纳为主，集体补助为辅，国家给予政策扶持"的筹资原则，以个人账户积累方式为主的农村养老保险工作，以县为单位，开始在各地推广开来。1995—1998 年是农村养老保险搞得最火热的几年，农民参保的积极性非常高，但是到了 2000 年参保人数急剧下降。这其中除了农保资金没有得到很好管理、各级政府对农村社保工作不够重视等因素外，主要是因为 1999 年国务院有关部门下发了关于目前尚不具备普遍推广农村养老保险的条件的文件，导致农村社保工作大幅度下滑。究其原因，主要还在于对农民和农民利益的忽视和轻视。2002 年 11 月，党的十六大提出要在有条件的地方探索建立农村养老保险制度，使这一工作又逐步得到发展。国务院新闻办公室 2006 年 12 月 12 日发表的《中国老龄事业的发展》白皮书指出,截至 2005 年底,全国已有 31 个省(自治区、直辖市)约 1 900 个县(市、区、旗)开展了农村社会养老保险工作,5 400 多万农民参保,积累保险基金约 310 亿元人民币,300 多万参保农民领取养老金,当年支付养老保险金 21.3 亿元人民币。

(3)农村社会救济制度

特困户定期定量救济政策。改革开放以来,民政部为解决农村贫困人口的生活问题。从 1994 年开始普遍推行农村低保制度,试点探索。但是几年试点下来,完全依靠地方政府的财力在全国范围内推行最低生活保障制度显然不可能。在国情国力的限制下,需要调整政策,确定新的救助办法。2003 年初,民政部通过对农村困难群体的调查研究,制定了对生活极度困难,自救能力很差的农村特困户的救济办法。主要做法是对不救不活的农村特困户发放《农村特困户救助证》,实行定期定量救济。以农村救济工作制度化、规范化做法避免农村社会救济的随意性、临时性,切实保障好农村最困难的特困群体的基本生活。

临时救济措施。临时救济的主要对象是不符合五保供养条件和农村特困户救济标准,生活水平略高于特困户的一般贫困户,其生活水平处于最低生活保障的边缘地带,一旦受到饥荒、疾病、意外伤害等影响,就很容易陷入贫困境地。对于这部分人,一些地区的地方政府目前采取了临时救济的方式。临时救济一般都采取不定期的多种多样的扶贫帮困措施,如年节来临时给予生活补助,或不定期地给予生活物品救助的方式等。救济经费一般由当地政府财政列支,辅之以社会互助的方式,如辽宁通过扶贫帮困手拉手结对子,建立扶贫超市等形式,取得了一定的效果。

灾害救助制度。灾害救助对象是突然遭受灾害侵袭的农户。近几年来,我国自然灾害发生频繁,长江、黄河虽未发生大范围流域性的洪涝灾害,但局部灾害严重,给灾区群众生产生活和社会经济发展造成较大影响。"十五"期间,全国共安排救灾资金近 300 亿元,其中中央安排 178 亿元,地方安排了约 122 亿元。全国共救助灾民 4 亿多人次,恢复重建倒损房屋近 1 000 万间。民政部副部长李立国在今年的全国救灾救济工作会议上指出，从 2001 年民政部开始推动制定救灾应急预案，到 2005 年 5 月国家颁布《国家自然灾害救助应急预案》，全国救灾应急预案体系的形成，标志着我国自然灾害应急救助体系初步确立。

（4）最低生活保障制度

为了解决农村困难群众生活问题，民政部门进行了建立农村最低生活保障制度的试点探索。目前，这一制度涉及全国 27 个省的 2 037 个县、市、区，有 6 个省（市）建立了城乡一体的低保制度，被纳入对象的人数为 407 万人，但在各地极不平衡，有的县才几十个人，有名无实，有的县标准很低，每年仅有百元左右，还不能保障按时发放，有的地区低保制度已经出现了逐步萎缩的趋势。2003 年 4 月，民政部要求中西部没有条件的地方不再实行最低生活保障制度，只在沿海发达地区和大城市郊区继续实行这一制度。北京、上海、天津和浙江、广东、江苏、辽宁决定继续推行农村最低生活保障制度，并且尽快做到应保尽保；福建省于 2004 年 1 月起全面建立和实施农村居民最低生活保障制度，对家庭年人均收入低于 1 000 元的农村贫困人口全部纳入低保范围，做到应保尽保。到 2005 年底，全省农村享受最低生活保障人数达到 75 万多人，全年累计发放保障金 3.42 亿元。

2. 提高农民素质的财政支出

（1）农村科技文化支持

我国对农村科技和文化并没有具体的政策，农村文化水准一直比较低，以前只是组织村村放电影，听广播，延续地方文化，随着经济发展，电视和网络走进农村，我国重视和开展了几项相关的政策，提高农村文化素质，引导农村文化向积极的方面发展，抑制外部文化进入农村带来的消极影响。政策具体到了开展农村的中等职业教育工程、乡村文化站、农村图书馆等。按照《国务院关于大力发展职业教育的决定》（国发〔2005〕35 号）和《国民经济和社会发展第十一个五年规划纲要》，"十一五"期间国家发展改革委会同教育部、劳动和社会保障部共同实施中等职业教育基础能力建设项目。每年安排投资 10 亿元，加上

2005 年已安排的 10 亿元，共计 60 亿元，在全国范围内重点支持建设 1 000 所左右县级职教中心和 1 000 所左右示范性中等职业学校，进一步推动中等职业学校深化改革，改善办学条件，扩大培养规模，提高教育质量，力争实现到 2010 年中等职业学校与普通高中招生规模大体相当的目标。建设内容包括教学楼、实验楼（实习车间）等基础设施建设和实验实训设备的配置和更新等。

（2）农村卫生医疗设施建设支持

身体素质是一切经济活动的基础。我国在农村实施的提高农民身体素质的政策主要体现在卫生医疗政策上。随着农村经济的发展，逐步形成了以村卫生所为前哨，乡卫生院为基础，县医院为中心的三级医疗卫生网。我国从 1994 年就开始进行医疗改革试点，1998 年医疗改革进入组织实施阶段。2000 年 7 月，全国城镇职工基本医疗保险制度和医药卫生体制改革工作会议召开，农村医疗卫生体制改革得以全面展开。但从总体上看，改革成效甚微，农村卫生工作仍比较薄弱，存在诸多问题，面临着很多新的挑战。在农村医疗卫生方面，2002 年 10 月，党中央、国务院出台了《关于进一步加强农村卫生工作的决定》，召开了全国农村卫生工作会议，决定建立新型农村合作医疗制度。2005 年一号文件规定："坚持以农村为重点的卫生工作方针，积极稳妥推进新型农村合作医疗试点和农村医疗救助工作，实施农村医疗卫生基础设施建设规划，加快农村医疗卫生人才培养，提高农村医疗服务水平和应对突发公共卫生事件的能力"。

（3）农村义务教育支持

作为具有 9 亿人口的农村，基础教育关系到整个国家的未来，具有举足轻重的作用。新中国成立半个世纪以来，尤其是改革开放以来，国家相继作出了《关于教育体制改革的决定》，颁布了《中华人民共和国义务教育法》等一系列法律和法规，采取了行之有效的政策措施，但是以往的义务教育都不是真正完全免费的全民义务教育。2005 年苏州市和北京市都宣布：从 2006 年开始，将实行真正意义上的全免费义务教育。这似乎昭示着，全国在"十一五"期间全部实行免费义务教育已经拉开序幕，农村的义务教育即将进入了一个新的历史时期。开展了如"两基"攻坚农村寄宿制学校建设工程、农村中小学现代远程教育工程、中西部农村初中改造工程等政策，促使我国农村义务教育事业长足发展。温家宝主持会议研究农村义务教育等问题时指出：从 2006 年开始，全部免除西部地区农村义务教育阶段学生学杂费，2007 年扩大到中部和东部地区；对贫困家庭学生免费提供教科书并补助寄宿生生活费；根据农村中小学公用经费支出的合理需要，提高农村义务教育阶段中小学公用经费基本标准；建立农村义务教育阶段中小学校舍维修改造长效机制，校舍维修改造所需资金，中西部地区由中央和地方共同承担，东部地区主要由地方承担，中央适当给予奖励性支持；对中西部及东部部分地区农村中小学教师工资经费给予支持，确保农村中小学教师工资按照国家标准及时足额发放。

（三）改善农村发展环境的支出及其支持方式

1. 支持农村基础设施建设

近年来，按照"多予、少取、放活"的方针和统筹城乡发展的方略，中央陆续出台了一系列支农惠农政策措施，政府支农投资规模不断扩大，投资结构逐步优化。"十五"时期，在继续搞好大江大河治理和开展规模空前的生态建设的同时，中央预算内投资和国债投资始终把加强农村基础设施建设作为重点领域。

（1）支持农村公路建设

农村公路主要是指连接乡（镇）和建制村的公路（包括县道、乡道和村道），是我国公路网的组成部分，是广大农村地区最主要的运输方式，是农村经济社会发展的重要基础设施。近几年，中央增加了国债投资、以工代赈资金和车购税资金的专项补助，相继实施了贫困县出口公路工程、西部地区通县油路工程。特别是 2003 年以来，大规模实施了县际和农村公路改造工程（即西部县际、中部通乡、东部通村公路），新改建农村沥青（水泥）路 30 多万公里。2005 年初，国务院批准了《农村公路建设规划》。这个规划是我国第一个全国性、系统性的农村交通基础设施建设中长期规划,对促进我国农村公路持续快速发展,再上新台阶具有十分重要的作用。规划提出,到 2020 年底,全国具备条件的乡(镇)和建制村通沥青(水泥)路,基本形成较高服务水平的农村公路网络,适应全面建设小康社会的总体要求。为推进《农村公路建设规划》的实施,"十一五"期间国家实施农村公路改造工程,安排中央投资 1 000 亿元对通乡(镇)公路、通建制村公路进行路面硬化改造,铺筑沥青、水泥等路面,其中,西部地区主要安排县通乡油路改造;东、中部地区主要安排乡通村油路改造。到 2010 年底,将基本实现东、中部地区"油路到村",西部地区"油路到乡""公路到村"的建设目标。

(2)支持农村电网完善工程

为改善农民生产和生活条件,加快农村基础设施建设,促进农村地区经济和社会更快发展,1998 年以来,在全国范围内实施了农村电网建设与改造工程。农网改造工程的实施,基本解决了农村电网长期以来积累的农村电网结构薄弱、供电能力不足和供电可靠性差等问题。由于地区经济发展不平衡以及受资金承贷能力弱等多种因素的影响,各地农网改造的覆盖面存在较大的差距。为逐步完善中西部部分地区的农村电网,提高中西部地区农网改造的覆盖面,使中西部农网改造覆盖面基本达到东部地区的水平,满足农村地区经济发展对电力的需求。根据《国民经济和社会发展第十一个五年规划纲要》要求,"十一五"期间将继续安排资金对中西部部分地区农村电网进行改造和完善。

2. 支持农村可持续发展

改革开放以来,随着农产品供求平衡以及丰年有余,政策的导向经历了从资源开发、资源保护与合理利用,到注重生态环境建设,逐步确立并明确了农业农村可持续发展战略过程。这个阶段政策的演变主要体现在 90 年代初十三届八中全会的《中共中央关于农业和农村工作若干重大问题的决定》。1991 年中共十三届八中全会总结了 80 年代农业和农村工作成就,指明了必须遵循的基本原则即:农村经济和社会发展,必须严格控制人口增长,严格控制非农占地,合理开发利用资源,保护生态环境。同时提出要高度重视林业发展，全面实施造林绿化规划，抓好防护林体系建设和治沙工程。

自从 90 年代以来，国家制定、出台了一系列有关的法律、法规和政策，形成了促进农村可持续发展的法律和政策体系。其重点是加强生态建设和环境保护，促进农业的可持续发展。包括：退耕还林工程、退牧还草工程、重点防护林体系建设工程、种苗基地建设工程、湿地保护和建设工程、小水电代燃料工程建设等 6 项。

三、政府主导财政直接支农的效果

（一）在保障重要农产品供给方面的效果

我们从投入产出的角度来衡量全国不同地区财政支农的相对效率，并从中分析财政支农效率的一些规律。

1. DEA 评价方法

DEA 方法是美国著名运筹学家查恩斯（A. Charnes）、库伯（W. Cooper）和罗兹（E. Rhodes）等于 1978 年首先提出的评价具有多个输入和多个输出的决策单元相对有效性的方法。对于评价的决策单元 DMU^{j0}；$J^0 \in \{1, 2, \cdots, n\}$，DEA 的基本模型 C^2R 是：

$$\max_{u_r, v_i} h_{j0} = \frac{\sum_{r=1}^{s} u_r y_{r,j0}}{\sum_{i=1}^{m} v_i x_{i,j0}} \qquad \text{式 (5.1)}$$

$$\text{St.} \begin{cases} h_j \leq 1, \ j = 1, 2, \cdots, n \\ v \geq 0; \ u \geq 0 \end{cases}$$

式中：$h_j 0$——评价对象 j_0 单元的效率；x_i，$j0$——j_0 单元第 i 种资源的输入量；y_r，$j0$——j_0 单元第 i 种资源的输出量；v_i——对第 r 种的输入资源的一种度量（权系数）；u_r——对第 r 种的输出资源的一种度量；h_j——所有决策单元的效率；v——输入资源的权重向量；u——输出的权重向量。这个模型的含义实际上是：保证所有的决策单元的效率不会比最大效率还大的常识性条件下，选择适当的输入 v 和产出 u，使得 j_0 决策单元的效率达到最高。为了运算方便，上面的基本模型等价于下面的对偶模型：

$$\min = \theta \qquad\qquad 式（5.2）$$

$$\text{St} \quad \sum_{j=1}^{n} \lambda_j x_j + S^- = \theta X_0$$

$$\sum_{j=1}^{n} \lambda_j y_j - S^+ = y_0$$

$$\lambda_j \geq 0；\quad S^-，\ S^+ \geq 0$$

C^2R 模型中，θ 值即为 DEA 模型所计算出的相对效率指标；λ_j 为相对于 DMU^0 重新构造一个有效 DMU 组合中 j 个决策单元 DMU 的组合比例；S^-，S^+ 为松弛变量。其经济含义为：

①当 $\theta = 1$ 且 $S^- = S^+ = 0$ 时，则称 DMU^0 为 DEA 有效，即在这 n 个决策单元组成的经济系统中，在原投入 x^0 的基础上所获得的产出 y_0 已达到最优；

②当 $\theta = 1$ 且 $S^- \neq 0$ 或 $S^+ \neq 0$ 时，则称 DMU^0 为 DEA 弱有效，即在这 n 个决策单元组成的经济系统中，即使把原投入 x_0 减少 S^- 仍可保持原产出 y_0 不变，或在投入不变的情况下可将产出 y_0 提高 S^+；

③当 $\theta < 1$ 时，则称 DMU^0 为 DEA 无效，即在这 n 个决策单元组成的经济系统中，可通过组合将投入降至原投入 x_0 的 θ 比例而保持原产出 y_0 不减。

2. 数据与说明

本节研究采用 2008 年全国各地区耕地面积、财政对农业支出作为投入性指标，各地区的农、林、牧、渔产出为产出性指标，建立 C^2R 模型。原始数据见表 5 - 3。

表5-3　2008年各地区耕地面积、财政支农和农、林、牧、渔总产值

地区	耕地面积	财政用于农林水事务支出	农业总产值	林业总产值	牧业总产值	渔业总产值
	千公顷	万元	亿元	亿元	亿元	亿元
北京	231.7	1 217 736	128.1	20.5	140.5	9.8
天津	441.1	385 397	127.7	2.2	86.0	43.8
河北	6 317.3	1 518 977	1 760.7	55.9	1 410.8	102.8
山西	4 055.8	1 096 934	366.2	20.2	185.4	4.2
内蒙古	7 147.2	1 607 177	716.6	72.7	699.6	11.8
辽宁	4 085.3	1 492 933	896.9	69.4	1 052.4	374.5
吉林	5 534.6	1 073 357	749.2	55.0	770.2	22.5
黑龙江	1 1830.1	1 481 514	1 142.3	89.6	813.1	36.0
上海	244.0	789 711	137.5	9.1	68.4	57.1
江苏	4763.8	2 761 599	1 746.8	64.9	916.5	665.7
浙江	1 920.9	1 774 175	813.1	106.9	418.9	407.8
安徽	5 730.2	1 367 525	1 197.9	114.5	806.9	232.3
福建	1 330.1	804 268	763.0	149.8	425.7	549.3
江西	2 827.1	1 470 156	694.3	150.8	556.0	211.6
山东	7 515.3	2 353 000	2 561.1	122.9	1 761.2	59.0
河南	7 926.4	2 095 859	1 395.8	49.7	1 008.7	373.0
湖北	4 664.1	1 767 006	1 446.9	155.4	1 463.4	169.6
湖南	3 789.4	1 763 754	1 481.7	79.4	967.9	652.6
广东	2 830.7	1 926 025	1 106.7	124.3	871.7	207.0
广西	4 217.5	1 393 970	274.0	91.6	140.4	139.8
海南	727.5	554 118	465.5	29.3	344.1	21.1
重庆	2 235.9	767 242	1 607.5	87.2	2 036.3	103.7
四川	5 947.4	2 426 093	464.8	35.6	291.7	10.5
贵州	4 485.3	1 217 107	780.9	183.6	570.0	28.1
云南	6 072.1	1 777 748	43.7	2.8	39.0	0.3
西藏	361.6	628 701	775.9	41.5	385.3	6.1

（续表）

地区	耕地面积	财政用于农林水事务支出	农业总产值	林业总产值	牧业总产值	渔业总产值
	千公倾	万元	亿元	亿元	亿元	亿元
陕西	4 050.3	1 462 918	529.6	22.4	168.3	1.0
甘肃	4 658.8	1 073 358	58.7	2.0	89.2	0.1
青海	542.7	424 407	131.1	7.5	73.1	6.0
宁夏	1 107.1	451 996	784.2	23.2	318.2	9.9
新疆	4 124.6	1 431 573	128.1	20.5	140.5	9.8

数据来源：《中国统计年鉴（2009）》。

3. 评价结果与分析

关于评价结果与分析的具体数据，见表5-4。

表5-4 各地区财政支农 DEA 效率评价模型结果

决策单元	有效性值 θ	产出不足额 S^+			
		农业总产值	林业总产值	牧业总产值	渔业总产值
北京	0.252	86.76	0.00	0.00	4.63
天津	0.663	87.45	3.39	0.00	5.45
河北	1	0.00	0.00	0.00	0.00
山西	0.326	0.00	0.00	61.98	7.94
内蒙古	0.633	0.00	0.00	0.00	65.38
辽宁	0.709	323.89	22.74	0.00	0.00
吉林	1	0.00	0.00	0.00	0.00
黑龙江	0.935	0.00	0.00	97.96	78.30
上海	0.385	3.43	0.00	0.00	13.03
江苏	1	0.00	0.00	0.00	0.00
浙江	0.51	0.00	0.00	32.17	33.93
安徽	1	0.00	0.00	0.00	0.00
福建	1	0.00	0.00	0.00	0.00

（续表）

决策单元	有效性值 θ	产出不足额 S⁺			
		农业总产值	林业总产值	牧业总产值	渔业总产值
江西	0.938	0.00	0.00	31.91	0.00
山东	1	0.00	0.00	0.00	0.00
河南	1	0.00	0.00	0.00	0.00
湖北	0.868	0.00	7.62	0.00	0.00
湖南	1	0.00	0.00	0.00	0.00
广东	0.718	5.41	89.75	0.00	0.00
广西	0.765	0.00	3.82	0.00	0.00
海南	1	0.00	0.00	0.00	0.00
重庆	0.911	0.00	0.00	0.00	0.00
四川	1	0.00	0.00	0.00	0.00
贵州	0.378	0.00	0.00	37.77	27.15
云南	0.601	0.00	0.00	38.32	197.07
西藏	0.54	18.33	0.00	0.00	0.00
陕西	0.464	0.00	0.00	130.19	13.77
甘肃	0.525	0.00	1.11	124.59	6.06
青海	0.286	21.44	0.04	0.00	3.55
宁夏	0.39	0.00	0.00	15.62	1.16
新疆	1	0.00	0.00	0.00	0.00
平均值	0.735	17.64	4.14	18.40	14.76

数据来源：DEAP2.0 软件计算结果。

平均而言，我国各地区财政支农政策效率只有 0.735，是非 DEA 有效的，并且投入冗余可以忽略不计，产出不足都比较大，说明我国财政支农的政策效率还有待提高。

用 SPSS 软件对地区的 DEA 效率进行聚类分析，我们可以将全国农业产出效率分为三大类，如表达式所示（图 5-1）：

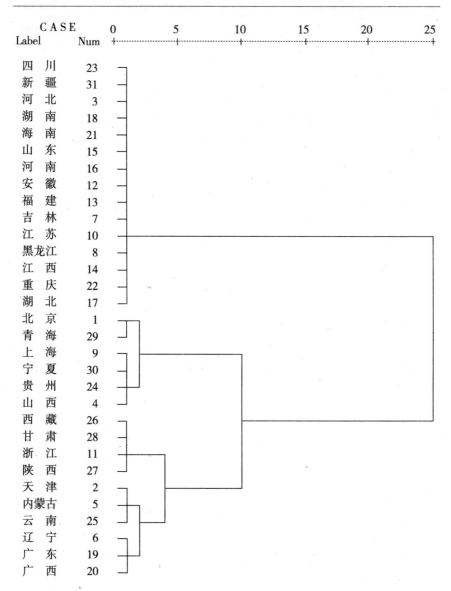

图 5 - 1　各地农业财政支农与农业产出 DEA 效率分类

　　从聚类分析的结果我们可以大致将全国农业财政支出与农业产出效率分为三大类。第一大类是 DEA 有效、弱有效或接近 DEA 弱有效的地区，包括四川、新疆等 15 个省、市、自治区，占全国省、市、自治区的半数左右；第二大类是北京、青海、上海、宁夏、贵州、山西等 6 个省、市、自治区，DEA 效率平均为 0.336，第二类地区农业财政投入相对冗余和农业产出相对不足较为严重；第三大类为余下的西藏、甘肃等 10 个省、市、自治区，DEA 平均效率为 0.613，这些地区的投入产出相对效率比第二类情况好一些，但也属于无效率地区。进一步分析会发现，无论农业生产相对有效率地区、较无效率或无效率比较严重的地区，都含有东部、中部、或西部地区的省市，可见不能从一般的东、中、西部来划分农业生产的相对效率。而实际情况是，财政支农与农业生产相对有效的地区都是农业生产自然资源条件相对较好的农业大省，如四川、河南、黑龙江等，而财政支农与农业生产较严重地无效率的地区，都是农业资源相对不足，水、土资源相对不适合农业生产的地区，如青海、宁夏、贵州、山西，或者是发达的都市，如北京、上海等。

可见，我国农业生产在传统的农业大省已经形成了相对的农业生产的比较优势，财政支农的效率相对较高。这可能是由于国家和当地的重视农业生产，国家扶持力度较大，形成了较为良好的农业投入和产出运作模式的结果。而农业生产资源匮乏地区，生产相对无效，财政支农的效率相对而言也比较低。因此，我国财政支农的效率与地区农业资源条件、生产水平是高度相关的，要提高财政支农的效率，一方面要继续加强农业大省的生产运作优势，同时要加大力度提高农业资源相对缺乏的地区的农业资金使用效率，双管齐下。

（二）在增加农民收入方面的效果

1. 评价财政支农绩效计量模型的构建

要考察财政支农对农民收入的作用，不能只看财政投入与农民收入的相关关系。农民收入是受多种因素共同作用的结果，如果只作两要素分析，就可能忽略了其他因素的影响，从而得到的结果是有偏误的，不可信的。

假设农民收入与财政投入有如下因果函数关系：

$$income = f(z, X, \varepsilon) \tag{5.3}$$

其中 $income$ 表示农民收入，z 表示财政政策对"三农"的支持力度，我们用国家财政用于"三农"的支出的金额表示增量。X 是其他影响农民收入的因素向量，ε 是其他模型没有反映的影响和随机干扰。财政支持对农民收入的影响可以表示为 z 对 $income$ 的边际贡献。

$$\frac{\partial income}{\partial z} = \frac{\partial f\ (\cdot)}{\partial z} \tag{5.4}$$

根据经济学理论和前人研究的成果，我们选出影响农民收入的其他主要因素包括以下方面：

（1）生产性投入因素，包括：农村人均耕地面积（$x1$），即用总耕地面积除以当年的农村总人口数，反映农业生产土地投入的基本情况。农业机械总动力（$x2$），同时反映了农业的投入力量及技术含量。因为农村劳动力高度冗余，每年都有大量劳动力从农业中转移出去，我们假设其边际产出为零，不将其为变量纳入模型之中。

（2）产出性因素：乡镇企业总产值（$x3$），反映了农村工业总产出水平；农林牧渔总产值（$x4$），反映了农村中纯农业的总产出水平，均按可比价格计算。

（3）城镇化与劳动就业因素：人口城镇化率（$x5$），反映了国家城镇化的变迁，农村非农劳动力比重（$x6$），即用 1 减去第一产业从业人员占农村从业人员比重，反映了农业劳动力向非农的转移。

即其他影响因素向量 $X = (x_1,\ x_2 \cdots x_6)$

以上影响因素的单位是不同的，如果简单地用线性模型衡量财政支农剔除各因素的作用后对农民收入的贡献率的大小，不能很好地比较财政因素与其他因素的关系。因此，函数 $f\ (\cdot)$ 采用科布－道格拉斯的函数形式：

$$income = AZ^a \prod_{i=1}^{6} X_i^{\beta_i} \varepsilon \tag{5.5}$$

两边取对数后变换为：

$$\ln income = \ln A + \alpha \ln z + \sum_{i}^{6} \beta \ln x_i + \varepsilon \tag{5.6}$$

$a = \dfrac{\partial \ln income}{\partial \ln z}$ 表示财政支农 z 对农民收入的弹性，$\beta_i = \dfrac{\partial \ln income}{\partial \ln x_i}$ 为其他影响因素对农民收入的弹性系数。

2. 数据与计量分析结果

农村居民收入及其影响的原始数据，见表5-5。

表5-5　农村居民收入及其影响因素数据表

年份	农村居民人均纯收入（元）	国家财政用于农业的支出（亿元）	农村人均耕地面积（公顷）	农业机械总动力（十万千瓦）	乡镇企业总产值（亿元）	农林牧渔总产值（亿元）	人口城镇化率（%）	农村非农劳动力比重（%）
	income	*z*	x_1	x_2	x_3	x_4	x_5	x_6
1978	133.6	150.7	0.1258	1 175.0	493.1	1 397.0	17.9	7.57
1979	159.3	174.2	0.1232	1 337.9	537.7	1 600.0	19.0	8.33
1980	185.7	150	0.1248	1 474.6	607.7	1 839.8	19.4	8.52
1981	214.3	110.2	0.1218	1 568.0	673.3	1 948.7	20.2	9.16
1982	256.9	120.5	0.1185	1 661.4	756.3	1 989.8	21.1	8.50
1983	293.4	132.9	0.1189	1 802.2	888.1	2 035.5	21.6	10.15
1984	333.3	141.3	0.1383	1 949.7	1 452.8	2 106.2	23.0	14.18
1985	359.3	153.6	0.1454	2 091.3	2 129.9	2 329.1	23.7	16.01
1986	370.9	184.2	0.1541	2 295.0	2 607.4	2 500.3	24.5	17.73
1987	390.1	195.7	0.1662	2 483.6	3 269.9	2 781.5	25.3	18.81
1988	415.1	214.1	0.1792	2 657.5	3 761.2	3 404.2	25.8	19.51
1989	408.4	265.9	0.1151	2 806.7	3 652.1	3 679.5	26.2	18.84
1990	415.8	307.8	0.1137	2 870.8	4 613.0	4 017.9	26.4	18.43
1991	424.0	347.6	0.1130	2 938.9	5 438.3	4 178.8	26.4	18.59
1992	449.2	376	0.1123	3 030.8	7 841.8	4 473.0	27.6	19.86
1993	463.5	440.5	0.1114	3 181.7	12 466.4	5 207.6	28.0	22.38
1994	486.8	533	0.1108	3 380.3	14 628.8	7 172.3	28.5	24.95
1995	512.6	574.9	0.1105	3 611.8	16 090.7	8 863.1	29.0	27.53
1996	558.7	700.4	0.1528	3 854.7	18 089.7	9 343.2	30.5	28.98
1997	584.4	766.4	0.1545	4 201.6	23 608.4	9 454.8	31.9	28.95
1998	609.5	1154.8	0.1564	4 520.8	26 070.0	9 424.7	33.4	28.24

（续表）

年份	农村居民人均纯收入（元）	国家财政用于农业的支出（亿元）	农村人均耕地面积（公顷）	农业机械总动力（十万千瓦）	乡镇企业总产值（亿元）	农林牧渔总产值（亿元）	人口城镇化率（%）	农村非农劳动力比重（%）
	$income$	z	x_1	x_2	x_3	x_4	x_5	x_6
1999	632.6	1085.8	0.1585	4 899.6	30 135.1	9 159.2	34.8	26.98
2000	646.0	1231.5	0.1609	5 257.4	32 773.7	9 090.0	36.2	26.34
2001	673.1	1456.7	0.1634	5 517.2	33 134.2	9 290.1	37.7	25.61
2002	705.4	1580.8	0.1662	5 793.0	40 263.7	9 445.1	39.1	24.69
2003	735.7	1754.5	0.1692	6 038.7	46 303.21	9 987.2	40.5	25.10
2004	785.6	2337.6	0.1718	6 402.8	50 085.7	10 736.2	41.8	38.43
2005	834.3	2450.3	0.1744	6 839.8	54 150.8	11 348.2	43.0	40.51
2006	898.7	2746.7	0.1701	7 249.4	56 871.4	13 415.5	43.9	41.58
2007	956.4	3128.4	0.1699	7 659.0	59 774.2	14 513.8	44.94	42.36
2008	1031.2	3412.8	0.1687	8 219.0	62 314.5	15 671.5	45.68	43.07

数据来源：历年的《中国统计年鉴》、《中国农村统计年鉴》、《中国乡镇企业年鉴》。价值指标均已折算为 1978 年的可比价。

用上表数据在 Eviews 6.0 中拟合模型5.6，得到结果如表5-6

表5-6　模型5.6普通最小二乘回归结果

变量	回归系数	标准差	t 统计量	相伴概率
常数项	-2.61649	0.751236	-3.48291	0.0023
ln$z$	-0.38739	0.045349	-8.54239	0
lnx_1	-0.09268	0.072647	-1.27571	0.2167
lnx_2	0.307393	0.371856	0.826646	0.4182
lnx_3	0.018553	0.053227	0.34856	0.7311
lnx_4	0.157742	0.091669	1.720779	0.1007
lnx_5	1.908567	0.676147	2.822709	0.0105
lnx_6	0.176646	0.069775	2.531654	0.0198
R-squared	0.994352			

（续表）

变量	回归系数	标准差	t 统计量	相伴概率
Adjusted R-squared	0.992375			
Durbin-Watson stat	1.732616			
F-statistic	502.9783			
Prob （F-statistic）	0			

从回归结果可以看到，除了财政支农、人口城镇化率与农村非农劳动力比重三个变量在1%水平下显著，其余四个变量均不显著。而R-squared 达到0.99，F 检验也极为显著。回归变量矩阵（lnz，lnX）的最大特征根为6.092，最小特征根为0.001，病态指数为6087，可见回归存在严重的多重共线性。

并且财政支农与农村人均耕地面积对农民收入的弹性为负，这种与经济直觉不相符的情形的原因有两种解释：

（1）在剔除了其他影响因素的贡献之后，财政支农、农村人均耕地与农民的收入的确是负的，即偏回归系数表明了这两个因素在剔除了其他影响因素的作用后，与农民收入是负相关的，表明这两个因素没有起到促进农民收入增长的作用。

（2）负的系数是由于严重的多重共线性引起的。

为了鉴别出以上两个原因究竟哪一个符合事实，必须纠正模型严重的多重共线性。本研究采用岭回归（Ridge Regression）和主成分回归（Principal Component Regression）两种方法进行多重共线性纠正。

设表 5-6 所采用的普通最小二乘法得到的系数向量为 b，岭回归的系数向量为 b_r，主成分回归的系数向量为 $b_p c$，设解释变量矩阵 $R =$（1，lnz，lnX），则 b 与 b_r 的关系为：

$$b_r = (I + r (R'R)^{-1}) b,$$

相应的方差协方差矩阵为：$Var (b_r) = (I + r (R'R)^{-1})^{-1} Var (b) (I + r (R'R)^{-1})^{-1}$

r 为岭收缩系数，估计中不断改变 r 的值，找到 b_r 的稳定估计即为岭回归的结果。

令 V 为 $R'R$ 矩阵的主成分所对应的特征向量矩阵，则 b 与 b_{pc} 的关系为：$b_{pc} = VV'b$，相应的协方差矩阵为：$Var (b_{pc}) = (VV') b (VV')$

在 GAUSS7.0 软件中编程计算，岭收缩系数 $r = 0.3$ 时估计系数趋于稳定，主成分取特征根大于 0.5 的特征向量矩阵，正好是前两个最大特征根，反映原数据 96.93% 的信息，得到岭回归估计和主成分估计的系数、标准差和 t 统计量如下表 5 - 7：

表 5 - 7　模型 5.6 的岭回归与主成分估计结果

变量	岭回归结果			主成分回归结果回归系数		
	回归系数	标准差	t 统计量	回归系数	标准差	t 统计量
常数项	0.036826	0.0082851	4.4449	0.077502	0.0024461	31.683
lnz	- 0.22697	0.024484	- 9.27	- 0.2423	0.023687	- 10.229
$\ln x_1$	0.035726	0.034027	1.0499	0.2128	0.03524	6.0386
$\ln x_2$	0.53645	0.02199	24.395	0.56399	0.02479	22.751
$\ln x_3$	0.13767	0.019764	6.9657	0.060981	0.014022	4.3489
$\ln x_4$	0.059336	0.030312	1.9575	0.11527	0.016805	6.8593
$\ln x_5$	0.27736	0.015242	18.197	0.26097	0.01516	17.214
$\ln x_6$	0.17813	0.035136	5.0698	0.32688	0.018858	17.334

我们惊奇地发现，在纠正多重共线性之后，财政支农对农民收入的回归系数仍然是负的，并且 t 统计量显示系数显著地不为零。而农村人均耕地面积在纠正多重共线性后系数由负变正，可以得到合理的解释。

从表 5 - 7 的结论可知，各变量岭回归与主成分回归的结论基本一致。因此，我们可以判断出前文所述财政支农与农村人均耕地面积对农民收入的弹性为负，这种与经济直觉不相符的情形的原因有两种解释的原因是第一种，即在剔除其他影响因素之后，财政支农与农民收入偏相关系数为负，财政支农没有对农民收入起到促进作用。而农村人均耕地面积则与农民收入呈正的偏相关关系。表 5 - 8 展示了财政支农的结构与变化趋势：

表5-8 财政支农结构与比重变化趋势 单位：亿元，%

年份	财政支农资金总计	支援农村生产和农林水利气象等部门的事业费	农业基本建设支出	农业科技三项费用	农村救济费	财政支农资金占财政总支出的比重
1978	150.7	76.95	51.14	1.06	6.88	13.43
1979	174.2	90.11	62.41	1.52	9.80	13.60
1980	150	82.21	48.59	1.31	7.26	12.20
1981	110.2	73.68	24.15	1.18	11.20	9.90
1982	120.5	79.88	28.81	1.13	10.67	10.40
1983	132.9	86.66	34.25	1.81	10.15	10.30
1984	141.3	95.93	33.63	2.18	9.55	9.10
1985	153.6	101.04	37.73	1.95	12.90	8.30
1986	184.2	124.30	43.87	2.70	13.33	7.90
1987	195.7	134.16	46.81	2.28	12.47	8.00
1988	214.1	158.74	39.67	2.39	13.27	7.90
1989	265.9	197.12	50.64	2.48	15.70	8.70
1990	307.8	221.76	66.71	3.11	16.26	9.98
1991	347.6	243.55	75.49	2.93	25.60	10.26
1992	376	269.04	85.00	3.00	18.98	10.05
1993	440.5	323.42	95.00	3.00	19.03	9.49
1994	533	399.70	107.00	3.00	23.28	9.20
1995	574.9	430.22	110.00	3.00	31.71	8.43
1996	700.4	510.07	141.51	4.94	43.91	8.82
1997	766.4	560.77	159.78	5.48	40.36	8.30
1998	1154.8	626.02	460.70	9.14	58.90	10.69
1999	1085.8	677.46	357.00	9.13	42.17	8.23
2000	1231.5	766.89	414.46	9.78	40.41	7.75
2001	1456.7	917.96	480.81	10.28	47.68	7.71
2002	1580.8	1102.70	423.80	9.88	44.38	7.17
2003	1754.5	1134.86	527.36	12.43	79.80	7.12
2004	2337.6	1693.79	565.01	13.22	85.87	8.28
2005	2450.3	1792.4	512.63	19.9	125.38	7.22

数据来源：《中国统计年鉴（2006）》和《中国农村统计年鉴》（历年）。

从表5-8可以看出,虽然国家财政支农绝对值虽然每年有所增长,但财政支农资金占财政总支出的比重总趋势是逐年下降的,从1978年的13.43%下降到2005年的7.22%,国家的支农力度实际上是在下降的,所以财政支农对农民收入增长呈负的偏相关关系也就不足为奇了。

3. 基本结论

由普通最小二乘回归估计、岭回归估计和主成分估计的结果都表明,财政支农与农民收入之间呈负的偏相关关系,即剔除其他影响农村居民收入要素的影响之后,国家财政用于农业支出基本没有起到促进农民收入增长的效果。由于本方法主要是从财政支出的角度来分析,因此财政支农对农民增收没有效果,并不是说财政支农没有作用,而很可能这种作用,由于通过或明或暗的方式流失了,这也说明财政支农的同时还需要补农制度的完善,以防止农民利益的流失。

(三) 在改善农村发展环境方面的效果

1. 农村基础设施建设绩效

(1) 我国农村基础设施建设取得的成绩

农业综合生产能力有所提高。国家通过大型商品粮基地,大型灌溉截渠改造,种子工程,启动优质粮食工程,加大病险水库除险加固力度。"十五"期间中央和地方财政支持农业综合开发,完成了中低产田改造项目1.29亿亩,国家增加投入支持禽流感等重大疫情改造,所有这些为农业调整发挥了重要作用。

农村用电问题得到了缓解。1998年以来国家开展大规模农村电网建设和改造工程,八年来累计投资2 885亿元,其中国债投资612亿元,作为农村电网改造延续,着力解决县城地区电网薄弱和供电能力不足,"十一五"期间计划解决1 000万无电人口用电问题。

农村公路得到了大力发展。2003年以来全国共投入大量资金进行农村公路建设,西部是县级,中部是通乡,新改建农村沥青水泥路58万公里,总里程发展到91万公里,80.63%的乡镇,60.39%的行政村通上(水泥)路和沥青路。

农村沼气得到了大力发展，解决部分农民生产生活燃料问题，同时也为农村生态环境的保护作出了较大的贡献。2003—2005 年国家安排国债资金 30 亿元，支持一池三改的农村沼气项目，相当于替代 1 400 万吨标准煤的能源消耗，每年直接为农民增收节支 100 亿元。2006 年比上年增长 1.5 倍，新增沼气用户约 450 万，2005 年新增沼气用户 500 万户。

农村教育文化卫生等社会公共服务设施建设有所加强。"十一五"以来各级政府加大了公共服务建设的支持力度，安排财政资金积极改善农村一级办学条件，合计安排 105.26 亿元用于农村中小学校舍的维修。继续实施农村电影放映工程，开展发展文化资源信息共享工程，促进农村基层服务文化体系，安排补助地方公共卫生专项资金用于建立健全服务安全网络、卫生执法监督体系以及重大疾病防治，同时中央和地方共投入 105 亿元基本建成覆盖省市县三级疾病预防控制体系。2006 年中央财政安排 27 亿元国债资金用于基础设施建设。

（2）我国农村基础设施建设存在的问题

生产性基础设施支撑力还不够强。自国家实施"八七"扶贫攻坚计划以来，农村生产性基础设施条件得到了很大的改善。但同现代农业可持续发展的要求相比，仍然存在较大差距：由于农田水利改建扩建、生态环境治理、农业综合开发等项目难以有效展开，大部分生产性基础设施普遍存在着设施老化，新建和更新改造投资严重不足；许多农村小型基础设施建设和管理普遍存在着前期工作跟不上、工程管理制度及建后管护机制不健全、重建轻管等问题；生态家园文明新村建设覆盖面很低，退耕还林（草）、农业生态环境的改善依然任重而道远。因此，现有的生产性基础设施不能有效支撑农业经济的可持续发展。

服务性基础设施执行力减弱。自国家实行积极的财政政策和西部大开发战略以来，我国加大了农村教育、卫生、广播电视等公共服务设施建设力度，消除了一批中小学危房，改善了农村医疗卫生条件。但由于科教文卫等公共服务设施基础差、范围广、规模大，投入仍明显不足，在教育方面，校舍、师资等教育资源超负荷运行，失学率依然较高。据统计，从 1985 年义务教育法颁布以来，我国农村约有 1.6 亿青少年没有完成九年制义务教育。2004年，我国农村初中毕业生能够升入高中的不到30%。在医疗卫生方面，疾病预防救治体系不完善、卫生保健水平低。据有关资料显示，2002年我国平均每个乡镇拥有的卫生院数只有1.2个；平均每15个村才拥有一个乡镇卫生院，农村每千人拥有的病床只有0.79张，分别为全国平均水平的32.9%和36.1%。此外，一些乡镇医院医疗设备陈旧，医疗卫生人员技术水平有限，诊治手段也十分落后，很难应对突发的公共疫情。饮水困难、安全卫生饮水问题也较为突出。农业科研机构、技术推广体系不健全、经费短缺的现象非常普遍。

社会性基础设施安全力薄弱。相当一部分地区因没有建立健全农产品标准化生产、无公害食品和优质专用农产品生产的科技推广体系、信息服务体系、病虫害防治体系及监测检测体系，而导致农产品的环保、消费安全标准难以保证，不能适应发展订单农业特别是出口创汇农业的需要。同时，执法体系、文化服务机构建设等也缺乏足够的资金保障。

流通性基础设施承载力孱弱。以农产品综合市场和茶叶、生猪、山羊、药材等农产品专业市场建设为重点的农产品流通服务体系及设施建设落后；很多农村交通设施落后，虽然基本实现了村村通公路，但通村公路质量较差；村内街道虽经过多次规划、整修，但路面质量不高、街道狭窄、垃圾成堆、排水设施不健全的现象普遍存在。这种滞后状况严重制约了农村各项事业的发展以及农民生活水平的提高，直接制约着农村流通体系的建设，进而在某种程度上抑制了乡镇企业的发展。

2. 农村社会发展的绩效

在义务教育方面，无论是师资力量、还是教学硬件（如教学仪器、校舍等）等方面，城乡义务教育都存在着巨大差别，在中西部许多地区，不仅中小学生不知道计算机为何物，而且教师也不能熟练操作电脑。九年制义务教育虽然已经普及，但在中西部等落后地区，这一成果并不稳固，初中学生流失率居高不下。在完成义务教育之后，又有大批学生因为家庭收入等方面的原因，放弃了进一步深造的机会，在没有接受任何职业培训的情况下，到沿海地区、城市打工挣钱。而缺乏专业技能又决定了他们只能从事最简单的、收入微薄的工作。这反过来又对农村青年的职业发展和社会地位产生了深刻的影响。在医疗卫生领域，2004 年城市人口占全国总人口的 41.7%，共拥有床位数 225.3 万张、卫生技术人员 293.4 万人，而农村人口拥有的床位数和卫生技术人员数分别为 101.6 万张和 145.5 万人，前者均为后者的两倍以上，按人均折算，两者的差距则分别达到 3.1 倍和 2.82 倍。新中国成立以后，建立起了三级农村医疗体系，极大地改善了人民的健康状况，取得了举世瞩目的成就。但自 20 世纪 80 年代以来，农村经济社会结构的快速变动，对农村医疗投入长期不足，农村卫生员、赤脚医生转成了私人医师，卫生室变成了私人诊所；乡卫生院设备简陋，业务骨干流失，逐渐失去农民信任，经营维持十分艰难；县级医院走上了以"检查养医"、"医药养医"的道路，检查越来越多，药方越开越大，看病越来越贵。在农村，因病致贫、因病返贫普遍存在，农民预期寿命提高的速度明显放缓。在农村合作医疗改革之前，公费医疗主要由城镇居民享有，农村看病则主要是自费。根据世界银行 2000 年的有关研究，我国已经沦为公共卫生支出公平性最低的国家之一。养老体系则维持了城乡分立的养老制度。农村实行以家庭养老为主的养老制度，老人生活水平同子女奉献收入的多少密切相关，一些农村老人在失去劳动能力之后生活水平下降较多，甚至生活面临困难，难以分享经济发展和社会进步的成果。

3. 农村可持续发展的绩效

从 90 年代至今，政府采取了一系列措施，加强对农业资源的保护，并提高农业资源的利用效率。

生态林业建设。我国先后在三北、长江、平原、沿海防护林、太行山绿化、防治荒漠化、黄河中游、辽河流域、珠江流域和淮河太湖防护林工程等十大生态林业工程建设。使我国部分地区的生态环境得到明显改善。长江中上游防护林已使 100 多个地区的生态环境得到明显控制；平原防护林使 79% 的平原半平原实现绿化；沿海防护林 1.8 万公里基干林带基本合拢；太行山绿化进程过半；防治荒漠化工程已治理面积 220 多万公顷。

水土保持工作。加快大江大河大湖的综合治理步伐，长江三峡、黄河小浪底、万家寨、治淮治太等骨干工程建设进展顺利。1991—2006年，长江流域已累计治理水土流失面积 28 万多平方公里经过重点治理，生态环境已大为改观。

农村能源建设。按照"因地制宜，多能互补，综合利用，讲究效益"和"开发与利用并重"的方针，经过近数十年的努力，有效地缓解了农村地区能源短缺，对保护植被和改善生态环境起到了积极作用。特别是省柴灶、太阳灶、沼气等技术的大量推广利用，使农村地区的生物质能源消费比例明显下降，促进了生态环境的改善。

草地改良保护工作。目前全国已有 20 多亿亩草地落实了承包经营和有偿使用，约占全国可利用草地面积的一半。我国草地保护建设取得重大成就，截至 2005 年底我国有 20% 的可利用草地实施了禁牧、休牧和划区轮牧。同时，全国人工种草累计保留面积达 1 459 万公顷，草地改良面积达 1 583 万公顷，草地围栏面积达 3 789 万公顷。

中央政府和各地为促进农业农村发展制定和实施了许多政策，并取得了较好的成效。但是，长期以来，由于缺乏可持续发展观念，我们的政策、措施与体制更多地是为了追求短期经济效益和效率，而不太考虑可持续发展问题，其中包含着不少不利于可持续发展的因素，甚至对可持续发展构成障碍。也有不少政策不利于农业农村可持续地发展。如有的政策只考虑眼前利益而忽视长远利益，对可持续发展产生不良影响；有的政策只考虑某个产业或某种农作物的发展，而对农业的全面发展不利；有的政策出发点是好的，但因决策缺乏科学性，结果事与愿违，反而制约了农业农村的可持续发展；有的政策方案是合理的，但在具体执行过程中扭曲走样，不仅没能发挥应有的效用，反倒阻碍了农业农村的可持续发展。

第六章 政府引导市场主体支农及其效果

一、金融机构支农方式与政府引导措施

政府引导金融机构支农主要通过两条渠道来实现：第一，通过政策性金融机构对农业农村进行金融支持，主要包括农业发展银行和国家开发银行的重要农产品收购信贷和大型涉农项目投资信贷；第二，通过政策引导商业性金融机构对农业和农村进行贷款和其他金融服务支持。政策性金融机构直属国务院领导，其使命是贯彻国家宏观经济政策，以市场化方式实现国家的发展战略和目标。商业性金融机构以追求自身经济利益为目的，在中国人民银行的政策调控下和国家银监会的监督下，完全以市场化方式开展筹融资和金融服务业务，这些业务的开展同时起到两方面的作用：自身盈利和支持"三农"。

（一）具体市场主体及其支农方式

政府引导金融机构支农的具体市场主体主要是指在县及县以下地区提供包括存款、贷款、汇兑、保险、期货、证券等在内的各种金融服务的农村金融服务机构或网点。这些金融服务机构或网点主要分为银行类金融机构、非银行类金融机构和其他形式。银行类金融机构主要包括中国农业发展银行及其分支机构，中国工商银行、中国农业银行、中国银行、中国建设银行、交通银行等大型商业银行在县域内的分支网点，全国性股份制商业银行在县域内的分支网点，以及邮政储蓄银行、农村商

业银行、农村合作银行、农村信用社、村镇银行、贷款公司、农村资金互助组织等。非银行类金融机构主要包括在农村地区提供服务的政策性保险公司、商业性保险公司、证券公司、期货公司等。其他形式主要包括小额贷款公司、小额信贷组织、典当行等。另外,因三大政策银行之一的国家开发银行也开展部分涉农的贷款,其也包括在市场主体中。

1. 政策性银行及其支农方式

承担支农任务的政策性银行包括中国农业发展银行和国家开发银行。

中国农业发展银行的支农方式。中国农业发展银行是在市场经济条件下,国家为了保护加强农业产业,专门为农民、农业和农村服务而建立的自成体系的现代农业政策性银行。作为我国唯一的专门农业政策性金融机构,中国农业发展银行服从并服务于国家粮食调控政策和农业产业政策,通过信贷杠杆履行支农职能,承担了国家规定的农业政策性信贷业务和经批准开办的涉农商业性信贷业务,初步形成了以粮棉油收购信贷为主体,以农业产业化信贷为一翼,以农业和农村中长期信贷为另一翼的"一体两翼"信贷业务发展格局,客户群体基本涵盖了所有从事农业生产、经营与加工的企事业组织,为国家实施宏观调控、确保国家粮食安全、保护广大农民利益、促进农业和农村经济发展发挥了不可替代的作用。

国家开发银行及其支农方式。国家开发银行是在原能源、交通、原材料、机电轻纺、农业、林业六个国家投资公司的基础上组建的。国家开发银行内设农业信贷局、林业环保信贷局等有关局,负责农业政策性贷款业务。国家开发银行的农业贷款重点是:国家规划建设的商品粮、棉基地,国家立项建设的引水灌溉工程,国家统一布局安排的种子、种畜、种苗等良种基地,国家统一布局安排建设的生物农药、畜禽用疫苗、兽药、生物肥料、饲料及饲料添加剂等支农工业,渔业资源开发,省级和跨省区的重要农产品流通、储藏、运输设施,对增加粮棉油等产量和农民收入牵动力强的贸工农一体化、产供销一条龙的龙头加工项目。林业贷款主要面向全国七大片国有林区的大中型企业。重点支持木材采运项目和综合利用森林资源的制浆造纸、人造板及林产化工为主的林产工业项目,以促进林业产业的形成和发展。对国有林区的贷款,以扶持建设带动本地区林业发展的大中型林产工业项目为主,重视速生丰产林基地、原材料基地以及改善农业生产条件项目的建设。除上述农业、林业项目外,还有化肥、农药等支农工业项目。

2. 商业性银行及其支农方式

商业性银行完全按照市场化运作模式主要通过吸收存款、发放贷款和汇兑结算业务对"三农"进行金融服务和支持。20 世纪 90 年代后期,国家决定工、农、中、建四大国有专业银行向国有商业银行转轨,导致四大银行各自过分强调自身效益,忽视社会效益,在有利时,纷纷跑向农村;在无利或者微利时,又立即逃离农村。自 1998 年以来,包括农行在内的四大国有商业银行,一直在撤离农村市场,相应撤并了 3 万多个县及县以下的分支机构、网点。在四家大型商业银行收缩县域营业网点的同时,其他县域金融机构的网点也在减少。国有大型商业银行的撤离,使得在一个相当长的时期内农村信用社几乎成为农村金融市场中唯一的正规金融机构。经过这几年的发展,农村和以前的经济状况大不一样,特别是在经济发达地区,加上国家对农村金融市场的重视,当前农村商业银行机构的布局和发展有所改观。

中国农业银行。曾经是专门服务于农业和农村的国有银行,商业化改革使农业银行不断撤离农村地区。但农行的分支机构在中国农村金融体系中仍有着独特重要的地位,目前在中西部的很多县域只有农业银行一家大型商业银行。2005 年末,农行在 592 个国家扶贫开发工作重点县仍设有机构 3 160 个,在西藏地区有各类机构 502 个。由于西藏地区没有设立农发行和农村信用社,农行是唯一的农村金融机构,实际上承担了政策性的公共服务职能。截至 2005 年末,农行涉农贷款余额为 9 787亿元,在所有商业银行中投放规模最大,占比重最高,而且是唯一拥有农贷专业化管理体系的商业银行。2007 年全国金融工作会议确定了农业银行股份制改革坚持"面向'三农'、整体改制、商业运作、择机上市"的总体原则。农业银行制定了支持"三农"、开拓县域市场的发展战略。

2007 年 9 月，农业银行从吉林、安徽、福建、湖南、广西、四川、甘肃和重庆等八省（市、区）选择了有代表性的 17 个地区、123 个县支行开展面向"三农"金融服务试点工作，探索面向"三农"、商业运作的有效途径。在此基础上，2008 年 3 月，农业银行又选择了甘肃、四川、广西、福建、浙江、山东等 6 个省（区）的 11 个二级分行，组织开展面向"三农"体制机制改革试点，强化面向"三农"的体制机制保障。

农村信用合作社（含农村合作银行、农村商业银行）。一直以来农村信用合作社是农村金融体系的主要组成部分。2003 年，为加快农村信用社改革步伐，国务院下发了《深化农村信用社改革试点方案》（国发［2003］15 号文件），确定了本轮农村信用社改革的目标是按照"明晰产权关系、强化约束机制、增强服务功能、国家适当扶持、地方政府负责"的总体要求，加快产权制度和管理体制改革，把农村信用社逐步办成由农民、农村工商户和各类经济组织入股，为农民、农业和农村经济发展服务的社区性地方金融机构。根据人民银行对农村信用社业务范围的划分，农村信用社主要对农户从事粮棉油生产和多种经营农业生产服务组织、农户和乡（镇、村）办企业等提供信贷服务。在实际工作中，农村信用社把支持农户和农业经济组织作为自己的主要服务对象，发放农业贷款主要以农户为载体，重点支持农户的种植业、养殖业、加工、运输、助学和消费，同时支持部分农村集体经济组织和农副产品加工业。农村信用合作社的任务主要有三个方面：一是筹集资金，支持农村经济发展。即积极吸收农村暂时闲置或节余的各种资金和货币，积少成多，续短为长，循环周转，充分动员和利用社会闲置的资金，将其投入农村经济的各个环节，真正发挥信用社调剂资金余缺的枢纽作用。二是发放贷款，为农村经济发展服务。农村信用社贷款的重点是有经济效益、周期相对较短，还款有保证的小额贷款项目，主要面向农村基层的集体经济组织和社员、农户，为他们解决生产、流通、服务、生活、科技应用等方方面面的资金需求。三是提供结算服务，促进商品流通。随着农村经济的发展，农民与外界的联系逐步增多，商品流通规模、范围不断扩大，各种购销结算也日益频繁，要求信用社为其提供方便、快捷的结算服务，使商品流通的渠道更加畅通。

邮政储蓄银行。因四大行的基层分支机构普遍亏损，自 1998 年以来，四大行开始了大规模的网点撤并。四大行基层网点的撤并给农村金融市场留下了空白，并一直没有得到弥补。这期间，两项改革给邮政储蓄带来了新的发展机遇和动力。一是 2001 年人民银行启动的银行卡联网通用工作，使邮政储蓄网络由封闭走向开放，邮政储蓄绿卡业务由过去单一的存取走向个人结算。二是 2004 年 12 月 13 日，全国 31 个省邮政储蓄绿卡网络新老系统成功切换上线。统版后的邮政储蓄交易处理能力全面提升，交易成功率从统版前的不足 90% 升至 98% 以上。邮政储蓄实现了对内连接城乡、汇通全国，对外随银联卡走出国门，成为全国最大的个人金融服务网络。纵观目前我国金融服务网络，邮政储蓄这个唯一能连通"细胞组织"的"毛细血管网"，逐渐成为被商业银行"遗忘"了的农村金融服务的重要力量。多年来因"只存不贷"而遭遇农村资金"抽血机"质疑的邮政储蓄，其"输血机"的作用逐渐显现。邮政储蓄已成为农民工工资、农产品供销、乡镇企业资金回流的重要途径。在 2003 年邮政储蓄资金实现自主运用后，邮政储蓄通过优先为农村信用联社等地方性金融机构提供资金支持的方式，将邮政储蓄资金返还农村使用。2006 年之后，邮政储蓄通过参与银团贷款的方式，将大宗邮储资金批发出去，投入到国家"三农"重点工程、农村基础建设和农业综合开发等领域。2007 年初中国邮政储蓄银行正式挂牌成立，开始按照商业化运作，在此基础上探索为农村服务的有效形式。

3. 新型银行业农村金融机构

2006 年 12 月，为解决农村地区银行业金融机构网点覆盖率、金融供给不足、竞争不充分等问题，银监会发布了《关于调整放宽农村地区银行业金融机构准入政策，更好支持社会主义新农村建设的若干意见》，引导各类资本到农村地区投资设立村镇银行、贷款公司和农村资金互助社等新型农村金融机构，鼓励银行业金融机构到农村地区设立分支机构。首批试点选择在四川、内蒙古等 6 省（区）的农村地区开展。自 2007 年 3 月诞生了全国第一家新型农村金融机构——四川仪陇惠民村镇银行和第一家贷款公司——四川仪陇惠民贷款有限责任公司后，短短一年多的时间，新型农村金融机构从无到有、从少到多，如雨后春笋。近两年来，银监会紧紧围绕支持社会主义新农村建设，着力推进现代农村金融制度创新，培育了一批新型农村金融机构。2007 年，经国务院同意，银监会扩大调整放宽农村地区银行业金融机构准入政策试点范围，将试点省份进一步扩大。截至 2008 年 10 月 31 日，全国共有 77 家新型农村金融机构开业，其中村镇银行 62 家、贷款公司 5 家、农村资金互助社 10 家，还有 30 多家机构正在筹建，新型农村金融机构贷款余额已达25.8 亿元，比年初增长 10 倍以上。

4. 保险机构及其支农方式

1949 年新中国成立不久，我国就开办了农业保险。当时的农业保险是强制参加的，由中国人民保险公司统一办理。中国人民保险公司在 20 世纪 50 年代连续开办了 8 年的农业保险业务。1958 年，随着政社合一的人民公社的建立，我国农业保险停办。1982 年起重新恢复试办农业保险，原中国人民保险公司就开始经营农业保险。1986 年，新疆兵团农牧业保险公司（现中华联合财产保险公司）成立，主要经营农业保险。1987 年 6 月，政府决定在中国人民保险公司内部特设农村保险业务部，专门从事农业保险的经营，各分、支公司相继开展了农险业务。从 1988 年开始以省为范围，实行农业保险单独核算 1986 年，新疆生产建设兵团组建了农牧业保险公司。新疆建设兵团保险公司开办的农业保险属于行业性保险。它的业务对象主要是新疆农垦系统的农场，"以工补农"，属强制保险，国家财政也给予巨大支持。但随着该公司的更名改制农业保险实行商业运作，业务也呈下滑的趋势。1991 年和 1996 年，党中央、国务院分别作出"在各级政府支持下，建立多层次、相互联系的农村专项保险基金，逐步建立农村灾害补偿制度"和"发展农村合作保险"，"逐步建立各类农业保险机构"，"为避免农业保险机构因承保种养业保险造成亏损，国家将在政策上给予适当的扶持"的决定。中国人民保险公司为减轻农业保险的亏损，开始转变经营方式，开展委托地方政府代办、与地方及其他经济组织合办发展合作农业保险等多种经营模式的试点工作。这些试点模式，对我国农业保险的运作进行了有益的探索。但因为缺少适用的法律、法规和资金支持等多种原因，大部分经营模式的试验都停止了。

1992年我国确立市场经济改革目标后，以中国人民保险公司为代表的农业保险经营者失去财政兜底，向商业经营彻底转化。由于农业生产所面临的风险，特别是气象灾害风险具有高度关联性，损失集中，赔付率高，农民的有效需求不足，不满足可保风险独立性和随机性的要求，作为自主经营、自负盈亏的经济主体，在没有外部支持的情况下，商业保险公司缺乏积极性。由于交易双方信息高度不对称，农险经营中还存在严重的逆选择和道德风险，其交易成本和管理成本都很高，因此，从1993年开始我国商业化农业保险急剧萎缩。

2002年重新修订的农业法和保险法中，首次提出了政策性农业保险的概念，而且确定了国家要逐步建立和完善政策性农业保险制度；2003年十六届三中全会决议要求，"探索建立政策性农业保险制度"。随后，安信农业保险公司、吉林安华保险公司等专业的政策性经营机构建立，它们和江苏、浙江、四川、内蒙古等9省（市）的农业保险试点都采取了"政府支持、商业化运作"的模式，一定程度上具有政策性保险的特征。2005年农业保险经过多年的业务萎缩以后，首次止跌回升。2006年《中共中央、国务院关于推进社会主义新农村建设的若干意见》要求，"稳步推进政策性农业保险的试点，加快发展多种形式、多种渠道的政策性农业保险"；2006年《国民经济和社会发展第十一个五年规划纲要》中，提出"发展农业保险、责任保险，建立国家支持的农业和巨灾再保险体系"。在近年来的关于农业的中央文件中都有关于发展农业保险的政策规定，农业保险也得到社会各界的高度关注。在发展农业方面负有重大责任的地方政府也迫切希望通过农业保险完善农业支持保护体系，保证粮食生产安全，确保农业产业政策的顺利实施，许多地方如上海等地已经开始启动了政策性农业保险的财政补贴。

（二）政府引导金融机构支农的具体措施

1. 推进农村金融体制改革，改善农村金融服务

自 2004 以来连续 5 个中央一号文件都提出要加快推进农村金融体制改革，改善农村金融服务。与此相适应，不同类型的农村金融机构相继设立，农村金融市场开始走向多元化发展道路，农村金融改革逐步推进。2002 年，为贯彻全国金融工作会议精神，国务院批准成立深化农村金融和农村信用社改革专题工作小组，农村金融改革开始进入一个新的发展时期。2003 年 6 月，国务院印发《深化农村信用社改革试点方案》，开始农村信用社改革试点。2004 年 7 月，国务院召开会议专门讨论农业发展银行职能调整的有关问题。2005 年 8 月，国务院印发《邮政体制改革方案》，提出成立邮政储蓄银行，推进邮政储蓄资金自主运用。2007 年 2 月，国务院召开全国金融工作会议，提出农村金融改革总的要求是，加快建立健全适应"三农"特点的多层次、广覆盖、可持续的农村金融体系，包括构建分工合理、投资多元、功能完善、服务高效的农村金融组织体系，较为发达的农村金融市场体系和业务品种比较丰富的农村金融产品体系，显著增强为"三农"服务的功能。

2. 组织建设农村金融基础服务体系

为适应农村金融机构业务发展的需要，人民银行大力推进农村金融基础服务体系建设，不断改善和提高金融机构的运行效率和服务质量。包括推动农村地区信用体系建设，完善农村地区支付体系和创新农民工银行卡特色服务。

第一，推动农村地区信用体系建设。人民银行组织建成全国统一的企业和个人信用信息基础数据库，为全国 1 300 多万户企业和近 6 亿自然人建立了信用档案，信息服务覆盖全国银行类金融机构各级信贷营业网点。为配合、推动农户小额信用贷款业务的开展，组织开展了信用户、信用村、信用乡（镇）创建与评定工作；2006 年以来，进一步推动建立电子化的农户信用档案和信用评价系统，加强征信知识宣传与教育，规范农户信用指标体系，扩大对农户家庭成员、财产、经营、收入

等定量信息的采集，逐步探索建立一套符合当地实际情况的便捷、有效的农户信用评价方式方法，为建立健全农村地区"守信激励、失信惩戒"机制、改善农村金融基础服务做好基础性工作。截至 2007 年底，全国已建立农户信用档案 7 400 多万户，评定信用农户 5 000 多万户，金融机构对已建立信用档案的 3 900 多万农户累计发放贷款 9 700 多亿元，贷款余额 4 800 多亿元。

第二，完善农村地区支付体系建设。通过完善分工合理、竞争有序的多元化农村支付服务组织体系，发挥农村信用社在农村支付服务中的主导地位和其他金融机构的积极作用，鼓励村镇银行等新型农村金融机构加入现代化支付系统，提高其支付业务处理的自动化水平和效率。人民银行在支付结算工作中，始终把解决农村信用社"支付结算难"问题放在特别突出的位置，采取了一系列措施增加农村信用社支付结算手段、提高其支付服务能力：一是吸收符合条件的农村信用社加入大额支付系统和小额支付系统，使广大农村地区享受到现代化支付系统提供的多层次、低成本的支付清算服务，对改善农村信用社支付手段、为农村信用社创造平等竞争的环境发挥了重要作用。二是批准设立农村信用社资金清算中心，专门办理农村信用社汇兑和银行汇票清算业务，进一步拓宽了农村信用社支付结算渠道、增强其结算功能。三是推行代理制，鼓励商业银行代理农村信用社的支付结算业务，同时，广泛吸收农村信用社加入票据交换系统，创造条件使农村信用社能够开办银行汇票和商业汇票业务，拓展业务范围，增强其业务竞争力。四是协调各地农村信用联社加快开发和健全省内农村信用社通汇系统，增强农村信用社的结算功能。

第三，创新农民工银行卡特色服务。农民工银行卡特色服务是指农民工在打工地利用银联借记卡存入现金后，可以在家乡就近的农村信用社或邮政储蓄网点柜台提取现金的一种金融服务方式。2005 年开始试点的农民工银行卡特色服务，有效解决了农民工打工返乡携带大量现金的资金安全问题，使得农民工在打工地获得的收入大量回流农村，同时，广大农民工也享受到了方便、快捷、安全的银行卡服务，从而产生了具

169

有良好的社会和经济效果。目前，贵州、重庆、安徽等 15 个省市已经陆续开通该业务。截至 2007 年底，农民工银行卡特色服务交易笔数达 415.87 万笔，其中取款量 255.33 万笔，取款金额 22.18 亿元。2008 年 5 月，中国邮政储蓄银行加入农民工银行卡特色服务，利用其遍布乡镇的网点，进一步为农民工提供取款便利。

第四，保监会指导各农业保险公司开发新型农业保险条款，提高农业保险保障能力。种植业方面，将广大农户反映强烈的旱灾和病虫害纳入保险责任。能繁母猪保险方面，保险责任大大扩展，包括将政府扑杀纳入赔偿责任，将疾病（疫病）责任增加至 20 项。

3. 对农村金融机构实施与一般金融机构有别的监管措施

目前，我国已初步建立了一套与我国农村经济相适应的农村金融监管框架，其基本特征是实行较低的准入门槛和一些有别于商业银行的特殊政策。我国农村金融机构在最低注册资本、存款准备金、资本充足率等方面有着比商业银行更低的要求，较低的门槛为资本流入农村和设立农村金融机构创造了条件。同时，对农村金融机构在股权结构、利率和经营范围等方面进行了一些有别于商业银行的特殊规定，在注重引导资金流向农村的同时，加强对农村金融机构的审慎监管，发现问题及时处理，切实防范农村金融机构的金融风险，保持农村金融的持续健康发展。

第一，小额贷款公司试点。2005 年 5 月开始，商业性小额贷款公司试点工作在山西、四川、陕西、贵州和内蒙古 5 个省（区）开始启动。试点成立的小额贷款公司是以服务"三农"、支持农村经济发展为重点，为农户、个体经营者和微小企业提供小额贷款的机构。其资金来源为自有资金、捐赠资金或单一来源的批发资金形式，不吸收存款，不跨区经营，贷款利率由借贷双方自由协商。2008 年 5 月，银监会和人民银行联合下发《小额贷款公司试点指导意见》（银监发〔2008〕23 号），进一步规范和明确了小额贷款公司的有关政策，目前试点工作正在逐步推进。

第二，村镇银行等新型农村金融机构试点。银监会于 2006 年末发布了《关于调整放宽农村地区银行业金融机构准入政策的若干意见》，在农村地区新设"村镇银行"、"贷款公司"和"农村资金互助社"三类新型金融机构，同时还放宽了农村地区现有银行业金融机构的兼并重组政策，并鼓励商业银行在农村地区开设分支机构。2007 年末，已有包括村镇银行、贷款公司和农民互助合作社在内的 31 家新型农村金融机构开业，其中村镇银行 19 家，贷款公司 4 家，农民互助合作社 8 家。截至 2007 年末，三类新型农村金融机构股金共计 3.06 亿元，资产总额 7.67 亿元，累计发放贷款 4.62 亿元。2007 年 10 月，经国务院批准，村镇银行等试点工作扩大到全国 31 个省（区、市）。

第三，明确试点的新型农村金融服务机构的相关政策。中国人民银行和银监会于 2008 年 5 月联合下发《关于村镇银行、贷款公司、农村资金互助社、小额贷款公司有关政策的通知》（银发〔2008〕137 号），充分肯定了新型农村金融服务机构对改善农村金融服务的重要性，并对存款准备金、利率、支付清算、金融统计和监管报表等八个方面进行了规范和明确，积极鼓励、引导和督促四类机构以面向农村、服务"三农"为目的，扎扎实实依法开展业务经营，在不断完善内控机制和风险控制水平的基础上，立足地方实际，坚持商业可持续发展，努力为"三农"经济提供低成本、便捷、实惠的金融服务。

第四，推进农村地区贷款利率的市场化改革。2003 年以来，人民银行加快了农村地区利率市场化的改革进程。2003 年 8 月在推进农村信用社试点改革的同时，允许试点地区农村信用社的贷款利率上浮不超过贷款基准利率的 2 倍。2004 年 10 月 29 日，中国人民银行放开了商业银行贷款利率上限，而农村信用社贷款利率浮动上限也扩大到中央银行基准利率的 2.3 倍。根据中国人民银行货币政策司的调查，目前农村金融机构的贷款加权平均利率（按贷款发生额加权）为基准利率的 1.31 倍，贷款量的 73.4% 集中在基准利率的 1.5 倍以内。从农村信用社贷款利率浮动幅度和财务可持续发展能力看，农村信用社 60% 以上的贷款利率处于 1.5 倍至 2.3 倍基准利率之间，加权平均利率为 1.6 倍基准利率。从试点的七家小额贷款公司利率浮动情况看，2007 年 12 月，七家试点小额贷款公司发放贷款的加权平均利率为 22.62%，为调整后一年期贷款基准利率（7.47%）的 3.03 倍。利率的逐步放开，有利于农村金融机构根据成本覆盖风险原则，合理定价，实现自身财务可持续发展，加强对"三农"的金融支持。

4. 对农村金融机构实施特殊的政策扶持

对农村金融给予政策扶持是各国通例。我国政府也历来重视对农村金融的政策扶持问题，近年来为支持农村金融机构改革发展出台了一系列政策措施。

第一，享受优惠税收政策。为支持农村信用社在农村地区经营，在税收上给予优惠，具体是农村信用社的营业税减按 3% 征收；所得税中西部地区全免，东部地区减半。

第二，实行扶持的货币政策。对农村地区金融机构实行有差别的存款准备金率。对农村信用社实施差别存款准备金率。截至 2008 年 6 月末，全国性商业银行、城商行、农商行执行法定存款准备金率 17.5%，农村合作银行执行 16.5%，农村作用社执行 15%，其中，对涉农贷款比例较高、资产规模较小的 1 379 家县（市）农村信用社执行 12% 的法定存款准备金率，比一般商业银行低 5.5 个百分点。对新型农村金融机构执行倾斜的存款准备金政策。对农村信用社给予支农再贷款支持。截至 2008 年一季度末人民银行已下达支农再贷款额度 1 324 亿元。2004 年，人民银行在实行再贷款浮息制度时，对农村信用社发放的支农再贷款浮息采取了逐步到位的政策，支农再贷款利率一直低于普通流动性再贷款利率，目前各档次支农再贷款利率均低于同期流动性再贷款利率 0.72 个百分点，体现了对农村金融机构增强资金实力的政策扶持。人民银行还发行央行专项票据用于置换农村信用社的不良资产和弥补历年亏损。目前，专项票据发行已完成，共计发行票据 1 656 亿元。专项票据兑付正在稳步推进，截至 2008 年 6 月末，已兑付票据 1 206 亿元，占比 73%；已兑付县市个数 1 771 个，占比 74%。

第三，实行有差别的监管收费政策。对于在农村地区新设机构的商业银行，对其在城区机构和业务准入方面给予便利。免征农村资金互助社的监管费，对其他农村金融机构的监管费减半征收。

第四，改革扶贫贴息贷款方式。扶贫贴息贷款运作 20 多年来，在帮助贫困农户获得信贷资金支持方面发挥了一定作用，但由于传统扶贫贷款运作规模小、额度低，单位运营成本高，运作效率低，出现贷款到户率低和贷款放不出去的双重矛盾，经办机构和农户双方受益的较低，扶贫效果不显著。为建立健全符合市场经济要求的信贷扶贫管理体制和运行机制，提高扶贫资金的运行效率和扶贫效益，在总结试点经验的基础上，经国务院同意，国务院扶贫办、财政部、人民银行、银监会决定全面改革扶贫贴息贷款管理体制，颁布了《关于全面改革扶贫贴息贷款管理体制的通知》（国开办发（2008）29 号）。扶贫贴息贷款管理体制改革的总体思路是：政府引导、市场运作；下放管理权限，引入竞争机制；固定贴息水平，灵活补贴方式；逐步探索建立风险防范和激励约束机制。这种政策转变旨在重点鼓励直接补贴到贫困户和项目实施单位。截至 2007 年底，扶贫贴息贷款余额 242.9 亿元人民币。

第五，农业保险方面初步建立农业保险再保险机制，积极防范农业保险风险。2007 年保监会指导各农业保险试点公司与中再集团签署农业再保险框架协议的基础上，进一步加大对重点公司（主要是人保、中再）的窗口指导力度，督促各试点公司完成 2008 年度农业再保险安排，初步形成农业保险再保险机制，农业巨灾风险分散机制初现雏形。

二、企业支农主要方式与政府引导措施

（一）企业支农的主要方式

1. 农业产业化带动农业农村发展，增加农民收入

农业产业化经营，以农业为基础，以国内外市场为导向，以提高农业经济效益为中心，深化调整农业和农村经济结构，对生产要素进行优化组合，延长农业产业链条，提升农业组织化，扩大农业就业，增加农

民收入。它综合发挥生产的专业化、布局的区域化、服务的社会化、管理的科学化等许多优越性,为有效地解决农户小规模经营与大市场的矛盾、农业生产比较效益低与提高农业劳动生产率等深层问题提供了重要的实现途径,对促进农业现代化和农村社会主义市场经济体制的建立具有重要意义。

2. 企业吸纳农民就业,转移剩余农业劳动力,增加农民收入

农业剩余劳动力从农业中转移出来,是实现劳动力资源的优化配置,一方面可以提高农业的规模化,另一方面可以增加劳动力的收入。而转移农业劳动力的一个重要路径就是企业对农业劳动力的吸纳。从而支持那些能够大量吸纳农业劳动力的企业的发展,也就成为"以工补农"的重要措施。《国务院关于解决农民工问题的若干意见》提出了"大力发展乡镇企业和县域经济,扩大当地转移就业容量;引导相关产业向中西部转移,增加农民在当地的就业机会;大力开展农村基础设施建设,促进农民就业和增收;积极稳妥地发展小城镇,提高产业集聚和人口吸纳能力"等四项促进农村劳动力就地就近转移就业的政策。其中关于"发展乡镇企业和县域经济"的措施,《意见》指出,"这是农民转移就业的重要途径。各地要依据国家产业政策,积极发展就业容量大的劳动密集型产业和服务业,发展农村二、三产业和特色经济,发展农业产业化经营和农产品加工业;落实发展乡镇企业和非公有制经济的政策措施,吸纳更多的农村富余劳动力在当地转移就业"。关于"引导东部相关产业向中西部转移"的措施,《意见》指出,"要在产业政策上鼓励大中城市、沿海发达地区的劳动密集型产业和资源加工型企业向中西部地区转移"。关于"统筹规划城乡公共设施建设"的措施,《意见》指出,"农村基础设施建设要重视利用当地原材料和劳动力,注重建设能够增加农民就业机会和促进农民直接增收的中小型项目"。显然,国家的剩余劳动力转移政策,已经关注到怎样通过增加就业机会来促进剩余劳动力转移,而在关于怎样增加就业机会的问题上,首先考虑的是通过支持相关企业的发展,但在具体怎样支持相关企业的发展,政策还不是特别明确。

3. 乡镇企业发展带动农村发展，增加农民收入

20 世纪 80 年代以来，乡镇企业的异军突起，创造了许多辉煌。乡镇企业所需的主要要素来自农村，这种交换关系使得它的发展与农村经济繁荣融为一体，成为解决"三农"问题不可缺少的支撑点。一方面，乡镇企业的发展促进农业剩余劳动力的转移，增加农民收入。乡镇企业是农业剩余劳动力最早转移的地方，农民"离土不离乡"，既就了业，增加了收入，又兼管了农业、照顾了家庭。后来，随着工业化的推进，大批年轻力壮的劳动力进城打工，这虽然是一个大发展的必然趋势，但也带来了值得重视的男婚女嫁、儿童教育、老人留守等农村社会问题。在有序引导农民进城务工经商的同时，通过促进乡镇企业的发展，进一步拓展农民就地转移，就可以大大缓解这些问题。另一方面，乡镇企业的发展可以带动现代农业发展，推进新农村建设。发展乡镇企业，是促进农村经济多元化发展的重要方式，也是繁荣农村经济的可靠保证。许多农业龙头企业是从乡镇企业发展起来的。没有乡镇企业的支撑，现代农业发展、新农村建设，那是很难向前推进的。乡镇企业的发展，可以逐步形成产业聚集和人口聚集，这是推进农村工业化、城镇化的重要途径。通过乡镇企业这个桥梁和纽带作用，可以协调城乡发展。

上述三个方式之间也存在交叉的地方，比如，涉农的乡镇企业，既促进农业产业化，也可以转移农业剩余劳动力，但在大多数情况下，这三者并不重合。政府引导企业支农，主要是指政府为了实现"以工补农"的目标，而出台的支持和促进企业发展来带动"三农"发展的各种政策和措施。

（二）政府引导企业支农的主要措施

现阶段政府引导企业支农主要是通过各种支持政策促进相关企业发展，以此希望企业的发展能够增加农民收入，提升农业现代化，推动农村地区发展。

1. 促进农业产业化发展的主要措施

农业产业化的发展主要依赖于企业化的运作，企业是引领农业产业

化发展的关键力量，因此，国家支持农业产业化的发展，主要的方式是对农业产业化龙头企业进行支持。根据农业部等八部（委行）联合下发的《关于扶持农业产业化经营重点龙头企业的意见》（农经发〔2000〕8号）的相关规定，农业产业化国家重点龙头企业享受以下优惠政策。

金融支持。国有商业银行把扶持农业产业化经营作为信贷支农的重点，在资金安排中给予倾斜。对重点龙头企业，要依据企业正常生产周期和贷款用途合理确定贷款期限，并按中国人民银行规定的利率执行，原则上不上浮。对于重点龙头企业用于基地建设和技术改造项目的贷款，农业主管部门可以向商业银行推荐，商业银行收购原料所需资金量较大、占用时间长的问题，商业银行可以根据重点龙头企业与基地农户签订的合同，核定所需收购资金，根据授权原则，给予信贷支持。对资信好的龙头企业可核定一定的授信额度，用于收购同基地农户签订合同的农产品。同时加大对农产品出口的金融支持力度。国有商业银行对农产品出口所需流动资金贷款按信贷原则优先安排，重点支持。对资信较好的农产品出口企业，核定一定的授信额度，用于对外出具投标、履约和预付金保函。

财政支持。为了引导龙头企业大范围的带动生产基地和农户，形成龙头企业加生产基地和农户的产业化经营新格局，对于重点龙头带动的生产基地建设等，中央财政要继续给予支持，地方财政也要作出具体安排。要积极探索和逐步建立龙头企业与农户多种形式的风险共担机制，通过订立合同等形式，形成稳定的购销关系，提高抵御市场风险的能力。企业可以通过建立风险基金，确保按保护价收购基地农户所生产的原料、减少市场波动造成的损失；也可以采取合作制或股份合作制的形式，使农民与龙头企业结成经济利益共同体，共同抵御和规避市场风险，龙头企业带动农户和生产基地出现风险不仅使企业生产经营受到损失，也将影响广大农户的收入，波及农村稳定。各级、各部门都要高度重视，按照国家有关财税政策和制度规定，采取切实措施，帮助龙头企业和农户提高抵御市场风险的能力。

税收政策。促进农业产业化发展重点龙头企业的各项税收优惠政策，归纳起来主要包括以下几个方面：第一，关于企业所得税减免问题。对重点龙头企业从事种植业、养殖业和农林产品初加工取得的所得，比照1997年5月下发的《财政部、国家税务总局关于有关国有农口企事业单位征收企业所得税问题的通知》（财税字［1997］49号）文件规定。主要内容：对国有农口企事业单位从事种植业、养殖业和农林产品初加工取得的所得暂免收企业所得税，等等。第二，关于技术开发费扣除问题。关于企业技术开发费的扣除，可适用1996年4月下发的《国家税务总局关于促进企业技术进步有关税收问题的补充通知》（国税发［1996］152号）文件的规定。主要内容：一是企业研究开发新产品、新技术、新工艺所发生的各项费用，不受比例限制，计入管理费用。二是企业研究开发新产品、新技术、新工艺所发生的各项费用增长幅度在10%以上的，可再按实际发生额的50%抵扣应税所得额。三是企业为开发新技术、研制新产品所购置的试制用关键设备、测试仪器，单台价值在10万元以下的，可一次或分次摊入管理费用，等等。另外，在推动产学研的合作，促进联合开发，加速企业技术成果的产业化和商品化，以及推进企业机器设备的更新等方面也有一系列的税收优惠政策。第三，关于购买国产设备抵免企业所得税问题。关于购买国产设备免企业所得税，可适用1999年12月下发的《财政部、国家税务总局关于印发（技术改造国产设备投资抵免企业所得税暂行办法）的通知》（财税字［1999］290号）文件的规定。主要内容：凡在我国境内投资于符合国家产业政策的技术改造项目的企业，其项目所需国产设备投资的40%可从企业技术改造项目设备购置当前比前一年新增的企业所得税中抵免，等等。第四，关于引进农产品加工设备问题。对于符合国家新技术目录和国家有关部门批准引进项目的农产品加工设备，除按照国务院下发的《国内投资项目不予免税的进口商品目录》所列商品外，免征进口关税和进口环节增值税。

国际贸易支持政策。鼓励重点龙头企业发挥比较优势参与国际竞争，提高产品竞争能力。对开拓国外市场、扩大农产品出口的重点龙头企业，应予以积极支持。按照中央外贸发展基金的有关规定，对符合中央外贸发展基金使用方向和使用条件的农产品及其加工品出口项目融资予以贴息。参照国际通行的作法，继续加大对重点龙头企业出口创汇的支持。对于符合国家高新技术目录和国家有关部门批准引进项目的农产品加工设备，除按照国发［1997］37 号文件《国内投资项目不予免税的进口商品目录》所列商品外，免征进口关税和进口环节增值税。简化行政审批手续，放宽审批条件，支持重点龙头企业扩大出口。适当降低重点龙头企业成立进出口公司的资格，并适当放宽其经营范围。鼓励中外合资农产品流通利用其销售网络，推动我国农产品进入国外的销售网点和分拨中心。

投融资政策。鼓励重点龙头企业多渠道筹集资金。积极借鉴国内外投融资经验，利用资产重组、控股、参股、兼并、租赁等多种方式扩大企业规模，增强企业实力。符合条件的重点龙头企业，实行规范的公司制后，可申请发行股票和上市。已经上市的重点龙头企业，应利用好农业类上市公司在配股方面的倾斜政策。应创造条件，鼓励重点龙头企业利用外资开展合资、合作。积极探索建立以重点龙头企业为主体的农业产业化发展投资基金。

2. 促进中小企业发展的主要措施

考虑到中小企业是推动经济增长，促进就业的重要力量。国家一直重视和支持中小企业的发展，中央财政为此制定并实施了一系列资金支持和税收政策，对促进中小企业的发展起到了积极作用。这些支持政策主要包括五个方面。

专项资金支持。自 2003 年 1 月《中小企业促进法》颁布施行以来，各地区、各部门认真组织落实。2003 年中央财政设立了中小企业预算科目，先后设立了科技型中小企业创新基金、中小企业国际市场开拓资金、中小企业服务体系专项补助资金、中小企业发展专项资金、中央补助地方清洁生产专项资金等，解决中小企业发展关键点上的资金缺口。至 2004 年底，《中小企业促进法》中规定的国家对中小企业的 8 个资金支持方向，中央财政均安排了相应的资金。

税收优惠支持。在税收方面，为减轻中小企业在发展过程中的税收负担，中央财政出台了一系列针对中小企业的税收优惠政策，包括对符合条件的小型微利企业，减按 20% 的税率征收企业所得税。从 2002 年起提高增值税、营业税起征点。为鼓励创业投资企业投资于中小高新企业，新企业所得税法规定，创业投资企业采取股权投资方式投资于未上市的中小高新技术企业 2 年以上的，可以按照其投资额的 70% 在股权持有满 2 年的当年抵扣该创业投资企业的应纳税所得额；当年不足抵扣的，可以在以后纳税年度结转抵扣。对企事业单位、社会团体和个人等社会力量通过公益性的社会团体和国家机关向科技部科技型中小企业技术创新基金管理中心用于科技型中小企业技术创新基金的捐赠，企业在年度企业所得额应纳税所得额 12% 以内的部分，个人在申报个人所得税应纳税所得额 30% 以内的部分，准予在计算缴纳所得税税前扣除。对商贸企业、服务型企业、劳动就业服务企业中的加工型企业和街道社区具有加工性质的小型企业实体，在新增加的岗位中，当年新招用持《再就业优惠证》人员，与其签订 1 年以上期限劳动合同并依法缴纳社会保险费的，按实际招用人数予以定额依次扣减营业税、城市维护建设税、教育费附加和企业所得税优惠。定额标准为每人每年 4 000 元，各省、自治区、直辖市人民政府可根据本地区实际情况以此标准上下浮动 20% 确定具体定额标准。2007 年全国人大修订了《企业所得税法》，对小型微利企业实行 20% 的低档立体政策促进中小企业健康发展税率，并进一步放宽对小型微利企业的条件，使尽可能多的小企业能够享受低档税率；对高新技术企业，不分区内外，一律实行 15% 的优惠税率，使更多的中小科技企业受益等。

信贷支持。国家要求发挥银行内设中小企业信贷部门的作用，改进信贷考核和奖惩管理方式，提高对非公有制企业的贷款比重。农村信用社要积极吸引农民、个体工商户和中小企业入股，增强资本实力。鼓励政策性银行依托地方商业银行等中小金融机构和担保机构，开展以非公有制中小企业为主要服务对象的转贷款、担保贷款等业务。在加快完善中小企业板块和推进制度创新的基础上，分步推进创业板市场，健全证券公司代办股份转让系统的功能，为非公有制企业利用资本市场创造条件。鼓励有条件的地区建立中小企业信用担保基金和区域性信用再担保机构。2005 年 11 月，国家发展和改革委等 10 部委联合下发了《创业投资企业管理暂行办法》，鼓励创业投资企业投资中小企业特别是中小高新技术企业。财政部出台了《中小企业融资担保机构风险管理暂行办法》和《关于加强地方财政部门对中小企业信用担保机构财务管理和政策支持若干问题的通知》，对担保机构保费收取、责任准备金和保证金的提取等作出了明确规定，同时规定了对担保机构代偿损失的补偿原则和办法，促进了中小企业信用担保机构的健康发展。2005 年 7 月，中国银监会制定了《银行业开展小企业贷款业务指导意见》，引导和督促银行业金融机构按照市场原则和商业化运作模式，开展小企业贷款业务。

社会服务支持。进一步落实国家就业和再就业政策，加大对自主创业的政策扶持，鼓励下岗失业人员、退役士兵、大学毕业生和归国留学生等各类人员创办小企业，开发新岗位，以创业促就业。支持开展企业经营者和员工培训。根据非公有制经济的不同需求，开展多种形式的培训。整合社会资源，创新培训方式，形成政府引导、社会支持和企业自主相结合的培训机制。依托大专院校、各类培训机构和企业，重点开展法律法规、产业政策、经营管理、职业技能和技术应用等方面的培训，各级政府应给予适当补贴和资助。加强科技创新服务。要加大对非公有制企业科技创新活动的支持，加快建立适合非公有制中小企业特点的信息和共性技术服务平台，推进非公有制企业的信息化建设。支持非公有资本创办科技型中小企业和科研开发机构。发挥行业协会、商会等中介组织作用，利用好国家中小企业国际市场开拓资金，支持非公有制企业开拓国际市场。加快建立适合非公有制中小企业特点的信用征集体系、评级发布制度以及失信惩戒机制，推进建立企业信用档案试点工作，建立和完善非公有制企业信用档案数据库。

其他方面的支持。国务院各有关部门还分别在放宽市场准入、推进科技创新、加快结构调整等方面制定出台了一系列促进中小企业发展的政策。截至 2007 年底，已有 12 个省、自治区、直辖市出台了《中小企业促进法》实施办法；几乎所有的省级财政部门设立了扶持中小企业发展的专项资金；全国已设立的各类中小企业信用担保机构超过3 000家，累计担保总额近5 000亿元。随着我国市场经济体制的确立和《中小企业促进法》的贯彻实施，一个较为完备的中小企业法律政策体系正在逐渐形成。

3. 促进乡镇企业发展的主要措施

我国系统地促进乡镇企业发展的措施，主要体现在《乡镇企业法》中。《乡镇企业法》指出乡镇企业的主要任务是，根据市场需要发展商品生产，提供社会服务，增加社会有效供给，吸收农村剩余劳动力，提高农民收入，支援农业，推进农业和农村现代化，促进国民经济和社会事业发展。根据《乡镇企业法》国家对乡镇企业的支持主要包括以下六个方面。

税收优惠。国家根据乡镇企业发展的情况，在一定时期内对乡镇企业减征一定比例的税收，并对集体所有制乡镇企业开办初期经营确有困难的、设立在少数民族地区、边远地区和贫困地区的、从事粮食、饲料、肉类的加工、贮存、运销经营的，以及国家产业政策规定需要特殊扶持的中小型乡镇企业，根据不同情况实行一定期限的税收优惠。

信贷支持。对于符合上述条件之一并且符合贷款条件的乡镇企业，国家有关金融机构可以给予优先贷款，对其中生产资金困难且有发展前途的可以给予优惠贷款。

资金支持。县级以上人民政府依照国家有关规定，可以设立乡镇企业发展基金。基金由下列资金组成：政府拨付的用于乡镇企业发展的周转金、乡镇企业每年上缴地方税金增长部分中一定比例的资金、基金运用产生的收益、农村集体经济组织、乡镇企业、农民等自愿提供的资金。

人才和技术支持。国家积极培养乡镇企业人才，鼓励科技人员、经营管理人员及大中专毕业生到乡镇企业工作，通过多种方式为乡镇企业服务。乡镇企业通过多渠道、多形式培训技术人员、经营管理人员和生产人员，并采取优惠措施吸引人才。国家采取优惠措施，鼓励乡镇企业同科研机构、高等院校、国有企业及其他企业、组织之间开展各种形式的经济技术合作。

国际合作与贸易支持。国家鼓励乡镇企业开展对外经济技术合作与交流，建设出口商品生产基地，增加出口创汇。具备条件的乡镇企业依法经批准可以取得对外贸易经营权。

规划和配套服务支持。地方各级人民政府按照统一规划、合理布局的原则，将发展乡镇企业同小城镇建设相结合，引导和促进乡镇企业适当集中发展，逐步加强基础设施和服务设施建设，以加快小城镇建设。

三、政府引导市场主体支农的效果

（一）对市场主体产生的效果

1. 促进农村金融机构发展的绩效

（1）农村金融体制改革取得重要进展，多层次的农村金融服务体系初步形成

2003 年以来，农村金融改革以深化农村信用社改革为重点，农业发展银行、农业银行、邮政储蓄银行和农业保险等各项改革稳步推进。

第一，农村信用社改革取得重要进展。农村信用社改革试点进展顺利，并取得重要的阶段性成果，支农投放不断增加，支农力度明显加大。近四年来，农村信用社各项存款年均增长 18.6%，各项贷款年均增长 17.4%，均高于同期金融机构各项存贷款增速。2007 年末，农村信用社的各项贷款 3.2 万亿元，占全国金融机构贷款的比例为 12%，比改革之初提高了 1.4 个百分点。其中，农业贷款 1.5 万亿元，占其各项贷款的比例为 46%，比改革之初提高了 6 个百分点。

第二，中国农业银行面向"三农"改革和金融服务创新取得明显成效。2007 年全国金融工作会议确定了农业银行股份制改革坚持"面向'三农'、整体改制、商业运作、择机上市"的总体原则。农业银行不断完善服务"三农"的体制机制。在试点过程中，针对"三农"贷款时间

急、金额小、用信频、期限短的特点，下沉经营重心，扩大二级分行、县支行审批权限，完善信用评级体系，创新担保方式，简化业务流程，构建向"三农"业务倾斜的内部资源配置机制，改进激励约束机制，强化风险管理，正逐步建立起一套有别于城市业务的信贷政策制度体系。为解决农民"贷款难"问题，农业银行研发了"金穗惠农卡"，该卡具有小额贷款自助、小额信贷循环使用、资金汇兑、电子化缴费、生产消费"二合一"、涉农补贴资金兑付等六大功能，手续简便，实用性较强。农业银行"三农"金融业务呈现良好发展势头。2008年1—6月，农业银行累计投放涉农贷款3 789亿元，占全行各项贷款累放额的26%。截至2008年6月底，涉农贷款余额达1.36万亿元。

第三，农业发展银行积极拓展支农领域，改善了经营状况。2005年以来，农发行积极拓展支农领域，形成了"一体两翼"的业务发展格局，由过去单一支持粮棉油购销储业务，逐步形成以粮棉油收购贷款业务为主体，以农业产业化经营和农业农村中长期贷款业务为两翼，以中间业务为补充的多方位、宽领域的支农格局。一是大力支持粮棉油收购。每年支持的粮食收购量占当年商品量的60%左右，支持棉花的收购量占当年总产量的50%以上。二是大力支持粮棉油等主要农产品和主要农业生产资料储备体系建设。三是大力支持农业产业化经营、农业小企业发展、农业科技开发，推动农业结构调整。2007年累计发放农业产业化龙头企业、加工企业和农业科技贷款1 051亿元。共对2 262户小企业累计发放贷款83亿元。四是大力支持农业农村基础设施建设，改善农业生产条件。2007年对农村基础设施建设、农业综合开发、农村流通体系建设等领域总计投放贷款520.6亿元，其中，基础设施贷款446亿元，支持项目593个。2007年，农发行信贷规模首次超过万亿元，年末贷款余额达到10 224亿元，占全部金融机构涉农贷款余额的比重为16.7%；经营利润首次突破百亿元，达到148.8亿元。

第四，邮政储蓄在农村地区开展信贷业务。邮政储蓄于2006年开始存单小额质押贷款业务的试点工作，2007年此项业务在全国推广。截至2008年6月末，在全国31个省（自治区、直辖市）2 000多个市县的 1.4 万个网点办理了小额质押贷款业务，其中，县及县以下网点 10 250 个，占全部网点总数的 73%。邮政储蓄小额贷款业务于 2007 年在河南等七省（市）试点，2008 年初在全国范围内。目前有农户联保贷款、农户保证贷款、商户联保贷款、商户保证贷款等四项贷款产品。服务对象主要是县域内的广大农户、个体工商户和私营企业主等经济主体。

第五，农业保险试点工作顺利推进。近几年，保险业在服务"三农"方面进行了积极探索，农业保险得到较快发展。2007 年中央财政首次对农业保险给予补贴，选择 6 省（区）的 5 种主要农作物开展试点，对农业保险的发展产生了重要的推动作用。6 省（区）主要农作物承保面积 1.48 亿亩，占试点地区播种面积的 70%。同时，生猪和能繁母猪保险取得明显成效，2007 年全国共承保能繁母猪 3 070 万头，超过全国存栏总量的 60%。截至 2007 年底，保险业开办的"三农"保险险种达 160 余种，保险公司服务网点基本覆盖了全国广大乡村，仅中国人寿、太平洋人寿和平安人寿三家寿险公司在县域地区的机构总数就达 4 380 多个，拥有农村网点（含保险站、所）16 087 个，网点延伸到全国大部分自然村，并培养了一大批农村保险队伍。农业保险覆盖全国 4 980.85 万（户次）农户，保险金额达到 1 126 亿元；保费收入达到 51.84 亿元，同比增长 514.95%。

（2）农村金融机构可持续发展能力逐步增强

根据中国人民银行调查统计司调查，2007 年末，全国县域金融机构不良贷款率为 13.4%，比 2004、2005 和 2006 年分别下降了 9.0、6.2 和 3.2 个百分点。其中，农业银行县域分支机构不良贷款率为 30.3%，比 2004、2005 和 2006 年分别下降了 3.7、2.6 和 0.4 个百分点；农业发展银行县域分支机构不良贷款率为 27.8%，比 2004、2005 和 2006 年分别下降了 27.9、25.9 和 17.9 个百分点；县域农村合作金融机构不良贷款率为 12.7%，比 2004、2005 和 2006 年分别下降了 12.1、3.4 和 1.4 个百分点。2007 年全国县域金融机构利润总额为 704.8 亿元，同比增长 104.8%，比上年提高 3.1 个百分点，比 2004、2005 和 2006 年分别增加 604.9 亿、523.8 亿和 353.6 亿元。2007 年全国县域金融机构资产利润率为 1.02%，分别比 2004、2005 和 2006 年提高了 0.83、0.70 和 0.45 个百分点。

2. 促进相关企业发展的效果

（1）农业产业化龙头企业综合实力增强，但整体实力仍偏低，国际竞争力仍不强

截至 2006 年底，全国各类龙头企业 71 691 个，占产业化组织总数的 46.3%，其中销售收入亿元以上的龙头企业达 4 779 家。各类龙头企业固定资产总值 9 782 亿元，占全部产业化组织固定资产总值的 74.6%，同比增长 12.3%；销售收入 24 188 亿元、净利润 1 597 亿元、创汇 263 亿美元、上缴税金 775 亿元，分别比上年增长 31.1%、35.1%、13.9%、32.2%；创汇 1 000 万美元以上的龙头企业 624 家，同比增长 28.1%，出口额 150 亿美元，占农产品出口总额的 48.3%。

但是，我国的农业产业化起步较晚，发展过程较短，还没有形成数量众多、实力雄厚的农业产业化龙头企业。目前，各地虽然已出现一些龙头企业，并且这些龙头企业确实在农业产业化过程中起较大的推动作用，但各地的龙头企业往往从地方利益出发，各自为战，没有形成有效的合作体系，有的甚至还搞地区封锁，这就限制了自身的发展。同时，各地农业企业的规模有限，相互间的竞争力有限，无法形成重组兼并的浪潮，这对农业产业化整体水平的提高非常不利。我国农业产业化的覆盖面较窄，目前只有 50% 左右的覆盖面，而发达国家中的美国、日本、荷兰等国则早已超过 80%。与国外农产品加工企业相比，我国的龙头企业规模和实力比较弱，我国最大的重点龙头企业年销售收入仅 120 亿元人民币，与世界食品加工业 50 强的几百亿美元相差很远。龙头企业的科技和质量水平明显落后，目前我国农产品加工企业的技术装备水平 80% 处于 20 世纪 70—80 年代的世界平均水平，15% 左右处于 90 年代水平，只有 5% 左右达到目前国际先进水平。

（2）中小企业发展迅速，但企业管理水平低、市场竞争能力弱、整体素质有待提高

近年来，我国中小企业快速、健康和持续发展，对经济增长的贡献

越来越大。有关资料表明,目前我国中小企业已达 4 200 万户(包括个体工商户),约占全国企业总数的 99.8%。"十五"期间,国民经济年均增长 9.5%,而规模以上中小工业企业增加值年均增长 28% 左右。截至 2006 年底,我国中小企业创造的最终产品和服务的价值占国内增加值的 58%,社会零售额占 59%,上缴税收占 50.2%,提供就业机会占 75%,出口额占全国出口的 68%。在从事跨国投资和经营的 3 万户国内企业中,中小企业占到 80% 以上,同时很多大企业都是由中小企业发展而成的,如联想、海尔、海信、华为等。

但是,中小企业普遍质素不高,技术创新不足。我国中小企业的快速发展主要是以低技术水平和外延扩张为特征,生产技术、装备水平和管理水平都比较落后。中小企业的技术创新严重不足,技术创新能力与水平不够,技术创新存在的障碍与问题较多,成为中小企业进一步发展的重要瓶颈。据有关调查,目前珠江三角洲中小企业设备的技术水平,处于国际先进水平的不到 1%,处于国内先进水平的为 41%,处于国内中等水平的为 47%,处于国内落后水平的为 11%;大部分企业对现有员工的素质和工作状态的评价一般,只有 1/3 的企业表示满意或比较满意,最缺乏较高素质的综合型人才和专业人才。

(3) 乡镇企业平稳发展,但发展环境受限、产业结构不合理、人才缺乏

改革开放 30 年来,我国亿万农民冲破了计划经济体制的束缚,实现了乡镇企业的"异军突起",使乡镇企业成为国民经济的重要组成部分、农村经济和县域经济的重要支撑力量、农民转移就业的主渠道,成为城乡经济市场化改革和"以工补农"的先导力量,起到了其他企业不可替代的重要作用,为我国解决好农业、农村、农民问题,推进中国特色农村工业化、城镇化、现代化,探索出了一条成功之路。近几年来,全国乡镇企业经济平稳发展,总量规模、结构调整、素质提升和经济效益都在稳步推进,对"三农"的贡献更加突出,在农业农村发展中依然保持重要地位。2007 年规模以上工业实现增加值 32 800 亿元,比规模以下工业增幅快 9.79 个百分点,占工业增加值的比重达 70.62%。规模

工业实现总产值 146 400 亿元，销售产值 140 900 亿元，产销率达 96.24%；实现利润 7 350 亿元，同比增长 15.69%；上交税金 3 100 亿元，同比增长 16.70%；出口交货值 23 830 亿元，占全部乡镇企业出口的 78.90%。2006 年以来，出口大省江苏、浙江、广东、山东等地的乡镇企业出口一直保持较快稳定增长，带动了全国乡镇企业出口的较快增长。截至 2007 年底，全国乡镇企业有出口企业近 16 万家，比 2006 年增加 5 000 多家，完成出口交货值 30 200 亿元，同比增长 18.88%。

尽管乡镇企业得到长足发展，但由于受交通不便、信息不畅等制约因素的影响和"三就地"原则的制约，加之缺乏科学管理与规划，致使企业布局分散，造成生产要素和资源的浪费。这种"村村点火、户户冒烟"的分散企业模式，难以形成规模经济，也给乡村带来很大的经济负担。同时，乡镇企业产业结构不合理，盲目投资现象严重。主要表现在：一是乡镇企业与城市工业结构仍然高度同构。其产业结构与城镇国有企业产业结构的相似系数达 0.721。二是产业结构层次低，以粗放增长方式的资源型企业居多。这些乡镇企业高新技术产业和名优特新产品少，一般性加工、粗加工、初加工多。特别是有些经济欠发达的中西部地区在冶金、建材、煤炭等能耗高、污染大但短期利润相对丰厚的行业，乡镇企业固定资产投资的盲目性和无序性现象更为突出。三是行业结构重复化，产业结构不尽合理。长期以来，受市场经济结构的影响，部分乡镇企业的投资行为得不到适当的改进，规划指导更是受短期利益的驱使，造成行业之间相互效仿，与农业地方优势产业相连带的企业发展甚少。另外，农村剩余劳动力是乡镇企业用工的主要来源，而欠发达乡镇的劳动力素质普遍偏低的问题十分突出，企业人员多是小学、初中文化程度，高级专家和科研人员极少，人才匮乏已经成为乡镇企业普遍存在的问题，这种状况严重制约了乡镇企业的发展。乡镇企业管理人员大都是农民出身的乡村干部，学历仅是小学或初中。乡镇企业人事管理方式陈旧落后，多数企业没有人事部门，人事工作由其他部门人员兼任。更多的乡镇企业仍实行家族式的经营管理模式。

（二）对带动"三农"发展的效果

1. 金融机构支农的效果

（1）农村地区金融服务机构网点仍显不足，难以满足"三农"对金融服务的要求

近年来，在市场化改革过程中，四家大型商业银行的网点陆续从县域撤并，从业人员逐渐精简，部分农村金融机构也将信贷业务转向城市，致使部分农村地区出现了金融服务空白。2007年末，全国县域金融机构的网点数为12.4万个，比2004年减少9 811个。县域四家大型商业银行机构的网点数为2.6万个，比2004年减少6 743个；金融从业人员43.8万人，比2004年减少3.8万人。其中农业银行县域网点数为1.31万个，比2004年减少3 784个，占县域金融机构网点数的比重为10.6%，比2004年下降了2个百分点。在四家大型商业银行收缩县域营业网点的同时，其他县域金融机构的网点也在减少。2007年末，农村信用社县域网点数为5.2万个，分别比2004、2005和2006年减少9087、4351和487个。2004—2006年，除四家大型商业银行以外的县域金融机构网点数年均下降3.7%，其中经济发达的东部地区县域金融机构网点数年均下降9.29%。

2007年，全国县域金融服务网点为12.4万个，其中县域大型商业银行机构网点数2.6万个；中国农业银行县域网点数为1.31万个，占县域金融机构网点数的比重为10.6%；农村信用社县域网点数为5.2万个，占县域金融机构网点数的比重为41.5%。（见表6-1）

表6-1　县域金融服务网点情况　　　　　　单位：个

	2004	2005	2006
县域金融服务网点总数	134 073	128 728	123 974
其中：邮政储蓄网点数	23 239	23 468	23 695
中国农业发展银行网点数	1 555	1 533	1 517
中国农业银行网点数	16 926	15 511	13 175

（续表）

	2004	2005	2006
农村商业银行网点数	535	524	505
农村合作银行网点数	1 800	2 142	2 515
农村信用社网点数	60 869	55 953	52 089
证券公司机构网点数	664	680	711
期货公司机构网点数	15	15	23
保险公司机构网点数	11 130	12 548	14 135
担保公司机构网点数	752	975	1 365
典当行机构网点数	499	602	713
其他县域金融机构网点数	16 089	14 777	13 531

资料来源：中国人民银行调查统计司。

由于县域金融机构网点和从业人员的减少，县域经济获得的金融服务力度不足。县域企业金融覆盖水平近年来虽有提高，但总体水平仍然较低。截至 2007 年末，全国有 2 868 个乡（镇）没有任何金融机构，约占全国乡镇总数的 7%。与此同时，一些农村信用社在改革过程中热衷于推动以省、市为单位组建农村信用社法人，试图取消县一级农村信用社的法人地位。实践表明，大型商业银行在农村地区提供金融服务不具备比较优势，其业务活动往往无法适应小农经济，也无法解决因严重的信息不对称而带来的高风险和巨额成本等问题。中国并不缺少大银行，但缺少贴近基层的中小金融机构，特别缺少根植于农村的微型金融组织。相对来说，贴近农户、符合农村基本需要的"小法人"更适合服务当地。从美国的情况来看，8 000 多家银行类法人金融机构中，有 5 000 多家是以县为服务范围的社区金融机构。与此相比，我国县域地方法人金融机构的数量尚显不足。

（2）各项涉农金融服务持续增长，但农村信贷资金仍显不足，与农业在国民经济中的地位不相适应

2007 年末，全国县域金融机构存款余额为 9.11 万亿元，占全国金

融机构各项存款的比重为23.4%，比2004、2005和2006年末分别增加3.36万亿、2.35万亿和1.11万亿元。分地区看，西南、中部地区县域存款增长较快，2007年西南和中部地区县域金融机构各项存款同比分别增长17.5%和16.5%。2007年末，全部金融机构涉农贷款余额为61151亿元（包括粮棉油收购贷款、农产品加工贷款和部分农村基础设施贷款），占全部金融机构贷款总额的22%，占GDP的比重为24.8%。

根据不同用途划分，2007年末，全部涉农贷款中农林牧渔业贷款余额为15 055亿元，占涉农贷款比重为24.6%；其他涉农贷款余额为46 096亿元，占涉农贷款比重为75.4%。（见表6-2）

表6-2 按用途划分的金融机构涉农贷款总量统计表 (2007-12-31)

单位：亿元

涉农贷款	61 151
农林牧渔业贷款	15 055
其他涉农贷款	46 096
其中：农用物资和农副产品流通贷款	10 394
农村基础设施建设贷款	5 633
农产品加工贷款	4 472
农业生产资料制造贷款	1 810
农田基本建设贷款	522
农业科技贷款	174
其他	23 091

资料来源：中国人民银行调查统计司。

按照承贷主体划分，2007年末，全部涉农贷款中农户贷款余额为13 399亿元，占涉农贷款比重为21.9%；企业贷款余额为42 063亿元，占涉农贷款比重为68.8%；各类非企业组织贷款余额为5 689亿元，占涉农贷款比重为9.3%。（见表6-3）

表6－3 **按承贷主体划分的金融机构涉农贷款总量统计表** （2007－12－31）

单位：亿元

项目	余额
涉农贷款	61 151
农户贷款	13 399
企业贷款	42 063
农村企业贷款	32 531
其中：农村中小企业贷款	17 390
城市企业涉农贷款	9 533
各类非企业组织贷款	5 689
农村各类组织贷款	4 455
城市各类组织涉农贷款	1 234

资料来源：中国人民银行调查统计司。

按照发放机构划分，2007年末，国有商业银行涉农贷款余额22 282
亿元，占全部涉农贷款的比重为36.4%；政策性银行涉农贷款余额为12
862亿元，占全部涉农贷款的比重为21%；农村合作金融机构涉农贷款
余额为20 850亿元，占全部涉农贷款的比重为34.1%。（见表6－4）

表6－4 **按发放主体划分的金融机构涉农贷款总量统计表** （2007－12－31）

单位：亿元，%

机构	本外币余额	占比
金融机构	61 151	100.0
国有商业银行	22 282	36.4
政策性银行	12 862	21.0
股份制商业银行	3 964	6.5
城市商业银行	1 070	1.7
农村合作金融机构	20 850	34.1
农村信用社	16 746	27.4
农村商业银行	1 288	2.1
农村合作银行	2 816	4.6
其他机构	123	0.2

注：其他机构包含财务公司、城市信用社、邮储银行等。

资料来源：中国人民银行调查统计司。

根据表6-5，从2000年以来，各金融机构发放的农业贷款总额不断增长，农业贷款所占比重也逐年增长。但农业贷款的所占的比重仍然很低，这与农业在国民经济中的地位不相适应。

表6-5 2000—2006年金融机构人民币贷款情况 单位：亿元，%

年份	各金融机构各项贷款总额	贷款总额增长比例	各金融机构农业贷款总额	农业贷款增长比例	农业贷款所占比重	农业增加值占GDP比重
2000	99371.07	—	4 888.99	—	4.92	15.1
2001	112 314.7	13.03	5 711.48	16.82	5.09	14.4
2002	131 293.93	16.90	6 884.58	20.54	5.24	13.7
2003	158 996.23	21.10	8 411.35	22.18	5.29	12.8
2004	177 363.49	11.55	9 843.11	17.02	5.55	13.4
2005	194 690.39	9.77	11 529.93	17.14	5.92	12.5
2006	225 347.2	15.75	13 208.19	14.56	5.86	11.7

数据来源：根据2000—2006年《中国统计年鉴》整理。

（3）农村资金外流现象严重

农村资金外流的渠道主要是各金融机构在农村吸收储蓄存款再转投向农业以外的其他行业。农村经济发展中的金融资源配置本来就十分稀缺，需要紧急"输血"，及时补偿，而一些国有商业银行大量撤并临近农村地区的机构和网点，保存下来的一些机构或网点，只存不贷或多存少贷，把从农村吸收的资金大部分上存，已基本变成了其上级机构的资金"吸存器"，致使大量的农村资金流出农村，转移到城市或发达地区或非农部门，导致农村资金严重缺失。1999—2003年全国农村存、贷款顺差越来越大，而回投农村的存贷比却越来越小，由1999年的82.09%下降为2003年的69.65%，2000—2003年的四年间农村资金通过金融机构外流金额累计达4613亿元。（见表6-6）

表 6 - 6 1999 - 2003 年农村资金通过金融机构外流额度

单位：亿元；%

年份	1999	2000	2001	2002	2003
农村存款余额①	13 343.6	14 998.2	16 904.7	19 170	23 076
农村贷款余额②	10 953.7	10 949.8	12 124.5	13 696.9	16 073
存贷差	2 389.9	4 048.4	4 780.2	5 473.1	7003
存贷比	82.09%	73%	71.72%	71.45%	69.65%
资金外流额③		1 658.5	731.8	692.9	1529.9

资料来源：根据相关年份《中国金融年鉴》整理。

注：①农村存款余额由农户储蓄存款与农业存款余额构成；②农村贷款余额由乡镇企业贷款与农业贷款余额构成；③资金外流额为当期存贷差与上期存贷差的差额。

（4）农业贷款与农业产出趋势一致，总量高但效率低

从国际比较看，我国农业增加值占 GDP 的比重为第三位，但农业贷款占总贷款的比重、农业贷款占农业增加值的比重、农业贷款占 GDP 的比重三项指标在样本国家中名列第一。（见表 6 - 7）

表 6 - 7 2000—2004 年有关国家农业、农业贷款情况比较 单位：%

	中国	印度	印尼	马来西亚	菲律宾	泰国	德国	英国
农业增加值/GDP	15.4	23.3	17	9.2	14.9	9.3	1.2	1
农业贷款/全部贷款	13.6	10.1	6.3	2.5	5	2.5	2.5	0.7
农业贷款/农业增加值	108	13.9	8.2	33.8	13.5	20	—	33.3
农业贷款/GDP	16.6	3.3	1.3	1.8	1.8	2.2		0.8

资料来源：世界银行统计数据库、CEIC 数据库和人民银行调查统计。

一是农业贷款占总贷款的比重。我国农业贷款占总贷款的比重，2000—2004 年平均为 13.6%。印度为 10.1%，印尼为 6.3%，菲律宾为 5%，马来西亚、泰国、德国均为 2.5%，英国为 0.7%，我国农业贷款占总贷款的比重名列第一，说明我国对农业的金融投入是比较高的。

二是农业贷款占农业增加值的比重。我国农业贷款占农业增加值的比重，2000—2004 年平均为 108%。马来西亚为 33.8%，英国为 33.3%，泰国为 20%，印度为 13.9%，菲律宾为 13.5%，印尼为 8.2%。我国的金融投入是马来西亚、英国的 3 倍，泰国的 5 倍，印度的 7.8 倍。从趋势上分析，其他国家农业贷款占农业增加值的比重在逐步走低，而我国却逐步走高，1994 年只有 52.55%，1999 年就到了 104.75%，最高的 2003 年达到了 113.72%，也就是说仅农业贷款一项，投入的数额已高于农业产值的数量。对此，研究人员认为，只增加贷款，而不改变农业生产方式、提高农业生产效率，只能使商业化程度日益加强的金融机构大大降低的放贷意愿，不敢或者不愿意放贷。

三是农业贷款占 GDP 的比重。我国农业贷款占 GDP 的比重，2000—2004 年平均为 16.6%。印度为 3.3%，马来西亚为 3%，泰国为 2.2%，菲律宾为 1.8%，印尼为 1.3%，英国为 0.8%。这同样说明，我国农业贷款占 GDP 的比重仍然高居榜首。

这说明，我国的金融投入并不少，但效率却不高，农业领域对金融资源的消耗较大是一个现实问题。而农业生产效率不高又直接导致了近年来农业贷款的下降，因此，需要进一步深化经济体制改革，从提高农业经济生产效率上下工夫，进而提高金融机构贷款的效率。

（5）农村信贷需求满足率不高

农村信贷需求的主体包括普通农户、种植和养殖大户、农业产业化龙头企业和其他涉农企业。多数乡镇企业也与农业生产和农村经济有密切的联系。农村信贷需求主要分两类：第一，生产性借贷，又可以分为两个层次：一是量大面广的农户为了维持农业简单再生产而产生的借贷需求；二是随着农村经济结构调整以及农业和农村经济向规模化、多元化和产业化发展，机械化程度提高，农户、种养大户和农村企业对金融的需求不断增强。农业综合开发、农村扶贫、农村基础设施建设等都需要金融的支持。第二，消费性借贷，主要是农户因为盖房、看病、婚丧嫁娶、子女教育而产生的借款需求。

从信贷的具体情况看：农民的消费性借贷主要依靠民间借贷解决。

购买化肥、种子、农药等简单再生产的资金需求主要依靠信用社的农户贷款解决（包括农户小额信用贷款和联保贷款），满足程度相对较高。种养大户、产业化龙头企业和其他涉农企业扩大再生产贷款难，满足程度不高。金融机构提供的金融服务与农民对金融的需求相比还有很大差距。根据国家统计局农调队对农户固定调查点进行的抽样调查，多数农户从银行和信用社得到贷款难度较大。2000—2003 年，农民每人每年从银行和信用社借入资金 65 元，通过民间借贷借入 190 元，分别占借入资金总量的 25% 和 75%。据湖南农调队对全省 3 700 户农户的抽样调查，2003 年从银行和信用社得到贷款的农户有 218 户，所占比例仅 5.9%；据江西省农调队对全省 2 450 户农户的抽样调查，2003 年有 574 户有借贷行为，占 23.4%，其中从银行或信用社得到贷款的有 120 户，占被调查农户的 4.9%；从 2001—2003 年，从银行或信用社得到的贷款仅占农户总借贷收入的 13%—23% 左右，而民间贷款所占比重为 76%—86%。据安徽省农委从农村调查点了解的情况，2003 年农民户均借款中，来自银行、信用社的占 12.6%，来自民间借贷的占 83.5%。

（6）农业保险、信贷抵押担保等发展尚不能满足农民需求

当前农业保险的规模与农村经济对农业保险的需求不相称。2007 年，农业保险保费收入仅 51.8 亿元，承保农作物 2.31 亿亩，大小牲畜 5 771.39 万头（只），家禽 3.25 亿羽（只），仅能够为农业生产提供 1 126 亿元风险保障。农业保险作为促进农村经济平稳发展，推动农村金融市场深化的重要工具，是农村金融不可缺少的组成部分。农业保险发展滞后，一方面，导致"三农"经济收入平稳增长缺乏保障；另一方面，也导致农村金融市场的信贷风险较高。缺乏抵押担保物品是农民贷款难的重要原因之一。如何利用部分财政资金引导农村开展抵押担保创新是一个值得探索的问题。国际上，如荷兰等国家采取财政出资建立担保基金等形式，促进农村信贷发展；美国通过以农产品保护收购价格作为计价基础，要求信贷部门可以用农产品进行抵押担保。我国应借鉴国际经验，大力推动农村信贷抵押担保创新。

此外，我国农村金融生态环境还需进一步完善。与农村金融发展相

联系的公共基础服务设施建设等改革没有进行到位，在一定程度上制约了农村金融服务的发展。目前农村信用主要以农户为主，针对农村经济合作组织、专业协会等组织平台的信用建设仍在探索；在农村大量劳动力流动的情况下，如何针对农民工群体建立相应的信用体系，发挥金融支持农民工创业等，还需要进一步研究。

2. 企业支农的效果

（1）增加农民收入的绩效

第一，农业产业化拓宽了农民增收渠道。到 2006 年底，全国各类农业产业化组织总数达 154 842 个，全国参与产业化经营的农户达 9 098 万户，占全国农户总数的 36.7%；从事产业化经营农户年户均增收 1 486 元；各类产业化组织从业人数 3 891 万人，其中龙头企业从业人数 2 230 万人，占产业化组织从业人数的 57.3%。在各类产业化组织与农户的联结方式中，合同方式占 57.7%，合作方式占 15.3%，股份合作方式占 15.1%，其他方式占 11.9%，农户与龙头企业之间的利益联结方式进一步规范和完善。在合同关系中，订单关系达到 68 305 个，占总数的 44.1%；订单总额 4 445 亿元，订单合同履约率达 86.5%。

第二，在农村剩余劳动力转移就业方面取得了重大成就。根据国家统计局资料，2007 年农业就业人数占全国就业总人数的比重为 40.8%，比 1978 年的 70.5% 下降了 29.7 个百分点，1978—2007 年约有 2.28 亿名农业劳动力转移到第二产业和第三产业。而抽样调查的结果显示，农业劳动力实际转移出来的人数要比上述数据大得多。根据国务院发展研究中心对全国 17 省区 2 749 个行政村 2005 年劳动力就业情况的调查，在农村劳动力中，有 21.06% 从事本地非农产业，26.51% 外出打工，只有 52.43% 从事传统农业，从事传统农业的劳动力比例比国家统计局数据低 17.61 个百分点。如果全国按照这一比例计算，则 2005 年农村 4.85 亿名就业人员中，农业就业人数为 2.54 亿人，而非农产业就业人数为 2.31 万人（其中本地非农就业劳动力 1.02 亿人，外出打工劳动力 1.29 亿人）。考虑到转移到非农产业的农村劳动力中有一部分人就业不足 3 个月，实际非农产业就业人数应少于 2.31 亿人。国务院研究室根据农村劳动力外出打工人数和在本地乡镇企业就业人数推算出 2004 年转移人数是 2 亿人，这一数字也为多数研究者认同。以此为基数，加上 2005 年以后转移到非农产业就业的农业劳动力，粗略估算，2005 年农村劳动力中，已转移和未转移的人数分别约为 2.1 亿人和 2.7 亿人左右。2007 年 4.7 亿名农村劳动力中，已转移和未转移人数分别约为 2.3 亿人和 2.4 亿人。

第三，乡镇企业的发展开创了农民就业新路。乡镇企业的出现和发展革命性地开创了农民在农村就地就近就业的新路子。到 2007 年，乡镇企业从业人员达 15 090 万人，占农村劳动力总数的 29.13％％，比 1978 年的 9.23％提高了 10 个百分点，极大地缓解了我国的就业压力，优化了农村劳动力结构，同时为农业适度规模经营、提高劳动生产率创造了条件。继联产承包解决温饱之后，乡镇企业成为实现农村小康生活的另一把钥匙。到 2007 年乡镇企业支付职工工资达 13 700 亿元，农民人均从乡镇企业获得收入 1 420 元，比 1978 年的 10.74 元增加了 130 多倍，占农民人均纯收入的 34.8％，比 1978 年的 8％上升了 26 个百分点，大大加快了农民致富奔小康的进程。

第四，企业的吸纳剩余劳动力的能力有减弱趋势。中小企业、民营企业一直是吸纳农民工就业的主力军。从 20 世纪 90 年代末开始，蓬勃发展的民营中小企业创造了 80％以上的新增就业岗位，吸纳了从农村流入城市的 1 亿多农民工。但由于以下三个方面的原因，导致这些企业吸纳剩余劳动力的能力有减弱趋势。首先，乡镇企业吸纳能力减弱。乡镇企业资本有机构成不断提高，资金趋密，就业弹性明显下降；政府从宏观利益出发加强对乡镇企业的规范管理，大量易造成各类污染的"五小"乡镇企业和资源型小乡镇企业被强制关闭，减少了乡镇企业从业人员；乡镇企业深化体制改革，在调整自身结构过程中，实行减员增效。其次，城市失业人口增加，制约对农民工的吸纳。20 世纪 90 年代以来，伴随城市大规模的产业结构调整，国有企业的改革和政府机构的精简，城市失业率剧增，城市高失业率的存在使得农村劳动力向城市转移或流动渠道受阻。原国家劳动和社会保障部部长田成平 2006 年 9 月 15 日介绍说，今后几年，中国城镇每年需要就业的人口都将超过 2 400 万人，而新增的就业岗位加上自然减员也只有 1 100 万个，供大于求的缺口，在 1 300 万个以上，矛盾十分尖锐。最后，中小企业抗风险能力不强。一场金融危机，让中小企业倒下了一片。中小企业不到一年倒闭这么多，从经济结构上解释，是生产能力过分依赖出口，融资困难及缺少公平的市场竞争环境，使中小企业、民营企业缺乏足够的资产抵御危机，借贷极为不易，这也成为制约中小企业生存壮大的结构性因素。有资料表明，中小企业获得的贷款只占 10% 至 15% 左右，享受政府补贴只有 5%，受到风险投资的青睐只有 1/1000。而政策的不稳定性也使中小企业受挫，拿政府制定出口退税率政策来说，这项政策不仅缺乏稳定性，而且缺乏预测性和瞻前性。2006 年、2007 年连续两次出口陶瓷退税率大下调：从 13% 降至 8%，从 8% 降至 5%。且这两次下调的幅度最大，间隔时间最短。过去出口 1 000 美元的陶瓷产品退税大约有 560 元人民币，后来下调到 100 元左右。这种大下调，业内人士称之为陶瓷业的大"地震"。这就使得一些企业不得不停产和关闭。2008 年金融危机发生了，国家相应提高出口退税，但不少企业已经受挫关闭、裁员。

第五，企业还没有成为农民工稳定就业的渠道。从农民工就业的主要渠道来看，临时用工性质阻碍了农民工的城市化。据劳动和社会保障部 2005 年快速调查显示，农民工主要分布在制造业、建筑业、住宿和餐饮业、批发和零售业、居民服务业等重点行业。其中制造业占 27%、建筑业占 26%，住宿和餐饮业占 11%，批发和零售业占 12%，居民服务和其他服务业占 9%，其他行业占 15%。国家统计局的调查也表明，2004 年外出务工的农村劳动力从事制造业的占 30%，从事建筑业的占 23%，从事社会服务业的占 10%，从事住宿餐饮业的占 7%，从事批发零售业的占 5%。中国海员建设工会全国委员会提供的最新调查显示，我国建筑业农民工队伍约 4 000 万人，占全国农民工总数的三成以上，占建筑业一线人员的九成以上。据河北省劳动保障厅调查，从事制造、建筑的农民工占 47.3%，建筑业占到了全部外出农民工的 32.7%。广西南宁农民工的行业中，建筑业约占 86%。农民工现阶段主要就业的行业，大都属于临时用工性质，从而农民工的就业极不稳定，从而影响了农民工融入城市的程度。

第六，剩余劳动力转移的任务还任重道远。国务院研究室2004年的估计我国农业剩余劳动力仍有1.2亿—1.3亿人。随着近几年劳动力转移的进展，目前农业劳动力中，剩余劳动力约有9000万—1.1亿人左右，这一数字是基于我国目前农业劳动生产力和机械化水平还比较低的水平上作出的估计。从长期来看，我国农业劳动生产力和机械化水平会进一步提高，需要的农业劳动力会进一步减少。假定农业机械化基本实现，农业劳动力比例10%计算，则农村劳动力约富余1.7亿人。按照近几年每年转移约1 000万名农业劳动力的速度，还要17年左右的时间才能转移完毕。可见，我国农村劳动力转移任务仍然十分艰巨。近几年，我国沿海部分地区的部分行业出现了"民工荒"现象，但是总的来看，目前农村劳动力仍然大量富余，劳动力市场总量上仍然处于供过于求状态。部分地区的部分行业出现的农民工短缺，主要是劳动力市场的结构性矛盾。调查显示，2007年企业春季用工需求中，87.7%的新增岗位要求具有初中以上的文化程度，其中23.8%的岗位要求达到高中以上文化程度；37.3%的岗位需要初级工以上的技能水平，其中9.2%的岗位需要达到中级工以上的职业资格；90%以上的岗位对新员工的年龄有要求，其中58.2%的岗位要求年龄在18—25岁之间，岗位要求年龄在26—35岁之间的占28.7%，岗位要求年龄在36岁以上的占3.4%。而实际农村劳动力的文化素质、年龄结构与企业需求有较大差距。在农村劳动力中，文盲率为7.8%，小学文化人员比重为30.9%，初中文化人员比重为42.3%，而高中文化人员比重只有13.5%；有45.3%的人没有接受过任何培训，25%的人只接受过不超过15天的简单培训，接受过正规培训的人员仅占13.1%。另外从区域来看，农民工短缺主要发生在东部的部分地区，广大中西部地区农村劳动力仍然供过于求。

（2）促进农业发展的绩效

第一，农业产业化提高了基地综合生产能力。截至2006年底，各类产业化组织带动种植业生产基地10多亿亩，带动养殖水面9 570万亩,带动牲畜饲养量 14.6 亿头,带动禽类饲养量 113.4 亿只。通过以龙头企业为主体的各类产业化组织的带动,各类生产基地的专业化、规模化和标准化水平不断提升。全国无公害农产品生产基地面积达 3.5 亿亩,绿色食品生产基地面积 4 040 万亩。

第二,各具特色的农业产业化发展格局已初步形成。各地结合实际,把农业产业化与壮大县域经济、推进小城镇建设有机结合起来,积极引导龙头企业向工业园区集中。特别是全国优势农产品区域布局规划实施后,一批国家重点龙头企业开始将基地建设和加工项目向优势农产品区域转移,各地在农业产业化经营的扶持项目安排和龙头企业布局上,也积极引导向优势产业和优势区域集中。沿海地区和大城市郊区结合加快外向型农产品产业带建设,推动了出口型农业产业化快速发展;中部地区结合建设粮棉油等优质专用产品产业带,加快了大宗农产品型农业产业化发展;西部地区结合培育特色优势产业带,大力推进特色型农业产业化发展。目前,已经初步形成了东中西分工协作,出口型、大宗农产品型和特色型共同发展的农业产业化格局。

第三,农产品加工业继续稳定发展,但农产品生产、加工、流通的产业链仍较短。农产品加工业是农业产业化的重要环节,也是乡镇企业重要的优势特色产业,近年来总体呈现快速增长的态势。2007 年全国乡镇规模以上农产品加工业完成增加值 10 200 亿元,同比增长 16.42%;其中食品工业,包括农副食品加工业、食品制造业和饮料制造业,增加值 3 200 亿元,同比增长 16.49%,农产品加工业增加值占规模工业的比重达到 31.48%。数据表明,农产品加工业已成为乡镇工业的主要行业和重要增长点。但另一方面,农产品生产、加工、流通的产业链仍较短。从横向看,产品研发能力低,新开发产品少,农产品专用程度和品质不能满足加工业的需求。从纵向看,产品加工深度不够,加工转化和增值率低。我国农产品加工率只有 40%—50%,其中二次以上深加工仅20%,而发达国家的农产品加工率一般在 90% 以上。

（3）促进农村发展的绩效

第一，农村剩余劳动力的大规模转移对增加农民收入、农村产业结构调整、加快农村城镇化和农村全面建设小康起到了巨大的推动作用。统计数据表明，近几年农民收入增长主要靠外出务工，劳务收入成为农民增收的主要来源，占到当年农民收入增量的1/3到1/2，农民工输出大省四川省农村劳动力为3 800万人，2007年四川省转移农村劳动力2 000万人，全省实现工资性劳务收入1 077亿元，全省农民人均劳务收入1 631.8元。农民收入的增加不仅提高了农民的消费水平，增强了全社会的消费能力，而且缓解了农村资金紧缺的矛盾，为农村经济的发展积累了大量的资金。更为重要的是，农村剩余劳动力转移使劳动者的价值观念、思维习惯、生活方式都发生了明显的变化，增强了适应市场需求自我创业、就业的能力。不少农民学到了技术和管理知识，积攒了资金回乡创办企业，促进了农村商品经济的发展。同时，大量农村剩余劳动力转移出去，缓解了农村人多地少的矛盾。他们原来承包的土地尤其是全家迁出后抛荒的土地，可以调配给种田能手，有利于优化土地资源配置，实现土地规模经营，从而为农业机械化创造条件。农村剩余劳动力转移促进了劳动力市场的发展，带动了农村其他要素市场的发展，从而推动了农村市场经济的发展。通过农业劳动力向非农生产经营领域转移，还直接促进了农村非农产业和农村工业的发展，从而有效地改变了农村现有的产业结构，推动了农村经济总量的扩张。广大农民进厂、进城务工，为第二、三产业发展提供了充足的劳动力。

第二，乡镇企业的发展改变了农村经济格局。我国乡镇企业的发展深刻地改变了农村经济单纯依靠农业发展的格局。1978年，社队企业总产值只相当于当年农业总产值的37%左右。到1987年，即乡镇企业发展的第一个"黄金时期"，乡镇企业中二、三产业产值合计增加到4 854亿元，这相当于农业总产值的104%，首次超过了农业总产值。这是中国农村经济发展史上的一个里程碑，它标志着中国农村经济已经进入了一个新的历史时期。到2007年，乡镇企业增加值已占农村社会增加值的68.68%，成为支撑农村经济最坚实的支柱。

第三，农村第三产业发展加快，农村商业空前繁荣。乡镇企业投资第三产业特别是农村旅游服务业的力度加大，以观光、旅游、度假和农村流通业为主要内容的新型农村服务业方兴未艾，发展迅速。在沿海发达地区和大中城市郊区农村，统一进货、统一配送的超市和便利店如雨后春笋般出现，农村商业空前繁荣。

第七章 "补农"主体联动存在的问题及其原因

一、"补农"总体效果问题及其归因

（一）"补农"总体效果存在的问题

1. "三农"问题恶性循环尚未打破

"三农"问题的困难在于各种问题交错在一起，相互影响，相互制约。农产品供给问题制约农民收入问题和农村发展问题，农民收入问题制约农产品问题和农村发展问题，农村发展问题制约农产品供给问题和农民收入问题。就目前来讲，由于长期以来形成的各种复杂问题交织在一起，相互制约所形成的恶性循环没有打破，农产品供给问题、农民收入问题和农村发展问题都没有建立起稳定有效地解决机制。

首先，就农业来讲，尽管主要农产品供求总量基本平衡，但由于农业组织化程度低、技术水平落后，农业科技成果转化缺乏有效的路径，农业的根基仍然很脆弱。这些问题导致农业经营效益难以提高，非农资本进入农业受到制约，从而也影响了国家解决农业剩余劳动力转移的信心和决心，进一步制约了农民收入问题的解决。

其次，就农民来讲，尽管剩余劳动力转移的政策障碍已基本消除，但缺乏相应的就业和社会保障，农民的城市就业具有极强的临时性。据劳动和社会保障部 2005 年快速调查显示，农民工主要分布在制造业、建筑业、住宿和餐饮业、批发和零售业、居民服务业等重点行业。其中制造业占27%，建筑业占26%，住宿和餐饮业占11%，批发和零售业占12%，居民服务和其他服务业占9%，其他行业占15%。国家统计局的调查也表明，2004年外出务工的农村劳动力从事制造业的占30%，从事建筑业的占23%，从事社会服务业的占10%，从事住宿餐饮业的占7%，从事批发零售业的占5%。中国海员建设工会全国委员会提供的2006年调查显示，我国建筑业农民工队伍约4 000万人，占全国农民工总数的三成以上，占建筑业一线人员的九成以上。据河北省劳动保障厅调查，从事制造、建筑的农民工占47.3%，建筑业占到了全部外出农民工的32.7%。广西南宁农民工的行业中，建筑业约占86%。据国家统计局重庆调查总队对2008年底重庆市1 800户农民家庭抽样调查显示，重庆市农民工依然集中于一、二、三产业中技术要求不高、就业门坎较低、人员容量大的劳动密集型行业。有61.4%的农民工从事二产业，38.0%的农民工从事三产业。其中：从事制造业占33.6%；建筑业占22.4%；居民服务和其他服务业占11.2%；批发零售业占7.2%；住宿餐饮占6.5%。需要较高文化和较丰富经验的文化教育、公共管理、技术服务等行业仅占农民工总数的4.9%。农民工现阶段主要就业的行业，大都属于临时用工性质，从而农民工的就业极不稳定，限制和影响了农民工融入城市的程度。农民很难在城市扎下根，农村土地仍是绝大多数农民的安身立命之所，这就制约了国家在农村土地改革方面难下决心。

再次，受到农业问题和农民问题的制约，农村想要大的突破，显著的问题是受到了产业和资金的支撑不足。尽管近年随着新农村建设的推进，农村社会经济有了一定的改善，但其突破的难度相当大，一个依靠落后的农业和科技文化素质不高的农民支撑的农村建设，最关键的是还有大量的人力物力向城市转移，同时又缺乏新鲜血液的补充，其发展可想而知。

最后，农村发展滞后，又进一步制约农业和农民的发展。

2. 在"以工补农"的大背景下，"三农"利益仍存在严重隐性流失

在面临严重发展困境的时候，尽管有了国家的倾向性政策，但"三农"的利益仍存在严重的隐性流失使得"三农"困境雪上加霜。在传统剪刀差流失方式还没有完全消失的情况下，又增加三种主要的"三农"利益流失方式。

其一，农民工工资待遇受到歧视。一是劳动时间长，劳动强度大。国家统计局2004年所做调查显示，不少地方农民工每天工作时间在11个小时左右，每月工作时间26天以上。珠三角农民工每天工作在12至14个小时者占46%，没有休息日的占47%。农民工双休日、节假日不能休息已经司空见惯，女性农民工基本没有享受产假待遇。二是收入水平低，增长缓慢。据有关调查，2004年农民工月工资在500—800元，农民工月平均收入不到城镇职工平均工资水平的60%。农民工的实际劳动小时工资只相当于城镇职工的1/4。据有关资料，近10多年来，农民工工资收入基本上没有提高，珠三角地区农民工工资过去12年间仅提高了68元，扣除物价上涨因素，实际是负增长。（国务院研究室课题组，2006）

其二，各金融机构在农村吸收储蓄存款再转投向农业以外的其他行业。农村经济发展中的金融资源配置本来就十分稀缺，需要紧急"输血"，及时补偿，而一些国有商业银行大量撤并临近农村地区的机构和网点，保存下来的一些机构或网点，只存不贷或多存少贷，把从农村吸收的资金大部分上存，已基本变成了其上级机构的资金"吸存器"，致使大量的农村资金流出农村，转移到城市或发达地区或非农部门，导致农村资金严重缺失。1999—2003年全国农村存、贷款顺差越来越大，而回投农村的存贷比却越来越小，由1999年的82.09%下降为2003年的69.65%，2000—2003年的四年间农村资金通过金融机构外流金额累计达4 613亿元。

其三，农村土地征用中的利益流失。随着城市化的进一步发展，大量农村集体土地被征用。而在征用过程中，与一些地方政府获得高额土地出让金形成鲜明对比，同期农民获得的征地补偿费却极少，一些市、县、区的土地出让金收入已经占到财政收入的一半，有的作为预算外收入甚至超过同级同期的财政收入。浙江省一项调查表明，如果征地成本价是100%，被征土地收益分配格局大致是：地方政府占二至三成，企业占四至五成，村级组织占近三成，农民仅占5%至10%。从成本价到出让价之间所生成的土地资本巨额增值收益，大部分被开发商或地方政府所获取。一些地方甚至截留、挪用征地补偿费。据国土资源部调查，浙江省上虞市2000年土地出让收入2.19亿元，其中征地补偿费只有591万元，仅占卖地进账的2.7%。（陈芳、张洪河2004）随意将农地改为经营性用地成为少数官员、部门寻租的一个主要途径。国家在损失的土地出让金中，一方面是被征地农民只能得到低额的补偿费，另一方面则是土地"倒爷"和开发商从中大发横财。

3. 城乡收入差距不仅没有缩小，反而拉大

毫无疑问，中央一系列"惠农"、支农政策的贯彻落实已经产生了很好的效果。但是，我国"三农"问题并没有得到真正的缓解，有些方面甚至更为突出。农业可持续发展和农产品有效供给的不稳定因素仍未根本消除，农村基础设施建设和公共品供给缺口的历史欠账仍未有效弥补，城乡居民收入差距却在继续拉大，2004—2007年，农村居民人均纯收入连续四年达到6%以上的增幅，但城乡居民收入比却由2004年的3.21:1进一步攀升到2007年的3.33:1，绝对差距也是改革开放以来的最大值。

产值份额和就业份额的差距大致反映了不同产业的收益差距。（表3-6，图7-1）1978年，我国第一产业的产值与就业份额绝对差为42.3%，也就是70.5%的人创造和分享了28.2%的产值，2008年，这一绝对差为28.3%，也就是39.6%的人创造和分享了11.3%的产值。尽管绝对差缩小了，但由于基数在不断变化，更能准确地反映这种差距的是产值与就业份额比，其含义为该产业人均创造或享受的产值是社会平均值的比重。1978年第一产业的产值与就业份额比为0.4，即第一产业就业人员所创造或享受的产值相当于社会平均水平的40%，但这一水平在逐年下降，2008年第一产业的产值与就业份额比为0.29，即第一产业就业人员所创造或享受的产值相当于社会平均水平的29%。而这一趋势与直接反映城乡收入差距的城乡收入比的趋势基本吻合。

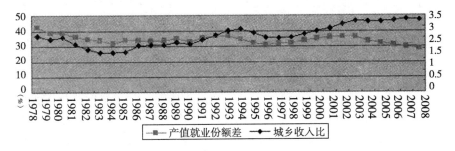

图 7－1　1978—2008 年第一产业产值就业份额差与城乡收入比

第一产业的产值份额与就业份额的差距及其趋势反映了四个方面的问题。

第一，尽管产值份额与就业份额的绝对差总体上在缩小，但由于基数本身在缩小，产值份额与就业份额的相对差，即第一产业就业人员所创造或享受的产值与社会平均水平的差距总体上在扩大，从而城乡收入差距总体上不断扩大。

第二，尽管产值份额与就业份额的绝对差总体上在缩小，但缩小的程度并不大。改革开放之初的三年平均水平为 39%，此后不断下降，到 1984 年已经下降到 31.9%，但这之后又开始上升，并基本上在 36% 至 30% 之间波动，2003 年曾达到 36.3%，而 2006 年为 30.9%。

第三，长期以来产值份额与就业份额难以缩小的绝对差一方面揭示了城乡收入差距不断扩大的原因，另一方面说明了第一产业存在大量过剩劳动力，并且存在严重的障碍阻碍了这些剩余劳动力的转移。

第四，2003 年以来产值份额与就业份额的绝对差迅速下降，但城乡收入差距却继续扩大，即在产值与就业份额比总体趋势与城乡收入比总体趋势性质基本吻合的情况下，产值与就业份额绝对差的短期趋势性质与城乡收入比的短期趋势性质出现了相反的情况，也就是说，在第一产业剩余劳动力不断转移的情况下，城乡收入差距仍在扩大，这种情况是过去没有发生过的现象。

通过对农民增收渠道以及改革开放以来农村剩余劳动力转移和城乡居民收入差距的关系的分析，认为增加农民的非农业收入将是未来农民增收的主要方式。从而农村剩余劳动力的转移能够增加农民收入。但同时也发现，尽管在限制政策松动的初期，农村剩余劳动力的转移与收入差距的缩小有正相关关系，但最近几年，大规模的剩余劳动力转移，却未能缩小城乡收入差距。我们认为，这主要是由于剩余劳动力长期转移不畅导致城乡收入差距没有有效地解决，其矛盾越积越深，现在尽管剩余劳动力转移的硬性障碍已不存在，大规模的向非农产业和城市转移，但长期收入差距所累积的城乡居民在教育程度和综合素质以及其他发展基础上的差距已难以缩小，同时进城的农民工利益缺乏保障也是其重要原因之一。这些因素是阻碍城乡收入差距缩小的新问题。

（二）"补农"主体联动状况对总体效果的制约

根据对现有"以工补农"效果的分析，我们发现，"以工补农"问题并不是单纯的一个投入力度问题。"以工补农"作为一项涉及众多主体的庞大系统工程，除了投入力度外，由谁来投，通过什么渠道来投，投到什么地方，各类主体在"补农"过程中如何分工、如何配合，都是非常关键的问题。这些问题如果处理不好，再多的钱都可能产生不了好的效果。这些问题实际上就是在"补农"过程中个"补农"主体的协作和分工的问题，也就是"补农"主体联动的问题。具体的"补农"主体联动状况之所以会影响"以工补农"效果，主要原因在于，一方面由于在市场经济体制下"补农"政府的作用主要需要通过市场机制来实现，从而"补农"需要各种主体的协作和配合；另一方面，由于各主体性质各异，行为内容和行为特征不同，造就了其发挥作用的方式和能够发挥的作用有较大的差别，从而在具体"补农"过程中，各主体之间应存在基于不同性质的任务分工。如果协作分工关系没有处理好，没有良好有序的联动，"补农"效果将大打折扣。

"以工补农"过程中的主体联动主要包括各主体的积极参与、协调配合和任务分工。其问题主要包括协作缺失和分工偏误。

1. 各主体协作缺失对总体效果的制约

根据现有"以工补农"的效果，各主体缺乏协作主要从三个方面制约"补农"的效果。

(1) 各主体协作缺失制约了"三农"问题恶性循环的破除

"三农"问题中几个基本问题相互制约的恶性循环是"三农"问题难以破解的重要原因之一。农产品供给问题、农民收入增长问题和农村基础设施建设问题相互影响、相互制约,要求在"以工补农"的过程中,各相关主体针对这些问题协作配合、多管齐下。如果强调了农产品供给问题,忽视了农民收入问题,不仅农产品供给长效机制无法建立,农民收入问题会更加困难。从现有"以工补农"及其总体效果来看,各主体并没有形成合力。由于政府的农业基础设施投资补贴和农业经营的直接补贴,农产品供给已经到达了总量基本平衡的状况。但由于农民收入增长问题缺乏相关市场主体的支持,农民收入增长的长效稳定机制没有建立起来,农产品供给主要依赖农民分散经营的状况没有得到显著改善,从而制约了农产品稳定供给所依赖的农业现代化发展严重滞后。同时尽管国家在农村基础设施上进行了大量的投入,但由于缺乏相关企业和金融机构的积极参与,国家投入只能是杯水车薪。农村基础设施并没有显著改善,从而制约了农产品供给问题和农民收入问题的缓解。因而,从总体上来讲,由于缺乏相关市场主体的积极参与,尽管有了政府的大力投入,"三农"发展的长效机制无法构建,"三农"问题的恶性循环无法打破。

(2) 各主体协作缺失导致了"三农"利益严重隐性流失

"三农"利益严重隐形流失是制约"以工补农"总体效果的主要因素之一。而从其背后的原因来讲,仍然主要是因为"以工补农"各主体的协作缺失。一方面中央政府大力对"三农"进行投入,另一方面地方政府从农村土地转让中攫取大量利益;一方面政府对"三农"进行投入,另一方面企业对农民进行就业和工资歧视;一方面政府通过行政渠道将资金引向农村,另一方面金融机构通过市场渠道将资金引向城市。"以工补农"过程中主体缺乏协作,一方进行投入,另一方进行剥夺。"三农"利益的严重隐形流失制约了正规渠道"以工补农"的效果。

（3）各主体协作缺失造成城乡差距扩大趋势难以根本扭转

城乡差距不断扩大是"三农"问题的主要表现之一，"以工补农"的主要任务之一就在于扭转这种扩大的趋势。如果不能扭转这种扩大的趋势，就更谈不上缩小这种差距。城乡差距扩大的趋势从根本上来讲市场机制的马太效应在发挥作用。要扭转这种扩大的趋势，一方面需要政府从制度层面消除差距扩大的二元体制，另一方面需要通过一些基础条件的建设消除"三农"的竞争劣势，并消除市场主体对"三农"利益剥夺的渠道。从具体的"以工补农"的实施来看，城乡二元体制还没有彻底消除，"三农"与非农的竞争劣势地位没有改善，市场主体对"三农"利益的剥夺仍然存在，要想根本扭转城乡差距扩大趋势的确比较困难。

另外，"以工补农"各主体的协作配合，不仅包括在整体人物的协作配合，也包括在一些具体任务上的协作配合，比如在一些农村基础建设项目上，不仅需要政府的财政投入，也需要金融机构和企业的广泛深入参与；在剩余劳动力的转移上，需要政府在社会保障和教育培训上的投入，也需要金融机构和企业的支持。

2. 各主体分工偏误对总体效果的制约

从现有"以工补农"的实施情况来看，政府热、市场主体冷，中央政府热、地方政府冷的问题，即各个主体的协作配合问题仍然是主要的问题。另一方面即使在各主体积极参与的情况下仍然存在各主体任务定位不明确和不合理的问题，即"补农"分工偏误问题。由于各主体性质不同，如果分工偏误，同样会制约"以工补农"的效果。

（1）各主体分工偏误导致瓶颈问题得不到解决

"以工补农"作为一个复杂的系统工程，涉及的具体任务非常多，如果没有一个系统的明确分工，很容易造成有些问题得不到人们的关注。如果这些问题是瓶颈问题，就可能制约其他问题的解决，并最终制约"以工补农"的效果。从现有"以工补农"的实施情况来看，"三农"问题中的关键的瓶颈问题没有得到足够的重视，比如制度不完善导致的"三农"利益流失，农民工的教育培训问题，农民合作组织的培育问题，农民的社会保障问题等基础性和长期性问题。政府在这些问题上应投入更多的精力。但由于分工偏误，政府对农业问题较为重视，对农民收入问题更多交由市场主体来完成，但由于相关制度不完善和引导政策不力，农民利益在市场竞争中又存在严重隐性流失。各主体分工偏误，最终造成一些短期问题、立竿见影的问题关注过度，一些长期问题，效果较为滞后的问题长期得不到缓解。

（2）各主体分工偏误导致有限投入得不到合理配置

从某种意义上讲，"补农"的投入从数量上讲是没有够不够的问题，用得好，较少的投入就能够起到很好的效果，如果投得不好，再多的投入也无法解决问题。因此，"以工补农"的关键在于怎样把有限的资源进行合理配置。更何况，现阶段国家的财力还没有达到可以不计数量地对"三农"进行投入（严格地讲，是永远不可能达到的）。有限的投入应该针对最重要、影响长远以及需要立即解决的问题。但由于分工的偏误，投入决策的多主体和多渠道必然导致资源配置的低效率，并最终造成"补农"资源一方面严重不足，另一方面又存在严重浪费。比如一方面针对某些农业产业化龙头企业的巨额投入，另一方面对农村教育和社会保障的基础问题缺少投入；一方面对经济条件本身就较好的区域进行集中投入，另一方面对广大经济条件较差的区域却很少投入。这些问题实际上是由于政府职能定位存在偏误产生的问题。

（3）各主体分工偏误导致现有投入难以充分发挥作用

各主体分工偏误不仅可能导致有限资源得不到合理配置，进一步，这种偏误还可能投入本身不能充分发挥作用。基于不同"补农"主体的性质不同，其能够发挥的作用也不相同，政府超出了政府的职能范围，就有可能出现政府失灵，市场主体也只能在其时的那个范围内做才能发挥作用，否则会出现市场失灵。政府失灵和市场失灵都会导致投入不能充分发挥作用。

二、"补农"主体联动问题的主要表现

(一)"补农"主体的协作问题

1. 偏重于财政直接支农,对引导市场主体支农重视不够

不管是通过何种路径,"以工补农"的最终目的是保障粮食等重要农产品的安全供给,通过增加农民收入来缩小城乡收入差距,以及通过繁荣农村经济来改变城乡发展二元态势。但是不同的路径其成本和效果是不一样的。财政直接支农的对象是"三农",在"以工补农"过程中一般只涉及政府和"三农"两者之间的关系;政府引导市场主体支农直接作用对象往往不是"三农",而是通过引导其他市场主体,而间接地对"三农"产生支持作用,在"以工补农"过程中一般涉及政府、"三农"和"三农"以外的市场主体三者之间的关系。财政直接支农具有效果直接、见效快、政策过程容易控制等优点,但同时也存在增加财政负担,容易造成市场扭曲等缺点。政府引导的市场主体支农具有财政负担相对较轻、效果持久等优点,但同时也存在效果间接、见效慢、政策过程不易控制等缺点。现阶段,面对日益严峻的"三农"问题,加上传统的计划思维,导致政府在选择支农路径上首先考虑到的是效果直接、见效快、政策过程容易控制的财政直接支农路径,而对于效果间接、见效慢、政策过程不易控制的政府引导市场主体支农则考虑较少。根据前两章对现阶段"以工补农"情况的分析,主要的支农资金都通过财政手段直接进入农业、农民和农村。而对于引导市场主体支农方面的投入较少,方向性的政策,实质性政策少。

2. 偏重于引导银行信贷支农,对引导保险支农重视不够

引导金融支农的路径,主要可分为银行信贷支农和保险支农。银行信贷支农对支农对象选择的主动权在银行手里,其风险相对较小,成本相对较低,而且由于是直接的资金支持,其效果比较直接。而保险支

农，对支农对象选择的主动权很难掌握在保险机构受理，其风险相对较大，成本相对较高，而且由于不是直接的资金支持，其效果比较间接。因此，现阶段在引导金融支农中，银行信贷支农的比重和重视程度要远高于保险支农。但实际上，由于银行对"三农"惜贷，信贷支农的覆盖面相当有限。而农业保险作为一种市场化支农方式，有利于发挥财政政策的杠杆效应，调动多方力量分担农业风险。同时，农业保险按照商业原则运作，引入保险公司作为第三方，将保险公司和农民通过保单规定的权利义务连接在一起，形成一种市场化的契约关系，可以提高财政资金的使用效率，有利于促进财政资金使用的公开、公平和公正。

3. 偏重于引导农业产业化企业支农，对引导乡镇企业和中小企业支农重视不够

农业产业化企业支农是通过企业参与农业产前、产中和产后经营，带动农业农村发展，增加农民收入。吸纳农业剩余劳动力转移的中小企业支农是通过企业吸纳农民就业，增加农民的收入。乡镇企业支农是通过处在农村地区的乡镇企业的发展，来带动农村地区整体的发展。从具体的作用来看，农业产业化首先作用于农业的发展，其次是农民的收入，最后是农村地区的发展；剩余劳动力转移主要是增加农民的收入；乡镇企业的发展首先是农村地区的发展，其次是增加农民的收入。从效果的集中度和显现程度来看，农业产业化企业支农要优于中小企业和乡镇企业支农，农业产业化全方位参与农业和农村，而乡镇企业只是通过外溢效应来影响农村发展，中小企业只是通过吸纳农民就业来增加农民收入。但是从引导成本、效果的持久性来讲乡镇企业和中小企业要优于农业产业化企业。现阶段，国家为了支持农业产业化企业的发展，投入了大量的财政资金，企业发展倒是不错，但对增加农民收入、保障粮食供给和繁荣农村经济的效果并不明显。而从目前乡镇企业和中小企业发展的情况来看，并不是说需要多大的财政投入，而主要是发展环境的改善和信贷资金的支持，并且中小企业和乡镇企业的发展所带来的效果是持久的。由于较看重短期和显现效果，现阶段政府在引导企业支农时更重视对农业产业化企业的支持和引导。

4. 多种路径缺乏协调和整合

由于支农资金往往是分部门掌握的，所以每一个部门只能在自己的权限范围内对资金的使用和管理进行安排。财政直接支农主要由发改委、财政部和农业部掌握，银行机构的业务有中央人民银行和银监会进行管理，保险机构的业务由保监会进行监管，乡镇企业和中小企业的发展更是由各种部门条块管理。在具体的支农路径选择中，要协调和整合各方之力是非常困难的。但实际上，农民收入的增加，粮食安全供给保障等支农目标非常明确，需要将各种力量协调和整合起来才能发挥整体的力量。

（二）"补农"主体的分工问题

"补农"主体的分工就是各"补农"主体根据各自不同的性质在"补农"过程中担当不同的角色、发挥不同的作用和解决不同的问题。任务分工中出现的联动问题主要表现在为任务分工中的重复和真空现象。任务分工中的重复和真空现象就是在"补农"中有些领域存在重复投入、过度投入，而另外一些领域被忽视的问题。这种重复和真空现象主要表现在以下五个方面。

1. 从农业、农民和农村三个领域来看，农业较为重视，而农民和农村问题往往被忽视

一般认为，我国长期以来执行的是剥夺农业的"以农补工"政策，而事实上，对农业的高度重视，不仅是我国的历史传统，新中国成立后，更是我国的基本国策。长期以来，国家在农业上投入了大量的人力和物力，尤其是在农田水利等基础设施和种子、化肥等农资上的大量投入，并基本解决了全国人民的吃饭问题。但为什么会出现"三农"问题，且日益突出，其实，对于"三农"，国家不是不重视农业，而是忽视了农民的利益，与其说是剥夺农业，不如说是剥夺农民。农业问题也是最重要的问题首先就是解决人们的吃饭穿衣等基本生活需求的问题，对于一个人口大国，国家不可能不重视，但关键是如何重视。在具体支农支出中，农业生产性固定资产投资占有重要地位。从 1979—2004 年，

农业基本建设支出快速增长，从 62.4 亿元增加到 565 亿元，在短短 25年时间内增长了 8 倍。农村劳动力向非农产业转移是消化过剩劳动能力、增加农民收入的根本途径。但农村青少年在完成义务教育，准备加入劳动力大军时，却很少得到专业培训，掌握专门技能的比例很低。专业培训的滞后，导致劳动力市场上出现结构性失衡，专业技工长期短缺，而从事简单操作的普通工人供应过剩。接受专业培训的比例偏低，已成为制约农民外出务工获得较高报酬的重要因素。

2. 在具体问题的任务分工上，重视短期和直接问题解决，不重视长期和基础问题解决，重视显性支持，不重视隐性流失问题的解决

1998 年以来，政府支农业投入中，每年用于粮、棉、油、糖流通的补贴在 500—700 亿元之间，占政府农业支持总量的 30% 以上。而一些关系农业发展全局的基础性、战略性、公益性项目，如农业品质改良、重大病害控制、食品安全保障、执法体系建设、社会化服务体系建设等，或者没有财政立项支持，或者缺乏足够的投入保障。我国农业产业结构调整已经步入新阶段，农民对新技术、新品种的需求强烈，农业抗灾减灾体系较为薄弱，农产品质量安全体系、农业支持保障体系、农业社会化服务体系建设任务艰巨。但在这些方面，财政投入项目少、保障差，已经在一定程度上制约了农业的产业发展和农民收入的稳定增加。另外，单纯从财政支出的角度讲，财政对"三农"的支出并不算少，而且每年也在增加，尤其是近几年来，对"三农"的支持有了大幅度的增加，但"三农"最终得到的支持，不能只算给予的，还必须计算被索取的。对于"以工补农"，人们主要关注财政对"三农"的显性支出和显性索取，而对于"三农"利益的隐性流失却少有关注。学界普遍认为免除农业税是实施"以工补农"政策的主要标志，这显然是一种误会。"三农"获得支持应当等于对"三农"的全部支出减去"三农"的全部流出，免除农业税，仅仅是"三农"利益流出的一部分。"三农"的发展依赖于国家对"三农"的实实在在支持，需要的是给予大于流出，如果仅仅关注显性支持，而对于大量的隐性利益流出视而不见，其显性支持的效果将大打折扣。现实中的隐性利益流出主要表现为因土地制度、户籍制度、就业和社会保障制度等制度，制度缺失而造成的产品剪刀差利益流失和要素收益流失。

3. 在具体的支持对象上，有些对象被过度支持，有些对象被忽视

具体表现在以下三个方面：

第一，在项目支持上存在某些项目被过度投入，有些项目被忽视的问题。在具体的"补农"过程中，一般会选择一些典型项目进行投资补贴、信贷贴息和其他政策支持。其政策的初衷是希望通过一些典型项目的支持，一方面通过这些项目来带动相关农业、农村和农民的发展，另一方面通过典型示范来带动其他项目的建设。在典型项目的建设中，不仅有各级政府财政的大量投入，也会有相关信贷资金的跟进。但与此同时，一些没有被选为典型的项目，不仅没有财政资金的支持，信贷资金也不愿意投入，同时企业也不愿意参与其建设。一般来讲，那些短期效果明显，投入效果显著，以显性效果为主的一些基础建设项目容易受到关注，而一些短期效果不明显，以间接效果为主的，主要涉及"三农"长期发展的科技推广、医疗卫生、教育培训等项目不太容易被人们关注。

第二，在区域支持上存在经济条件较好的区域被过度投入，经济条件差的区域被忽视的问题。选择部分典型区域进行支持，试图通过大量和集中的支持促成典型区域的快速发展，并通过典型示范带动其他区域的发展，也是"补农"中的重要支持方式。而为了使支持效果显著，短期能够见效，一般会选择经济条件比较好的区域。而为了使效果更为显著，不仅政府进行大量直接投入，还会大力引导金融机构和相关企业参与相关建设。而与此同时，对于未被选中的其他区域则会较少得到人们的关注。在农业重点产业基地建设和新农村建设中都普遍存在这样的现象。

第三，在企业支持上存在大型企业被过度支持，中小型企业被忽视的问题。现阶段引导企业支农的主要方式是通过促进企业的发展，借助企业经营的外溢效应，以带动"三农"的发展。"补农"的效果首先体现在企业的发展，然后才是"三农"的发展。为了使"补农"效果更为显现和显著，一般会有选择性地对某些企业进行全方位的支持，而这些企业一般又都是大型企业。而对于中小企业得到支持的机会会很少。在农业产业化支持中，政府对一般会主要支持农业产业化龙头企业的发展，试图通过龙头企业的发展来带动相关产业的发展和增加农民的收入。

有选择性地对部分对象进行支持，试图通过以点带面和典型示范的方式来带动"三农"整体的发展本无可厚非，但这一方式可能产生三个方面的问题。首先，由于一旦被选择成为支持的对象，将从支持中获得巨大的好处，这就很容易使人们集中精力积极争取获得被选择成为典型的机会，并有可能产生寻租行为，因为要绝对公平、公正的选择支持对象是非常困难的。其次，由于对支持对象有相关的支农要求，这些支持对象为了达到相关要求，可能通过表面工作和形象工程来敷衍，从而导致有限资源的浪费。最后，对一部分进行支持，对另一部分不支持，会形成不公平的竞争环境，进一步造成新的发展差距。

三、"补农"主体联动问题的原因

（一）市场制度不完善制约联动平台构建

1. 市场主体制度的制约

在市场经济环境下，市场主体会自动地依据最优化原则作出有效率的决策，从而实现资源的优化配置，并获取最优的利益，但其前提是市场主体并须有充分的自由决策权和行动权。财政直接支农主要改善农民的决策和行动能力，以及"三农"发展的环境约束，但如果市场主体缺乏自由决策权和行动权，财政支农所带来的那些改善并不能带来"三农"有效率的决策和资源的优化配。当前经济运行机制中存在的市场主体制度不完善主要表现为农民的国民待遇问题，进一步表现农业剩余劳动力的转移中存在的问题。按照市场经济的运行要求，劳动力要素可以自由流动,根据社会主义分配原则,等量的劳动应该获取等量的报酬。那么根据劳动者的户籍制定劳动报酬的双重标准其实就是制度歧视。制度歧视造成了劳动力市场的缺陷:一方面,由于农民身份的劳动力与城镇身份的劳动力之间的边际产出缺口无法拉平而造成资源配置失衡;另一方面也抑制了劳动力市场上的公平竞争程度。另外,法律应无条件地保护劳动者的合法权益,在法律面前,狭隘的地方保护主义不应该存在生存空间。但在现实生活中拖欠农民工工资问题的社会根源并不在于用工单位对人权的漠视,而在于法律执行力在地方保护主义面前的软弱。最后,劳动者获取应得的劳动福利、工伤保险和事故赔付是国家赋予每个劳动者的权利,但农民工的上述权利在实践中通常得不到保障。同时,农民工子女在其工作所在地的入学、入托也遭到了不公的待遇。这些问题都严重地影响了农民作为平等市场主体的地位,从而影响了财政支农发挥进一步作用的效果。

2. 要素流转制度的制约

生产要素流转是实现要素优化配置的重要条件,也是实现要素所有者经济利益最大化的重要条件,更好地发挥要素创造财富的作用,更好地促进要素为所有者带来财富是财政支农的基本任务之一。如果要素流转本身受到限制,财政支持的作用将大打折扣,要使财政支持的作用充分发挥,就必须使要素能够相对自由流转。就目前来讲,剩余劳动力的转移和农村土地流转受到限制是财政支农作用不能很好发挥的重要原因之一。关于剩余劳动力的转移,由主要受到来自更为根本的户籍制度、社会保障制度和农村土地制度的制约,而其中最根本的又是农村土地流转制度。在产权束中,转让权对经济绩效的影响尤其关键。通过转让可以实现要素在不同经济实体之间的自由流动,拉平各要素的边际收益,使资源的配置趋于合理。在平等协商、自愿、有偿、不受任何组织和个人强迫和阻碍的基础上进行土地承包经营权的流转,有助于实现农业生产的规模化。土地按社会成员平均分配加剧了小农经济的延续,以家庭为基本单位的农民生产和狭小的集贸交易,没有能力从事大宗农产品的远程大规模交易。目前农地产权转让制度与其他产业部门的产权转让制度存在明显的残缺。首先，土地流转的方向受到了限制。按照市场化原则，资源的流动是按照其边际收益的大小由低的部门向高的部门流动，通过边际报酬递减规律的作用实现不同部门的收益均衡。由于我国存在严重的城乡二元经济结构，土地在工业和商业部门的收益回报率要远远高于传统的农业部门，而农民所享有的土地转让权的让渡对象却被锁定在农业用途的范围内。其次，土地的流转缺乏市场化运作。从法律的角度看，国家只是禁止农民参与农用土地向非农用土地转化时的市场交易活动，并没有排斥农民参加农用土地市场交易的活动，但截至目前，农地的流转实际仍处在自发状态，缺乏一个以农民为交易主体、以经营权为交易对象的统一市场作为农地产权转让的服务系统。鉴于此，土地的流转与其他生产要素流动相比明显滞后。最后，农民享有的土地转让权缺乏有力的法律保障。虽然《土地管理法》抽象地宣布土地使用权可以依法转让，但对土地转让权的具体内容、主体归属、转让程序、执行原则、定价方等具体内容缺乏明确的说明。在实践过程中，常常因土地所有权和使用权分立而导致土地转让冲突。由于缺乏相应的法律保障，解决这些冲突通常无章可寻。

3. 社会保障制度的制约

在市场经济环境下，社会保障制度是市场经济主体积极广泛参与市场活动的重要保障，在保障制度不全的情况下，由于市场活动的巨大风险，经济主体参与的积极性，参与的广度深度和能力都会大打折扣。促进"三农"的市场化，使"三农"在市场活动中得到提升是财政支农的重要目标之一。但由于农民缺乏有力的社会保障，财政支农难以稳步地推进农民走向市场，从而使财政支农的效果大打折扣。从社会保障的资金来源看，农村社会保障资金主要来自农民所承包的土地。这种社保形式存在的主要问题是，随着人口的增加，人均占有土地的面积减少，这就意味着社会保障的平台在逐渐降低。国家在征用农用土地时所支付的补偿缺少社会保障成分。这说明随着经济的发展，土地很难独自承担这项外部功能。从社会保障的内容看，农民在养老、教育、医疗和保险等方面所享有的财政支持与城市居民相比几乎可以忽略不计。国家对公益事业的投资重点也主要放在城市，城市的公共物品提供已经完全纳入了国家公共财政体系，而收入远低于市民的农民不管收入的高低都要分摊乡村公共产品的成本。国家财政支持的医疗和教育体系的收费没有因城乡的差别而区别对待。中国城乡二元分割的社保体系固化了农民被动的市场主体地位。为了应付未来生活的不确定性，农民在安排投资活动时往往缺乏冒险精神。庞大的教育支出一方面减少了农民投资的金额，另一方面也制约了农民自身素质的提高。

4. 制度不完善制约市场主体支农的积极性

政府引导市场主体支农，最终要实现支农效果，必须要通过市场主体和农民的市场活动，而且通过这些市场活动市场主体本身也要获得相应的经济利益，获得相应的经济利益是保障市场主体支农积极性的基本条件，除了从政府得到相应的利益外，也需要从市场活动中获得经济利益。而完善的市场制度是市场参与者持续获得经济利益的基本保障。当前，我国"三农"市场化的程度有了显著的提高，但涉农市场制度仍不完善，市场主体发挥作用的空间较小，市场交易的风险大，从而影响了支农的积极性。比如，在商业银行和农户的信贷支农中，由于农户分散，借贷风险又大，商业银行不愿意向农户发放贷款。在农业产业化中，由于存在企业与农户的深度合作，如果出现纠纷，由于没有相应的制度和规则进行规范，使得企业的利益得不到保障，从而影响企业参与农业产业化。完善的市场化制度，使农户与市场主体的经济关系都能够在制度的规则中运行，各方的利益都能够得到保障，才能够让政府的引导作用最大化地发挥。

5. 制度不完善制约支农主客体的对接

市场主体和"三农"的充分对接是发挥政府引导作用的基本前提，但是当前的某些涉农市场制度却制约了支农主客体的充分对接。尤其是户籍制度和土地制度在某种程度上阻碍了市场主体与农户的市场交易。政府一方面积极引导市场主体对农户的支持，但另一方面户籍制度制约了农户向非农产业转移，而土地制度制约了市场主体和农户在土地要素上的合作。

（二）支农管理体制制约联动关系构建

1. 多头管理体制制约了支农资源的整合

我国目前的财政支农资金分散在十几个不同的部门进行管理或运作。尽管相关的文件和法规对各部门的资金的职能、定位进行了规定，但由于这些规定都比较笼统，各个部门政策空间很大。在项目安排上，按照现行的预算支出分类科目，仅中央财政预算内安排的支持"三农"资金就有15类，每一类中又按不同的使用方向相应设立了具体的专项资金，仅建设性财政拨款就有农业基本建设投资（含国债资金）、农业综合开发资金、扶贫以工代赈资金、专项财政扶贫资金和财政部门直接安排支援农村生产、扶持农业产业化、农村小型公益设施建设资金等。在管理体制上，农业基本建设投资主要由发改委系统单独管理或发改委与农口主管部门共同管理；农业科研费用主要由财政部门和科技部门，或科技部门与农口主管部门共同管理；支援农村生产支出、农林水气等部门事业费、农业综合开发资金由财政部门，或财政部门与农口主管部门共同管理；农产品补贴由财政部门，或财政部门与流通主管部门共同管理。部门之间以及各部门内部机构之间，财政支农资金的分配尚未形成有效的协调机制，基本上是各自为政，资金使用分散和投入交叉重复现象比较严重。我国财政支农资金本身规模就相对比较小，投资渠道分散、管理多头，使有限的资金难以统筹安排，不利于形成整体合力，更不利于实施有效监管。

2. 支农资金管理体制和监督机制不够完善

财政农业支出实行分块管理，部门分割严重，有限的资金不能形成合力。目前政府对"三农"的投入渠道较多，农业财政支出分部门管理。这种管理模式存在的问题是，不同渠道的投资在使用方向、实施范围、建设内容、项目安排等方面有相当程度的重复和交叉，但由于分属不同部门管理，因而不同程度地存在条块分割、相互之间协调不够、重复投入等问题。这种体制造成了政府各部门之间职责不清，政出多门，多头管理，力量分散，不利于统一监督、管理和协调，不能形成合力。

支农资金遍布农村生活的方方面面，如生产方面，有农村电网改造、节水灌溉、中低产田改造、科技示范、产业化示范、开发扶贫等；生活方面，有饮水、安全饮水、合作医疗、社会化养老试点、部分计划生育家庭奖励扶助等；社会事业方面，有电视广播"村村通"、道路"村村通"、部分中小学生免除课本和学杂费、部分地区建设寄宿制学校等。这些政策措施分别归口不同的政府职能部门。这些部门各自根据所管领域存在的主要矛盾确定相应规划、提出政策和实施细则，确定扶助对象、重点和实施进度。这和以中央政府为主导，层层审批支农项目结合在一起，就形成了纵横交错的申报和审批程序。在这个过程中，地方政府（基层政府）关注的是能否申请到上级部门的财力支持，上级政府关注的则是项目的合规性和结果，项目的效益被忽略掉了，农民的真正需要被忽略掉了。支农项目缺乏配合，配套性差，难以充分发挥综合效益，也就不可避免了。

3. 支农的市场主体选择机制不完善

由于不同的市场主体的性质和能力不一样，其支农的作用也不一样，为此政府引导市场主体支农的第一个环节就是对支农市场主体的识别和选择，市场主体的选择对支农效果有着至关重要的作用。而是否选择到合适的市场主体主要受选择机制的制约，在市场经济条件下，对市场主体的选择应当遵循公开、公正和平等的市场竞争原则，从而也才能选择出合适的市场主体。在通过促进农业产业化发展从而支农的政策中，政府选择并支持农业产业化龙头企业是当前的主要方式，尽管对龙头企业的选择会依据一定的标准，但选择的机制仍具有较强的主观性，离公开、公正和平等的竞争原则还有很大的距离。尽管市场主体主要从市场活动中获得经济利益，但同时也会从政府获得相应的经济利益。因此，市场主体也会以各种方式积极争取政府所给予的经济利益。缺乏合理的选择机制，一方面难以选择到合适的龙头企业，另一方面增加了政府公务员寻租的可能性。

4. 引导市场主体支农的引导方式与监督机制不完善

政府引导市场主体支农存在两个环节和过程，首先是政府和市场主体之间的关系，政府试图通过某些政策和行为促使市场主体产生某种行为；然后是市场主体和"三农"之间的关系，市场主体通过市场行为促进"三农"的发展。从这些环节和过程来看，政府的政策是否有效，关键要看市场主体是否产生促进"三农"发展的行为。而市场主体是否产生这些行为，又关键要看政府的政策和行为是否能让市场主体产生这样的行为。也就是关键要看政府的引导方式，如果引导方式恰当，市场主体就会产生促进"三农"发展的行为，如果引导方式不恰当，市场主体就难以产生这样的行为，从而政府政策和行为也起不到引导作用。当前在引导方式存在两种不良倾向：第一，仅以道义上的劝告，没有相关实际的利益引导，希望市场主体能够自动地对"三农"进行支持，这主要体现在商业银行的支农上，商业银行作为典型的市场主体，自然会追求自身经济利益最大化，如果对"三农"的支持无法获得足够的经济利益，很难想象会主动地支农。尽管国家反复强调要求商业银行加大对"三农"的支持力度，但由于缺乏相应的补贴措施，各商业银行表面上承诺对"三农"的支持，但却大规模地收缩县级以下区域的营业网点就是明证。第二，尽管对市场主体进行大量支持，但方式过于简单，对市场主体能否产生支农的行为缺乏监督和保障，这是市场主体的机会主义本性所决定。在对与"三农"发展相关的企业引导中，国家进行了大量的土地、税收和资金的支持，也的确促进了这些企业的发展，但这些企业对"三农"的支持效果并不明显，这主要是由于国家的引导政策难以保障龙头企业必然产生支农的行为。

5. 支农效益评估欠缺

各级财政在对农业投资时所关注的往往是拨付了多少款项，而对投资资金的具体运行过程却很少过问。一方面，由于资金管理权和业务管理权界定不清及主观认识上的不重视，导致财政对农业投资被挤占、挪用，资金到位率低。按照国际惯例，财政部门应该是财政对农业投资资金管理的中心，但我国的现状是资金预算、分配、拨付管理权集中在财政部门，而与项目实施过程相对应的资金使用管理权则分散在农业、林业、水利、农机等业务部门，财政部门难以对资金使用过程进行有效管理，特别是有些地方认为农业投资是软指标，投多投少没有硬性约束，于是在财政紧张的情况下，对农业投资往往不能足额到位。据统计，我国政府财政对农业投资中有将近 30% 不能及时到位或根本就不能到位，被短时或长期挪作他用。另一方面，由于没有一套科学规范的评估指标体系，财政对农业投资缺乏有效的评估，从而出现"高投入、低效益"的状况，造成投资的大量浪费。由此产生的影响，一是已经投入的资金因结构不合理、投向偏误、管理不善等问题而变得使用效益很低，弱化了财政投资的职能；二是这种低效益、低积累能力又反过来增加了新的、更大的投资需求，从而演化出一种"高投资—低效益—更高投资需求"的恶性循环。在缺少客观评价手段的情况下，通过从结果倒逼的方式来监督财政支农政策的执行，也难以开展。

（三）政府行为偏好制约联动良性运行

如果政府的行为是完全依据经济社会发展的客观需要作出的，我们就认为这些行为是合乎社会理性的，如果政府的行为由于政府内部运作机制而导致行为并非完全符合经济社会发展的客观需要，我们就认为这些行为是政府行为的偏好，显然这些偏好需要被抑制，以使政府行为更加符合经济社会发展的客观需要。

1. 政绩考核要求所形成的非农偏好

政绩考核是对政府行为的评价以及政府组成人员奖惩和升降的依据，从而不合理的政绩考核标准可能导致政府不合理的偏好。20 世纪 50 年代，中国在建立起计划经济体制的同时，也建立起了与之相适应的财政体制，尽管中国的财政体制形式多种多样，但实质都是统收统支，这决定了当时地方政府官员的选拔和晋升的标准为纯政治指标，这种政绩考核体系抑制了地方官员快速发展地方经济的积极性，也无法适应中国改革开放和快速市场化的进程。为此，从 1980—1985 年，中国财政体制先后实行了"计划收支，分级包干"的"分灶吃饭"的模式，使地方政府财政出现了大幅度的增长，尤其是 1994 年实行的分税制，标志着地方政府作为一个相对独立的利益组织而存在。行政性分权和财政包干改革给予了地方政府官员极大的财政与经济激励，考核地方政府官员政绩的标准也由纯政治指标变成地方 GDP 和财税收入两个指标来衡量。这两个指标简单、直观，但不全面，不能满足政府官员政绩考核的需要。社会财富和社会福利的增加意味着 GDP 的增长，但 GDP 的增加并不意味着社会财富和社会福利的数量增长，而且还要看 GDP 增加时为取得该数量所付出的代价。经济增长和财税收入作为政绩考核标准，容易引导政府对短期和直接经济效益的偏好，而对于主要着眼于经济长期和宏观稳定，以及社会发展与和谐的"三农"发展，就不太容易引起政府的实质重视。政府主导的资源配置在城乡之间偏向城市，在城市之间偏向东部地区的特大城市，在城市内部偏向城市正规部门和某些国有垄断性的特殊产业，在城市正规部门内部偏向机关、事业单位或其他待遇好、工作稳定的特定群体；同时，由于制度上的限制，这种资源配置上的不公平不能通过生产要素自由流动来消除，市场机制的"要素价格均等化"作用因此而失灵，各阶层、地区、产业、部门之间的人均收入差距因此而不会收敛，只能发散或扩大。这就必然会导致各类利益矛盾产生。以城乡利益矛盾为例，由于第二产业和第三产业是经济增长的主要源泉，所以无论是中央政府还是地方政府往往都采取一些偏向城市的经济政策，这样的政策可能在短期内有利于推动经济增长，但从长期来看，却忽略了城乡差距过大而带来的城乡的利益矛盾，从而使得社会总体上付出更大的政策代价。通过我国城乡在制度、经济、科教文卫、社会保障等方面的不平等，我们可以看到城乡利益矛盾越来越严重的背后是政府行为的偏好。

2. 监督机制不完善所形成的私利偏好

目前，政府投资的农业项目实行按投资额度确定权限，审批手续繁杂、程序较多。项目审批制度化、公开化、科学化不够，存在一定的盲目性和随意性。财政支农工作的主要内容往往是分资金、下指标，重资金分配、轻资金管理。农业项目的管理存在诸多漏洞，使得很多项目的实施效果较差。在项目实施过程中，由于资金来自上级政府，基层政府缺乏动力对资金使用实施严格的监督和管理，而上级政府又很难对所有项目进行严格的监督、检查和事后的绩效评估，项目实施过程存在严重的浪费，也就不难想象了。在项目建设上，还普遍存在重建设，轻运营和维护的倾向。许多基本设施建成之后，由于缺乏后续投入，基础设施大量闲置、利用效率低下。许多设施更是年久失修，生产能力遭到严重削减。

3. 不正确的权力观形成政府的计划偏好

政府的计划偏好导致支农资金以政府直接使用为主，较少利用市场中介来实现政策目标。推行联产承包责任制，使政府管理和服务的对象由过去少量的村集体转为广大农户。在政府不能大幅度扩张机构和人员的情况下，发展各种类型的市场中介组织、提高农民的组织化程度就成为必然选择。从国际经验看，这些市场中介、非政府组织具有提高社会组织化水平、自我管理和自我服务的功能，在政府和农民之间发挥着桥梁和纽带作用。第二次世界大战后，许多国家快速实现了农业现代化，一条重要经验就是建立了广泛的农民组织（如日本的农会）。人多地少是我国的基本国情。小农耕作的农民要进入市场，面临信息缺乏、抗风险能力弱、谈判能力低下等多重因素的制约，需要通过发展农会、生产合作社等专业化组织，帮助农民克服信息闭塞、谈判能力弱的问题；需要有科技推广机构来协助其采用新的技术，引入新的品种；农民创业，更需要资金的支持。但由于种种原因，政府扶持"三农"的思维方式还主要停留政府直接帮扶农民，由政府直接决定实施哪些项目，帮扶哪些农民。这种自上而下的帮扶，大多属于典型性的，是"点"上的帮助，而不是覆盖全局的"面"上的帮扶，从而影响了政策效果，也不利于调动广大农民的积极性。政府也曾利用一些市场中介来贯彻落实惠农政策，但农村供销社、粮食局（公司），在充分的市场竞争压力下，正在向完全的商业化经营转变。国有银行经过结构性调整，已基本退出县域经济；农村信用社背负着沉重的历史包袱；邮政储蓄更是把大量的农村资金转向了城市。我国县乡两级政府拥有近百万农技推广人员，但由于经费投入不足，不得不把大量精力转到办经济实体和创收上，在很多地区，农技站已经陷于瘫痪。如何利用市场中介组织对农民进行帮扶，是各级政府在新时期面临的一个重大课题。需要认真总结相关经验和教训。近些年，专业化生产合作组织在推动农村产业结构调整、增加农民收入等方面的积极作用引起了人们的广泛关注，但各地的扶持措施差别很大，各地区农村专业化合作组织发展很不平衡。

第八章　新时期"以工补农"基本思路与主体联动整合模式

一、新时期"以工补农"基本思路与基本原则

（一）"以工补农"的基本思路

1. "以工补农"应以提升"三农"自身发展能力为立足点

"三农"问题从根本上来讲是一个发展能力问题，能力问题是一个决定长期发展的问题，要彻底解决"三农"问题，很显然只有让"三农"拥有自我可持续发展的能力，而不是解决一些当前的表面问题。"以工补农"的"补"很容易让人们认为就是给钱给物，但实际上，这种单纯的外部输血式支持，并不能解决根本问题，其结果可能是形成对"输血"的依赖，因此我们认为"以工补农"不应当是一个简单地给钱给物的问题，而是通过一定时期和一定程度的支持，使之具备自我可持续发展的能力，这些支持政策的作用点自然也应该是针对"三农"的可持续发展能力。因此，我们在构建"以工补农"的政策框架时，应主要考虑如何提高"三农"的自身发展能力。具体地讲包括以下三个方面的要求：一是在支持农业方面，应主要考虑一方面利用农业的经营效益来吸引有效和有保障的要素投入，以维持农业经营的持续发展能力；另一方面通过生产外部条件和科技研发推广的支持，来不断提升农业生产效率，从而提升农业的发展能力。二是在支持农民方面，应主要考虑一方

面解除外部环境对农民自由选择职业的各种制约，让农民获得与城市居民平等的竞争环境，从而使农民拥有充分发挥其能力的机会和空间；另一方面通过适当的教育和培训方式，提高农民的科技文化素质，提升其适应激烈市场竞争环境的自我发展能力。三是在支持农村方面，应主要考虑改善农村发展的软硬环境，为各产业发展提供良好的发展条件和发展环境，为居民生活提供良好的生活环境，从而提升其吸纳和承载产业和居民生活的能力。

2. 政策性质应当基于对市场缺陷和不足的弥补和完善

社会主义市场经济体制的基本要求是市场成为资源配置的基本手段，新时期的"以工补农"政策是基于社会主义市场经济体制上的政策。按照市场经济体制的一般要求，政府职能主要限于市场的缺陷与不足，同时由于我国还属于发展中国家，市场经济制度还处在发展和完善期是发展中国家的重要特征之一，完善市场经济制度也是我国政府职能的重要内容之一。从而从政策性质上来讲，"以工补农"政策主要属于对市场缺陷和不足的弥补，以及对市场制度本身的完善，这是由我国的社会主义市场经济体制决定的。

具体来讲，主要包括以下三个方面的要求：一是对农业的支持政策。从完善市场制度的角度讲，主要包括农业要素流转和经营的市场化制度的完善，其中重点是土地流转市场的完善、农业经营制度的市场化和农业劳动力市场化制度的完善。从弥补市场制度缺陷和不足的角度讲，主要是由于农业的经营周期长，投入要素的资产专用性程度高，产业转移成本高，农业的市场化经营容易产生波动，这要求政府构建外部性支持制度以降低农业经营的波动，其中重点是生产条件支持和市场支持等。二是对农民的支持政策。从完善市场制度的角度讲，主要是完善各种促进农民公平就业的制度。从弥补市场制度的缺陷和不足的角度讲，由于市场体制默认市场经济主体具有完全理性和拥有完全信息，从而市场自由经济是公平竞争，市场机制的构建也是以此为基础，但实际上现实中的我国绝大多数农民在理性决策和决策信息方面由于受到自身科技文化素质的影响，与市场经济的要求存在较大的差距，这就要求政府一方面要构建和完善提高农民科技文化素质的制度，另一方面在农民还没有达到市场经济主体的要求时，对农民因处于的市场弱势所遭受的损失进行补贴和支持。三是对农村支持政策。从完善市场制度的角度讲，主要是构建和完善农村要素流转市场条件和制度。从弥补市场制度的缺陷和不足的角度讲，由于农村是自然资源的主要存在区域，同时农村生态环境是生态环境的主要组成部分，而自然资源和生态环境的利用具有极强的外部性，纯粹自由市场机制很难引导其合理利用，因此这要求相关的自然资源和生态环境的利用和保护政策。

3. 政策内容既要考虑加大支持力度，更需要考虑通过各主体联动整合来确保"补农"的最优效果

现阶段对"三农"的支持相对于"三农"发展的需求还有很大的差距，继续加大对"三农"的支持力度是未来政策的一个重要内容，但是"以工补农"问题并不是单纯的一个投入力度问题。"以工补农"作为一项涉及众多主体的庞大系统工程，除了投入力度外，由谁来投，通过什么渠道来投，投到什么地方，各类主体在"补农"过程中如何分工、如何配合，都是非常关键的问题。这些问题如果处理不好，再多的钱都可能产生不了好的效果。这些问题实际上就是在"补农"过程中个"补农"主体的协作和分工的问题，也就是"补农"主体联动的问题。具体的"补农"主体联动状况之所以会影响"以工补农"效果，主要原因在于，一方面由于在市场经济体制下"补农"政府的作用主要需要通过市场机制来实现，从而"补农"需要各种主体的协作和配合；另一方面，由于各主体性质各异，行为内容和行为特征不同，造就了其发挥作用的方式和能够发挥的作用有较大的差别，从而在具体"补农"过程中，各主体之间应存在基于不同性质的任务分工。如果协作分工关系没有处理好，没有良好有序的联动，"补农"效果将大打折扣。因此，新时期如何通过构建联动平台，整合各方面"补农"力量，实现各主体良性联动，以确保投入能够产生最优的效果，更是政策最紧迫的问题。

（二）"以工补农"的基本原则

1. 遵循市场经济规则

新时期"以工补农"是在社会主义市场经济体制日趋完善过程中的"三农"支持，因此，"以工补农"的运行平台也必然是市场经济，这就要求所制定和实施的政策遵循市场经济规则，具体来讲，包括以下几个方面的要求。

（1）尊重市场机制的基础性作用

市场经济是市场机制在资源配置中发挥基础性作用的经济，也就是说，关于资源的配置首先要尊重市场机制，要充分利用市场机制，要善于利用市场机制，来实现政策的目的。尊重市场机制的基础性作用主要包括三个方面的内容：第一，主要应当利用市场机制来实现对"三农"的支持。市场经济作为交换经济，本身是可以在一定程度上实现互利，通过充分地发挥市场机制的积极作用，是可以促进"三农"的发展，而且在市场机制这一平台发展起来的"三农"，比完全依赖政策而扶持起来的"三农"更具有可持续发展能力，因此，新时期的"以工补农"政策，首先考虑的是充分发挥市场机制的作用来推动"三农"的发展。比如，农业农村资源配置的市场化，农民和农民资源的市场化等，都将有利于"三农"的自身发展。第二，对市场机制的调节和干预也应主要立足于市场的缺陷，对于市场本身能够很好发挥作用的情况，应避免人为的干涉。市场机制本身是并不是完美，而是存在缺陷的，对于市场的缺陷需要政策的调节和干预。但现阶段，市场机制的积极作用是首要的，因此，对市场的调节和干预主要是针对市场的缺陷，比如，市场在缩小收入差距、保护重要的但弱质的产业，以及提供公共产品等方面存在缺陷。第三，当前的重要任务就是完善市场机制或提供市场机制发挥作用的条件，从而更好地利用市场机制来实现对"三农"的支持。就当前利用市场机制来支持"三农"发展的具体情况看，问题主要还是市场机制本身还不完善，比如，劳动力市场，农业农村资源流转市场还很不完善，还有在"三农"发展中的某些公共产品的提供方面，可以通过提供条件从而发挥市场机制的调节作用。

（2）尊重微观经济主体行为的自主性

市场经济的运行具体表现为微观经济主体根据自身所处的外部环境来自主分散地决定其消费行为、生产行为和要素权转让行为，微观经济主体的决策是分散和独立的从而是自主的。微观经济主体的决策自主性，一方面可以充分发挥每一个市场微观经济主体的才能和智慧，另一方面具体的每一个微观经济主体更能够对其所处的外部环境掌握清楚，从而有利于决策的科学性。另外，尊重微观经济主体行为的自主性本身也可以减小政府的管制成本。

（3）尊重市场行为的利益原则

市场微观经济主体在决定其消费行为、生产行为和要素权转让行为基本上都是依据利益最大化原则，对每一项行为的决策，都需要考虑行为的收益和成本，对每一个可能的方案的收益和成本都要进行比较。微观经济主体对其行为收益和成本的分析，有利于个体资源的优化配置，从而有利于与社会资源的优化配置。新时期，"以工补农"政策尊重市场行为的利益原则，就是要求一方面不能强制要求也不能希望和依赖微观经济主体不顾自身利益来对"三农"进行支持，另一方面如果希望或要求微观经济主体产生某种行为，就应当构建微观经济主体依据自身利益进行行为选择的外部环境。

2. 遵循国际贸易规则

世界贸易组织（WTO）各成员为了促进农产品国际贸易的自由和公平，达成了一系列的农产品贸易规则，这些规则对会影响农产品国际贸易自由和公平的各种政府行为进行了规范和约束，这就是所谓的WTO农业规则。我国作为世界贸易组织的一个正式成员，必须遵循这些规则，"三农"支持政策看似是国内解决"三农"问题的政策，但由于这些支持可能对农产品的国际贸易产生影响，因此，在具体制定和实施"三农"支持政策时需要遵循这些国际规则。大致来讲，"三农"支持政策中会影响农产品国际贸易的主要是农业生产支持、农产品价格支持和与农业生产贸易相关的收入支持。严格地讲这些政策在整个的"三农"

支持政策中只占很少的部分，但这些支持政策毕竟受到国际关注，而且对农业支持政策来讲又是一个很重要的部分。因此，在构建新时期"三农"支持政策时，需要考虑到WTO农业规则。

世界贸易组织各成员从保障农产品国际贸易自由和公平的角度，所达成的农产品国际贸易协议规则的主要内容包括：扩大农产品市场准入、削减农产品生产补贴、削减农产品出口补贴和规范卫生与植物检疫措施。

（1）关于扩大农产品的市场准入问题

由于许多国家（尤其是发达国家）用关税及名目繁多的非关税壁垒来限制他国农产品进入国内市场，导致了世界农产品贸易的不公平竞争，妨碍了农产品贸易自由化的实现。为此，《农业协议》要求各成员方尽力排除非关税措施的干扰，并将非关税壁垒关税化，禁止使用新的非关税措施。此外，各方还达成了增加农产品市场准入机会的协议，以促进农产品贸易自由化的实现。从"三农"支持政策的角度讲，这就要求我们在进行"三农"支持时要尽力避免通过国内市场保护的方式来实现对农业和农民发展的支持。

（2）关于规范和缩减国内支持的问题

各个国家或地区采取措施支持农业生产，既有其必要性，但有时也是造成国际农产品贸易扭曲的主要原因之一。由于国内支持措施种类很多，不同措施的作用很不相同，因此乌拉圭回合农产品贸易谈判就如何区分"贸易扭曲性生产措施"和"非贸易扭曲性生产措施"进行了艰苦而又细致的讨论，最终按照对生产和贸易影响的不同划分为不同类别，并作出了不同的规定。人们出于简便，将这些不同类别的国内支持政策形象地称为"绿箱"政策、"黄箱"政策和"蓝箱"政策。"绿箱"政策是指那些对生产和贸易没有影响或者影响非常微弱的政策，农业协议既不要求削减这些政策，也不限制将来扩大和强化使用这些政策。"黄箱"政策是指对生产和贸易有直接扭曲作用的那些政策，农业协议要求各方用综合支持量（Aggregate Measurement of Support，简称AMS）来计算其措施的货币价值，并以此为尺度，逐步予以削减。"蓝箱"政策是指那些虽然对生产和贸易有扭曲作用，但是以限制生产面积和产量为条件的国内支持政策，是"黄箱"政策中的特例，不列入需要削减的国内支持计算。

（3）关于消减出口补贴的问题

出口补贴是指依据出口行为而给予的补贴，是最容易产生贸易扭曲的政策。乌拉圭回合谈判中，在削减农业出口补贴上取得进展，并达成了以减让基期的出口补贴为尺度，在一定的实施期内逐步削减的有关协议。列入减让承诺的出口补贴措施范围如下：第一，政府或其代理机构根据出口实绩向特定的企业、行业、生产经营者或其所组成的社团所提供的各种直接补贴，包括实物支付。第二，政府或其代理机构以低于国内市场的价格销售或处理农产品库存以供出口。第三，给出口的农产品或用作出口产品原料的农产品融资付款，包括提供优惠贷款或担保，减免出口农产品税收等。第四，为降低出口产品的营销成本而给予的补贴，包括农产品的处理、分级或其他加工成本补贴，以及国际运输成本等。第五，政府或其代理机构为降低出口农产品的成本而给予优惠的国内运输费用。第六，以其纳入出口产品为条件而向农产品提供的补贴。

（4）关于规范动植物卫生检疫措施的问题

农产品贸易中的环境保护和动植物卫生措施是指各国（地区）出于保护居民、动物和植物的生命安全和健康的需要，而采取的某些限制农产品进口的措施。这类进口限制措施有其一定的合理性，但今年来在农产品贸易中存在着滥用这类措施以构筑贸易壁垒的现象。《实施植物卫生检疫措施协议》对世贸组织成员实施植物卫生检疫措施规定了约束性内容，主要包括基本权利和义务、检疫保护、透明度、控制、协调、通知程序、特殊和差别待遇等。第一，不得以环境保护或动植物卫生为理由变相限制农产品进口。协议承认每个成员方政府有权采取动植物卫生检疫措施，但是这些措施必须以科学为基础，况且实施该措施的目的应该是在于保护人类和动植物的生命或健康，而不应成为贸易壁垒和惩罚措施。另外，在实施该措施时，也不应该在情况和条件相同或相似的成员方之间采取不公正的差别待遇。第二，对进口农产品的卫生检疫措施必须以科学证据为基础。协议鼓励各成员方根据现有的国际标准、指导方针来建立自己的卫生检疫措施。各成员方政府可以建立比有关国际标准严格的动植物检验检疫措施，但应当证明有科学的理由或者经过适当风险评估符合要求。同时，各国政府应尽量选用那些贸易限制性最小的动植物检疫措施。第三，所有这类进口限制措施都必须在充分透明的前提下实施。各成员方要向其他成员方通报有关动植物卫生检疫措施的信息。对于新的或变更了的动植物卫生检疫规章，各成员方政府必须事先通知，并建立一个咨询点以提供信息。第四，世界贸易组织成立动植物卫生检疫措施委员会，负责监督各成员方对协议的执行情况，就对贸易有潜在影响的事务进行磋商和讨论，并保持同其他有关组织的联系与合作。

3. 遵循效率和公平相结合的原则

（1）从静态的角度，要求构建既有效率又能保障公平的制度

一般讲，有效率制度应当满足下列要求：第一，能够提供一组有关权利、责任和义务的规则，能为一切创造性和生产性活动提供最广大的空间，每个人都不是想方设法通过占别人便宜来增进自己的利益，而是想方设法通过增加生产，并由此实现自己的利益最大化。第二，承认和适应人们对自身利益的追求。第三，使每个经济行为主体的权利和责任都尽可能是明确的，并且是相对称的，从而提供充分的激励，使人们最大限度地努力从事生产活动，同时又设置严格的约束条件，使人们对自己的无效率的行为和决策充分的承担责任。第四，能够为人们提供尽可能大的选择空间，使他们根据当时当地的具体条件，根据所面临的特殊问题，选择和创造最有力的制度安排，以捕捉一切改进效率、提高效益、加速经济增长的机会。市场经济制度是把市场作为资源配置基本手段的一种经济制度，追求资源的最优配置是制度存在的价值。市场经济制度认为自由的市场交换能够准确地通过市场价格反映资源的配置效率，在每个交换主体都追求自身经济利益最优化的情况下，效率低下的配置方式会自动地被淘汰和纠正，从而实现整个社会资源的最优配置效率。因此，构建有效率的制度，就当前的具体情况来看，主要就是完善

相关的市场经济制度。同时，市场经济制度下保障公平的制度，主要是要求保障市场竞争环境的公平性，核心是起点的相对公平和机会的公平。

（2）从动态的角度，一方面要通过效率的提高，促进社会的公平，另一方面又要通过改善社会的公平，促进效率的提高

公平和效率既是手段又是目标，当两者同为手段时，则两者可能有共同的目标，也可能有不同的目标，但两者本身没有直接的关系。当两者同为目标时，则为了实现这两个目标所采用的手段，可能是相同的，也可能是不相同的，但两者本身也是没有关系的。在实践中，两者的关系主要体现在其中之一是目标和另一个为手段时，即效率是公平的手段、公平是效率的目标，或者公平是效率的手段、效率是公平的目标。在动态中实现效率和公平的结合，也主要就是指的这种情况，即通过效率的提高，促进社会的公平，以及通过改善社会的公平，促进效率的提高。

二、新时期"补农"主体联动整合模式

"以工补农"主体联动整合就是根据各主体不同的性质，明确各主体的角色和分工，促进"补农"过程中各主体的良性联动，以实现全社会"补农"力量的整合。

（一）"补农"主体的角色定位与分工

1. 政府的角色定位与分工

（1）政府的角色定位

在"以工补农"中政府主要扮演三种角色。

责任主体。"三农"问题无法完全依赖市场来解决，这样政府就成了"以工补农"的责任主体。政府作为责任主体，一方面说明政府对于"以工补农"需要全面设计、全方位推动和全过程监控；另一方面也说

明"以工补农"过程中出现的各种问题都需要从政府行为方面去探究原因。另外也说明"以工补农"不能将责任推向市场。

市场主体。政府不仅是"以工补农"的责任主体，同时也是具体的市场主体，具体的对"三农"发展进行促进、帮助和支持。"三农"问题的有些具体问题无法由市场主体来实施，而必须由政府来实施。政府作为市场主体，主要是指政府直接和"三农"发生关系，也就是说直接"补农"。

激励与监督主体。在市场经济体制下，"以工补农"主要还是依赖市场主体来实施，这样才能够建立促进"三农"发展的长效机制，同时最大限度地防止政府失灵。市场机制不能自动解决"三农"问题，市场主体不会主动地进行"以工补农"，从而市场主体"补农"，需要政府的激励。通过激励，市场主体在于"三农"的市场交易中，能够获得最大化的经济利益，同时这些市场交易也有利于"三农"的发展，从而产生"补农"的效果。但政府的激励措施并不一定在任何时候都能够使市场主体产生"补农"的行为，从而使得政府的激励失效，因此在对市场主体的激励过程中还需要对市场主体的行为进行监督。

（2）政府的主要任务

根据政府的角色定位和"以工补农"的基本任务，政府在"以工补农"中主要包括五个方面的任务。

完善制度。政府是社会制度的供给主体，完善制度是政府责无旁贷的任务。城乡二元体制是"三农"问题日益严峻且长期得不到有效解决的主要原因之一；市场制度不完善一方面导致"三农"利益进一步流失，另一方面也是"补农"主题难以良性联动的主要原因之一。因此，完善相关制度是政府在"以工补农"中的首要任务。

提供公共品。公共品的特点决定了政府是其最主要的供给者。不论是农业、农民还是农村的发展，公共品的极度缺乏都是现阶段主要的问题。

调节外部性。正的外部性导致供给不足，负的外部性导致供给过多，从而需要从收入和成本角度进行调节以使得供给正好满足社会需求。

提升农民素质。农民收入的长期增长主要依赖农民素质的提升。农民整体素质较低是农民无法获得稳定就业机会和遭受工资歧视的主要原因之一。同时农民素质的提高不仅农民收益，整个社会也会受益。农民素质相对较低不是个别问题，是整体问题，是普遍性问题。农民素质相对较低，导致工资就业遭受歧视，工资就业问题又进一步制约农民自身提高素质的投入，从而形成恶性循环。因此，提升农民素质也是政府的主要任务之一。

平抑市场剧烈波动。市场经济中商品的价格波动属于正常现象，这种波动一方面是市场供求变动的反映，另一方面对生产和消费进行引导，以实现资源的优化配置。但是价格波动毕竟是对市场主体利益分配格局的改变，如果波动幅度过大，尤其是对那些生产调节比较困难（生产周期长或调节成本高）的产业将造成极为不利的影响：当市场价格高的时候，会引导大量的生产投入，并一直持续到价格下降到正常利润为止，由于生产周期长，等到最后的增加投入形成市场供给时，必然会导致过量的市场供给，从而使生产者遭受严重损失，长此以往，必会损害社会对产业的投入积极性。而农业就是由于生产短期调节比较困难，所以需要政府通过补贴或价格支持的方式来平抑市场剧烈波动，以保障社会供给。

2. 金融机构的角色定位与分工

（1）金融机构的角色定位

在"以工补农"金融机构主要扮演两种角色。

市场经营主体。作为市场主体，金融机构首先要获得最大化的利润才能在市场竞争中立于不败之地。即使在"以工补农"中，我们也不能改变金融机构的这一属性。另外，市场经营主体是通过市场竞争获得利润，市场经营主体只有能够在市场竞争生存并不断发展，才能证明其有存在的价值。金融机构的市场经营主体属性决定了只有金融机构能够从与"三农"的交易中获得最大化的利润，才能使其与"三农"的交易关系成为促进"三农"长期稳定发展的有效机制。

市场主体。从追求经营利润最大化的角度讲，金融机构扮演着市场经营主体的角色，而同一个过程，从金融机构与"三农"的交易行为促进了"三农"发展的角度，金融机构又扮演了"以工补农"的具体市场主体角色。从公平的竞争的交易关系中获益，不仅得到的是短期收益，更重要的是一种长期持续发展的素质和能力。因此，"以工补农"不是一个简单的外部输血问题，更重要的是通过市场交易已提升"三农"发展的能力。因此，金融机构作为一个市场经营主体可以通过与"三农"的市场交易行为称为"以工补农"的市场主体。尽管金融机构会得到政府的激励措施，但金融机构与"三农"之间的交易是完全遵循市场规则的。

（2）金融机构的主要功能

从与"三农"的交易能够促进"三农"发展的角度讲，金融机构在"以工补农"中主要有三种功能。

通过资产业务为"三农"发展提供信贷资金支持。资金缺乏是"三农"发展的主要障碍之一，但对于局部性和个别性的资金需求不宜采用无偿性财政资金进行支持。一方面可能导致这些局部和个别主体对财政资金的依赖，不利于发展能力的成长；另一方面可能在"三农"内部形成新的不平等，并可能滋生政府公务员的寻租行为。因此，对于局部的、个别的、具有营利性的资金需求应尽量避免动用财政资金，而应主要采用有偿性的信贷资金。而金融机构是提供信贷资金的市场主体。由于"三农"信贷存在风险相对较大，周期相对较长，信贷运行成本相对较高的问题，进而影响商业性金融机构的盈利。因此政府需要通过提供资金（政策性金融机构）、降低风险、降低成本、增加收入、协助扩展业务等方式引导金融机构为"三农"提供信贷支持。

通过负债业务和中间业务为"三农"提供金融服务。除了信贷资金支持外，"三农"的发展还需要其他资金流通方面的金融服务。存款、取款、汇兑等金融服务对于活跃农村市场经济是非常重要的。但由于农村地区地广人稀，此类金融服务缺乏规模经济，这会影响金融机构的盈利目标，因此，需要政府从降低成本、增加收入等方面对金融机构进行引导和激励。

通过保险业务降低"三农"发展中的风险。农业主要利用动植物的生长机理获得产品，因此其自然风险要远远大于其他产业。自然风险严重影响了农业投资收益，从而制约了农业投资的积极性。转移风险将极大地促进农业的发展，因此保险类金融机构能够通过保险业务促进"三农"的发展。但由于农业经营规模小、保险事故勘查难导致农业保险的运行成本要远高于其他保险业务，从而影响商业性保险机构的盈利，因此政府需要通过提供资金（政策性保险机构）、降低成本、增加收入、协助扩展业务等方式引导和激励保险机构为"三农"提供保险支持。

3. 企业的角色定位与分工

（1）企业的角色定位

非金融类企业与金融机构一样，作为市场主体，一方面根据其性质会追求经济利益最大化，另一方面通过与"三农"的交易行为会促进"三农"的发展。因此企业与金融机构一样在"以工补农"中扮演了市场经营主体和市场主体的角色。这里就不再赘述。

（2）企业的主要功能

尽管一般企业与金融机构一样扮演着市场经营主体和"以工补农"市场主体两种角色，但在具体的功能方面与金融机构完全不同。

第一，通过购买农产品，增加农民收入、促进农业和农村发展。企业购买农产品，一方面使得农民生产的产品价值得以实现，从而增加农民的收入；另一方面促进农业和农村市场化的发展，农业和农村资源得到充分利用，从而为农业和农村进一步发展带来动力。但是，初级农产品的需求弹性小，企业所购买农产品，最终要变为消费者的消费，需要进一步加工，才能不断扩大农产品的销售量。而农产品的加工容易受到原料供应波动、技术进步和资金大量投入等问题的制约，从而影响企业的积极性。因此政府需要在稳定市场供应、技术进步和资金方面对企业购买农产品进行激励。

第二，通过生产销售工业品，改善农民生活，提升农业和农村现代化水平。具有较高技术含量和更丰富使用价值的工业品对于改善农民生活，提升农业和农村现代化水平是非常重要的。企业也能从销售生产和销售工业品中获益。但是一般工业品的价格相对较高，而且相对城市的销售和售后服务来讲，农村地区的此类成本也较高，农民的需求量相对较小，从而制约了企业对农民、农业和农村生产销售工业品的积极性。为此政府需要在降低成本和扩大销量方面对企业生产销售"三农"适用的工业品。

第三，吸纳农民就业，增加农民收入，间接提高农业经营规模。单纯依靠农业收入，是无法解决农民收入稳定增长问题。转移农业剩余劳动力是增加农民收入，提高农业经营规模，从而提高农业农村现代化的必然路径。因此，企业吸纳农民就业也是重要的"补农"渠道。企业吸纳农民就业，一方面增加农民收入，另一方面企业也获得充足的劳动力。但由于农民的素质相对较低，以及户籍制度的障碍和农民社会保障制度不完善，一方面农民的工资待遇受到歧视，就业渠道不稳定；另一方面企业技术落后，竞争力差。从而制约了农业剩余劳动力的有序和积极转移。因此政府需要在提高农民素质、完善相关制度、支持企业发展和保护农民工合法利益等方面对企业和农民工进行激励。

第四，投资农业和农村，提升农业和农村现代化水平，间接增加农民收入。单纯依赖农民和国家的投入，要构建农业和农村的持续发展机制，要实现农业和农村的现代化是非常困难的。虽然财政预算内农业投入有较大幅度增长，预算外农业资金渠道不断拓宽，但财政支农总量仍显不足。而企业投资农业农村能有效地弥补了农户、财政、信贷投入农业不足的问题，有效地破解了农业投入资金不足的难题。另外企业投资农业农村一般规模大，要求土地连片开发，集中管理，直接带动了土地流转，广大农民成为流转土地的受益者，既扩大了农民收入来源，又有效地提高了农业产业化经营水平。企业进入农业农村的同时，也把先进的生产方式、科学技术、管理理念带到了农村，改变了传统落后的生产方式，全面提升了农产品的品质和竞争力，加快了农业技术的进步。但另一方面企业的趋利性使其投资农业可能存在投机性，可能会使粮地、林地另作他用，将威胁到农业安全和生态环境。企业带来的农业规模化和现代化可能会加剧农民的失业问题，激化工农矛盾。因此，政府一方面需要在环境创作方面激励企业投资与农业和农村，另一方面也需要对企业的投资进行监督。

（二）"补农"主体在具体任务上联动

1. 保障重要农产品供给上的联动

保障粮食重要农产品的供给是农业发展的最重要的任务，在市场经济条件下，需要对重要农产品的供给进行保障，从需求的角度讲是由于需求的基础性和难以替代性，从供给的角度讲是由于农业生产周期长、受自然因素影响大、资产专用性程度高使得农业供给短期恢复困难。为了获得重要农产品的稳定供给，政府干预是极其必要的。要实现重要农产品的稳定供给，主要包括三个方面的措施：第一，从生产可能性角度，提高重要农产品的生产能力；第二，从生产现实性的角度，提高农业经营者生产重要农产品的生产积极性；第三，从市场流通的角度，保障重要农产品流通的竞争性和公平性。这三个方面的措施必须同时进行，以最终保障消费者获得最基本的农产品保障。由于农产品的供给保障属于农产品的供给数量和价格问题，农产品的数量和价格的国家干预会扭曲农产品的国际贸易，因而受到 WTO 农产品贸易规则的限制。由于 WTO 主要目的在于保障国际贸易的自由性，因此，其对国家干预的限制主要是限制国家对农产品生产贸易中与数量相关的直接成本和收益的支持，而这些支持主要是影响农业经营者的积极性，对于国家支持农业生产能力的支持，WTO 并不限制。在具体实践中，主要通过改变直接成本和收益，从而影响农业经营者的积极性的支持政策基本上属于 WTO 限制的"黄箱"政策，而主要通过改善农业生产条件和促进农业技术进步，从而影响农业生产能力的支持政策基本上属于 WTO 不限制的"绿箱"政策。

从遵循市场经济规则和国际贸易规则的角度，新时期重要农产品供给保障的基本思路是加大"绿箱"政策和调整"黄箱"政策支持。这些支持政策，从根上来讲，首先也是一个制度政策规范的问题，而不主要是一个任意性和临时性的措施。因此，新时期为了保障重要农产品的供给，需要建立起一整套重要农产品供给保障运作机制。在这一保障机制中，除了后面将要分析的农村基础设施主要包括以下几个方面：

（1）建立和完善重要农产品识别和供给预警制度

重要农产品之所以重要是因为其社会需求的基础性和不可替代性，以及供给容易短缺。保障重要农产品的稳定供给是农业的基本任务和功能。某种农产品是否具有这种属性，并不是一成不变的，随着社会的发展变化，原来重要的农产品可能由于失去了需求的基础地位，或者出现了稳定供给替代品，或者其供给已经不会逆转地满足社会需求，而变得不太重要。某些原来不太重要的农产品由于获得了需求的基础地位，且无法很好地被替代，其供给也容易出现短缺，而变成重要农产品。重要农产品的识别是对重要农产品供给进行支持的前提。对农产品供给进行支持需要加大成本，如果没有准确的识别重要农产品，或者没有在正确的时间进行支持，不仅会产生巨大的社会成本，还会扭曲社会供给结构。因此，要保障重要农产品的供给，首先要建立和完善重要农产品的识别和供给预警机制。重要农产品的识别和供给预警主要可以从两个方面分析：第一，根据社会需求结构的演变和农产品生产结构的演变判断各类农产品的基础性、重要性和供给稳定程度，从而对各类农产品的重要程度进行排序，并根据国家的支持能力确定需要政策支持的重要农产品，并由国家有关部门向社会公布。第二，建立重要农产品的供给信息库，包括全社会生产能力，生产能力影响因子，以及生产能力发挥的程度等信息，为掌握供给缺口的波动趋势提供基础信息，以便预先对可能出现的短缺作出调节。

（2）建立和完善重要农产品投入稳定增长机制

随着市场取向农村改革的不断深化，农业投资主体日益多元化，以往政府作为单一投资主体的局面开始被多种所有制成分的投资主体打破，由各级政府、农村集体企业、大型工商企业、外资企业、私营企业和个人投资者构成的多元化投资主体格局基本形成。从总体上看，由于农业比较效益相对不高，一定程度上制约社会投资的进入，但是农业吸引社会投资的潜力还是很大的。为此，除政府直接增加投入之外，还要引导多种渠道和多种经济成分对重要农产品的投入。第一，完善政府支持方式，改变单一的、直接的、无偿的政府农业投资方式，根据项目性质，采用政府财政补助、财政贴息，建立政策性农业保险机制等，引导各种经济成分、社会各种资金投资农业。特别是采取财政投资补贴方式，既能发挥财政投入的主导作用，吸引社会投资，引导全社会投资方向，又可以避免政府直接投资造成的产权不清、管理不善、效率低下等诸多问题，尤其对一些既具有一定公益性、又直接从事生产经营的建设项目，效果更为明显，这也是市场经济国家比较通行和有效的做法。建议尽快制订和出台有关政策和办法，对农业产业化经营、农业高新科技示范和推广等方面的建设项目，逐步实行财政投资补贴政策，吸引各类社会主体增加农业投资。第二，加快体制机制创新，支持非公有制经济等各种所有制成分从事重要农产品的经营，鼓励各种形式的联合投资。第三，稳定和完善现行农村基本政策，充分尊重农民的土地承包权和生产经营自主权，切实减轻农民负担，维护农民合法权益，调动农民投入的积极性，这是引导农民增加对农业投资的物质前提。第四，建立和完善金融对重要农产品的支持。进一步深化农村金融体制改革，加大对政策性金融的支持力度，建立国家对政策性金融的担保制度，逐步建立由商业金融、政策性金融和合作金融等多样化金融机构组成的、既互相竞争又各有特色、具有内在互补功能的农村金融体系，以满足农民不同的金融需求。同时，从多数地区农村的实际情况看，民间借贷关系在相当长的时期内具有存在的必然性。对此，要积极探索有效的监控和引导办法，当前可考虑在农村地区发展农民合作金融组织，通过农民合作金融组织对民间借贷行为进行引导和规范，既发挥民间借贷对农村金融体系的补充作用，又防范可能出现的风险。

（3）调整和完善重要农产品国内支持

第一，要充分利用 WTO 规则允许的"绿箱"政策和"黄箱"政策，优化国内农业支持结构。我国"绿箱"政策支持不足，支持空间巨大，要进一步加大支持力度。要把"绿箱"支持政策的重点放在加强和改善农业基础设施、支持农业科技上来。农业基本建设投入是我国政府农业投入的主要领域之一，要尽快研究建立稳定的农业基本建设投入增长机制。进一步优化结构，更多地支持农村中小型基础设施建设。农业和农村基础设施是 WTO 农业协议"绿箱"政策中明确规定的"一般性政府服务"的主要内容之一。加强农业和农村基础设施建设，既是政府的职责，也是市场经济国家通行的做法。因此，今后在继续加快建设大江大河大湖综合治理、重要水资源工程和重大林业生态工程的同时，要积极调整政府农业投资方向，重点支持以下以改善农村生产生活条件和增加农民收入为重点的农村中小型基础设施建设，以提高农村公共服务水平为重点的农村社会事业建设和以提高农业综合生产能力和农产品国际竞争力为重点农业基础设施建设。第二，完善对农民进行直接补贴的机制。直接补贴方式具有补贴方式直接、操作简便易行、收益面广、公开透明、政策成本较低等特点。从 WTO 规则和世界各国的农业补贴实践来看，由间接补贴到直接补贴是一个必然的趋势。针对我国农业补贴过多集中在流通领域造成的种种弊端，必须下决心削减对流通领域的补贴，研究建立针对农业经营者的直接补贴方式。现阶段补贴要从有利于提高农业综合生产能力、有利于促进农业稳定发展出发，同时兼顾农业经营者收入水平的提高。一是扩大良种补贴，并向主要农产品倾斜。增加退耕还林、退牧还草、小流域治理等生态环境的保护性补贴，加大农业机械更新、动物疫病防治等农业生产性补贴。对农民购买农业柴油、农用电、农药、化肥、农膜等农业生产资料适当给予补贴。三是探索建立重要农产品生产的直接补贴制度。从保护和支持农业综合生产能力出发，在 WTO 规则允许范围内用足"黄箱"政策，完善主要粮食品种的最低收购价制度，建立农产品反周期补贴制度。

（4）构建和完善重要农产品保险制度

农业生产在很大程度上依赖于自然条件，特别是地理和气候条件，也在一定程度上依赖于当地的经济和技术发展水平。农业保险因赔付率过高，又不能获得政府补贴，因此目前国内各商业保险公司都不愿经营农业保险业务，农业保险基本处于停顿状况。这与我国农业发展不相适应，与日益激烈的国际农产品市场竞争不相适应。作为支持与保护农业的重要手段，政府首先需要建立与完善重要农产品保险制度，选择世界大多数国家采取的以政府组建农业保险公司为主的政策性农业保险经营模式。农业保险基金以政府财政补贴和农户投保保费构成，对农业保险公司的经营管理费用和保险费给予财政补贴，并实行免税政策。目前，发达国家均对农产品在备播、种植、管理和销售四个阶段进行保险，为农民分担风险。而我国在此项领域基本上是空白。建立农业保险体系，是支持保护农业的有效形式，可以有效化解农业生产的自然和市场风险，应积极探索，大胆实验。一是鼓励现有商业保险公司开展农业保险业务，扩大农业保险经营范围，各级财政设立专项资金，对农业保险业务给予适当补贴。二是支持农民和农业经营组织建立为农民生产服务的互助保险合作组织，通过减免营业税、所得税等优惠办法，扶持其发展壮大。三是创立全国性的政策性农业保险机构，并在重要农产品主产区，按照经济合理原则，设立二级分支机构，由基层政府部门暂行代理其与农业经营者直接相关的政策性农业保险业务。四是积极吸引国外保险公司在我国重要农产品主产区设立农业保险机构。

（5）促进重要农产品经营规模化和产业化

推进重要农产品生产适度规模经营，积极发展农村合作经营组织，加快推动重要农产品产业化经营。一是鼓励农业生产实行适度规模经营。针对"两免三补"政策后，部分外出务工农民"回流"种地使粮食生产规模经营出现倒退的新情况，把土地转包收益和与之相关的粮食直补资金，转为外出务工农民的社保和医保基金，并对他们转包土地的行为给予利益补偿，让他们转得安心。二是积极发展农村专业性合作经济组织。政府要在政策、资金、技术上给予必要的扶持，促进农业专业性合作经济组织的健康发展。三是大力推进农业产业化经营。重点抓好三个方面的工作：第一，规范订单，建立监督检查机制，提高订单的履约率，切实保护农民和龙头企业的利益；第二，以产权制度改革为核心，打破地区、部门和所有制界限，有效整合各种资源，组建和培育农业龙头企业或企业集团；第三，坚持按劳分配和按生产要素分配相结合的原则，建立合理的分配机制，把农民由单纯的原料提供者转变为加工增值利益的分享者，使企业和农户真正形成利益共享、风险共担的经营机制。

(6) 促进农业科技进步与推广

要实现农业科技创新，进而实现农业的可持续发展，就要从制度上保证农业科学技术研究所需要的资金和其他必要的资源。传统上农业科技的投入主要是靠政府，然而政府财政投入是有限的，不可能成为农业科技创新长期、稳定、充足的投资主体。因此，我们提出，要建立适应各地区特点的、符合农业科技创新活动要求的多元化的农业科技投资体制。一方面，农业基础科技的研究仍需政府的大量投入，这是由基础研究的特性所决定的。基础研究具有公共物品的性质，难以直接成为技术商品，如耕作技术、植保技术、灌溉技术、养殖技术、育种技术等。然而基础研究一旦取得突破，将会产生极大的"外部效益"，也就是说，尽管基础研究的研究人员不能直接从他的创新成果中受益，然而千千万万的农户没有付出创新成本却得到了收益，大批的应用型农业科技人员也可从中受到启发和帮助。由于基础研究这种特殊性质，政府应从国民经济整体发展和整体资源优化配置出发，加大对农业科学技术研究部门尤其是基础性研究课题的投入力度与政策扶植。另一方面，引导和鼓励民间资金投向农业科技创新的主战场是农业科技体制市场化改革必然的一环，是农业科技投资多元化的必然要求。具体来讲，如下的农业科技应用与开发领域都应该是民间投资的重点方向：农业高新技术研究开发和产业化，农业科技的推广，农田水利建设，农产品仓储，"三农"社会化服务体系和农业信息化等农业基础设施，农业技术转化、推广和服务，农业标准化体系的建立，农业生产、产品贸易和加工流通的规范与研究。目前来看，我国由于农业技术市场不发达，农业科研单位的产权不清晰，农业科技创新的知识产权保护还不到位，因此，民间对农业科技投入的积极性并不高。另外，我国农业生产主要以农户为基础，生产规模普遍较小，农民对采用新技术而增加资金投入的能力有限，受传统习惯和惧怕风险的阻碍，对采用新技术的积极性远没有发达国家的农民高。因此，从总体上看，一般金融机构、企业或农户目前还难以成为农业科技投资的主体，但吸引民间投资的大方向是正确的，在基础性研究项目以外的领域，政府投资逐渐淡出，由民间资本充当主力军是一个总的趋势，在政府的正确的政策引导下也是可以逐步做到的。

运用高新技术改造传统农业，提高农产品的市场竞争力的巨大潜力是无可争议的，当前最紧要的是研究两者结合的机制和形式问题。当前的技术创新体系和成果转化体系存在着很多亟待解决的问题，从根本上讲，仍然是一个制度的问题，或者说技术创新和成果转化等环节之间的关系没有理顺。要建立较为完善的能够持续发展的技术创新和成果转化体系，需要进行市场化改革。第一，建立健全技术交易经纪人制度，理顺各方面的关系，促进产学研结合，促进技术创新，加速成果转化。第二，建立微观主体运用新技术的利益激励机制。农户或企业是不是采用新技术，最终要看他获得收益是不是大与他支付的费用，如果大于，他便具有采用新技术的动力，反之，则缺乏动力。一般可以考虑两方面措施解决这个问题，一是给农户补贴，二是给科技成果提供者补贴，把科技成果转化活技术推广价格降下来。第三，建立技术的市场转让机制。技术的发展及其商品化、产业化，最终归宿在市场。由于各种技术的技术属性不同，其市场效能和产业化程度也存在高低差别。对于那些市场效能和产业化程度较高的技术项目，政府应当通过明晰产权，对科研单位实行企业化改革和鼓励企业成为技术创新主体等办法，促其按照市场机制来进行研发、转让和推广。第四，要建立政府对高新技术及其产业化的风险投资和补贴扶持机制。现阶段农业企业化水平低，农户及企业承载技术风险的能力弱，要求政府对农业高新技术创新及扩散给予有力支持。由于高新技术市场转让机制和风险投资机制的建立有一个过程，政府应当更多地承担起这方面的责任。第五，健全技术推广体系和强化多种组织形式。在农村市场经济逐步发展的形势下，原有的基层技术服务组织的人员组合、工作方式、技术手段不能适应发展特色农业和推进产业化经营的需要，要立足市场经济发展的形势，充分认识新形势下农业技术推广服务的特征与实现方式，在稳定和发挥原有农业事业推广体系的同时，注意研究和发展多种形式的推广服务系统，特别要重视民间自发的农业技术推广服务组织。对各种所有制成分的农业技术服务组织的能级水平，采取组织专家认证制，以确定其服务的领域与技术实力。提倡各种形式的技术推广服务组织与农民签订技术服务与劳绩挂钩的利益分配方式。要巩固和完善农业技术服务队伍，积极扶持农民自主的、农村合作经济组织的、股份合作的等多种形式的农业服务组织。

在推广容易掌握、投资少、见效快的实用技术的同时，应加大高新技术的运用力度。运用高新技术改造传统农业，具体可以采用以下有效形式：第一，建立农业高新技术开发园区。划出一定区域，对农业高新技术进行高密度投入和开发，形成农业高新技术开发、中试和生产基地，使农业高新技术成果迅速实现商品化和产业化。第二，走产学研结合的路子。或者生产企业自己组建研发机构，融科研、试制、生产为一体，实现高新技术向现实生产力转化；或者高等院校和研究院所把自己研究出的具有良好应用前景的高新技术成果，继续通过自身力量进行开发，实现产业化。第三，公司带动农户。这是一种典型的农业产业化组织形式，对于实现高新技术产业化，也具有重要的推动作用。龙头企业要想在激烈的市场竞争中立于不败之地，就必须成为技术创新的主体，不断增加技术开发投入，大力提高其产品的科技含量。一些有条件的龙头企业可以自己组建科研和技术开发机构，也可以通过多种形式与农业科研单位、高等院校、技术推广部门等建立稳定的协作关系，共同开发和推广新产品、新技术，少数龙头企业还可以通过技术入股和股权转让等形式，组建了农工科贸综合集团，走上了产学研结合的道路。

2. 增加农民收入上的联动

（1）促进农村义务教育事业发展

进一步推进农村义务教育的财政体制改革，政府应采取以下措施：第一，使义务教育的经费投入走上法制化轨道。国家应尽快制定并实行《义务教育经费法案》，以规范教育经费的投入、使用和监督过程。第二，有关方面应该尽早核定"儿童生均年义务教育成本"，为政府确定投资数额提供最重要的参数。第三，合理确定中央、省、地市和县级政府义务教育投资分担的比例，进一步明确四级政府的职责。充分重视农村地区的差异，按东、中、西部三类地区不同的社会经济发展水平，建立不同的农村义务教育的投资模式。具体来说，东部七省、直辖市，可以以县和省、直辖市级政府作为投资主体，中部十二省，可以以中央和省级政府作为投资主体；西部十二省、自治区，可以实行中央和省级共同负责，以中央为主的投资体制。

加大投入力度，加快推进农村义务教育全免费的步伐。温家宝总理在十届人大三次会议上作政府工作报告时表示，免除国家扶贫开发重点县农村义务教育阶段贫困家庭学生的书本费、杂费，并补助寄宿学生生活费。这意味着中国贫困地区 592 个县约 1 400 万农村贫困家庭的中小学生将可以享受国家提供的全免费教育。同时提到，到 2007 年在全国农村普遍实行这一政策，使贫困家庭的孩子都能上学读书，完成义务教育。随着经济实力的增强，中国实施九年义务教育全免费制，已具备一定的条件和基础。从农村义务教育对社会主义现代化建设深层次长期的影响上，衡量农村义务教育的地位，从而能进一步加速推进农村义务教育全免费的步伐。农村地区义务教育投入主体的重心仍需上移，应提升统筹重心到省和中央政府，从而真正解决农村义务教育经费问题。应对贫困农村地区义务教育投入作适当倾斜。

（2）促进农村科技文化发展

科技文化是社会发展的精神动力和智力支持，是社会主义精神文明建设的主要内容，特别是农村社会科技文化的发展关系到我国的城乡统筹和和谐社会的建设，也关系到农村长期迅速可持续地发展。第一，制定具体的支持农村科技文化素质提高的政策并保证有效的落实。我国农村科技文化发展跟不上物质文明的发展，在制度上缺乏政策的指导和扶持。乡镇文化站的建设，广播，电影工程的建设，农村中等职业教育的建设应该通过各级政府得到落实，工程的建设要得到经费和政策的支持，防止形式化，使农村科技文化建设得到长期的支持和发展。第二，深化农村教育改革，是推动农村教育发展的强大动力，它与农村经济发展是相辅相成，互相促进的。2003 年温家宝总理提出了深化农村教育改革的途径：一要推进教学改革。职业教育以就业为导向，成人教育以农民技能培训为重点，两者都要实行多样、灵活、开放的办学模式和培训方式，切实培养能真正服务于农村的各类人才，促进农业增效、农民增收，推动农村富余劳动力向二、三产业转移。推进"农科教结合"和"三教统筹"的综合改革。二要进一步建立和完善农业、科技、教育等部门的合作机制，有效统筹基础教育、职业教育和成人教育的资源，构建相互沟通、协调发展的农村教育培训网络和科技推广网络。三要彻底转变鄙薄职业教育的传统观念，使农村职业教育在今后几年有一个较大发展。第三，加强农村科技文化阵地的建设。农村科技文化阵地的建设除了政策上的支持，还需要经济上的支持。政府应该加大对农村科技文化阵地建设的资金投入，保证建设所需的经费。提高对科技文化阵地的利用率，乡村政府可以到较发达地区或者农村科技文化工作较好的乡村学习经验，通过宣传提高农民学习的意识并发挥基层作用，管理组织农民科技文化的学习，在一定程度也有利于丰富农村的文化生活，遏制农村不良文化的蔓延。第四，丰富农村科技文化生活的内容。对于农村的不良文化一味的管不是办法，见效也不会太大，造成这种现象的最主要原因是农村文化生活的匮乏。因此，及时从政策上对农民文化生活加以帮扶，从形式上对文化生活给予创新和改进，发掘农民喜闻乐见的文娱活动，送戏下乡，把节目送到群众炕头上，用健康、向上、有益的文化活动占领农村文化市场，这才是最好的解决办法。

（3）促进农村卫生医疗发展

为推动农村医疗卫生事业的改革，国家也采取了一系列政策，如医药分家、药品的招标采购、医疗机构的分类管理、乡村卫生服务管理一体化、建立新型农村合作医疗制度，等等，但都没有从根本上解决农民卫生医疗保健问题。改革的成效与人们的期望值相差深远。第一，明确农村卫生改革的定位和方向，国家政策上给予制度和法律保障。农村医疗卫生事业的改革必须有明确的方向和稳定的政策，切忌朝令夕改。否则，农民就会疑虑重重，以至于对国家的方针、政策、措施采取等待、观望甚至抵触。由于医疗卫生改革领域的复杂性以及需要深层次性的协同努力，并且又因为其涉及农民的切身利益，因此，必须通过立法来确保多层次医疗保障体系和农村医疗卫生事业的改革与建设。而且国家对公共医疗卫生体系的财政投入以及对农村地区医疗卫生上的转移支付也应该从法律上予以保障，杜绝国家决策意图上的随意性和反复性。在农村合作医疗卫生体系的运作和基金管理方面，也应通过制定公平、公正、公开的各项规章制度和设立非营利性的农村医疗保障管理部门，以及由农民、政府与经办机构、专家共同参加的监督审查机构，确保合作医疗制度的正常运行。第二，理顺农村卫生管理体制，实施乡村卫生组织一体化管理。实施乡村卫生组织一体化管理，确立乡镇卫生院在农村卫生服务工作中的管理地位，盘活现有卫生资源，调动积极性，强化县对乡村的卫生业务扶持和监管功能，提高乡村卫生机构综合服务能力，全面提升农村卫生机构的服务质量和管理水平，加强预防保健和公共卫生服务职能。第三，加大农村卫生投入力度，扶持农村医疗卫生基础设施建设。国家财政对贫困地区农村卫生机构基础设施建设和设备购置应给予补助。落实对口支援和巡回医疗制度，采取援赠医疗设备、人员培训、技术指导、巡回医疗、双向转诊、学科建设、合作管理等方式，对口重点支援县级医疗卫生机构和乡（镇）卫生院建设。要提高投入的有效性，把财政支持的重点调整到支持公共卫生、预防保健、人员培训和建立医疗保障体系等方面上来。第四，改革农村卫生人员培养模式，强化继续教育制度。根据我国农村卫生人员素质低，人才匮乏的现状，一是要定向培养适用人才，鼓励医学院校毕业生和城市卫生机构的在职或离退休卫生技术人员到农村服务。国家可以安排专项资金委托高等医学院校定向为农村培养全科医生，或由医学院校与地方政府联合举办面向农村的大专班的方法，即由学校与地方政府签订协议或合同书，学生全部定向分配到县、乡、村医疗卫生机构工作。二是要强化继续教育制度，加强农村卫生技术人员业务知识和技能培训。第五，加强和完善农村计划生育服务是新时期我国人口和计划生育工作的重要任务，也是建设社会主义新农村的重要内容。加强计划生育技术服务机构建设。进一步明确计划生育技术服务机构的性质、定位和功能。加强村民自治组织和群众团体的能力建设。鼓励和支持计生协等群众团体充分发挥优势，广泛利用资源，创造性地开展各种群众性活动。完善计划生育利益导向体系，继续落实并完善计划生育基本项目免费服务制度，扩大农村部分计划生育家庭奖励扶助制度的覆盖面，并以此为切入点，逐步建立农村计划生育家庭养老保障制度，全面提升计划生育服务水平。

（4）促进中小企业稳定发展

中小企业的特点决定了其成为农业剩余劳动力就业的主渠道。同等情况下，中小企业比国有大中型企业能容纳更多的劳动力，可以提供的就业岗位更多。目前，中小企业数量占全国企业总数的99.8%，提供了80%左右的城镇就业岗位。我国有8亿农民，正处于由农业经济向现代工业经济过渡的阶段，农业和中低文化程度人口就业矛盾突出，劳动力人口平均教育水平尚在初中以下。中小企业具有规模偏小、涉及行业领域广泛、劳动密集型企业比例高、对从业人员要求门槛偏低的特点，能够解决中低文化程度人员就业问题。发展中小企业是适应目前我国人口素质结构的就业要求。新时期支持中小企业发展的运作机制创新包括以下四个方面。第一，放宽和规范中小企业市场准入。继续清理和修订有关法规、规章和政策性规定，扩大中小企业市场准入领域。改善创业环境，鼓励个人和法人依据国家政策法规创业发展，投资、投劳建立中小企业。第二，着力缓解中小企业融资难的问题。要深化金融体制改革，建立和完善银行体系，发展适应中小企业贷款特点的金融组织。引导和鼓励金融机构改进金融服务，创新金融产品，调整信贷结构，增加对中小企业的贷款。健全中小企业信用担保体系，推进中小企业信用制度建设，提升中小企业信用等级，为中小企业贷款融资提供方便。健全和完善多层次资本市场体系，办好证券市场中的中小企业板块，扩大中小企业直接融资渠道。加快健全中小企业创业（风险）投资机制，疏通风险资本的进入和退出渠道，鼓励和支持中小企业创新发展。第三，加大技术创新和人才开发支持力度。抓紧制定促进中小企业技术创新的政策措施。充分发挥公共财政的引导作用，建立和完善中小企业公共服务平台，健全服务网络，为中小企业提供综合服务。完善知识产权保护体制，提高中小企业创业创新的积极性。重视中小企业人才队伍建设，完善人事管理、职称评定和政府奖励等方面的政策措施，加强对中小企业人才培训的支持。第四，健全中小企业社会化服务体系。健全中小企业服务机构，发展为中小企业服务的专业组织，转变服务观念，开拓服务渠道，提高服务能力，完善服务功能。推进有关行业协会改革，加强行业自律。逐步建立中小企业监测体系，及时发布有关中小企业发展的产业政策、发展规划、投资重点和市场需求等方面的信息，引导中小企业持续健康发展。

3. 改善农村发展环境的联动

农村基础设施是为农村经济、社会、文化发展及农民生活提供公共服务的各种要素的总和。作为农村社会生产、生活活动的"共同生产条件"，基础设施是农业经济发展的基础，是加快农村现代化、城镇化建设的根本，是增加农民收入、缓解农村就业压力、提高农民生活质量的关键。但由于它具有潜在的高风险、农业自我积累能力弱、二元财政供给体制等原因，长期以来，我国农村基础设施投入不仅总量不足，而且结构不合理，以致农村基础设施供给能力严重滞后于农业现代化、农村可持续发展的需求。新时期，大力发展和完善农村基础设施是"以工补农"的基本内容之一，而要发展和完善农村基础设施，首要的就是要构建和完善适应市场经济的农村基础设施投入与建设制度。

（1）构建适应"三农"发展的农村基础设施投入保障制度

第一，根据城乡统筹发展的原则，加快推进基础设施供给制度的改革与完善，逐步建立起适应公共财政要求、符合国际惯例，城乡统一筹划、统一政策、统一标准、统一待遇的新型现代基础设施供给制度。第二，以法律的形式确保农村基础设施建设资金有稳定的来源，例如制定法规确保某些农村基础设施在各级政府财政支出中的比重，或者确保某些农村基础设施财政支出占 GDP 的比重，并且对市场融资模式也应予以保护和支持。从西方国家经验以及我国各级政府的财力来看，农村基础设施长效筹资机制应由财政投资和市场融资两方面构成。第三，通过制度安排，优化投资结构，突出重点。把资金主要投向市场不能解决或农民千家万户难以解决的属于公共利益、公共需要的事情和问题，以提高农业的综合生产能力，实现农业的可持续发展。如支持农业结构调整和农村中小型基础设施的改善；加快农产品流通和检验检测方面的基础设施建设步伐；强化农业发展的综合配套体系投资力度；继续搞好天然林保护、退耕还林还草和湿地保护等生态工程建设。第四，通过进一步调整和理顺各级政府的财政分配关系，合理划分、科学确定农村基础设施供给的事权和财权，使两者相对称、相统一。第五，根据受益范围的大小，合理划分全国性、区域性、地方性农村基础设施的界限，并由相应层级的政府予以提供。社会治安、物价稳定、收入分配、政府活动、公共卫生等方面的基础设施受益范围遍及全国，属于全国性基础设施，与农民的直接利益关系较小，根据效率与公平原则，应由中央政府提供。交通、通讯、供电、基础教育、减灾防疫、环境保护、小流域治理等具有"外溢性"的区域性基础设施，由主受益地区举办，中央给予补助。田间公路、六小工程等受益范围局限于某个地区的地方性基础设施，原则上应由地方政府（主要是省政府或市政府）承担，但政府应根据公平的原则，按贫困程度予以支持。

（2）构建以政府宏观政策为引导的政府投资、民间投资和外商投资共同参与的多元投资体系

农村基础设施虽从总体上来看，政府投资应发挥主导性作用，但在政府财力有限的情况下应逐步形成政府投资引导的多渠道、多元化投资体系。对于农村基础设施中非经营性或关系国计民生，社会效益非常大的项目，仍应以政府投资为主体，除此之外的建设项目都应允许或鼓励社会民间资本进入。第一，改革农业发展银行的业务范围，充分发挥政策性银行对农村基础设施的支持作用。从政策性金融机构的功能来看，农业发展银行贷款主要投向一些社会效益好、但自身经济效益低、资金回笼慢的项目，农村基础设施投资无疑具有上述特点。因此，农业发展很行应改变多年来业务范围过于单一的做法，扩充体现国家支持农业和农村经济发展意图的政策性业务，像交通、小型水利、信息化建设等带有明显社会效益，却因缺乏资金保障而长期得不到有效供给的基础设施

建设贷款应当成为改革后农业发展很行首要的业务选择。第二，进行金融创新，以农村小型基础设施项目收益权或收费权为质押争取贷款。银行等金融机构可进行业务创新，对经济效益好的农村基础设施可开展项目收益权或收费权的质押贷款业务，如农村电网、灌溉和水利设施、交通运输设施、供水等收费权的质押贷款业务。此外还要努力争取世行等国际金融组织提供的低息贷款。第三，实行 PPP 融资方式。PPP（Private build—Public leasing—Private operate）是私人建设—政府租赁—私人经营的方式，是在 BOT 方式基础上衍生的新型公共物品投融资方式。它的核心思想是：政府将规划建设的基础设施项目投资权通过特许协议交给私人部门开发，由私人部门进行融资和建设，政府租赁投产的特许项目，然后再通过特许权协议安排，政府将所租赁的项目委托私人部门运营。在 PPP 融资方式中，由参与合作的各方共同承担责任和融资风险；项目投产后，由政府租赁，有助于解决私人部门不愿意经营或不能由其垄断经营的问题；通过第二次特许权协议安排，委托私人部门运营，可以避免政府经营的低效率问题；PPP 项目可以使政府无需大量投入资金，便可起到经营杠杆作用、达到对基础设施产业的调控目标。PPP 方式在运行中适用于大型的、一次性项目，如乡村道路、学校、公共卫生、水资源等使用费偏低、资金回报率可能较低的设施。第四，调整农村产业布局，通过招商引资加大对农村基础设施的投入。当招商引资到乡镇后，其"三通一平"等工作不仅直接改善了项目所在地的供水、供电、道路、通讯等基础设施状况，而且项目建成后，在带动当地经济发展的同时，也将推进项目辐射范围内的基础设施的改善。

（3）改革和完善农村基础设施经营管理体制

过去对农村基础设施的管理主要是一种实物管理和设备管理，谈不上什么资产经营管理。无偿服务、无偿供给、无偿消费，导致供给越多而需求缺口越大，实现扩大再生产步履维艰。因此，建立与市场经济相适应的经营管理体制就成为有效增加农村基础设施供给的一个重要途径。第一，经营性或竞争性基础设施要逐步改造成公司制，实行现代企业制度，按一般生产企业运作，企业应独立自主，自负盈亏，为农业生产提供的各种服务都要收费。这里，"费"的本质就是服务产品的价格。第二，非经营性或非竞争性基础设施实行以价值管理为主，以实物管理为辅的体制。这类设施以社会效益为主旨，可以是无偿服务，或低偿服务，投资和经费来源主要由财政、税收负担。但内部也要讲究经济效益，讲究责、权、利相统一。第三，所有农村基础设施要尽可能实行资本化和价值化管理，实现保值、增值。第四，农村各类小型基础设施可改建成各种合作经济、股份经济、股份合作经济等形式。明晰产权，按企业化原则经营。总之，经营管理体制可以概括为终极所有权归一化，所有权与派生权相分立，责、权、利相统一，且有完善的法律制度保障，能够在资本循环和周转中实现保值、增值的资本型、价值型管理体制。不论是全国性还是区域性、地方性的农村基础设施，不论是经营性还是非经营性农村基础设施，都应朝着与市场经营运行机制相一致、相适应的方向发展，最终使之成为我国市场经济体制的一个有机组成部分。

(4) 保护农村生态环境

农村可持续发展是国民经济和社会可持续发展的基础，要实现农村可持续发展的关键又在于保护好农村生态环境，在市场经济条件下，保护农村生态环境关键在于构建和完善农村生态环境保护制度。

加强我国农村环境法制建设，依法保护农村环境。目前，我国已经颁布实施了一些有关农村环境与资源方面的法律、法规，各地也根据各自的实际情况制定了一批适和本地情况的地方环境法规和地方环境标准。但就整体而言，我国农村环境保护的法律法规体系还很不完善，可操作性不强，有些法律法规由于是在计划经济体制下制定出来的，其中的不少条文和规定已不再适应变化了的情况，另外在农村环境和资源保护的不少领域，我国还存在着法律法规上的空白。因此，我们必须采取有力措施，加强社会主义市场经济体制下的农村环境法制建设。一是要在农村环境立法中充分考虑农村经济发展的可行性，有利于促进农村经济的持续、快速、健康发展；二是要在农村经济立法中充分考虑环境保护的要求。有利于农村经济促进农村环境协调发展；三是要严格农村环境执法。使法律规定的各项措施得以实施。

创新农村环境管理方式。环境管理是从环境保护的立场出发，实现可持续发展的一种途径，这样的途径不仅有助于促进人类发展，同时也满足当代人和子孙后代的基本需要。环境管理并不仅仅意味着管理环境本身，它也是管理各种社会行为参与者使用各种环境和自然资源以及与环境和自然资源相互影响的途径。第一，全面推行排污许可证制度。是以污染物排放总量控制为基础，对排污者排放污染物的种类、数量、时限、排放方式、排放去向等作出规定，通过运用法律、经济、行政等手段，实现强化环境管理、控制污染、促进环境质量改善的一项重要环境管理制度。推行排污许可证制度要紧紧抓住核定排放指标和证后管理两个关键环节，并将相关环境管理制度有机地结合起来，只有这样，这项制度才能真正发挥作用。第二，公众参与环境管理制度创新。公众参与环境管理制度创新包括"建设项目环境管理公示制度"（包括环评中的信息公示制度和审批公示制度）、环境违法行为有奖举报制度、企业环境行为信息公开化制度等。第三，区域环境与发展的综合决策制度。一要对已有的相关法规、规章及政策进行修订、调整，突出并加强有关综合决策的规定，明确综合决策的法律地位；二要制定新的专门规定政府及各行政主管部门实施综合决策工作程序、实施模式、基本内容、涉及领域与范围的法规、规章、技术导则与实施指南等。

创新自然资源开发利用制度。第一，自然资源产权制度。合理的自然资源产权制度就是明确界定自然资源的所有权和使用权，以及在自然资源使用中获益、受益、受损的边界和补偿原则，并规定产权交易的原则以及保护产权所有者利益等。合理的产权制度不仅可以提高资源的利用效率，促进国民经济的快速健康发展，而且对于生态环境保护、协调经济与环境的关系具有重要的意义。自然资源产权制度创新重点在于两个方面：一是严格界定自然资源产权权能界限，使产权主体明确化，产权清晰明确。二是使自然资源交易逐步市场化，减少自然资源交易成本，而且通过市场价格机制的自动调节作用，使自然资源得到合理配置和有效利用，使自然资源所有权的经济权益能在制度上得到充分体现，从而保证经济得到最大限度的发展。第二，自然资源使用制度。在明晰产权、调整产权关系的前提条件下，应该进一步改革和完善自然资源使用制度，通过新的制度安排，实现自然资源使用制度创新。自然资源使用制度创新着重体现以下特点：一是自然资源的所有权和使用权分立；二是坚持自然资源的有偿开发利用原则；三是实行低消耗、高产出的集约化经营，提高资源利用率；四是充分发挥市场机制对资源配置的基础性作用，综合运用经济、法律、行政等手段配置资源；五是建立中央政府与地方政府之间规范化的委托代理关系，避免地方政府对国有资源使用权不合理的瓜分。第三，自然资源核算制度。为了给实施可持续发展战略提供一种强有力的宏观调控手段，必须改革现行的经济核算体系，建立并推行包括自然资源与环境核算在内的新型国民核算体系，用"绿色 GDP"取代传统的 GDP 体系。新国民收入核算体系应当具有以下几个特点：一是将自然资源视为国民财富的一部分，并与固定资产、流动资产合在一起共同构成整个国民财富；二是把自然资源核算与 GDP 及资本形成相联系，也就是说，将一定时期的自然资源从自然状态开发成为自然资源产品，通过加工制造成为资本形成的一部分来对待。三是在自然资源核算体系中，把自然资源再生产活动作为独立的资源产业部门来对待。

（5）促进农村小城镇建设与发展

农村小城镇建设是农村城镇化的基本内容之一，大力发展农村小城镇是消除城乡差别的重要途径，在市场经济条件下，大力发展农村小城镇关键在于构建和完善一系列有利于农村小城镇发展的制度。

首先，改革和完善支持小城镇发展的财政体制和投资体制，为小城建设提供稳定的资金支持。第一，建立和完善城镇分税制财政管理体制。分税制财政体制要适应小城镇建设的需要。镇级财政活不活，镇级有没有资金用于小城镇建设，是推动小城镇建设发展的重要因素。农村税费改革后，各级财力都比较紧张，镇级财政更为困难。因此，各级财政部门要树立"放权"、"让利"的思想要按照效率与受益原则，科学划分小城镇与县市（区）的事权分工范围，按照事权与财权相统一的原则，合理划分收入范围，给地方财政更多的自主权。第二，积极构建小城镇公共财政支出管理体系。小城镇财政要为满足社会公共需要原则提供资金保障。财政性资金要退出经营性、生产领域，重点满足小城镇发展与建设中各类公共基础设施建设的支出需要。要大力推行部门预算改革。按照《预算法》的要求，对小城镇所辖各单位实行部门预算，对预算内外财力综合统筹，节约更多的资金支持小城镇建设。第三，加大镇级财源建设的扶持力度。一是在资金上予以扶持。各级财政部门都应拿出一定的资金来支持乡镇企业的发展，重点是帮助乡镇企业进行技术改造、技术创新和技术进步，增强其市场竞争能力。二是在项目上予以支持。国家在制定重大产业政策、确定重大建设项目时，要有意识地对镇级进行倾斜，支持乡镇企业的发展。三是要进一步放宽农民从业限制。要适当简化农民务工经商的手续，给予他们必要的税收减免优惠，减轻他们的税费负担。四是要对不同类型的企业实行不同的税收政策。特别是对那些高科技企业、有市场发展前景的企业实行必要的税收减免，增强企业发展后劲。第四，建立多元化的投资融资体系。加快小城镇建设要有更为宽松的投资环境。财政资金投入必不可少，仅靠财政资金也只能是杯水车薪，建立起多元化的融投资体系才是根本出路。一是中央、省、市、县各级财政每年都应拿出一定数量的资金，作为小城镇建设专项资金，统筹安排，重点支持小城镇公共设施和公益事业建设；对一些功能齐全、带动性强的小城镇，中央、省、市还可采取贴息配套奖励办法，促使小城镇加大对基础设施的投入力度，加快建设步伐。二是要加快农村金融改革，搞活农村投融资机制，对农民进城发展经济实行积极的货币政策。三是要多渠道地筹集城市建设的中长期投资资金。四是建立多元化的融资机制。按照"谁投资、谁受益"的原则，除了动员农民开展多种形式的劳务、资金投入外，要动员社会各方面的力量进行水、电、路的综合开发。五是搞好招商引资工作，积极引进外地的技术和资金。

其次，改革流通体制，大力培育市场体系，从而带动小城镇的建设与发展。商品的"聚散"功能体现在商品流通的"活"与"不活"上。

目前小城镇在商品流通领域开发还很不够，必须尽快建立起较为规范的流通体制。重点是要搞活农产品流通，要通过采取组建农产品流通机构的方式来指导农产品生产、销售，帮助信息搜集、进行种子、农资供应；要按照产品销售区域化、专业化、特色化的要求抓好市场建设，增强农产品的市场竞争力和吸引力；要搞好销售环节的联营开发，大力开拓流通市场，增强吞吐力，使商品流通真正成为增加就业机会，富镇富民的主战场。

最后，改革运行体制，为小城镇的健康运转和内涵型成长创造条件。第一，建立适应社会主义市场经济要求和现代城镇发展需要的城镇管理体制。加强城镇的规划管理，编制好各类城镇规划和城镇体系规划，加强城镇规划对城镇建设的指导和约束，健全城镇规划实施机制，加强城镇建设的管理，运用法律手段强化对规划、设计和施工的监管。改变重建设，轻管理的倾向，建立管理职能明确、管理手段先进、办事高效、运转协调、行为规范的行政管理体系，建立一支高素质、专业化的城镇政府行政管理干部队伍。增加城镇规划管理的透明度，提高社会公众的参与意识，建立城镇规划管理的社会公众监督机制。按照市场经济要求，转变城镇政府职能，实现政企分开，把企业生产经营管理的权力切实交还企业；按照精简、统一、效能的原则，进行城镇政府组织结构调整，实行精兵简政；按照权责一致的原则，调整城镇政府部门的职责权限，明确划分部门之间的职责分工，完善行政运行机制；按照依法办事、依法行政的要求，加强行政体系的法制建设。第二，建立新土地管理制度。改革城镇土地市场化运作和管理机制。盘活土地存量，提高土地使用效率，使之更好地为城镇服务，是小城镇建设面临的一大难题。目前，小城镇建设成本比较高的一个重要原因就是征地成本过高，而且征地后原居民不好安置。在城镇土地的使用上，要做到"两个坚持、一个搞活"。一是要坚持统一管理。对于建设用地要实行政府统一规划、统一管理、统一供应。建立和完善土地的政府统一收购、统一开发、统一储备、统一供应、统一管理的制度和体系。二是要坚持土地有偿使用。要严格控制土地使用权划拨范围，大力推行国有土地有偿转让。可以采取招标、拍卖、租赁、作价出资或入股等方式，进行土地开发与利用。三是要搞活土地市场。坚持用效益的观念，把土地经营作为培植财源，聚集资金，增强发展后劲的政府工程来抓，做到以地生财，以地建城，以地兴工，以地活商，以地带动相关产业的发展。要协调好计划、城建、规划、房管、财政等部门的职责，实行"一个窗口对外、一站式服务"，营造良好、公平、诚信的土地信用环境。

第九章　新时期"补农"主体联动
整合的实现路径

一、通过完善涉农市场制度构建联动平台

完善与"三农"相关的市场制度，一方面可以更好地保护农民的经济利益，使得其与"补农"主体之间的市场交易能够起到"补农"的效果；另一方面在公平有序的基础上建立长期市场交易关系，使"补农"成为一种持续稳定机制，因此"以工补农"首先需要通过完善涉农市场制度来构建政府与各市场主体联动的平台。

市场经济制度本身的完善一方面可以直接产生支持性效果，因为制度不完善会导致"三农"利益的隐形流失，另一方面完善的市场经济制度可以更好地使政府引导市场主体支农良好的运行。因此完善市场经济制度，从而使"以工补农"更好地运行是新时期"以工补农"的一项基础性工作。从支持"三农"的具体要求来看，新时期"以工补农"良好运行的基础性制度主要侧重于农民的市场主体制度和土地制度两个方面的制度。农民的市场主体制度是关于农民作为市场微观经济主体的基本权利义务的界定，土地制度是关于"三农"最基本和最重要的生产要素——土地的基本权利义务界定。对这两项基本权利义务清晰完善的界定，将为"三农"的市场化运作提供基础机制，从而将使三农要素实现优化配置有了坚实的制度基础。

（一）改革与完善农村土地制度

农村土地问题关系到农业、农民和农村三个方面的问题，土地之于农业是一个效率问题，之于农民是一个收益问题，之于农村是一个区域发展的问题。土地的农业效率问题的症结在于土地的规模和经营者的能力问题，这要求土地适度集中和自由流转；土地的农民收益问题的症结在于土地权益变为现实的收益问题，这要求农民的土地权益具有现实的有保障的实现方式和途径；农村的土地区域发展问题的症结在于土地在各种用途上的优化配置和高效利用问题，这要求土地在各种用途上能够适度流转，并保障土地使用的经济性。这一些问题的解决，一方面要求完善土地的市场化运作机制，另一方面要求政府的适度干预。具体地讲，新时期从支持"三农"发展的角度，农村土地制度的创新主要从以下几个方面入手。

1. 农村土地产权界定明晰，并保障权利的实现

产权是由一系列具体权利组合而成的权利体系，所以在实践中存在名义产权和实际产权的问题。名义产权主要是指权利的法律归属，实际产权是指在实践中真正的控制者和受益者，名义产权主要与基础性制度有关，而实际产权主要与规范性政策有关。在实践中，名义产权和实际产权往往不一致，其根本原因就在于缺乏相应的规范性政策保障权利的实现。目前，学术界关于我国农村土地产权制度改革的主要观点有：坚持农村土地所有权的集体所有制，经营上实行租佃化、股份制；国有私营；多元化的土地所有制；土地私有化的观点，等等。其实农地产权在名义上的归属，从某种以上讲并不重要，最关键是谁真正控制土地的使用和收益。农村土地产权界定的实际上就是要明确谁应该控制土地的使用和收益，又如何保障产权主体能够控制土地的使用和收益。

从目前的情况来看，与农村土地的使用和收益相关的主体主要包括农户、农村集体经济组织和国家。按照宪法和其他相关法律的规定，农村土地所有权归集体，农户享有土地承包经营权。根据土地的社会功能来讲，现阶段主要包括三个方面的功能：农户收入的保障功能，基于重

要农产品供给的社会稳定功能和其他生产和生活的承载功能。在这中间，农户的收入和重要农产品供给需要受到特殊的保护，而其他生产和生活的承载功能，可以完全由市场来调节。从这个角度讲，现阶段维持现行土地所有制及其使用权制，有其合理性，而且，也没有明显的证据证明其他所有制更适合，根据实际存在的"路径依赖"问题，维持现行土地基本制度是合理的。现行制度在保障农户的基本生存，以及重要农产品的基本供给有着重要的历史贡献和现实意义。但由于其中的具体权利还存在模糊的地方，尤其是部分权利的缺乏明确的实现方式，这些问题是新时期土地制度创新的基本方向。

新时期，土地制度创新是在现行基本制度不变的情况下，对具体权利进行明晰和更好地保障实现。具体来讲，土地制度创新的目标包括三个方面：第一，保障农民的利益；第二，保障重要农产品生产对土地的需求；第三，提高土地的利用效率。为了实现这三个目标，新时期土地产权的明晰界定需要达到三个方面的要求：第一，切实有效地保障农民的土地使用权和收益权，第二，国家有权限制农地用途的改变，第三，土地使用权能够自由高效地转让。

具体地讲，土地产权的明晰界定可以从以下三个方面进行。第一，进一步肯定和稳定农村集体的所有权和农户的使用权，一方面通过完善农村集体经济组织的自治机制，使村民集体真正成为所有权主体，另一方面通过完善农村集体经济组织的内部民主机制，使村民集体真正成为村民的集体，使每一个村民的意愿都能够通过合适的渠道得到表达，同时使集体的决策真正成为村民共同利益的体现。第二，在完善村民自治机制和内部民主机制的基础上，逐步通过明确集体的收益权和农户分配机制以体现所有权的价值和村民参与民主决策的积极性，同时也可以是集体组织在规模经济和合作经济上的积极作用体现出来。第三，进一步明确和细化国家对农村土地用途和转让的干预权。国家干预权的明确和细化从另一个角度讲就是更好地保障集体有所权和农户的使用权。国家干预应主要界定在保障农户的长期利益和社会的公共利益。保障农户的长期利益主要应从严格限制土地所用权的变更入手，保障社会公共利益主要应从严格限制农业土地用途的变更入手。同时为了保障集体的所有权和农户的使用权，还需要明确限制政府对土地的权属变更进行随意的干预。

2. 构建和完善农村土地流转制度，使土地权利主体的利益得到更好的实现，并使土地得到优化配置

农村土地的流转包括所有权的改变、使用权的改变，在权属改变过程中即可能伴随着土地用途的改变，也可能仍保持土地用途的不变。农村土地的流转既是土地权利及其利益的具体体现，也是土地优化配置的要求。农村土地流转制度是由在土地基本权属的基础上的一系列规范化政策构成。从目前的情况来看，农户土地权利和利益没有充分体现，土地配置效率不高的主要问题就在于缺乏完善的土地流转制度。新时期，完善农村土地流转制度，对农业、农民和农村的发展来讲都是极其重要的支持。具体地讲，完善农村土地流转制度主要可以从以下几个方面入手。

第一，在农业用地之间，可以实行自由、灵活的横向土地流转制度。农业用地的流动要引入市场的机制，形成农业用地择优配置的市场取向，培育土地经营的合理规模。近年来，我国实际流动配置的农业用地面积很少。虽然现在农民已经不完全依靠土地，而且都有其他一些收入作为家庭生活的保障，特别是小规模经营土地已经成为一种负担，农民都想把手中承包的土地转让出去，但是却没有出现农业用地的大规模流动和优化配置。造成这种现象的主要原因是国家在这方面没有一些具体的政策法规和鼓励手段。虽然《土地管理法》第二条明确规定：土地使用权可以依法转让，但是缺少具体的实施方案和规则，因此农民们即使想转让，也只能苦于找不到相关实施细则而放弃。新时期，让承包户之间进行土地使用权的转让、转包、出租能有一个相对宽松的环境。特别是那些"无心种地户"与"种地能手户"之间的土地流转，更应该采取措施予以支持和保护，让拥有机械化作业能力的承包户能够得到更多的土地，搞规模经营，使资源得到最优化组合。同时，农村集体经济组织应该牢牢把握土地的所有权，对违法的土地流转行为进行必要的干预，保证农业用地的面积。

第二，把土地征用严格限定在公共利益范畴，如将土地征用限定在国家机关用地和军事用地，城乡基础设施用地和公益事业用地，国家重点扶持的能源、交通、水利等基础设施用地，等等。完善土地征用程序，逐步透明化、公开化，规范政府行政行为，严格约束政府滥用公共权利侵害农民土地财产权益的行为。在征地补偿过程中，必须充分考虑农地的社会保障和失业保险功能，提高农民集体农地所有权、农户农地承包经营权以及社会保障和劳动就业等方面的补偿标准，同时国家有必要对农地进行分等定级并开展基准低价的评估工作，并且以此为基础按各地区的具体情况较为合理地确定征地补偿额度。

第三，对于非公共利益性质的征地行为，必须引入市场机制。农民和用地单位必须有平等的参与谈判的权利并达成交易，转换农地产权变农地集体所有为国有的同时，保证农民集体和农户分享农地转变用途之后的土地增值。农地转变用途之后的土地增值即土地发展权收益，一定程度上是由于城市经济发展的外部性带来的，因此各级政府可以通过征收土地增值税的方式提取一定的比例，用来协调由于土地利用规划引起的土地发展权配置不均而造成的地区之间、城乡之间、集体组织之间的利益冲突。土地增值收益必须纳入各级财政，并严格规定其用途。中央政府可以从宏观经济的角度协调农村地区发展的不平衡，将土地增值收益纳入农民的社会保障基金，逐步建立农村的社保体系。各级地方政府则应该将土地增值收益用于基础设施、教育、医疗等公共利益性质的建设，防止地方政府和村干部以各种形式变相转移和侵吞土地收益。

第四，完善土地承包经营权流转市场交易制度。一是建立土地流转的评估机构。积极开展土地评定、评估、登记等工作，为加强土地流转与管理提供科学依据。建立县、乡、村三级土地流转服务体系，建立土地流转服务中心，满足土地流转的市场需求。二是积极建立土地流转的交易信息网络。由相关主管部门或中介服务机构通过各种渠道调查和搜集土地流转的供需、市场价格等信息，并加以统计、分析和预测，公开对外发布，使农户及有意投资农业的经营者能及时、准确获得可靠信息。三是加强土地流转纠纷调解。组建土地流转的调解处理机构，确立土地流转纠纷的调解管辖部门，维护土地所有者、承包者和经营者的合法权益。四是成立县、乡（镇）两级土地监察机构，对土地使用权流转的具体业务范围、流转形式、操作程序等进行监察，对违规失范行为进行严肃查处。积极做好土地流转合同的签订，及时办理合同变更、解除、签证等工作，促进土地流转合同规范化发展。五是加强土地流转档案的监管。重点对拟转让方的土地情况、基本条件和拟受让方的土地需求情况进行登记造册，存档备案。对每块土地进行"身份"管理，防止土地在流转过程中遗漏、流失，促进土地流转规范有序发展。本着"严格、规范、灵活、可操作"的原则，积极探索创新土地经营机制，促进农村土地依法、自愿、有序流转。

（二）改革与完善户籍制度

构建和完善农民市场主体制度就是要通过一系列制度创新，确认和肯定农民的自由平等的市场主体地位。微观经济主体是市场机制的灵魂，合格的微观经济主体是完善的市场经济的基本要件之一。农民要成为合格微观经济主体的首要条件就是具有独立自由的决策权和行动权，新时期，构建和完善农民市场主体制度的核心就在于改革传统的二元户籍制度，赋予农民独立自由和平等的决策权和行动权。

现行的户籍制度将我国居民分为"城市人"与"农村人"，"城市人"和"农村人"享受着完全不同的教育权利、劳动权利和其他一系列社会福利。现行户籍制度是造成城乡物质文明和精神文明两重天的基本制度原因。在城市居民处处享受特权与优待的时候，农民的权益却十分微弱，这便是我国城乡利益的基本格局。显然，这一严重失衡的城乡利益格局在一个奉行人人平等为基本原则的社会主义社会中不具有合理性，更与以公正、平等、自由竞争为灵魂的市场经济体制不相容。保持失衡的城乡利益格局以维护市民利益实乃现行户籍制度的根本性缺陷，是其一切弊端与负面影响的根源。如此，新时期改革户籍制度，实际上就是要重新调整这个业已严重失衡的城乡利益格局，就是要降低乃至最后取消市民那些不应有的特权与待遇并相应地提高农民的权利与利益，就是要实现城乡居民身份统一、权利平等和机会均等，这是社会主义市场经济体制的必然要求。因此，城乡利益格局的重新调整、城乡居民身份、权利的平等化是户籍制度改革的目标模式和出发点。

1. 通过户籍制度的改革，农民应当获得的平等权利

在新的户籍制度下，农民享有市场经济条件下一切正当的和社会经济发展水平所能许可的市民权益与自由。这些权益与自由主要包括：第一，公平竞争一切就业岗位包括在政府部门任职的权利；第二，在竞争就业和其他情况时不受歧视；第三，同工同酬；第四，居住自由与迁徙自由；第五，在居住地接受义务教育的权利；第六，取得同等社会保障（失业、养老、医疗、工伤等）的权利；第七，生活处于贫困线下时获得政府救济的权利。

通过户籍制度的改革，新的户籍不再成为身份和地位的区别，居民在新的户籍制度下应具有以下三个方面的特征：第一，居民仍然具有所居城市的户口，但户口登记不是居民的权利而是居民的义务。居民户口不表示身份，不是取得各种资格的条件，不附加任何权利与利益，户口只表示居民的居住地点，只为国家统计人口提供便利。第二，居民没有固定性身份，没有不平等的身份，没有干部身份和工人身份，没有全民职工身份和非全民职工身份，只有不固定的职业身份和在雇佣关系中的不同地位即雇主与雇员。第三，签订契约是居民实现各种权利的手段和权利，遵守他自己在平等、自愿条件下与他人包括其他市场主体签订的契约是居民的重要的基本义务。

2. 户籍制度创新可遵循的大致过程

户籍制度的创新应体现在循序渐进的原则。因为我国是个农村人口众多的国家，全部放开户籍制度可能形成的冲击过大，既不可能也不现实，所以我们应该有序进行户籍制度的创新。首先，立即停止征收暂住人口登记费、流动人口管理费、用工许可证费、城市增容费等等一切基于户口身份而开征的各类费用，停止出卖或变相出卖城市"非农业户口"或在城市定居的资格。给予长期生活在城市的事实城市人口的子女在常住地享受与市民子女同等的义务教育的权利。此二者是入城农村人口向新市民转化最起码与最重要的基础。其子女在城市的受义务教育权尤为重要，因为这将关系到下一代市民权利的平等。平等的受教育权属于最基本的人权，在国际社会一般不受国籍限制（比如不承认非法移民具有就业权的美国，却赋予非法移民的未成年子女在其国享受不受歧视的义务教育）。然后，适当的时候给予入城农村人口在城市定居权（包括购房权、建房权和不受强行遣送回原籍的权利）、贫困时获得政府救济的权利。城市住房、医疗、失业、福利、就业等项制度的改革只能建立在雇主、雇员和个体劳动者有别的基础上，而不得将改革的范围局限于某一类或若干类特定身份的群体之内。同时，废止国家正式途径的"农转非"，凡符合现有"农转非"的条件者一律直接地不受限制地转为新市民。最后，在各类相关制度的改革行将结束之际，将所有入城农民纳入新市民行列，赋予他们和一切市民平等的、非歧视的竞争就业岗位的权利、同工同酬的权利以及其他新市民权利。另外，从区域的角度讲，可以首先在中小城市率先放开户籍，农民工可以凭身份证等有效证件取得当地户口，一旦取得当地户口，农民工应和当地居民享有同等待遇。中小城市的户籍放开是户籍制度创新的突破口。因为这种制度变迁所带来的社会收益，且中小城市户籍放开的成本较小（相对于大城市），所以这种制度创新容易实现，所受的阻力也较小。其次，在中西部急需发展的城市可以放开户籍，以提升中西部地区城镇化率，加快城市化进程。当这些制度变迁较为成功时，可以在大城市进行推行。

（三）完善就业与社会保障制度

1. 以构建劳动力自由流动为目标的农业剩余劳动力转移制度创新

农民的自由流动既是农民作为劳动力资源优化配置的基本条件，也是农民获得最有报酬的基本条件。传统体制下，限制农业劳动力向城镇转移的主要有两大原因和目的：第一，保障农业劳动力队伍的稳定，从而保障农业的稳定；第二，城市福利无法解决更多人口的福利。而这两大原因和目的，事实上是以限制农业劳动力自由流动的方式造成社会资源低效配置和不公平。新时期，我们显然不需要也不能再通过这种不平等方式来实现农业的稳定和保障城市居民的福利。从国家政策的层面来讲，也基本上不再限制农业劳动力向城镇转移。但要实现真正的劳动力自由流动的平等就业，还需要改变一系列事实上不平等的制度。重要的是必须打破城乡分割的管理体制，按宪法规定的公民权利平等原则、市场经济体制下的机会均等原则，赋予进城农民与市民平等的权利，享受平等的待遇，主要包括就业机会平等、权益保障平等、福利待遇平等、进城农民子女受教育权利平等等四种权利和待遇。一是就业机会平等。主要包括就业领域平等、就业工种平等、竞争条件平等、工资待遇平等。二是权益保障平等。进城农民应拥有法律规定的公民权益，包括签订劳动合同权、确保人身安全权、参与民主政治权，等等。三是福利待遇平等。进城农民特别是较长时期工作生活在城市的农民应该享有与城市市民平等的最基本的福利待遇。四是进城农民子女受教育的权利平等。进城农民的子女应和城市市民子女一样享受教育的平等权利，这种平等权利包括入学机会平等、入学条件平等、挑选就读学校平等、交纳的费用平等。

（1）创新就业制度，建立城乡统一的劳动力市场

就业制度的创新应打破劳动力市场分割的状况，消除农民的制度性失业，逐步建立城乡统一的劳动力市场，这是下一步就业制度创新的重点和关键。具体表现为，消除就业歧视，渐渐取消就业的身份歧视、户口歧视等，消除就业人为设置的不平等。规范劳动力市场，要以完善的立法作为支撑，劳动力市场作为一种中介组织，要在法制框架内成立，确保劳动力市场的合法性，逐渐减少农民工在非正规劳动力市场就业的局面。就业制度的创新还体现在农民工和城市居民在就业上实行统一待遇，城市居民就业享有除工资外的各种福利，如医疗、失业、养老、住房等补贴，而农民工只有最低的工资。就业制度创新还体现在农民工与城市下岗职工享有同样的优惠政策，在城市失业人员的就业上，国家给予太多的倾斜政策，如下岗职工再培训，减免创业各种税收。就业制度创新，将使农村剩余劳动力在转移中所遇到的制度障碍将逐渐变小。农

村剩余劳动力的永久转移，将逐渐减少我国农民数量，农业产业化、规模化才可以逐步实现，农村劳动生产率将大幅度得到提高，农民增收的潜力才能显现出来。

（2）建立一整套完善的维护农民工权益的体制

第一，进一步提高对维护农民工合法权益重要性的认识。如何看待农民工问题，能不能有效维护农民工的合法权益，是关系党和国家前途命运的重大问题。因此，必须进一步提高对维护农民工合法权益重要性的认识。第二，进一步完善维护农民工合法权益的法律法规。法律是社会主义市场经济条件下调节社会利益关系、促进社会稳定的重要依据。维护农民工合法权益，必须健全法律法规，有法可依。要进一步健全和完善劳动法律法规。对《劳动法》、《安全生产保护条例》等法律法规进行补充和完善，提高劳动法律法规的可操作性。制定《劳动合同法》、《就业促进法》等法律法规，为促进就业、建立和谐稳定的劳动关系提供法律依据；要提高法律法规的强制性、制裁性。加大对违反劳动法律法规的处罚力度。提高违法成本，让违反劳动法律法规的行为付出代价。规范企业和劳动者的行为，促进劳动关系的和谐发展；树立依法治国、依法行政和用法律规范劳动关系、调节社会利益矛盾的思想，严格执行国家法律，依法处罚违反劳动法律法规的行为，促进依法治企、依法维权，杜绝非法用工。第三，进一步健全维护农民工合法权益的制度和机制。农民工的产生从根本上说是由于我国经济社会发展的"二元结构"造成的，与我国经济社会发展基础、社会管理制度有着非常密切的关系。构建社会主义和谐社会，实现全面建设小康社会宏伟目标，必须健全有利于农村富余劳动力转移的制度和机制，逐步改善现行政策和法律法规方面存在的城市和农村的差异，消除人为设限、人为分立的观念、意识和行为，用政策措施和法律制度维护人人平等的基本社会意识，促进社会平等就业，为农民工创造公平、公正、开放、合理的就业和社会保障制度。

2. 以消除国民二元差别为目标的农民社会保障制度创新

社会保障即为全社会公民提供最基本的生活保障是市场经济的基本

要求和基本内容。现阶段，我国农民主要是通过土地集体所有权和农户承包经营权来实现基本社会保障。但由于传统农业经营效益的相对低下，以及大量农业劳动力向非农业和城镇转移，土地对农民的保障功能在逐渐下降，农民的社会保障需要增加新的内容和途径。现阶段，农民的社会保障问题存在两种情况，一种是以农业经营为主要收入来源的农村农民的社会保障问题，一种是以城镇就业为主要收入来源的农民工的社会保障问题。当前，由于城镇居民的社会保障资金是受由个人、单位和国家共同分担，而农村农民属于自主经营，不存在所属单位的问题，因此会存在社会保障中的特殊问题。根据现阶段的具体情况，解决农民社会保障问题的基本思路包括三个方面。第一，按照同工同酬和公平的原则，对以城镇就业为主要收入来源的农民工应逐渐和城镇居民一样享受医疗保险和工伤保险，对于自愿放弃农村土地权利的农民工，应增加享受和城镇居民相同的养老保险和失业保险。第二，对于没有放弃土地权利并主要以农业经营为收入来源的农村农民，应逐步建立起由个人、集体和国家，或者由个人和国家共同承担的与城镇居民相当（以收入水平为标准）的医疗保险和养老保险。第三，建立起包括农民在内的全社会的最低生活保障。从制度创新的角度讲，主要包括以下基本要点。

（1）以法律的形式而不是以普通政策的形式确立农民社会保障制度

社会保障法不仅能够明确规定受保险人的范围、缴纳保险费的原则和标准、获得社会保障待遇的条件以及待遇标准，而且规定社会保障机构为受保险人提供咨询、解释和说明以及社会保障待遇的义务和责任，规定社会保障机构对基金的管理和监督以及在受保险人的权利受到侵犯时提供法律救济的职能等问题，因而对于国家和受保险人都具有约束力。而政策就不具有法律的以上特征，容易受国家政治、经济等情况的变化而变化。我国所谓的农村社会养老保险目前面临夭折危险的主要原因就在于此。

（2）建立严格、高效率的农民养老保险基金管理和营运机制

保证养老保险金按时、足额发放到受保险人手中；规定养老保险基金的专用性，任何组织和个人不得挪作他用，对于违反规定者，要追究

其法律责任；规定养老保险基金的有效投资运营渠道，保证养老保险基金保值增值。建立解决农民养老保险争议的法律救济机制，及时解决养老保险纠纷。在没有设立相应机构之前，应在社会保障管理机构设立解决社会保障争议的机构，以便在受保险人认为自己的权益受到侵害时，及时给予救济。没有社会保障的法律救济机构，农民的社会保障权利只能是没有保障的权利，随时有被剥夺和侵害的可能。我国近几年，在许多地方养老金不能及时发放或者根本就不予发放，而农民状告无门、极其愤慨的情况是应该引起有关部门的高度重视的。

（3）建立和完善农民医疗保险制度

第一，要制定专门调整农村医疗保险的法律法规，以此规范农村医疗保险事业。我国农业在今后的几十年内可能还是低水平的家庭经营模式而不是农业企业模式，但是为了避免农民因病致贫，加快农业现代化的步伐，建立农民医疗保险制度是非常重要的。第二，为农民确定一个与职工不同的医疗保险费的收费标准，以保证农村医疗保险资金的筹措。农村医疗保险资金是农村医疗保险中的关键，因此，在制定农村医疗保险法时，要根据各地的经济发展水平和农民的承受能力确定适当的医疗保险费标准和国家为农民提供医疗保险津贴的原则，在这里，农民缴纳保险费是必须的，而国家为农民提供医疗保险津贴也是必需的，只有这样具有社会保障性质的农村医疗保险制度才能够建立起来。第三，要使农民确立正确的医疗保险观念，使他们认识到，在医疗保险中，所有的受保险人都参与风险调整，例如病人和健康人，经常生病的人与很少生病的人之间进行调整。医疗保险也能够体现社会公平而不会让不生病的人吃亏，因为人们很难预料自己以后是不是会生重病，而一旦当人们身染重病，巨额的医疗费用将会落在所有参加医疗保险人的身上。人们懂得了这个道理，就会消除在参加医疗保险上的顾虑，而积极主动地参加医疗保险。

（4）建立和完善农村最低生活保障制度

第一，在保障对象上，坚持"应保尽保"的原则。农村低保制度以全体农村绝对贫困居民为保障对象，确定保障对象的唯一根据是其全年人均收入水平低于当地农村规定的最低生活标准。在建立农村低保制度时，要面向全部贫困对象，做到"一个不漏，应保尽保"。第二，在保障标准上，坚持标准适度、量力而行、动态调整的原则。确定最低生活保障标准，既要保证保障对象的最低生活需要，又要克服完全依靠低保的依赖思想；既要考虑地区间标准大体一致，又要考虑地区间的发展差距带来的标准上的差距。由于社会保障给付具有刚性，最低生活保障标准在确定时宜低不宜高，从低标准起步，随着经济的发展，逐步提高保障标准。第三，在保障资金上，坚持资金来源多元化的原则。筹集资金是开展农村最低生活保障制度建设的核心问题。政府有责任保障农民群众的基本生活，资金的来源应以政府财政为主。但目前我国经济还不发达，财政能力有限，农民人口基数大，国家无力全部包揽，保障资金的筹集应由国家、集体和社会共同承担，共尽责任。第四，在保障方式上，坚持货币、实物、服务保障相结合的原则。农村贫困人口的贫困除表现为收入低下外，在生活的各个方面都存在着很大困难。多种形式的保障方式，既可以发挥综合效应，从多方面解决保障对象的实际困难，又可以减轻保障资金不足的压力。

二、通过改革支农管理体制构建联动关系

管理体制所涉及的问题就是各主体之间的权力分配和职能分工关系，从而"以工补农"主体联动关系是依赖和决定于支农管理体制。支农管理体制总体上涉及两个方面的关系，一是政府内部各个组成部分的关系，包括中央政府和地方政府的关系，以及各级政府每个部门之间的关系；一是政府和市场主体之间的关系。

（一）以职权整合为中心构建政府内部联动关系

目前我国农业管理和服务体制仍然主要沿袭计划经济的模式，在机构设置、职能配置、运行机制等方面还存在较多问题，已经不能完全适

应农村市场经济和现代农业发展的需要,尤其不能适应市场经济运行规律和社会主义新农村建设的要求。当前政策体制下,农业各领域、各产业、各项目涉及多类政策,但是,政出多门、多头管理,很难形成合力,甚至产生政策"撞车"现象。必须对各项农业政策进行整合重建,从传统领域向新兴领域集中,从由项目扶持向制度建设转变,加快建立可持续的综合农业支持制度。

1. 整合农业管理部门的职能范围

这一点可根据世贸组织主要成员农业宏观管理体制的共同特点,结合整个国家宏观经济管理体制改革,建立"从田头到餐桌"的农业委员会体制。农业委员会的管理范围,从横向看,除了包括种植业、养殖业和渔业外,还应包括与农业密切相关的许多其他行业,如农田水利、林业、自然资源管理、教育、科研、推广、农民组织、农村发展等;从纵向看,除了管理农产品生产过程这一"产中"环节外,还要管理为农产品生产提供生产资料的"产前"环节和农产品加工、储存、运输、销售、质量及卫生检查监督、消费指导服务等"产后"环节,从而实现真正意义上的一体化管理与协调。在行政管理职能方面,可以灵活地使用计划、财政、金融、税收、储备、价格、外贸以及法律、行政、宣传教育等各种手段,对农业和农村经济活动进行独立的宏观调控,确保农业和农村经济健康持续发展,提高我国农业应对国外农产品挑战的能力。

2. 合理配置和协调决策、执行与监督之间的关系

目前我国农业管理体制中决策职能与执行职能和监督职能不分现象突出,监督流于形式,使决策部门普遍受到执行利益的干扰,导致问责更加困难,国家利益部门化。解决这个问题,就是要探索建立决策、执行、监督既相互协调又适度分离的行政运行机制,实现决策科学、执行顺畅、监督有力。我们认为,建立不同层面的适度分离机制是可供考虑的思路。即:既要在政府部门的整体层面上构建决策、执行、监督适度分离的组织架构,也要在部门内部建立决策与执行相分离的机制,将公共服务和行政执法等方面的执行职能分离出来,设立专门的执行机构,避免集决策、执行、监督于一身的弊端。另外在市场监管体制上,市场监管部门过多、多头执法、交叉执法的问题非常突出。例如，对食品的监督管理，目前是农业部门负责初级农产品生产环节的监管，质检部门负责食品生产加工环节的监督，工商行政管理部门负责食品流通环节的监管，卫生部门负责餐饮业和食堂等消费环节的监管，食品药品监管部门负责对食品安全的综合监督、组织协调和依法查处重大事故。地方政府因机构设置不同，涉及食品监管的部门更多，有的省涉及十几个部门，有的省会城市涉及二十几个部门。这种分段监管体制，不仅造成部门职责交叉，提高监管成本，而且降低了监管效能，直接影响到人民群众的生命财产安全。为了从根本上完善市场监管体制，必须按照市场统一、开放、竞争的要求，将现行涉及市场监管的有关机构整合，统一行使市场监管职能，以增强监督的统一、公正和有效。

3. 整合与协调各级政府之间的支农关系

尽管政府是"补农"的责任主体，但具体到各个层级的政府，基于管理体制和财政分配体制的限制，各级政府在"补农"中的地位、作用和任务存在较大的区别。中央政府作为重大政策的决策制定者和财政资源的主要配置主体，在"以工补农"中自然要承担最主要的责任。地方各级政府作为区域政策的决策制定者和区域财政资源的配置主体，在区域范围内需要承担相应的责任。但由于"三"农问题是全国性问题、整体性问题，并且全国经济越来越一体化，地方各级政府的支农行为效果并不能完全通过本地农业、农村和农民的发展来衡量，从而使得地方各级政府在"以工补农"中存在积极性不高的问题。但"以工补农"又不能仅仅依靠中央政府来推动。因此通过什么样的方法一方面避免地方政府（或下级政府）的"偷懒"，另一方面防止地方政府（或下级政府）利用信息不对称"骗取"中央政府（或上级政府）的财政资源，以及地方政府"补农"过程中的寻租行为，使得各级政府在"以工补农"中良性联动，是支农管理体制改革和完善的重要内容之一。

关于整合与协调各级政府之间的支农关系，初步有三个方面的设想。第一，严格界定各级政府的支农职责范围。中央政府农业管理主管部门应当具体负责对全国有重大影响的、事关农业发展的全局性工作，包括农业产业宏观规划和发展政策、大型农村基础设施建设、国家粮食安全、国际贸易政策、农产品质量标准、信息与市场体系、资源与生态环境保护，以及对全国有重大影响的农业科研等。而地方政府农业机构的设置和工作职能应该因地制宜，不必与中央政府一一对应，工作也要有所侧重。地方政府农业部门工作的重点是根据本地的实际情况，具体落实中央农业宏观调控的总体政策。第二，规范上级政府对下级政府的管理方式，一方面保障下级政府的充分自主权（形成激励），另一方面可以明确下级政府的责任，以防止"偷懒"和推卸责任。第三，规范各级政府支农方式。由于不同的支农方式决定了财政资源的不同配置，从而一方面影响投入资源的利用效率，另一方面关系到政府公务员的寻租行为，进而影响市场主体竞争的公平性。一般来讲，普遍的直补（包括社会保障）、公共品的提供和公共信息服务等支农方式的寻租空间相对较小，而财政投资和选择性补贴等支农方式的寻租空间相对较大。因此，在规范各地政府支农方式时，层级越低越应当限制使用寻租空间相对加大的财政投资和选择性补贴等支农方式。

（二）以尊重市场为原则构建政府与市场主体联动关系

由于市场主体不会自动和主动的"补农"，因此要使市场主体产生"补农"行为，就需要政府的引导。而一旦有了政府的引导，就意味着政府和市场主体之间的关系要比在其他情况下要复杂一些。对于市场主体，政府就不再是一个守夜人的角色了，而是积极干预者。但另一方面这种积极的干预很容易导致资源配置失当，因此，在政府引导市场主体支农中，如何合理和适当处理政府和市场主体的关系，直接关系到能否促进政府和市场主体的良性联动。根据现阶段"以工补农"的具体实施情况及存在的问题，我们认为应当以尊重市场为原则来构建政府和市场主体之间的联动关系。尊重市场主要体现在以下三个方面。

1. 主要通过创造发展环境的方式激励市场主体

激励市场主体的根本方式实施市场主体获得最大化的经济利益。而要获得最大化的经济利益，主要有两种方式：一是直接改变市场主体经营过程中的收入或成本；二是通过创造良好的发展环境，使得市场主体能够在这样的发展环境中获得最大化的经济利益。第一种方式比较直接，短期内就能够见效，但缺点在于对政府激励的依赖性，效果不能持久，无法建立长效机制；第二种方式比较间接，短期投入较大，效果相对滞后，但优点在于不会对政府激励形成依赖，只要环境一旦形成，市场主体会持续成长，从而建立起"补农"的长效稳定机制。最重要的是，第一种方式是政府对市场主体的直接干预，而且对于应该补贴多少收入，降低多少成本极具主观性，还可能产生寻租行为。因此，我们认为在引导市场主体时应主要通过创造发展环境的方式，一方面不干预市场主体的经营行为，另一方面充分利用市场机制引导大量的市场主体参与到"补农"中来，从而构建起"补农"的长效机制。

2. 主要通过普遍的无选择的对市场主体进行引导

现阶段政府在引导市场主体支农中，习惯有选择性地对部分市场主体进行支持，试图通过这一部分市场主体来实现对"三农"发展的支持。其弊端显而易见，一方面政府主观的选择市场主体将助长寻租行为；另一方面对部分市场主体进行支持将人为地造成不平等发展条件，损害市场竞争的公平原则。而普遍的无选择对市场主体进行激励，比如某一类企业的普遍税收优惠，金融机构自主决定的信贷等方式，保证了所有市场主体处于同一起跑线，从而保障竞争的公平和真正的优胜劣汰。

3. 主要通过市场主体自身的发展来自然带动"三农"的发展

在通过政府引导市场主体支农中，人们总是理想地以为可以通过附加某些"补农"要求作为政府支持市场主体的条件，就能够迫使市场主体"补农"。这种天真的想法，无视市场主体与政府之间信息严重不对称的客观事实，以及市场主体先天存在的追求自身利益最大化的机会主义本性。这种实践的结果，只能是严重的寻租行为和泛滥的形象工程。政府在引导市场主体支农时，如果是附加条件以要求市场主体支农，多半会失败。而另外一种容易被人们忽视的现象，却给我们提供了一种可行的引导方式。在保障公平交易的前提下，金融机构和企业等市场主体的发展本身就能够产生"补农"的外溢效应。比如,作为本身就主要以农民和中小企业为业务对象的村镇银行,其发展壮大即使没有政府的要求,也必然对"三农"发展产生自动的支持作用,但前提是能够发展壮大。乡镇企业的发展会自动产生对农业剩余劳动力的需求和对农村经济的繁荣效果,但前提同样使其能够发展壮大。因此,政府在引导市场主体支农时,并不需要刻意地设计如何要求并监督市场主体支农,而主要应研究哪些市场主体的发展能够自动带来"补农"效果,然后对这些市场主体的发展进行支持。

第十章　研究结论和政策建议

一、研究结论

1. 政府主导财政直接支农对增加农民收入效果不明显，而对提高具有农业资源优势的传统农业大省的农业产出有较明显的效果，农村社会发展、医疗卫生、社会保障等领域没有得到足够的支持。

研究中运用普通最小二乘回归估计、岭回归估计和主成分估计的方法对财政支农支出和农民收入增长之间的关系进行分析，结果表明财政支农与农民收入之间呈负的偏相关关系，即剔除其他影响农村居民收入要素的影响之后，国家财政用于农业支出基本没有起到促进农民收入增长的效果。运用 DEA 评价方法对全国不同地区财政支农对农业产出效率的分析，结果表明在传统的农业大省，财政支农的效率相对较高，而农业生产资源匮乏地区，财政支农的效率相对而言也比较低。从对具体投入和实际需求之间的差距分析，表明农村社会发展、医疗卫生、社会保障等领域没有得到足够的支持。

2. 政府引导市场主体支农在培育相关市场主体、增加农民收入、提升农业现代化水平和促进农村经济社会发展方面尽管取得了不小的成绩，但还远不能为"三农"持续稳定发展提供长效平台，其受益面也受到相当的制约。

根据政府具体的扶持和引导措施、涉农金融机构发展和涉农业务开展情况，以及金融机构具体的支农方式和"三农"的受益情况的分析，表明政府引导金融机构支农在支持粮食收购、大型农业开发项目建设和农村基础设施建设方面起到了重要的作用，但具体对增加农民收入方面的效果不明显。根据政府具体的扶持和引导措施、涉农企业的发展，以及涉农企业具体的支农方式和"三农"的受益情况的分析，表明政府引导企业支农，在增加农民收入、提升农业现代化水平和繁荣农村经济方面取得了重要的成绩，但主要的问题是企业与"三农"之间的关系还比较脆弱，存在企业损害"三农"利益的情况，"三农"持续发展的长效平台还没有搭建，同时整个的受益面还相当有限。

3. 现阶段"以工补农"主体联动状况从协作缺失和分工偏误两个方面制约了"补农"的总体效果。

"以工补农"作为一项涉及众多主体的庞大系统工程，除了投入力度外，由谁来投，通过什么渠道来投，投到什么地方，各类主体在"补农"过程中如何分工、如何配合，即"补农"主体联动的问题也是非常关键的问题。各主体协作缺失制约了"三农"问题恶性循环的破除，导致了"三农"利益严重隐性流失，造成城乡差距扩大趋势难以根本扭转。各主体分工偏误导致瓶颈问题得不到解决，有限投入得不到合理配置，以及现有投入难以充分发挥作用。从协作缺失和分工偏误的具体表现来看，在各主体的协作方面，偏重于财政直接支农，对引导市场主体支农重视不够；偏重于引导银行信贷支农，对引导保险支农重视不够；偏重于引导农业产业化企业支农，对引导乡镇企业和中小企业支农重视不够。在各主体的分工方面农业问题较为重视，而农民和农村问题往往被忽视；重视短期和直接问题解决，不重视长期和基础问题解决，重视显性支持，不重视隐性流失问题的解决；在具体的支持对象上，某些对象被过度投入，某些对象被忽视的问题。这些问题与支农多头管理体制与政府偏好有直接的关系。

4. "以工补农"主体联动整合依赖于对政府和市场主体应当扮演得角色合理定位，而要实现"补农"主体良性联动，就必须完善涉农市场制度以构建联动平台，改革支农管理体制以构建联动关系，规范政府支农行为以确保良性联动。

"以工补农"主体联动整合就是根据各主体不同的性质，明确各主体的角色和分工，促进"补农"过程中各主体的良性联动，以实现全社会"补农"力量的整合。政府作为"补农"的责任主体、市场主体、激励和监督主体；主要任务是完善制度、提供公共品、调节外部性、提升农民素质和平抑市场价格剧烈波动。金融机构作为"补农"的市场主体，同时又是市场经营主体，其主要功能是在"补农"过程中提供信贷、保险支持和其他金融服务。企业作为"补农"的市场主体，同时也是市场经营主体，其主要功能是通过商品和要素交易促进农民收入增长、提升农业和农村的现代化水平。要实现"补农"主体联动整合需要完善农村土地流转制度、改革户籍制度和完善农民就业与社会保障制度以构建"补农"主体联动的平台；通过改革政府内部门与部门之间，各级政府之间，政府与市场主体之间的关系以构建联动关系；通过程序化和制度化政府行为以确保"补农"主体良性联动。

二、政策建议

1. 解决几个重大思想认识问题

（1）高度重视"三农"问题的切实解决

不论是在革命时期，还是社会主义建设时期，"三农"都为国家和社会作出了巨大的贡献和牺牲，但时至今日，农民仍以贫穷为特征，农村仍以落后为特征，农业仍以效益低下为特征。"三农"问题历来受到国家的高度重视，但以前的重视更多的是从"三农"对社会的贡献角度重视，是把"三农"作为一种手段，而导致今天的结果，也是可以理解的。今天我们重视"三农"问题，是从另外一个角度重视"三农"问题，是要改变"三农"本身的状况，是改变过去政策造成的结果。尽管，自20世纪90年代以来，以"三农"本身状况为特征的"三农"问题，受到了前所未有的政策重视，在90年代出台了一系列旨在减轻农民负担，增加农民收入的政策，尤其是进入21世纪以来，中央更是出台了一系列诸如，免除农业税、发展现代农业、建设新农村等试图彻底改变"三农"状况的具有划时代意义的政策。但是，在实践中，这些政策的效果与我们所希望的存在很大的差距,"三农"问题并没有得到真正的缓解,有些问题甚至更为突出:2007年农产品全面大幅度涨价,造成低收入者生活困难,这是缺乏有效的农产品供给保障系统的直接表现;城乡收入差距继续拉大,2006年城乡收入比达到历史的高点3.28;农村生态环境进一步恶化,农村经济的萧条趋势继续发展。造成"三农"问题长期得不到有效解决的原因主要有三点:第一,政策的雷声大雨点小,部分地方政府缺乏切实解决"三农"问题的积极性;第二,"三农"问题积重难返,政府力不从心;第三,缺乏明确清晰的解决思路,政策不到位。就第二个原因来讲,由于自改革开放以来,我国经济一直高速增长,城市经济持续繁荣,国家财政实力大为增强,应该说解决"三农"问题的条件已基本具备,所以政府力不从心的问题已大为缓解;就第三个原因来讲,要解决"三农"问题,只要真正重视,只要真正想解决问题,思路不是问题。所以,真正关键的问题还是在要使各级政府真正把"三农"问题作为主要任务来抓,也就是要解决一个积极性问题。部分地方政府缺乏切实解决"三农"问题的积极性,说到底,是没有认识到解决"三农"问题的重要性。认为"三农"问题仅仅是一个农民问题,只是与农民自己有关,解不解决都无所谓,重要性只是在文件上,在口头上。而要解决这个积极性问题,必须使各种政府认识到,"三农"问题不仅仅关乎农民的利益,更关乎国家的长治久安问题:农业问题解决不好,农产品供给无法保障,整个社会的发展就无法保障,这种问题一般在食物供应出现紧张的时候人们才容易想到,这是政策的短视;农民问题解决不好,农民人口多,社会问题也就会多起来,甚至会出现社会动荡;农村问题解决不好,农村生态环境关乎整个国家的可持续发展,农村经济的繁荣,可以缓解城市的压力。"三农"问题的解决,可能在短期看不见经济效益,但这是国家和社会稳定和发展的根基,根基不稳,繁荣也仅仅是短暂的。

(2)"以工补农"不单纯是一个农业补贴问题,而是彻底解决"三农"问题的重大战略问题

当前关于"以工补农"对策方面的研究过于关注一些"补的"具体

方法和途径，而且这些研究也较少与其他"三农"问题的研究结合起来，使"以工补农"研究在农业经济研究领域成为一个相对独立的分支问题。这实际上是缺乏从战略角度对"以工补农"进行认识。从国家政策的层面上讲，"以工补农"应是当前和今后一个相当长的时期内，国家通过来自"三农"外部力量解决"三农"问题实现农民现代化、农业现代化和农村现代化的基本战略，是统领国家相关政策的基本方针，而不是一个简单的"补的"方法问题。其原因有三：第一，"三农"问题在"三农"内部长期得不到有效解决，使得"三农"问题成为国民经济发展的瓶颈之一，这客观上要求解决"三农"问题的政策上有战略上的突破，而不是一些细节上的改进。第二，"以工补农"是试图通过外部力量来破解"三农"的症结，是立足于根本解决"三农"问题的政策转变，其意义显然是战略层面的，而不单是一个具体方法问题。第三，既然是一个战略层面的改变，自然应该统领相关研究，而不是一个相对独立的分支问题。

（3）我国的"以工补农"政策是具有中国特色的"三农"支持政策，简单的借鉴国外工业反哺农业的经验是远远不够的

在当前的"以工补农"研究和实践中，绝大多数都关注于发达国家工业反哺农业的经验借鉴。这事实上是忽视了我国"以工补农"与国外工业反哺农业的背景区别。第一，所借鉴的国家和地区主要是欧美日本等发达国家，以及韩国、中国台湾等先行发展中国家和地区，这些国家和地区在工业化过程中都没有出现显著的二元结构，他们的主要问题在农业，而我们的主要问题在农民和农村。不存在显著的二元结构，国民经济的瓶颈问题主要表现为不同产业的技术水平和产出效率的差距，而不是表现为不同产业经济主体的收入差异和不同产业地理区域的发展水平；其收入差距问题主要表现为在生产中处于不同地位经济主体的收入差距（即阶级或阶层差异），而不表现为不同产业经济主体的收入差距（即产业差异）。从而这些国家和地区在工业化进程中，没有显著的"三农"问题，主要的问题是农业的技术水平和效率低下，农业经营者市场收入低，积极性不高，从而导致农业萎缩。而我们国家的情况却有很大

不同。由于存在显著的二元结构，"三农"问题成为国民经济发展的瓶颈，而"三农"问题的关键不在农业的萎缩，而在农民贫困和农村落后。而且现实告诉我们，农民的贫困和农村的落后不大可能通过单纯提高农业的效率来解决，"三农"问题需要分开来解决。所以，在进行以工补农的研究中，单纯借鉴国外反哺农业的经验，是没有搞清我们特殊的国情。第二，所借鉴的国家和地区都是典型的资本主义市场经济体制，他们的农民与我国的传统农民在性质上显著不同。资本主义市场经济体制下的农民是土地所有者或土地经营者或者两者兼具，同时还包括农业工人，农民仅仅是一种职业和产业选择。这些农民和其他产业的经济主体并不存在普遍的收入差距问题。工业反哺农业，尽管也会通过生产补贴和价格支持来提高农民的收入，但这些提高收入的政策目的主要在于激发农业生产的积极性，从而发展农业，而不是专门针对农民的收入。而我们的情况就不大一样了，农民不单是一种职业或产业选择，更主要的是一种身份，他们选择的机会较少。我们的农民和其他行业的经济主体具有普遍的收入差距问题，从而我们的"以工补农"，首要的任务是解决农民的收入问题，然后才是农业的效率问题。

2. 高度重视"以工补农"的制度建设

在谈到"以工补农"时，人们首先想到的是以物质或资金补贴"三农"，在政策上，首先想到的就是加大财政支农的力度，通过大量的财政投入来促进"三农"的发展，这也导致部分人反对当前的"以工补农"，认为我们现在还没有全面补农的财政实力。实际上这是一种严重的误解。"以工补农"首先是制度补农，甚至可以说，通过制度的完善和构建比直接的物质和资金补农更为重要。第一，今天的"三农"困局，本身就是旧的制度框架造成的结果，如果不改变不利于"三农"发展的这些制度，"三农"的利益仍然会源源不断地流出，外部给予的物质和资金，甚至还抵不上"三农"利益的流出，就更谈不上补农了。第二，制度建设是根本利益和长期利益格局的重构，是保障"三农"持续稳定发展的基础，而物质和资金支持往往带有临时性和一次性，只能是治标不治本，无法解决根本问题。第三，制度建设使"三农"在新的制度平台中自主发展，从而在新的环境中培育和锻炼出可持续发展能力，而直接的物质和资金支持，容易形成对政策的依赖性，反而不利于发展能力的培养。第四，制度具有普遍性、公开性和稳定性，可以有效地保障支持的公平和效率，而在物质和资金支持的决策中极容易产生寻租现象，导致花了钱，没有办好事的结果。因此，尽管物质和资金支持是必要的，但制度支农更为关键，更为基础，而且物质和资金支农本身也需要制度的构建和完善。

3. 加大财政支农力度，优化财政支农结构

新时期"以工补农"，一方面要从基础层面构建和完善一系列支持"三农"持续发展的规范性制度，另一方面也需要从物质上和资金上对"三农"的发展进行支持，以打破传统经济的刚性结构。在进行物质和资金支农时，一方面需要提高财政支农的力度，提高"三农"在再分配和国家投资中的份额，另一方面更需要优化财政支农的结构，把有限的资源用到最需要的地方，否则再多的资金都是不够的。在我国财政支持水平较低的情况下，通过调整支持结构，优先满足重要领域的资金需求符合财政支农效率目标的要求。优化财政支农的结构，关键在于选择财政支农的重点领域，进行重点和集中支持。在现阶段，财政支农重点应围绕以下几个方面。

（1）农村基础设施建设

这包括农村交通通讯设施建设，农业、林业、水利、气象等行业的重大基础设施项目建设，以及改善农民生产生活条件的农村小型公益建设。多年来，农村基本设施建设投入在改善我国农业生产条件，增强农业抵御自然灾害的能力，提高我国农业综合生产水平，改善农民生活条件，繁荣农村经济等方面发挥了重要作用。除个别年份外，我国的农村基础设施建设政府投资总量保持了持续增长的势头，特别是1998年国家实施积极财政政策以来，政府对农村基础设施建设的投入大幅度增加，农业和农村基础设施建设的步伐明显加快。这一时期已成为我国历史上农业基本建设资金投入最多、建设成就最大的时期。但是，对农村的投入与对城市的投入，对农村的人均投入和对城市的人均的投入，还是有很大的差距，与"三农"发展的需求还有很大的差距。

（2）农业科研和农业技术推广

在我国耕地资源有限性的客观约束下，依靠科技进步和科技创新来提高单产水平是提高农业综合生产能力的主要途径。同时，提高农产品质量和竞争力的目标也要求政府增加农业的科技投入。但目前，我国各级政府对农业科研和推广资助的强度远远低于世界平均水平，农业科技的落后已严重影响了农业和农村经济的进一步发展。实证研究表明，向农业科研进行投资的回报率相当高，这意味着农业技术进步已经而且将继续对中国农业的进一步发展作出重要贡献。但是，由于农业科研和技术推广活动提供的主要是公共物品或准公共物品，因而难以吸引足够的私人投资，这就决定了通过财政支持农业技术的创新和推广是政府义不容辞的责任。

（3）农村基础教育

在现代社会，教育是增加人力资本的一个独特的生产部门，从长期来看，农村基础教育是保障农民后代拥有平等的受教育权利，从而从根本上解决农民问题的途径。然而，农村基础教育却是当前我国教育领域最为薄弱的环节。从全国的范围来看，基础教育投资的来源大致由政府的财政支出、社会办学、个人捐助以及受教育者个人投资几部分组成，其中，财政支出占十分重要的地位，而财政以外的投资只能起到补充作用。从这个角度说，基础教育的发展对财政的依赖性很强，对教育的财政投资水平直接影响到教育条件，进而影响到教育水平。在我国，农村基础教育的大部分资金基本上由基层政府承担。财政分权化以后，经济相对落后地区对基础教育的财政投资能力受到地方经济发展水平的限制而明显不足，而当地的经济发展水平也制约着其他形式的资金投入。因此，单纯靠地方财政显然不能解决落后地区的教育投资不足的问题，中央财政应该通过大幅度加强转移支付力度来促进这类地区农村基础教育的发展。

（4）一些急需的补贴项目和农村社会保障资金

补贴项目主要包括涉及环境保护的农村开荒补助费、草场改良保护补助费、造林补助费、林木病虫害防治补助费、退耕还林补助费等；涉及降低农产品成本，提高农民收入的畜禽疫病防治补助费、粮棉等农产品流通补贴、救灾补贴、生产资料补贴、农机补贴、良种补贴、粮食直补、农业保险等；涉及金融领域的贷款贴息补贴等。

（5）改善和保护农村生态环境

改善和保护农村生态环境是指用于支持农业可持续发展、改善农村生态环境的支持政策。大部分以专项资金的形式投入，包括现有农业财政支出中的生态农业建设、天然林保护工程、防沙治沙等政策措施。农村生态环境关系到农业的可持续发展、农村的可持续发展和整个社会的可持续发展，而且生态环境的保护和建设，投入越早，成本越低，保护和建设的难度越小，投入越晚，成本越高，保护和建设的难度就越大。

4. 完善金融支农体系，提升金融支农力度

"三农"的发展显然需要大量的资金投入，但是财政资金毕竟是有限的，而且，财政投入，由于具有无偿性，其具有显著的缺陷，尤其是在投入的具体对象选择时，容易产生寻租现象。因此财政支农投入，主要应当限制在具有公共品性质和普惠性质的投入上，比如，基础设施、科研、教育、社会保障、社会救济和环境保护上。而对于具有营利性质的项目，应当减少财政投入，特别需要指出的是，当前对于农业产业化龙头企业的支持，使用财政投入的效果并不理想，项目申请中的弄虚作假和寻租现象屡禁不止，这也是发达国家那些反对农业支持政策的经济学家反对国家补贴的一个重要理由之一。对于具有营利性质，同时也对"三农"发展具有显著促进作用的事业和项目，最好使用具有偿还性的金融支持，或者财政金融结合。金融支农是财政支农的重要补充，也是资金支农的一个重要途径。当前关于金融支农政策，关键是要完善金融支农体系，提升金融支农的力度。

（1）完善政策性金融体系，加大政策性金融对"三农"支持的力度

政策性金融是财政和金融的结合，是最能够直接表达国家政策意志的金融形式。在农村经济发展的过程中，政策性金融对于弥补市场失灵，推动农村金融市场完善，引导资金流向农村和农业有着重要的作

用。当前，我国农村政策性金融的功能尚未充分发挥，尽快完善我国农村政策性金融体系对于"三农"问题的解决有着十分重要的意义。农村政策性金融体系完善的核心在于政策性金融的功能定位以及经营机制的完善。政策性金融一般应重点服务于农村地区内部效益弱且具有较强外部性的项目。政策性金融的业务重心应从目前的农产品流通领域转向农业生产领域，从主要提供短期资金转向主要提供长期农业开发资金，重点支持农业基础设施建设、农业综合开发、农业科技推广、农业机械化、农产品市场化建设、农业现代化等项目，将政策性金融同我国农业的市场化和现代化的发展目标结合起来。我国经济发展的多层次性，决定了政策性金融在各地区的作用范围和服务重点应存在差异，因此应根据各地区的农业发展状况，调整政策性金融的业务范围和服务重点。

（2）加大政策和法律引导，发挥商业金融的支农作用

一是要通过税收等政策鼓励、引导商业银行为县域经济特别是农业和农村经济提供金融服务，增加信贷投入。二是针对农民抵押难的问题，研究适当放宽商业银行贷款制度，如对支农信贷实行单独考核等。三是借鉴一些国家的经验和做法，制定专门法律，或通过修改现行商业银行法，明确规定商业银行有义务为其经营业务所在社区提供金融服务。在保证资金安全的前提下，将商业银行分支机构吸收存款的一定比例用于本社区信贷投入。放款达不到一定比例的可以撤掉网点，让出存款市场。

（3）加大国家对农村合作金融的扶持力度，大力发展农村合作金融

农业和农村经济存在着许多先天性不足，其发展需要政府予以大力支持，这也是被国外农村合作金融的实践所证明的，尤其是在中国这样一个农村生产力相当落后，农户经营规模小，生产周期长，受自然条件影响大的国家，政府更应该加大对农村合作金融的支持力度。政府应制定扶持农村合作金融组织发展的优惠政策，加大对农业的投入力度，利用税收和信贷等经济杠杆，通过低税或减免税收，低息或无息贷款等方法为农村合作金融组织提供有利的支持，特别是在信用社改革中，对长期由信用社垫支的"保值储蓄利息补贴"，历史原因形成的"呆账"和

"亏损"等，财政部都应积极拨款给予补偿。为了保护合作金融的生存和发展，各国都普遍地制定和颁布了合作金融法律。完善的法律体系是农村合作金融健康发展的保障。中国农村信用社发展已有 50 多年的历史，但直到今天还没有一部合作金融的法律出台，这种法律滞后的状况使农村信用社处于无法可依的尴尬状态，在很大程度上影响了合作金融体制改革的进程。因此，国家应尽快制定农村合作社法、农村合作金融法等法律、法规，给农村合作金融组织真正成为农民自己的组织，确立农村合作金融的法律地位，规范政府和农村合作金融组织的关系，依法保护合作金融组织及其社员的权益不受侵害等。

（4）建立和完善农村金融风险规避机制，培育良好的农村信用环境

一是加快建立和完善政策性农业保险制度。尽快研究对农业保险进行专门立法。把农业保险纳入农村经济发展的总体规划，尽快推进农业保险试点工作。要建立多种形式的农业保险组织，在资金、税收、再保险等方面给予支持。二是缓解农民贷款抵押、担保难问题。针对农户和农村中小企业的实际情况，研究实行多种形式的抵押、质押办法，鼓励政府出资的各类信用担保机构积极拓展农村担保业务，有条件的地方可设立农业担保机构，建立担保基金。鼓励现有商业性担保机构开展农村担保业务。发展农村互助担保组织。三是进一步完善农产品期货市场，发挥期货市场价格发现、套期保值和分散风险的作用。四是提高农民信用意识，同时依法查处恶意逃废债务的行为。

5. 加强政府行政能力建设，提高支农效率

好的政策必须有好的实施，才有好的效果。"三农"支持政策对"三农"的支持只有通过政府体系才能最终得到实现，因此加强政府的行政能力建设是提高支农效率的关键一环。

（1）加强政府自身改革和建设，全面推进依法行政

第一，在科学决策的基础上，按照精简、统一、效能的原则和决策、执行、监督相协调的要求，进一步完善政府机构设置，理顺分工，实现政府职责、机构和编制的科学化、规范化、法定化。通过一步步的改革，逐步形成职责明确、分工明晰、相互协调、相互监督、精简节

约、运转高效、相对稳定的各级政府机构体系。第二,切实转变政府职能,改进管理方式,强化政府服务功能。在全面推进政府管理体制创新和职能转变中,要逐步把政府管理职能从微观管理向宏观调控转变,从直接管理向间接管理转变,将政府职能重点转变到经济调控、市场准入与监管、社会管理、公共服务和改善投资环境上来。第三,要努力提高依法行政能力。各级政府和其他部门都要严格遵守宪法和法律,依照法定权限和程序行使权力,履行职责,接受监督。

(2)建立严格的资金管理和监督制度

资金支农是"三农"支持政策中的基本内容之一,而资金的使用效率直接关系到支农的效率。由于财政农业资金管理和使用人员的个人收益通常与其工作效率的改进无关,所以,资金使用和管理部门本身缺乏提高效率的动力,而进行外部监督的成本约束又决定了对财政农业资金使用实行全过程的外部监督是不现实的,也是不经济的。只有通过支出管理制度创新,建立财政农业资金支出的内部监督约束机制和支出责任约束机制,做到预算编制、执行和监督相互分立、相互制衡,为财政农业资金监督管理工作创造良好的制度环境,才能增强各级资金管理和使用部门及相关人员的责任意识,提高财政农业资金的监督管理工作效率和使用效率。

改进预算编制方法和编制程序。虽然目前我国对财政农业支出已经开始编制部门预算,但在预算支出安排的科学性和预算编制程序方面还存在着许多不足。在公共财政体制下,需要按照实行部门绩效预算的目标逐步加以改进。在预算编制以前,财政部门和资金主管部门要加强对支出项目的经济预测和论证,必要时,可运用成本—收益分析法对支出项目进行效率评估,以提高预算编制的科学性。同时,在预算编制程序中,还应该逐渐完善部门间协商或公开辩论机制,增强预算支出安排的透明度和预算的可执行性。预算一经批准,非经法定程序不得调整,使支出预算真正成为财政农业资金使用和监督管理的法律依据。

建立财政农业资金支出的内部控制制度。对于财政农业资金的管理和使用部门而言,在受托行使资金的管理和使用权力时,由于存在资金使用权力和责任的不对称，同时又缺乏有效的支出制衡机制，通常会为了部门利益而截留或挪用财政农业资金；对于资金管理人员和使用人员而言，如果没有有效的监督和制约机制，同样会为了个人利益而贪污、挪用和浪费财政农业资金。因此，有必要在财政农业资金管理和使用单位内部建立内部控制制度，做到资金支出预算编制、执行和监督相互分立、相互制约，以此加强对资金管理和使用部门及其相关人员的责任约束，确保财政农业资金的安全和有效使用。

完善预算资金的支付制度和支出信息披露制度。对重要的财政农业支出项目物资实行政府采购制度和预算资金的国库集中支付制度，做到支出公开透明，信息披露充分。这样才可以在一定程度上解决资金使用中的信息不对称问题，降低监督成本，同时又可以减少资金管理和使用单位的机会主义行为。

建立财政农业支出项目的事前和事后评估制度。财政农业支出项目安排直接体现政府的财政农业支持政策选择，同时也反映政策实施所需要的财政资源耗费。对支出项目进行事前评估，可以增强项目预算支出决策的科学性；对支出项目进行事后评估，既可以加强对项目管理者的责任约束，提高资金使用效率，又可以发现资金使用和管理中存在的问题，为进一步优化财政农业支出决策，提高财政农业资金监督管理工作的科学性提供依据。

参考文献

［1］潘水：《"以工补农"必须坚持》，载《农业经济问题》，1985年第8期，第17页。

［2］冯海发、李溦：《试论工业化过程中的工农关系》，载《经济研究》，1989年第12期。

［3］冯海发、李溦：《农业为工业化资本积累提供剩余使命完成标志的研究》，载《学术月刊资料》，1993年第6期。

［4］冯海发：《经济发展与反哺农业》，载《学习与探索》，1995年第6期，第4—16页。

［5］牛若峰：《论向市场经济过渡与农业发展政策方向》，载《农业经济问题》，1993年第8期，第21—26页。

［6］张仁春：《农业走向市场政府实行全方位保护政策》，载《农业经济问题》，1993年第10期，第17页。

［7］关贸总协定与中国农业发展课题组：《对我国农业保护现状的分析》，载《中国农村经济》，1993年第3期，第11页。

［8］郭书田：《农产品走向国际市场与农业保护》，载《科技导报》，1994年第4期。

［9］程国强：《农业保护与经济发展》，载《经济研究》，1993年第3期。

［10］程国强：《中国农业：对外开放与保护》，载《中国农村经济》，1993年第7期。

［11］孙汉亭：《陈吉元谈：当前我国农业面临的深层次问题》，载《中国改革》，1994年第5期，第31—32页。

[12] 林毅夫：《有关当前农村政策的几点意见》，载《农业经济问题》，2003年第6期，第4—6页。

[13] 孟雷：《工业反哺农业仍需耐心等待》，载《经济观察报》，2005年3月6日。

[14] 刘怡：《略论以工补农》，载《经济理论与经济管理》，1988年第1期，第60—64页。

[15] 彭代彦：《"以工补农"异议——与刘怡同志商榷》，载《经济理论与经济管理》，1988年第4期，第71页。

[16] 王光泰：《"以工补农"提法质疑》，载《经济问题》，1987年第3期，第12页。

[17] 韩俊：《集体所有制乡镇企业存量资产折股量化问题研究》，载《经济研究》，1997年第8期。

[18] 王跃然：《对"以工补农"口号的质疑》，载《经济纵横》，1989年第9期，第44页。

[19] 〔法〕约瑟夫·克拉兹曼：《法国农业政策——错误的思想观点和幻想》，李玉平译，农业出版社1982年版，第35—38页。

[20] 〔英〕雷纳：《关贸总协定与农产品贸易》，见〔英〕A. J. 雷纳、科尔曼：《农业经济学前沿问题》，中国税务出版社2000年版，第77—78页。

[21] 李微、冯海发：《日本工业化不同阶段的农业政策》，载《日本研究》，1991年第4期。

[22] 冯海发：《反哺农业的国际经验及其我国的选择》，载《经济问题》，1996年第4期。

[23] 吴晓华：《市场经济条件下的农业保护政策》，载《管理世界》，1995年第5期。

[24] 〔英〕L. 阿兰·温特斯：《工业化国家农业政策的政治经济学》，见〔英〕A. J. 雷纳、科尔曼：《农业经济学前沿问题》，中国税务出版社2000年版，第13—38页。

[25] 〔英〕蒂姆·乔斯灵：《美国与欧共体的农业政策改革》，见

〔英〕A. J. 雷纳、科尔曼：《农业经济学前沿问题》，中国税务出版社2000年版，第42页。

［26］林立：《我国农业的困境与出路问题讨论综述》，载《经济研究》，1989年第4期，第74页。

［27］牛若峰：《我国农业阶段性波动与经济发展战略的关系》，载《农业经济问题》，1988年第10期，第10页。

［28］陈家骥：《对我国工农业协调发展的研究》，载《农业经济问题》，1988年第10期，第17页。

［29］徐寿儒：《正确处理工农关系是治理整顿的首要问题》，载《求实》，1989年第7期，第15页。

［30］韩亚珠：《建立新型的工农关系和城乡关系的思考》，载《经济问题》，1989年第12期，第28页。

［31］姜振寰：《试论工业化的发展阶段和模式》，载《科学学研究》，1986年第1期，第24页。

［32］马晓河：《工业反哺农业的国际经验及我国的政策调整思路》，载《管理世界》，2005年第7期。

［33］李澈：《农业剩余与工业化资本积累》，云南人民出版社1993年版，第133、135页。

［34］〔美〕曼昆：《经济学原理（上册）》，梁小民译，三联书店、北京大学出版社1999年版，第10页。

［35］〔美〕保罗·萨缪尔森、威廉·诺德豪斯：《经济学（第17版）》，萧琛译，人民邮电出版社2004年版，第28—32页。

［36］庄健：《中国居民收入差距的国际比较与政策建议》，载《宏观经济研究》，2007年第2期。

［37］李勋来、李国平：《我国二元经济结构刚性及其软化与消解》，载《西安交通大学学报（社会科学版）》，2006年第1期，第32页。

［38］戴晓春：《我国农业市场化的特征分析》，载《中国农村经济》，2004年第4期，第59页。

［39］陈宗胜、陈胜：《中国农业市场化进程测度》，载《经济学

家》，1999 年第 3 期，第 111—119 页。

［40］程国强：《WTO 农业规则与中国农业发展》，中国经济出版社 2000 年版。

［41］习近平：《论中国农村市场化进程测度》，载《经济学动态》，2001 年第 11 期，第 12—18 页。

［42］武力、郑有贵：《解决"三农"问题之路——中国共产党"三农"思想政策史》，中国经济出版社 2004 年版，第 1、63、602—603 页。

［43］柯炳生：《入世以来中国农业发展与新一轮谈判》，中国农业出版社 2005 年版，第 122 页。

［44］洪民荣：《美国农场家庭收入：经验、问题与政策》，中国农村经济 2005 年版，第 75 页。

［45］黄季焜：《差在经营规模上：中国主要农产品生产成本国际比较》，载《国际贸易》，2000 第 4 期，第 41 页。

［46］李实：《中国个人收入分配研究回顾与展望》，见国家发展改革委员会宏观经济研究院网，2004 - 3 - 9。

［47］林毅夫：《建设新农村既是手段也是目标》，载《改革》，2006 年第 3 期，第 5 页。

［48］宗义湘：《中国农业政策对农业支持水平的评估》，载《中国软科学》，2006 年第 7 期。

［49］王小芽：《对〈谷物法〉废除的制度变迁动因分析》，载《中国科技信息》，2006 年第 4 期。

［50］黄少安、郭艳茹：《对英国谷物法变革（1815—1846）的重新解释及对现实的启示》，载《中国社会科学》，2006 年第 3 期。

［51］王觉非：《近代英国史》，南京大学出版社 1997 年版，第 533—534 页。

［52］黄光耀：《论 18、19 世纪英国农业生产发展的原因》，载《广西大学学报（哲学社会科学版）》，1997 年第 5 期。

［53］刘杰：《19 世纪 70 年代的英国农业危机及其影响》，载《世

界历史》，1999 年第 3 期。

[54] 于维霈：《英国农业》，农业出版社 1981 年版，第 10 页。

[55] 詹武、张留征：《英国农业政策发展的四个阶段》，载《世界农业》，1987 年第 5 期。

[56] 邵金路：《美国农业政策的历史回顾与展望》，载《中原市场大观》，2002 年第 12 期。

[57] 郝寿义、王家庭：《日本工业化、城市化与农地制度演进的历史考察》，载《日本学刊》，2007 年第 1 期。

[58] 〔美〕罗纳德·纽特逊：《农业与食品政策》，广西民族出版社 1992 年版，第 66 页。

[59] 张培刚：《农业与工业化》（上卷），华中工学院出版社 1984 年版，第 31 页。

[60] 〔意〕卡洛·M. 奇波拉主编：《欧洲经济史》（第三卷），商务印书馆 1989 年版，第 376 页。

[61] 钱纳里等：《工业化与经济增长的比较研究》，上海三联书店 1995 年版，第 330 页。

[62] 邓宏图、周立群：《工业反哺农业、城乡协调发展战略：历史与现实的视角》，载《改革》，2005 年第 9 期，第 13—19 页。

[63] 杜肯堂、朱容：《区域发展中工业反哺农业的途径探析》，载《四川省情》，2005 年第 4 期，第 17—18 页。

[64] 立英、刘金祥：《论我国工业反哺农业》，载《经济纵横》，2005 年第 8 期，第 2—4 页。

[65] 杜鹰：《工业反哺农业要经两个阶段》，载《农村工作通讯》，2005 年第 7 期，第 32 页。

[66] 胡同恭：《论工业反哺农业》，载《现代经济探讨》，2005 年第 3 期，第 25—27、31 页。

[67] 马晓河、蓝海涛、黄汉权：《工业反哺农业的国际经验及我国的政策调整思路》，载《管理世界》，2005 年第 7 期，第 55—63 页。

[68] 柯炳生：《工业反哺农业经济社会发展新阶段》，载《民主》，

2005 年第 5 期，第 19—22 页。

[69] 任保平：《工业反哺农业：我国工业化中期阶段的发展战略转型及其政策取向》，载《西北大学学报（哲学社会科学版）》，2005 年第 4 期，第 37—44 页。

[70] 尹从国：《21 世纪中国农业现代化的战略选择：工业反哺农业》，载《农业现代化研究》，2002 年第 2 期，第 81—84 页。

[71] 黄志冲：《论农业福利溢出效应与工业反哺农业政策》，载《上海经济研究》，2000 年第 11 期，第 3—9 页。

[72] 孙居涛、易重华：《重塑政绩考核体系是构建和谐社会的重要环节》，载《理论参考》，2006 年第 7 期，第 25—27 页。

[73] 张占斌：《落实科学发展观与构建政府政绩考核指标体系评析》，载《经济研究参考》，2005 年第 48 期，第 24—28 页。

[74] 白景明：《地方政府政绩考核的财政思考》，载《中国财政》，2005 年第 5 期，第 28—29 页。

[75] 陈世香：《当前我国地方政府职能转变的主要障碍及对策》，载《中共福建省委党校学报》，2000 年第 1 期，第 54—57 页。

[76] 周镇宏、何翔舟：《政府短期成本与政府长期成本——政府成本论谈（2）》，载《经济要参》，2001 年第 48 期，第 25—40 页。

[77] 李晓阳：《"以工补农"政策建议》，载《经济研究参考》，2006 年第 39 期，第 28—29 页。

[78] 周江梅、曾玉荣、吴越：《加强闽台农业科技合作推动福建省"以工补农"的实现》，载《台湾农业探索》，2006 年第 1 期，第 29—31 页。

[79] 李六石：《工业扶持农业：我国农业发展的必然选择》，载《党史文苑（下半月学术版）》，2006 年第 3 期，第 54—55 页。

[80] 邓大才：《农地征用制度：多方利益的博弈与抉择》，载《中国国情国力》，2004 年第 3 期，第 32—34 页。

[81] 邓大才：《需求诱导性制度变迁与农村民间金融的制度化》，载《人文杂志》，2004 年第 5 期，第 81—86 页。

[82] 邓大才：《农业制度设计和安排的缺陷与改造》，载《科学决策》，2004 年第 1 期，第 12—16 页。

[83] 邓大才：《社会化小农：动机与行为》，载《华中师范大学学报（人文社会科学版）》，2006 年第 3 期，第 9—16 页。

[84] 邓大才：《制度供给效率研究》，载《江海学刊》，2004 年第 4 期，第 70—74 页。

[85] 邓大才：《制度供给与地方政府"搭便车"》，载《财经问题研究》，2004 年第 8 期，第 10—15 页。

[86] 严瑞珍：《农村经济如何走出困境》，载《红旗文稿》，2001 年第 1 期，第 14—16 页。

[87] 严瑞珍：《WTO 与中国经济》，载《河北学刊》，2001 年第 4 期，第 6—12 页。

[88] 冯海发：《韩国的"新村运动"及其启示》，载《经济研究参考》，2006 年第 50 期，第 27—32 页。

[89] 潘盛洲、冯海发、朱泽：《统筹城乡经济发展：解决"三农"问题的根本途径》，载《求是》，2003 年第 24 期，第 33—35 页。

[90] 冯海发：《论我国农业发展新阶段的基本要求》，载《经济问题》，2000 年第 3 期，第 29—33 页。

[91] 郭翔宇：《关于社会主义新农村建设的思考与建议》，载《决策咨询通讯》，2007 年第 1 期，第 33 页。

[92] 郭翔宇：《统筹城乡发展的理论思考与政策建议》，载《山东财政学院学报》，2004 年第 5 期，第 76 页。

[93] 怀建峰：《国外城乡统筹发展理论研究综述》，载《科技咨询导报》，2007 年第 14 期，第 205 页。

[94] 李微：《农业剩余与工业化资本积累》，云南人民出版社 1993 年版，第 302—303 页。

[95] 冯海发、李溦：《我国农业为工业化提供资金积累的数量研究》，载《经济研究》，1993 年第 9 期。

[96] 温铁军：《中国农村基本经济制度研究》，中国经济出版社

2000 年版，第 175—176 页。

[97] 郭占衡：《1000 美元左右发展阶段的经济结构变化及浙江的启示》，载《经济工作者学习资料》，1997 年第 10 期。

[98] 朱庆芳：《2020 年我国小康社会主要经济社会指标测算》，载《经济参考报》，2003 年 4 月 16 日。

[99] 梁田中：《以工补农——统筹城乡发展的支点》，载《辽宁教育行政学院学报》，2005 年第 7 期，第 33 页。

[100] 朱巧玲、卢现祥：《新制度经济学国家理论的构建：核心问题与框架》，载《经济评论》，2006 年第 5 期，第 86 页。

[101] 李锐：《农村公共投资设施投资效益的数量分析》，载《农业技术经济》，2003 年第 2 期。

[102] 林毅夫：《加强农村基础设施建设启动农村市场》，载《农业经济问题》，2000 年第 7 期。

[103] 刘伦武：《农村基础设施建设，农民增收的基础》，载《农业经济》，2002 年第 9 期。

[104] 樊纲：《两种改革成本与两种改革方式》，载《经济研究》，1993 第 1 期。

[105] 樊纲：《渐进式改革的政治经济学分析》，上海远东出版社1997 年版。

[106] 郭熙保、胡汉昌：《论制度模仿》，载《江汉论坛》，2004 年第 3 期。

[107] 姚洋：《中国农地制度：一个分析框架》，载《中国社会科学》，2000 年第 2 期。

[108] 汪晖：《城乡结合部的土地征用：征用权与征地补偿》，载《中国农村经济》，2002 年第 2 期。

[109] 何金颖：《社会保障中的政府责任——兼评中国的政府责任问题》，载《社会保障制度》，2004 年第 2 期。

[110] 李绍光：《政府在社会保障中的责任》，载《经济社会体制比较》，2002 年第 5 期。

［111］阎中兴：《政府与社会保障：理论分析与政策建议》，载《财经理论与实践》，2002 年第 1 期。

［112］袁剑：《警惕：改革被特殊利益集团引入歧途》，载《光明观察》，2006 年第 1 期。

［113］林毅夫：《建设新农村既是手段也是目标》，载《改革》，2006 年第 3 期，第 5 页。

［114］王佳宁：《建设新农村须大局思维》，载《改革》，2006 年第 3 期。

［115］袁桂林：《农村义务教育亟待突破两大难点》，载《光明日报》，2006 年 1 月 4 日。

［116］禹元蔚：《建立农村社会保障制度的比较分析》，载《理论月刊》，2006 年第 8 期，第 185—186 页。

［117］王朝才、傅志华：《"三农"问题：财税政策与国际经验借鉴》，经济科学出版社 2004 年版。

［118］周其仁：《产权与制度变迁：中国改革的经验研究（增订本）》，北京大学出版社 2004 年版。

［119］盛洪：《现代制度经济学（上下卷）》，北京大学出版社 2003 年版。

［120］熊德平、朱银芳：《经济发展中制度创新的逻辑》，载《财经问题研究》，2003 年第 8 期。

［121］阎伟：《占座现象的实证观察和理论分析——一个制度变迁的制度创新行为》，载《经济研究》，1998 年第 1 期。

［122］张军：《中央计划经济下的产权和制度变迁理论》，载《经济研究》，1993 年第 5 期。

［123］戚如强、张云德：《试析"三农"问题的两大制度成因》，载《中国地质大学学报（社会科学版）》，2004 年第 2 期。

［124］Tim Josling, "Agricultural Protection: Domestic Policy and International Trade", *Rome TAO Economic and Social Development Paper* (*C73/LIM/9*), 1973.

[125] Daron Acemoglu, James A. Robinson and Simon Johnson, "The Colonial Origins of Comparative Development: An Empirical Investigation", *American Economic Review*, Vol. 91, 2001, pp. 1369 – 1401.

[126] J. Y. Lin, "Development Strategy, Viability, and Economic Convergence", *Economic Development and Cultural Change*, Vol. 51, Issue 2, 2003, pp. 277 – 308.

[127] J. Y. Lin, and Jeffrey B. Nugent, "Institutions and Economic Development", *Handbook of Development Economics*, Vol. 3A, Chapter 38, 1994.

[128] Z. Lerman, and N. Shagaida, "Land Policies and Agricultural Land Markets in Russia", *Land Use Policy*, 24 (1), 2007, pp. 14 – 23.

[129] J. Y. Yang, et al., "Residual Soil Nitrogen in Soil Landscapes of Canada as Affected by Land Use Practices and Agricultural Policy Scenarios", *Land Use Policy*, 24 (1), 2007, pp. 89 – 99.

[130] D. C. Stifel, and J. C. Randrianarisoa, "Agricultural Policy in Madagascar: A Seasonal Multi-market Model", *Journal of Policy Modeling*, 28 (9), 2006, pp. 1023 – 1027.

[131] J. Rogers, "The Political Life of Dairy Cows: The History of French Agricultural Policy and Its Legacy for AOC Cheeses in Normandy", *Appetite*, 47 (3), 2006, pp. 399 – 1027.

[132] M. B. Martins, and C. Marques, "Is Agricultural Policy Promoting a New Role for Farmers?: A Case Study", *Journal of Policy Modeling*, 28 (8), 2006, pp. 847 – 860.

[133] G. Berger, H. Kaechele, and H. Pfeffer, "The Greening of the European Common Agricultural Policy by Linking the European-wide Obligation of Set-aside with Voluntary Agri-environmental Measures on a Regional Scale", *Environmental Science & Policy*, 9 (6), 2006, pp. 509 – 524.

[134] K. A. Gould, D. R. Carter, and R. K. Shrestha, "Extra-legal Land Market Dynamics on a Guatemalan Agricultural Frontier: Implications for Neoliberal Land Policies", *Land Use Policy*, 23 (4), 2006, pp. 408 – 420.

[135] Kathy Baylis, Gordon C. Rausser, and Leo K. Simon, "Including Non-trade Concerns: The Environment in EU and US Agricultural Policy", *International Journal of Agricultural Resources, Governance and Ecology*, Vol. 4, Issue 3, 2005, pp. 262 – 276.

[136] S. S. Prestegard, "Multifunctional Agriculture, Non-trade Concerns and the Design of Policy Instruments: Applications to the WTO Agricultural Negotiations", *International Journal of Agricultural Resources, Governance and Ecology*, Vol. 4, Issue 3, 2005, pp. 232 – 245.

[137] C. Hawkes, "Agricultural and Food Policy for Cardiovascular Health in Latin America", *Prevention and Control*, 2 (3), 2006, pp. 137 – 147.

[138] H. Lehtonen, J. Peltola, and M. Sinkkonen, "Co-effects of Climate Policy and Agricultural Policy on Regional Agricultural Viability in Finland", *Agricultural Systems*, 88 (2 – 3), 2006, pp. 472 – 493.

[139] R. S. Raina, et al., "The Soil Sciences in India: Policy Lessons for Agricultural Innovation", *Research Policy*, 35 (5), 2006, pp. 691 – 714.

[140] M. H. Van, et al., "The Impact of Different Policy Environments on Agricultural Land Use in Europe", *Agriculture, Ecosystems & Environment*, Vol. 114, Issue 1, May 2006, pp. 21 – 38.

[141] T. Dockerty, et al., "Developing Scenarios and Visualisations to Illustrate Potential Policy and Climatic Influences on Future Agricultural Landscapes", *Agriculture, Ecosystems & Environment*, 114 (1), 2006, pp. 103 – 120.

[142] P. M. Berry, et al., "Assessing the Vulnerability of Agricultural Land Use and Species to Climate Change and the Role of Policy in Facilitating Adaptation", *Environmental Science & Policy*, 9 (2), 2006, pp. 189 – 204.

[143] G. Canali, "Common Agricultural Policy Reform and Its Effects on Sheep and Goat Market and Rare Breeds Conservation", *Small Ruminant Research*, Vol. 62, Issue 3, 2006, pp. 207 – 213.

[144] Verena Radulovic, "Are New Institutional Economics Enough? Pro-

moting Photovoltaics in India's Agricultural Sector", *Energy Policy*, 33 (14), 2005, pp. 1883 – 1899.

[145] T. Toyoda, and S. Managi, "Environmental Policies for Agriculture in Europe", *Agricultural Resources, Governance and Ecology*, Vol. 3, No. 3 – 4, 2004, pp. 175 – 192.

[146] C. L. Lant, et al. , "Using GIS-based Ecological-economic Modeling to Evaluate Policies Affecting Agricultural Watersheds", *Ecological Economics*, 55 (4), 2005, pp. 467 – 484.

[147] E. H. Mattison, and K. Norris, "Bridging the Gaps between Agricultural Policy, Land-use and Biodiversity", *Trends in Ecology & Evolution*, 20 (11), 2005, pp. 610 – 616.

[148] B. A. Larson, and S. Scatasta, "Modeling the Impacts of Environmental Policies on Agricultural Imports", *Journal of Policy Modeling*, 27 (5), 2005, pp. 565 – 574.

[149] P. A. Stewart, and A. J. Knight, "Trends Affecting the Next Generation of U. S. Agricultural Biotechnology: Politics, Policy, and Plant-made Pharmaceuticals", *Technological Forecasting and Social Change*, 72 (5), 2005, pp. 521 – 534.

[150] Jayanath Ananda, and G. Herath, "Evaluating Public Risk Preferences in Forest Land Use Choices Using Multi-attribute Utility Theory", *Ecological Economics*, 53 (3), 2005, pp. 408 – 419.

[151] Luther Tweeten, and Stanley R. Thomson (eds.), *Agricultural Policy for the 21st Century*, Iowa State Press/Blackwell Publishing, 2002.

[152] M. Bechmann, and P. Stalnacke, "Effect of Policy-induced Measures on Suspended Sediments and Total Phosphorus Concentrations from Three Norwegian Agricultural Catchments", *Science of the Total Environment*, Vol. 344, Issues 1 – 3, 15 May 2005, pp. 129 – 142.

[153] D. Wood, and J. M. Lenne, " 'Received Wisdom' in Agricultural Land Use Policy: 10 Years on from Rio", *Land Use Policy*, Vol. 22,

Issue 2, April 2005, pp. 75 – 93.

[154] A. A. Suleiman, "Syrian Agriculture at the Crossroads: FAO Agricultural Policy and Economic Development Series 8", *Agricultural Systems*, Vol. 83, Issue 3, 2005, pp. 336 – 337.

[155] C. Brannstrom, "Environmental Policy Reform on North-eastern Brazil's Agricultural Frontier", *Geoforum*, Vol. 36, Issue 2, March 2005, pp. 257 – 271.

[156] H. Meijl, and F. Tongeren, "International Diffusion of Gains from Biotechnology and the European Union's Common Agricultural Policy", *Agricultural Economics*, Vol. 31, Issue 2 – 3, 2004, pp. 307 – 316.

[157] D. MacLaren, "Agricultural Policy Reform in the WTO", *Agriculture, Ecosystems & Environment*, 104 (3), 2004, pp. 684 – 685.

[158] A. M. Franco, and W. J. Sutherland, "Modelling the Foraging Habitat Selection of Lesser Kestrels: Conservation Implications of European Agricultural Policies", *Biological Conservation*, 120 (1), 2004, pp. 63 – 74.

图书在版编目(CIP)数据

新时期我国"以工补农"绩效与联动补农机制构建研究/王钊,李强著.
—北京:中央编译出版社,2011.4
ISBN 978 - 7 - 5117 - 0805 - 2

Ⅰ.①新…

Ⅱ.①王…　②李…

Ⅲ.①农业发展 - 研究 - 中国

Ⅳ.①F323

中国版本图书馆 CIP 数据核字(2011)第 044677 号

新时期我国"以工补农"绩效与联动补农机制构建研究

出 版 人	和　龑
策划编辑	贾宇琰
责任编辑	侯天保
责任印制	尹　珺
出版发行	中央编译出版社
地　　址	北京西单西斜街 36 号(100032)
电　　话	(010)66509360(总编室)　　(010)66509367(编辑室)
	(010)66509364(发行部)　　(010)66509618(读者服务部)
	(010)66161011(团购部)　　(010)66130345(网络销售)
网　　址	www. cctpbook. com
经　　销	全国新华书店
印　　刷	北京瑞哲印刷厂
开　　本	787 毫米×960 毫米　1/16
字　　数	281 千字
印　　张	19.5
版　　次	2011 年 4 月第 1 版第 1 次印刷
定　　价	58.00 元

本社常年法律顾问:北京大成律师事务所首席顾问律师　鲁哈达

凡有印装质量问题,本社负责调换,电话:(010)66509618